有爱的青春陪伴者

夜来南风起

谭之容 著

江苏凤凰文艺出版社
JIANGSU PHOENIX LITERATURE AND ART PUBLISHING

图书在版编目（CIP）数据

夜来南风起 / 谭之容著. -- 南京 : 江苏凤凰文艺
出版社, 2025. 9. -- ISBN 978-7-5594-9845-8
Ⅰ. I247.5
中国国家版本馆CIP数据核字第2025T6H515号

夜来南风起

谭之容 著

责任编辑	王昕宁
特约编辑	蒋彩霞
责任校对	言　一
责任印制	杨　丹
出版发行	江苏凤凰文艺出版社
	南京市中央路165号，邮编：210009
网　　址	http://www.jswenyi.com
印　　刷	天津睿和印艺科技有限公司
开　　本	880mm×1230mm　1/32
印　　张	12
字　　数	443千字
版　　次	2025年9月第1版
印　　次	2025年9月第1次印刷
书　　号	ISBN 978-7-5594-9845-8
定　　价	42.80元

江苏凤凰文艺版图书凡印刷、装订错误，可向出版社调换，联系电话025-83280257

目录 / contents

✦ 第一章　　　　　　　　　　— ✦ —　001
　我有打算追的人了

✦ 第二章　　　　　　　　　　— ✦ —　040
　我喜欢周念南很久很久了

✦ 第三章　　　　　　　　　　— ✦ —　087
　我想做你的男朋友

✦ 第四章　　　　　　　　　　— ✦ —　117
　真心是勇敢者的 bonus

✦ 第五章　　　　　　　　　　— ✦ —　157
　像烟花一样，活在当下

✦ 第六章　　　　　　　　　　— ✦ —　198
　恒久咏爱

目录 / contents

✦ 第七章
　山不过来，他就过去　　　— ✦ —　　226

✦ 第八章
　我爱你，只是因为你是周念南　— ✦ —　255

✦ 第九章
　今天晚上吹的一定是南风　— ✦ —　319

✦ 番外一
　我的幸福　　　　　　　— ✦ —　331

✦ 番外二
　专属编号　　　　　　　— ✦ —　337

✦ 番外三
　天生一对　　　　　　　— ✦ —　342

第一章
我有打算追的人了

——我也不知道,先这么谈着吧。

周念南看到这条发送时间显示为 00:34 的微信消息的时候,愣了一下。

眼前的电脑像潘多拉魔盒,她的手却仿佛有了自己的意志,将男友电脑端的微信聊天页面往前翻了又翻。

这个凌晨准时和她说"七夕快乐,宝宝"的男友,在结束和她的视频聊天后,又向他的朋友们发起了新的聊天请求。

"永远的 506",她知道是他大学宿舍群的群名。有时候看到里面好笑的对话,他还会念给她听。

……

——她很漂亮啊,也很优秀……就是吧……感觉不大适合结婚。

——……父母离异,在她很小的时候就分开了,她外婆带大的她……

——婚姻不是两个家庭的结合吗?以海市的房价,就我家加上我自己的积蓄,郊区或者市中心一点的老破小勉强可以上车……但我父母也有自己的生活,总不能只考虑我自己,不考虑他们的以后……

——想起来就头疼。

窗外八月的骄阳分明灿烂,周念南却觉得自己的脑子"嗡嗡"作响。

——我快三十了。如果这个女朋友不能结婚,我投入的所有都是沉没成本——时间、金钱和感情。

....

被心爱之人在背后如此嫌弃，原本雀跃的心像沉进了海底，被压得透不过气来。

周念南不知道其他人会怎么做，但她第一反应是拿起手机将这段聊天对话拍了下来，中途甚至还对了一下她和柳承志微信聊天的时间线。

在和她你侬我侬十分钟又四十三秒之后，对方转头向自己的朋友倾诉了一波男人"三十而立"的烦恼。

昔日缱绻言犹在耳，这一刻突然面目全非。

出差前特意做的法式美甲还保持得很好，掐得手心生疼，提醒她保持冷静。

周念南环顾四周，原本的计划是没必要进行下去了。

今天是七夕。

一周前，商家们已经摩拳擦掌，开始营造全城甜蜜而黏糊的爱情氛围。市中心的一个红绿灯甚至应景地换成了红色的爱心形状，早早被刷遍了网络。

周念南不能免俗地，想要和男朋友过一个甜蜜的情人间的节日。

一个月之前已经定好的出差时间，她将回程的日期往后多说了一天。

恋爱之初，她很是用心地学习了一些情侣相处小妙招，其中一条提及，情侣间爱情保鲜公式之一，是时不时在日常生活中给对方制造一些小惊喜。

上午的工作会议一结束，她便拉着行李箱往高铁站赶。

毕业之后，她进了本地一家大型设备进出口贸易公司工作，名头响当当，总经理助理，实则是身兼行政、人事、翻译、老板私人秘书等多重岗位的"打杂工"，好处是优渥的薪资、快速的成长。

她形象好，英语功底扎实，做事又认真，很得直属上司的喜爱。

同行的郑雅诗看她不错眼地盯着手机，揶揄道："我怎么感觉你和你男朋友性别对调了？"

周念南紧盯手机屏幕，和卖家确定蛋糕和鲜花的送达时间，头也不抬："浪漫制造不分男女。师妹，你好好学习一下，早日拿下男神！"

郑雅诗是周念南同校同系的学妹，低她两届，正在大四实习期，因为年龄相近、爱好相似，两个人很是聊得来。

司机大叔忍俊不禁："小姑娘，你说得对。男人也需要呵护的嘛。"

周念南抬头冲郑雅诗比口型："呵护。"

两个女孩子在车子后排笑成一团。

时间计算精确到了分钟，她自信能在男朋友下班回家之前准备好一切。

摇曳的香氛蜡烛、摆好的鲜花和小蛋糕、煎好的牛排，以及烛光里的女朋友。

一个完美的七夕。

手机响动，周念南点开微信置顶，是柳承志发过来的：宝宝，你不在我只能和加班共度佳节了。

后面跟着一个委屈的小表情。

周念南的嘴角不自觉地上翘。

今天上午的行业交流会,周念南代表公司上台领奖,很是认真地打扮了一番。

乌发白肤红唇,鬓发浓密,加上泛着光泽的真丝飘带衬衫,笑起来右脸颊的小酒窝愈加显眼,女人的娇艳和职场丽人的干练展露无遗。

司机不由得往后视镜多瞟了几眼。

她精心挑了一个拥抱的表情包回过去。

柳承志:你明天什么时候回来?

周念南回复:明天下午两点的高铁,和老板、雅诗一起回。

她早备好了一套完美说辞。

浪漫需要先降低对方期待值,才能拉高惊喜的阈值。

柳承志:那你路上小心。回来我们再去吃新开的泰国餐厅,我同事说味道非常正宗。

周念南回复:嗯嗯。

一个字回复稍显冷淡,叠字才显得熟络。

对话到此结束。

不能说太多,不然对方容易察觉到她的工作量不饱和,进而猜测到她的安排。

周念南顺势打开朋友圈看了一眼,都是甜蜜的合影和腻歪的情侣誓言。

天气真好。

爱情,也真好。

下了高铁,她直接赶到柳承志的住处时,已是下午三点半了。

这套小小的两居室,全方位展示了一个男青年独居的样子。

吃过的外卖盒胡乱地摆在餐桌上,几个靠枕扔在地毯上,茶几上摆着打开的笔记本电脑,旁边还空了好几个啤酒罐。

周念南一向爱洁,偶尔两人室内约会时很是为这些日常习惯和柳承志吵过几次。

她不盯着,他就原形毕露。

得亏猪咪去上狗狗学校了,不然这里只会更乱。

"猪咪"是柳承志送给她的一只萨摩耶,杏仁眼,微笑唇,雪白娇憨。

唯一的缺点是出门老是乱吃东西,周念南操碎了一颗老母亲担忧的心,在上个月猪咪乱吃导致半夜进宠物医院后,才痛下决心将十个月大的它送去学校。

她心里默默叹了口气,还是认命地收拾起来。

茶几上的笔记本电脑没有合上,周念南擦灰的时候不小心误触到键盘,电脑屏幕瞬时亮了起来。

没有锁屏,桌面一分为二,一目了然。

左边浅蓝色背景是他的部门工作汇报 PPT 结页,大大的"感谢您的聆听"。

右边是他的微信聊天页面。

最后一句聊天是柳承志发出的:我也不知道,先这么谈着吧。

三分惆怅、三分落寞加四分无可奈何。

周念南手上的动作就慢了下来……直到看完她男朋友的聊天记录。

门铃恰好响起,是她预订的鲜花和蛋糕送到。

一捧开得热烈的红玫瑰、一个粉色树莓味的爱心形状小蛋糕。

真是讽刺。

短短十几分钟,她的心情像过山车,从顶峰直摔谷底。

柳承志不应该是互联网公司的项目经理,他应该去冲击奥斯卡小金人。

爱情这场戏,他演得真深刻。

她抬腕看手表,快要四点。

柳承志的下班时间是六点钟,租住的房子就在他公司所在的科技园旁边,走路十来分钟便到。她还没有想好要怎么办,但很显然,此刻并不宜短兵相接。

周念南将电脑原样摆好,盯着屏幕熄灭,变回好像没人碰过的样子。

她毫不留恋地拉起放在门口的行李箱,带上鲜花和蛋糕出门。

城市的晚高峰还没有开始,她顺利地打到出租车。

在手机上看了一圈,市中心和附近的酒店都显示售罄。啊,这特殊的日子。

"师傅,你先往翡翠阁开。"

她不想回公司宿舍。关系亲近的同事知道她安排了惊喜和男朋友过节,回去无异于将私生活昭告天下。

车外的风景飞快地倒退。

司机以为她也是过节的一员,主动打招呼:"小姑娘,节日快乐啊!花是男朋友送的吗?"

"……不是。"周念南艰难地开口,巨大的泪意哽住喉咙。

她一贯坦荡做人,不承想亲近的人背后如此冷冰冰的嫌弃,只咬紧后槽牙忍住即将流出来的眼泪。

八月的天气还是炎热,她的心却和车里的空调一样冰冷。

她闭上眼睛假装休息,脑海里却不自觉地回想起她和柳承志的种种。

周念南毕业后回来,一次和朋友逛街时偶遇学生会的学姐,对方热心地将她拉进海市校友群。社会新鲜人很是好奇地参加了两次校友线下活动,一次打羽毛球、一次爬山看日出。

柳承志是校友群里的吸睛人物。他个高腿长,身姿又挺拔,金色细边眼镜更增添了他的书卷气。参加活动的女生们都爱找借口和他多说两句。

她还记得凌晨看日出那天,因为久未进行如此长时间的体力运动,胸腔喘得快要爆炸，渐渐落在队伍的最后面。

柳承志陪在她身边，先帮她背包，又伸手圈住她的手腕拉着她往前走，最后转身问她："要不要我背你走一段？"

夜色幽暗的天空下，镜片后他的眼睛亮得惊人。

她在那一瞬间，心如小鹿乱撞。

她没有让他背。

凌晨山顶的风很冷，他的掌心温暖得不像话。

所以过两天柳承志约她吃饭并开口表白的时候，她很开心地就答应了。好友张斯斯常常对她恨铁不成钢："恋爱不需要太严肃，一个心动的 moment（瞬间）足矣。这个 moment 会撬动所有。"

她想，这就是张斯斯说的，那个 moment 了。

所以，那些都是假的吗？

爱和计算，是真实共存的吗？

周念南不懂。

她的心里住了一位爱人，爱意蔓延，占满整个心房，想将她认为好的一切都捧到他面前。而他显然不是这样，给予她的，他在心里反复掂量并计算投入产出比，值得，还是不值得。

有种吞了苍蝇般的不适感，胃里翻涌，脸上惨白一片。

车子疾驰四十分钟到达翡翠阁门口。

她在手机上付了车费，又将花和蛋糕留给司机，说："我用不上了，刚刚送来的，您如果不嫌弃的话。祝您和您太太节日快乐。"

总要有人快乐的，不是她，也希望是别人。

司机又惊又喜地连连道谢。

她没有留意到，此时一辆连号牌的黑色越野在她身后缓缓驶入小区的地下车库。

作为本市房价最高的知名楼盘，翡翠阁的大门口摆着应景的红色玫瑰花，门口保安笔挺的制服上别着爱心胸针。

空气里都是热烈甜蜜的爱情气息。

周念南拨通张斯斯的微信电话。

张斯斯是她的至交好友，两人同一所高中和大学念过来，情比金坚。

眼下她正在地球另一端读研究生，周念南算准国内和伦敦的时差，她的下午正是张斯斯的早晨。

"我能去你家住几天吗？翡翠阁这边。"接通电话，她直奔主题。

张斯斯和周念南一样，是海城辖下车程一小时的森安市人。

不同的是，张斯斯的母亲后来再婚，嫁入海市顶级豪门家庭，连带着张斯斯本人的身价也水涨船高，获赠继父送的不动产若干，其中就包括翡翠阁这里的大平层一套。

屏幕里，张斯斯的嘴角还带着没来得及擦干净的牙膏泡泡："你随意。我一直说让你住过来，怎么突然想通了？"

"……说来话长。"

"我十点钟有课。眼下时间充足。"多年老友，张斯斯知道周念南不是麻烦人的性子，眼下她主动开口寻求帮助，必然是出现了大问题。

"今天不是情人节吗？提早回来发现惊喜变惊吓，还没想好怎么处理，先躲一躲。"周念南举着手机，直直地站在八月的骄阳下，另一只手紧紧捏住行李箱的把手，指节发白，眼尾泛红。

怎么说出口，我爱的人在背后嫌弃我。

张斯斯脸色一变："他出轨了？"

"不是……我看到他的聊天记录，说我不是好的结婚对象，没钱没背景。"周念南的声音不由得低了下来，"虽然我还没有考虑过结婚的事情，但……"

她哽住，豆大的泪珠先于她的意识扑簌簌顺着脸颊往下流。

好友在侧，就有了依靠，仿佛受伤的倦鸟归了巢。

电话那头的张斯斯深吸一口气，不再追问细节。

"外面太阳这么大，你先进去休息。伤心也需要力气的，是不是？房门的密码你知道，还是那个。你睡我的房间，想住多久住多久。正好增加点人气。"

张斯斯的房子掩映在层峦叠嶂的绿化后面。

翡翠阁寸土寸金，也不妨碍它绿化率高到吓人。

门口保安向业主确认了访问信息，又登记了她的身份才放行。

周念南推开窗户时，张斯斯的视频电话又卡着时间进来。

"房子没怎么通风，就每周做了保洁。你记得多开窗换气……房间里的日用品要是过期的话，你告诉我，我等会儿叫跑腿送新的来。"

"斯斯，谢谢你。"周念南站巨大的落地窗前，感动的话还没说完就被打断。

"咱俩谁跟谁。房子不住人真的旧得快，我还感谢你呢！"张斯斯风风火火的个性一如既往。

她高中时有过一段叛逆期，恰逢张妈妈重新进入婚姻围城，分身乏术，两人吵得王不见王。

周念南脾气好、性格软，又会照顾人，见她在电话里哭成花狗脸，一时心软自动代入鸟妈妈角色，张斯斯的期末排名甚至还往上升了五名。

周念南在张妈妈心里的靠谱程度由此扶摇直上，再难撼动分毫。

"……我拍了他的聊天记录，等会儿发你看。"

张斯斯这下是真确定周念南好些了，都开始有心情发物料给她了。

"那行。东西放哪里你都知道对吧，随便用。我的就是你的。"

"知道……"

说起来,张斯斯这套房子的装修方案还是她们两个人一起定的。

有个不差钱的继父鼎力支持,这套大平层装出了一种能上杂志封面的高级感。

碧蓝如洗的天空毫无遮挡映入眼帘,整面落地窗干净得如同刚刚出厂。俯瞰窗外,远处车水马龙,近处绿树成荫。

一组白色真皮沙发立在客厅中央,脚下铺着厚厚的羊毛地毯。

周念南在沙发上躺了下来,有一搭没一搭地听张斯斯在那头说话:

"你那个男朋友也就长得还行,不过看着跟小白脸似的,没有男子汉气概……"

张斯斯一直对周念南谈恋爱这件事情耿耿于怀。她在伦敦求学,好友突然有了恋爱对象……就,横看竖看觉得他配不上南南。

南南多好啊,漂亮又温和,绵软又坚韧。饶是张妈妈这样识人无数的销售总监,也总是在背地里提点自己的女儿:你多跟人南南学学。

"我没事。最难受那一下已经过去了。"周念南感激好友的义愤填膺,还有人这样爱她。

张斯斯不着痕迹地在视频里瞥了一下她的眼睛。

眼眶还湿漉漉的,长长的睫毛沾在一起,美人落泪,我见犹怜。

"你还要收拾去上课呢!不用担心我。"周念南不欲耽误好友的课业,张斯斯跟她抱怨过好多次英国教授奇怪的口音和多到离谱的阅读作业,只恨自己被电影里英式口音迷了眼。

张斯斯眨眨眼:"那我先去忙了啊!"

周念南真心实意地感激她:"去吧。有事情会在微信上和你说的。"

房间里安静了下来。

傍晚的太阳光穿过落地窗,给房内洒上一层柔软的光,中央空调发出细微的"嗡嗡"声。

楼下的喧嚣遥遥传上来一点点,一切都有种不真切的虚幻感。

她盯着空气中飘舞的尘埃看了半天,拿起手机点开置顶的微信名,将"橙汁男朋友"改回柳承志的大名,犹豫半天到底没将"渣男"两个字加上去。

她没有背景,没有父母帮衬是事实。对方只是现实罢了。

回想这段感情,柳承志和她之间,好像从来没有提起过结婚的话题。

对二十五岁的周念南来说,恋爱关系已经足够正式,婚姻显然太早。两个人日常分享,下班后约会,周末看画展逛公园,甜蜜又自然。

从什么时候起,对方在心里暗暗衡量这一切?

身下的沙发触感绵软,冷气安抚了她的焦躁和伤心,房间里安安静静。

周念南不自觉地陷入黑甜的睡眠中。

再度醒来的时候已经是晚上七点多。

房间里没有开灯，窗外城市的霓虹影影绰绰照进来，暮色四合里有种静谧的忧伤。

手机里多了十几条未读消息。

大半来自张斯斯。

她一心二用，上着课还不忘搜罗她朋友圈里未婚男青年的照片，用事实告诉她，姓柳的不行，赵钱孙李我这里一大堆。

还有几条来自柳承志。

微信上的他细腻体贴，问她是不是工作忙，又温柔小意地表示他很想她，等她回去再补过情人节。

……如果不是今天刚刚看过他的聊天记录。

周念南只回了一句：晚上供应商宴请，抱歉。

她将手机放在一旁。

感情谈不下去，生活还是要继续的。

张斯斯的大平层装修好后，还没住多久，就办妥手续远赴大不列颠留学去了。

周念南打开灯，检查了一遍洗手间和厨房。

她认真在手机备忘录里记下要买的东西，又钻进洗手间洗了脸，换了一身简单的T恤和牛仔裤，随意地扎了一个丸子头。

手上戴的手表是当时一起买的情侣表，她想了想，取下手表扔在鞋柜上。

八月的夜晚，暑热犹在。

走出小区，马路上汽车的轰鸣声，行人此起彼伏的交谈声，让周念南有种重回人间的恍惚感。

这种恍惚在看到门口有家二十四小时的连锁便利店时立刻消失了。

天大地大，祭五脏庙最为事大。

在柜台前选好一堆关东煮，经过饮料柜的她鬼使神差地停下脚步，拿了两罐啤酒，黄油口味的。

情人节的夜里，稍微祭奠一下失去的爱情，微醺不上头，很合理。

她在便利店的窗前坐下来。

小心翼翼地捧着花的女生。

甜甜蜜蜜地牵着手的情侣。

摩托车上载满鲜花和蛋糕的外卖小哥。

车身上刷着巨幅闪亮钻石广告的公交车。

从明亮的窗内看过去，今天也是很好的一天。

爱意充沛，情满人间。

这样散漫的思绪在瞥到进门的客人身上时，戛然而止。

男人身材高大,一身黑色衬衫西裤难掩气质,黑色眼镜后的眸子不带一丝温度。

他径直走向收银台要了一包烟。

周念南犹如见了猫的老鼠,乖乖地从高脚椅上挪下来,在男人不经意的视线扫过来的时候,屏息站直,巧妙地挡住身后的啤酒罐,小声开口叫人:"延卿哥。"

不是她怂,实在是来人不一般。

张延卿,她好友张斯斯的继兄。

Aka"冷血大魔头",张斯斯口中"我那冷心冷肺、毫无血缘关系的哥哥"。

周念南对张延卿不陌生,全是因为张斯斯。

女孩子的友情,是手拖手一起做所有的事情。

托张斯斯的福,张家老宅上下,周念南去的次数比成年后的张延卿多多了。

而周念南也是在冬天钻了好几次张斯斯的被窝之后,才知道她的家庭情况的。

毕竟,张延卿、张斯斯,都姓张,听上去多么像有爱的兄妹呀!

张斯斯的父母据说相看两厌,在她七岁时离了婚,张父要了张斯斯姐姐的抚养权,张妈妈便带了张斯斯,从电器卖场最基础的售货员开始做起,一路做到销售总监。

离了婚的女人没有靠山,只有一腔孤勇,拼搏向前。

这朵自强自立的商场玫瑰不知何时打动了大老板,也就是张延卿的爸爸,两人从事业的根基里迸发出了爱情。

在张斯斯初三毕业时,他们低调地领了证。

张延卿比张斯斯大八岁。

周念南说:"你们都姓张,听上去很像一家人。"

张斯斯躲在被子里悄悄和她咬耳朵:"张延卿冷冰冰的,一点都不像哥哥。"

小说里疼爱妹妹的剧情没有发生在张延卿身上。

他父亲再婚时他都研究生快毕业了,学业显然比继母和继妹更重要。

天真的张斯斯在释放了好几次善意之后铩羽而归,接受了张延卿和自己是"不亲密的一家人"的事实。

而冷冰冰的张延卿在美国读完研究生,据传在精英遍地走的华尔街创业失败,不得不回国接手其父的集团公司。

有钱人士成长路径,失败也有人兜底,离她这样的普通人陌生又遥远。

周念南听多了张延卿对好友的冷淡,对这位兄长莫名畏惧。

偶尔在张家老宅碰到回国探亲的张延卿,两个女孩子看到他就跟被锯了嘴的葫芦一样,努力营造"听话乖巧、人好话不多"的好妹妹形象。

眼下，男人有一瞬间的怔愣，视线在她脸上停留两三秒，又不动声色地挪到她整齐交叠的双手上。

张延卿气场太强大，周念南不敢和他对视，视线虚虚地从他凌厉的眉眼间飘过，落到身后的货架上。

他脚下一顿，原本向门口走去的双脚，转向她的方向。

周念南不由自主地往后退了一小步。明明也没有做错任何事情，但一看到张延卿，本能地就紧张起来。

小小便利店的进食区原本就不大宽敞，张延卿一站过来，更显逼仄。

"你来找张斯斯？"对方的声音里带着疑惑。

周念南低着头，视线落在他的右胳膊上，看上去质感很好的黑色衬衫袖子挽起一半，露出清晰流畅的手臂线条。

"不是，斯斯在英国没有回来。我来借住两天。"最后面那句话多少说得有点儿没底气。

"嗯。"

一个字，周念南生生听出了压迫感。

场面上的寒暄应该差不多了，可以退场了。

她伸手点了点手机屏幕，假装赶时间："延卿哥，我还要去超市采购，就先走啦！"

她抬眼，正好对上对方看过来的视线。

和之前相比，张延卿的容貌并没有多大变化。他原本就长得好，剑眉星目，鼻梁高挺，又自带上位人士的气场，不笑的时候显得颇为严肃。

他微微点了点头。

周念南心下松了口气，下意识地朝对方笑了一下。只是没待她拎着购物袋走出门口，张延卿的声音在背后响起："你喝了酒？"

她长久以来在张家"懂事沉稳、大方得体"的人设眼看就要不保。

短短一瞬，周念南心下转了八百圈。

她转身，看着那两个啤酒罐，眼神飘忽："有点儿热，我稍微喝了一点点。"

……不知道能不能补救一二。

那句"啤酒度数也不高"被压在舌后。

两个人的眼神对上，周念南没坚持两秒败下阵来。

门口的感应器感应到新的客人，响起了"欢迎光临"的机械女声，带进来一阵夏日热风。

她不知道该说什么，僵硬地站在那里。

对方似乎没有看到她的窘迫，迈开长腿向她走来，语气多少带着点儿无奈："我跟你一起去超市。"

周念南稀里糊涂地跟在张延卿身后走出便利店，才后知后觉地体会到他没说出口的好意。

张斯斯的继兄……似乎，也不是那么冷血。

不过，路上要说点儿什么好呢？普通人和大老板能有什么共同话题……

聊工作，据张斯斯探听到的小道消息他在纽约创业失败，又被张叔叔逼着回国继承家业……显然是人家的伤疤，Pass。

聊感情，七夕这样重要节日也没有约会的人，不像有女朋友，不合适。

聊家庭，他家爸爸、阿姨和妹妹她比他还熟，好像……也没啥好说的。

……

她还没来得及打好腹稿。

张延卿晃了晃手上的烟盒："你走前面，我抽根烟。"

他没有错过她脸上一闪而过的轻松之色。

身后的步伐沉稳而有力。

渐次经过的路灯，将对方的身影拉长，再推近到她的脚下，覆在她的影子上。

张延卿不紧不慢地隔着几步跟在周念南身后。

她的丸子头被风吹得有些凌乱，许是出门前随意，有几缕长发没有扎进去，蜿蜒地贴在脖子上。

后颈肌肤瓷白，黑发细软，透着一股说不出的温婉。

夜风迎面而来，吹散他吐出的烟圈，也带来她身上丝丝缥缈清甜的香味。

夏夜的温度也高，女孩穿着宽松白T恤和浅蓝色七分牛仔裤，肩直腿长，只露出一小截细细的脚踝。

他垂下眼眸，看路灯下她和他的影子，明明暗暗中互相交错，你中有我，我中有你。

忽然觉得夹在指缝里的烟，微微有些烫。

超市离小区很近。

高端精品超市，很符合这一片居民们非富即贵的身份定位。

还没来得及取小推车，周念南捏在手里的手机就振动起来。

她低头看了一眼，柳承志的大名在跳动。

身后有淡淡的烟草气味飘来，一道男声在身侧响起："你接电话，我去拿推车。"

周念南看着他走远，才按下接听键。

"宝宝，现在忙完了吗？"在这之前，她觉得柳承志的声音是好听的，和风细雨般悦耳。

"……差不多要收尾了。"周念南面无表情。

"累不累？"是他一贯体贴的做派。

她不欲继续这样的做戏："还好。老板喝得有点高了，我先安排人送他回房间。到时候在微信上和你说。先挂了。"

对方的语气带着点失落:"好吧,那你先忙。想你,宝宝。"

她假装没有听到最后那句话挂了电话。

人声和键盘声夹杂的大办公间里,旁边工位的同事留意到柳承志盯着手机若有所思的眼神,问:"老大今天七夕还和我们单身狗一起加班啊?"

他在海市知名的互联网企业工作,一路兢兢业业做到所在部门的前端软件开发经理,手下带着一众员工。

柳承志叹了口气:"女朋友出差中啊!比我还忙……"

立马有一道男声嬉皮笑脸地接上:"正是彩旗飘飘好时机……"

他和手下这帮人的年龄相差不大,大家日常插科打诨惯了,他也不大在意,只笑了笑顺手拿一支笔朝着声音扔过去:"不要败坏我的名声。"

围观的一众男生立马嘻嘻哈哈作鸟兽散。

他在心里想,也许是真的很忙吧!

张延卿留意着她的步伐,推着购物车走得并不快,听到她明显的谎言。

周念南却没有注意到他放慢的脚步,她低头切到手机里的便笺页面,加快几步走到他身边。

"延卿哥,我去日化区那边就可以了。"她脸上很是平静。

两人保持着一步的安全距离。

周念南一心二用,一边假装认真地对着手机选过夜要用的东西,一边不动声色地用眼角的余光偷偷打量张延卿。

她代入小说网站上遍地的豪门总裁思考,做一个有钱人是什么样的体验。

猪咪就可以在大别墅自带的宽阔花园里自由奔跑了。

……对,分手之前要把猪咪带过来。她想到。

张延卿的手机振动了一下,有消息进来。

是他大学好友兼风投公司合伙人,江初礼。

对方发来:如此良宵佳节,你就没有谈个恋爱的想法?

江初礼自己正谈着,浑身散发着恋爱的圣光。

张延卿一手推车一手按键盘:现在在想。

下一秒,江初礼的电话就打了过来,语气是掩饰不住的激动:"是不是终于感受到孤独寂寞冷了?"

张延卿看着站在超市货架旁认真挑选护发素的女孩,否认他的话:"那倒也不是。"

江初礼只当他嘴硬:"我可是接了好多个推销的电话了啊!你喜欢哪个类型的,我都能给你挑出来。"

老友家世已经完美至臻,本人身上的优点更是不胜枚举。身材高大,长相俊美，接手家族企业至今，从未有任何花边新闻传出。

至于坊间传言的创业失败被骗巨款，他这个合伙人最知道内幕，几次三番想跳出来为老友正名都被张延卿拦住，理由冠冕堂皇："闷声发大财不更好？"

张延卿笑了笑："不劳你费心了。"

江初礼立刻反应过来："你已经有看上的了？"语气里怀疑中带着震惊，这么快的吗？

张延卿模棱两可："看情况吧。"

如果，她的爱情有裂缝……

江初礼抓狂："你说清楚，什么情况？"

眼看着女孩转过身来，对着手机里的单子核对购物车里的物品，张延卿漫不经心地说："我这里还有事情，先忙了。"

干脆利落地结束通话。

周念南找准时机切入："延卿哥，我选好了。耽误你工作不好意思。"

不管是公事是私事，大总裁的事一定是重要的事，以退为进总是没错的。

对方淡淡地"嗯"了一声，买单付款，然后拎着和他气质极为不符的购物袋将她送到楼下。

回程的路好聊多了。

许是啤酒终于有些上头了，周念南都不用刻意想话题，就将这短短路程的话题安排得满满当当。

从海市的夏热、早高峰的拥堵，再转到门口便利店的早餐品类。

既日常生动，又不谄媚冷淡，完美契合两人半生不熟的关系。

她挥挥手目送他离开，男人的身影很快没入夜色中。

周念南在张斯斯家的豪华洗手间里，一边敷面膜一边和她分享晚上的奇遇。

对此，张斯斯只有一个疑惑："七夕的晚上他竟然来买烟而不是买那啥？看来还是孤寡老男人一个。"

周念南："你真的很会抓重点。"

…………

两人的话题很快转到今天的惊吓上。

"肯定会分手的。外婆已经很努力把我供出来了，轮得到他嫌弃？"

周念南从来没有觉得自己配不上对方。她努力工作、真诚待人，仰仗外婆的勉力支持才走到了海市。

"他如果明确地告诉我，我都会好受一些。而不是像现在这样，一边嫌弃我，一边说爱我……在这段感情里，我可以问心无愧地说，我的时间、金钱和感情投入并不比他少。"

张斯斯在手机另一头听着好友的声音，所有的安慰只化作一句话："他永远不知道自己错过了多好的你。"

停顿半天,她又加上:"天秤座进入了水逆期啊!陶大师说了,放轻松,顺其自然,一切该来的都会来。"

原来是在翻星座运势。

而孤身回到住处的张延卿,并没有回到电脑前。

他站在阳台上又点了一根烟。

上天也许感念他的念念不忘。

蛰伏的猎人被捷足先登过一次,这样的错误他不会再犯第二次。

第二天,周念南准时上班。

眼下明显一团青黑,她多扑了好几层粉才将黑眼圈堪堪压下。

张斯斯和她太过熟稔,又抱着安抚她的心思,两个人一聊起来就刹不住车。

一上午过得好似在打仗。

好几个会议间连轴转,各种术语、数据、细节充斥耳畔。

公司最近在和美国的一家公司接洽定制产品,对方发过来的打包文件下载时间都半小时起步。

她坐回自己工位的时候已经快接近午休时间,加上昨晚没休息好,整个人软趴趴的,很没精神。

见她疲累神情,隔壁座位的陆雨萱八卦兮兮地凑过来:"这么累?昨天情人节看来很精彩呀!"

周念南提前结束出差,回来跟男朋友过情人节的事情在办公室里不是秘密。

"嗯,非常精彩。"周念南不欲自己的私事变成办公室谈资,只顺着她的话说,假装无意间提起在网上看的新闻,"昨天市中心那个爱心红绿灯去看了吗?现场人多得……无愧网红城市的称号。"

于是话题重心就顺理成章地偏向了网红城市的弊端上。

她所在的公司本地人多,又坐落在去往市中心的必经之路上,大家苦市中心的巨大人流量久矣。

"Sometimes it's hard to be a woman, giving all your love to just one man……"

周念南放办公桌上的手机响起来。

……失误,只改了渣男的备注名字,忘记改掉他的专属音乐了。

陆雨萱提醒她:"忘记和你说了,你开会的时候手机响了好几遍。"

她点点头,关了声音,捏着手机往消防通道走。

"南南,你是不是忙到忘记还有一个男朋友了?"毫无疑问是柳承志打过来的。

周念南是那种事事有回应的人,哪怕当下没有回消息,之后看到未接来电提示也会解释一下刚刚在忙什么事情。

昨晚的电话之后,她没有再回微信消息,今天打的前几通电话也没人接。

这种石沉大海的沉默让他有些不安,是因为昨天的节日没有提送她礼物而不开心吗?

也是,她平时虽然脾气好又体贴,但毕竟是个女孩子。

七夕这样的日子,即使没有在一起过,也会对他有期待的。

"还在和其他供应商交流,事情特别多。"她还没忘记此刻自己的状态应该是"出差中"。

楼梯间的消防门常年掩着,一开口便带着回声。

周念南谨慎地上看下瞧,确认没有其他同事在此处休息。

柳承志是知道她的工作性质的,闻言并没有怀疑,甚至隐约有点儿放心下来。

"我给你准备了情人节的礼物,见面的时候给你,是你喜欢的。"

周念南深吸一口气:"那我们这周末见一面吧,我也有礼物给你。"

"好,差不多中午了,你早点儿去吃饭,好赶高铁。"对方还在殷殷叮嘱,俨然还是之前的模样。

巨大的割裂感包围着她。

"嗯。"她低声回道,"你也一样,我们见面再说。"

周念南不打算在电话里和他掰扯那些藏在脉脉温情下的精明算计。

结束通话甚至还没来得及多凭吊一下她的爱情,手机又振动起来。

备注名字是"陈太",她秒切回工作状态。

是她老板的太太韩乐儿打过来的。

"小周啊,我听老陈说你们下午两点的高铁回来?我安排家里的司机直接来接他,你跟他说一声。"

"陈太好,"周念南飞快地解释,"我昨天请了半天假提前回来和男朋友过节,陈总还在那边有一些应酬。"

同为女人,周念南工作伊始很快感受到老板娘对她不同寻常的关注。

聪慧如她,很是无奈地在朋友圈晒过几次"仅老板和老板娘可见"的九宫格游玩图。

偶然入镜的有她的大学同学、邻居哥哥等等。

韩乐儿私下找人事看过她的简历,家里只有一位外婆,日常穿搭走简单大方路线,不是优渥家庭里出来的娇气姑娘。

暑假有段时间她的大女儿跟着爸爸去公司玩,周念南甚至还能抽空帮大女儿辅导英语作业,乐得大女儿回来缠着她:"让小周姐姐当我老师吧,她讲得比补习班老师好多了。"

周念南就这样,在公司兢兢业业三年,凭实力收服老板家上下。上至老板的爸妈,下至老板的一儿一女。

张斯斯大言不惭:"谁会不喜欢南南!"

对周念南来说,这份工作挺好,学有所用且薪水高;老板家的私事找她搭把手,事后私人红包也给得爽快。

打工人的追求，都体现在工资的金额上，她挺满意的。

楼道的门被人推开，周念南跟老板娘的电话正好结束。

陆雨萱探头进来："我就知道你在这里。一起去食堂午餐吗？"

从今天早上到现在，她只喝了水，居然也不觉得饿。

"你帮我带杯冰美式上来？我没什么胃口。"还有一个下午的工作，打工人的续命水先补上。

即便楼梯间的光线不好，陆雨萱也看出对方的脸色苍白，状态不大好，她以为是工作的缘故，没忍住劝说："工作是做不完的呀！老板又不在，你偷会儿懒又没人知道。"

周念南笑了笑："知道啦！"

待楼梯间重新安静下来，她在台阶上坐下给外婆打电话。

小老太太在家里开了一家手工月饼店，七夕和中秋节离得近。往常这个时候，她就开始做月饼销售的预热了，应该忙得很。

电话很快接通，外婆的声音里带着笑意："念念出差回来了？"

"回啦！昨天回来的，我还代表公司上台领奖了。"

"那是不是很优秀的员工才可以上台？"外婆声音里满是愉悦，周念南却敏锐地察觉到她那头环境的安静。开始做准备工作的话，月饼内馅调制、酥皮制作，操作间机器开起来的噪声不会小。

"外婆，你现在在做什么？今年月饼的订单多吗？"她佯装随意地问。

"生意比去年差些，老式手工月饼吃的人是越发少了……"小老太太避开了第一个问题。

"那我这周末回来帮忙。"

"这么点活我雇几个老邻居就忙完了，哪里用得着你。你出差辛苦，在家里好好休息。饺子还够不够你和小柳吃？我做好让你大林哥给带过来。"

周念南胃口浅。外婆从小照顾她，时时在冰箱里备着胡萝卜牛肉馅的饺子，热水氽烫几只，添一个荷包蛋进去，快手又营养，就是她的一餐。

柳承志的话不期然地浮上心头，外婆包好的饺子他没少吃。

她一时鼻酸，将头埋在膝盖上："冰箱里还有的，我才不给他吃。"

外婆马上追问："两个人是不是吵架了？"

周念南赶紧否认："没有……饺子太好吃了，我不舍得给他吃。包饺子又累，你还要一大早去菜市场买菜。"

"小柳对你好，你也要对他好。感情都是相互的。"周外婆生怕两人闹矛盾。

外人看周念南，都觉得她脾气好、有耐心又温柔似水，只有从小带她到大的外婆知道她骨子里的执拗。

在分手尘埃落定之前，周念南都不打算告诉外婆。

柳承志配不上外婆对他的好。

六点的下班铃声一响,周念南就捏着车钥匙匆匆往车库赶。

她老家在海市下面的一个地级城市,名字颇古意,森安。

周五,叠加下班高峰期buff,原本一个小时的车程被生生拉长一倍。开到家门口那条巷子时天已经黑了。

她和外婆住在老城区的一条巷子里,老巷有个非常亮晶晶的名字:珍宝巷。

地段当然是好的,就在市中心的旁边。走过一排树荫浓密的长马路,拐个弯就是所有小城都有的一条街——步行街。

但小巷内里却远不如名字这般让人心旌摇曳。

外头看着巷弄幽深,生活气息浓厚。住在里头的人却知道老房子的不方便,布局紧凑到几乎没有房间距,隔壁邻居吵架的声音稍微大点儿,第二天整个巷子就都知道了。

不仅如此,巷子口狭小,开车进出极为不便。有条件的邻居老早就搬去了新城区那边。

马路上的停车位早已停满,周念南小心翼翼地转进巷子里。

邻居向婆婆正摇着蒲扇坐在门口的小板凳上纳凉,见有车开进来正要上前阻拦。

周念南打开车窗:"向婆婆,是我。"

巷子不宽,停一辆车就挡了大半的路,很是影响居民生活。因此日常不让外来车辆停进来。

"哎,南南回来啦?去看了你外婆吗?"

周念南一愣:"还没有。"

她偏头过去看自家房子,没有亮灯,外婆不在家。

"你外婆还说不想打扰你工作。我就说你这么孝顺,怎么可能不回来看她。"向婆婆看着周念南长大,从瘦瘦小小一个长到如今的大姑娘。

人上了年纪总忍不住经验之谈,向婆婆凑近她的车窗:"人老了身边得有人照顾。你外婆不说,我得替她说道说道。你看像做手术住院这么大的事情,还得是家里人来操持。请人帮忙总归不如自己人贴心,是不是?"

周念南听着一蒙,后知后觉地点头:"是。"

外婆住院了?

"你外婆说你工资拿得多,老板又看重,是份好工作。可是外婆只有一个,工作再好哪比得上亲人,对伐?"

周念南只管点头。

看她认可的态度,向婆婆还待继续,周念南赶紧打断她:"向婆婆,我先去医院一趟,到时候再回来和您聊。"

老人于是放心地退后,看着她倒车,一眨眼便没了影儿。

路上,周念南给邻居大林哥拨了个电话,才知道外婆周三做了个微创手术,胆囊切除,现在在市里的人民医院住着。

"你外婆还特意叮嘱我不要告诉你来着,说你在出差,又是小手术,免得你担心。"大林哥比她大两岁,在麻醉科工作,是巷子里的医院百科全书。

周念南眼眶一热:"我现在就过去。"

病房的门敞开着,亮堂堂的双人间。隔壁病床是空的,床褥胡乱地堆在床尾。

周外婆还没有睡,穿着条纹病服半躺在抬高的病床上,聚精会神地盯着挂在墙上的小电视。

没有其他人,周念南直接走进去,正好对上外婆转向门口的双眼:"念念你怎么来了?"

语气里的高兴不加掩藏。

周念南心下一软,原本想要指责外婆欺瞒她的话就说不出来了,只瞪着眼睛看向她。

满头银发齐整,脸色有点儿发白,看着还行。

周外婆自知理亏:"哎呀,就是小手术,微创。躺一下就好了。"还试图宽慰她。

周念南在床沿上坐下,一把搂住这个个子小小的老太太,声音比平时都要软三分:"你以前说过,一件小事都不瞒我的。做手术这么大的事情,也不告诉我……"说着就带了哭腔。

周念南由外婆一手带大。

她奶奶嫌弃她是个女孩,听到护士报了性别,脸色当场拉了下来,扭头就回了家。

要强的周妈妈出了产房也没问婆婆的去处,脸色平静地在自己母亲家坐了月子。在周念南六个月大时,她去民政局办了离婚证,将女儿的姓改成她的,从此一心扑在工作上。

她的爸爸据说后来兜兜转转娶了邻居家女儿,如愿以偿地生了个儿子。

周念南五岁时,周妈妈重新在一个香港男人身上找到了爱情,两人办妥结婚手续飞往了加拿大。小小的周念南抱着外婆的腿不肯撒手,于是留在了老旧的珍宝巷房子里,一直到现在。

周外婆被她的眼泪吓住。

周念南的执拗和她妈妈一模一样,轻易不肯落泪。老太太心疼得不行,一边小声念叨"我这不就好了嘛"一边给她擦眼泪。

周念南伏在外婆的肩侧,闻着她身上熟悉的雅霜香味,一颗晃在空中的心终于落了地。

这一刻她发现,比起外婆的健康,感情世界里的嫌弃或是分手都不重要。她只要她的外婆好好的。

这时洗手间的门打开,余春娇,也就是大林哥的妈妈走了出来。

周念南赶紧站起来表示感谢。

身型胖胖的余春娇爽快地摆手："我几乎没帮到什么忙,按时按点护士都会过来检查。我啊,光在这里吹空调了。"

都是老邻居了。

周念南松了口气,转过头和外婆商量："今天晚上我陪护,让余阿姨回去休息。"

"都不用,说了有护士嘛!隔壁床还有个老太太,正好和我聊天。"

周念南才不听她的,放低声音："我就想黏着你嘛!"

撒娇大法好,对倔强的老太太很管用。

余春娇在身后语带羡慕："还是女儿好,我家大林跟他爸一个德行,嘴里没一句软话。"

抱怨里掺杂着骄傲。周念南顺着她的话说："林伯伯和大林哥都是医生,巷子里的大家还羡慕阿姨你呢。"

只哄得余春娇满脸笑意。

眼看着时针指向九点,周念南站起来送余春娇回家,经过护士站的时候租了一张陪护床。

她要回家洗漱了再过来。

周外婆笑眼眯眯地看着两人离开。

翡翠阁楼下的绿化带里。

一身灰色运动服的张延卿顶着额头的薄汗,已经两次跑步经过昨晚他停留的楼下。

时隔多年,他终于能体会到在女生宿舍楼下等待的微妙心情了。

然而上天给予的好运似乎在昨天已经用尽,第三趟跑过的时候,还是没有看到那道熟悉的身影。

他一边调整呼吸,一边拨弄运动手表的表盘打电话。

正值伦敦下午一点多。

张斯斯坐在台阶上啃着一个金枪鱼三明治,看到手机屏幕上显示的张延卿大名表情裂开。

天上下红雨了吗?

"你好,延卿哥。"

心里再疑惑,她还是规规矩矩地按了接听键。他们之间的关系远没有亲昵到叫"哥哥"的程度,张斯斯便跟着继父那边亲戚家小孩这样称呼他。

不知情的同学羡慕她有个帅气多金的哥哥,只有她自己心知肚明,逢年过节才见面的塑料兄妹情,不用风吹就散了。

"你好。"

两个人的生疏如出一辙。

张斯斯心里打鼓,莫不是家里的谁身体不舒服了?实在张延卿和她之间的联系,仅限于此。

"昨天在翡翠阁这边看到周念南了,她住在你那里?"他直奔主题。

张斯斯呆住:"什么?"

今日份"万万没想到",难道昨天的吐槽被他知道了?

她一时没想明白张延卿打电话就为了说这个事情,稀里糊涂地顺着话回答:"啊,对,她昨天有点儿不舒服,在我那边借住。"

对面语气平淡,好似闲话家常:"我看她昨天还在便利店喝了两罐酒。想着她是你的朋友,是不是碰到了什么难处?"

张斯斯一瞬间被这迟来的兄长爱击中,听听,她是你的朋友……

重点——你的。

她当然知道周念南发生了什么事,却并不打算说,毕竟是周念南的私事。她急中生智:"……是我看到朋友圈说新品上市,想让她帮我试试。"

张延卿知道这不是真实的原因,他记得她在超市里那个明显的谎言和眉间的郁色。

交浅不必言深。关系普通的两兄妹默契地结束这通对话。

留不知情的张斯斯在原地旋转跳跃,只觉得自己和继兄的亲情终于开始破冰,延卿哥都开始找借口关心她了。

她立刻发微信给周念南:延卿哥还是有点儿善良在的,以前是我有眼无珠了!

偏安病房一隅的周念南:[一头雾水.jpg]

回到病房的时候,外婆和隔壁床的奶奶已经躺下。老人家睡得早,她也放低呼吸在手机上查老年人术后恢复注意事项。

张斯斯:我长话短说,延卿哥今天打电话关心我了。

周念南:不冷心冷肺了?

张斯斯:我的眼睛透过冰冷的表象看透了他的内心。等我和他关系再友好点儿,我妈就放心了。

在外人看来,张家家业毫无疑问是要交到张延卿手上的,张斯斯一个半路来的拖油瓶能跟着喝口汤已经很不错了。

张斯斯懒得理会,人家的家业本就和她没什么关系。和她有关系的,是她妈妈过得开心。她祈祷张家这个重组家庭和其他普通家庭一样,双亲恩爱、兄妹情深。

可惜张延卿读书和工作都在国外,回家次数一只手数得清。一家四口明明在同一个户口本上,却生生过出了两家人的感觉,她有种自己抢了他父爱的感觉。

是以张斯斯虽然不忿继兄的冷淡,但感情里多少对他带点儿愧疚。

周念南清楚好友心结所在,回她一张小猫咪举爪喊加油的表情包。

张斯斯自我得意了好一阵才想起来问:之前不是半个月回一次吗?这么快

又回家了？

周念南今天工作、开车连轴转，一堆不算急事的消息都已读未回。

她无声叹了口气，将外婆住院的事情告诉对方，又自嘲：昨天还觉得要分手是大事。今天就发现，外婆最重要，其他的都是小事……甚至都没有想起他。

而加班至深夜的柳承志终于后知后觉地发现，他的女朋友，好像真的生气了。

从昨天七夕开始，已经连着两天没有收到她的睡前微信或者电话了。

周念南有着奇奇怪怪又强烈的分享欲，睡前总要说一大堆今天遇到的人、好看的物、有意思的事，哪怕工作忙也会交代一声。

这两天却意外安静，安静到他终于觉得不对劲。

早上五点多的时候，走廊上开始传来响动。

周念南蹑手蹑脚地从陪护床上爬起来，先去探了探周外婆的额头。体温正常，她放下心来。

说是来陪护，实际上昨晚她意外地睡得沉，一觉到天明。无论在哪里，只要是外婆在旁边，她就觉得心安。

柳承志一晚上发来十几条微信，时间从十一点多到凌晨两点多。最后一条信息看上去情真意切：宝宝，如果我有做得不好的地方，你直接告诉我，我改。不要不理我。

真诚是他，背后算计犹疑也是他。

周念南就着窗帘后半明未明的天色翻了一圈外卖软件，森安小城里能买到咖啡的地方也就二十四小时营业的肯德基了。

聊胜于无。她下单了一杯冰拿铁，估摸着外婆的口味加了个皮蛋瘦肉粥三件套。

六点刚过，病房里的两位老太太先后醒来。

周念南搀扶着外婆洗漱完毕，又自己简单梳洗了一番。等外卖来的间隙，她回复柳承志：我临时有事回了家。周末不回海市了，下周我们见面再谈。

往日的亲近荡然无存。

一晚上辗转难眠的柳承志也感受到了其中的冷意，他几乎是秒回：是不是家里出了什么事？我来找你。

放以前周念南会心疼他周末休息时间不够，但现在，她说：好。

她在医院待到吃完早餐，才在外婆的再三催促下回家，临走前说好晚上再过来。

隔壁床的奶奶看得眼热："您这孙女儿真不错。"

柳承志过来得很快。

周念南走出巷子口就看到一道熟悉的背影。她站定，隔着十几米的距离静静地看向这个她真心爱过的人。

他无疑是出众的，清瘦颀长的背影，穿着她从前最爱的蓝色条纹衬衫。只有垂在身侧不停敲击手机屏幕的手指，泄露了他的焦灼。

周念南有瞬间的恍惚，想起之前很多次的约会，他也像现在这样，拎着她爱的奶茶在公司宿舍楼下等待。

"你吃早餐了吗？我带你去一家口味很好的店。"她走上前，轻轻点了一下他的肩膀，在他身旁站定。

柳承志转过身来，即使眼下带着微微的青色，也无损他的书生意气。

"宝宝，你是不是在生气？"他紧张地盯着她的脸，希望能从她的表情里看出答案。

"我早上只喝了一杯咖啡，你也没吃对吧？"周念南没直接回答他，只用眼神示意他跟上。

灼灼夏日的十点，街上的行人都打着遮阳伞匆匆赶路，躲在树里的蝉不知疲劳地叫个不停，单调又聒噪。

两人肩并着肩，柳承志想伸手牵她，被她避开。

"我没生气，只是突然发现外婆老了，我想陪在她身边。这样的话，我们的人生规划就不大一样了。"周念南开门见山。他在婚姻的框架下考量她的家庭背景，以彼之道还施彼身，她也用同样的理由回赠对方。

柳承志显得很是意外，他伸手摸了摸下巴，那是他思考时无意识的小动作，大约她的话也超出了他的意料："……是不是我妈妈跟你说了什么？"

周念南似笑非笑地看向他："你猜。"

……场外信息，柳家妈妈看来也对她颇有微词啊。

她此时从恋人的身份里跳出来看他，才觉得眼前的人失去了她最初爱的光环。他们当然也有过很多浓情蜜意的时刻，那时候她觉得他沉稳又可靠、缜密又贴心。

没料到这些优秀特质有朝一日被对方用在自己身上。

夏天的热意无处不在，周念南一边走，一边觉得自己心口往外冒着凉意。

这个时候了，对方也没有和她坦白自己真正的想法。

兰花早餐店，在离周念南家走路几分钟的隔壁巷子里。

已经过了早餐时间，店里只稀稀落落坐着几个人。

周念南叫了两份牛肉面，两人挑了一个角落坐下。

"你会找到更合适的人。我们就好聚好散，好吗？"长痛不如短痛。

柳承志终于意识到女朋友不只是生气这么简单，她已经计划好要分手了。只是出了一趟差回来而已。

他诚恳地盯着她："你是不是见了什么老同学之类的？或者身边的谁买

了房？"

周念南反问："买房？"她不知道这和买房有什么必然联系，但很快反应过来，周围的情侣打算结婚的话，考虑的第一要务就是，安家。而房子是一个家的基础。

她笑一笑，有一种想要说出自己看到的真相的冲动，转念想到这是在自己的地盘，周围都是日常打照面的邻居，又忍下。

总不能叫巷子里传出"周家外孙女没背景被人嫌弃遭分手"的流言吧，外婆听到得多伤心。

"我有朋友在翡翠阁买了一套房。"她将张斯斯搬了出来，"我也想陪在外婆身边，将老房子改造一下。"

"宝宝，我不懂……之前我们还好好的，怎么这么突然？"柳承志还不肯放弃。

这场见面无疾而终。

她退，他进。

周念南百思不得其解，她趴床上在大学室友群里发消息：我有一个朋友，被她男朋友嫌弃家里没背景帮衬不了买房，她提分手，那男的还不愿意。

她的宿舍是六人间，很快有人冒泡。

付聪：那就是没找好下家呗！

刘露露：你的朋友漂亮吗？身材好吗？

周念南迟疑：还行吧，过得去。

叶梦：付老大正解。

付聪：男人现实起来，可比女人厉害多了。

刘露露：舍不得漂亮的，不耽误人仰望有钱的。

周念南：[省略号.jpg]

付聪：哎，说起来，七夕怎么没见你发朋友圈啊！

叶梦：对啊，男朋友那么帅不舍得给人看吗？

她在朋友圈少量地发过柳承志的照片，大部分时候入镜的是对方的侧脸或者背影。当众秀恩爱这件事情，做起来总觉得羞耻。

周念南不知道怎么和别人说这个事情。

犹豫的时间太长，付聪发出一个充满疑虑的狗狗挠头表情。

她视死如归地打下一行字：嗯，我无中生"友"了。

加一个猫猫大哭的表情。

周念南读书时，在美女如云的外国语学院也是出挑的漂亮。班里的人个个伸长脖子等着看，谁能摘下这朵娇艳蔷薇。

她那时忙着打工，忙着考证，仅有的时间不是和宿舍的女孩子玩，就是找隔壁班的张斯斯。

毕业后，她谈恋爱的事情在室友群里公布，大家还好生考古了一阵这位计算机系的学长。

室友们纷纷唏嘘，谁也没料到这一对金童玉女折戟沉沙在现实问题上。

周念南笑了笑，自我安慰：至少我发现得早。

付出过，也得到过。

群里的女孩子们不欲戳她的伤疤，很快转头讨论起各自的房租来。

她哭笑不得，为这些被小心爱护的善意。

她没法和人分享那些看不到的痛。连月亮都有阴晴圆缺，何况是人。

过去有多甜蜜美好，现在反噬就有多厉害。心口不是不痛，但她只能眼睁睁地看着，毫无办法。

骄傲的自尊心不允许她回头。

周末的时光一眨眼结束。

周念南白天陪外婆吃完早餐，独自回家打扫整理，晚上再带上晚餐去医院陪床。

外婆的术后恢复情况很好，但周念南谨慎惯了，撒娇卖萌硬是磨着外婆再多住两天。她比谁都知道外婆是个多么勤勉的人，不然也不会在青年丧夫、中年下岗之后，以一己之力撑起这个家，还支持着独女离了婚，带大了外孙女。

周念南上街买了牛奶和水果，拜托余春娇再多照顾外婆几天，她打算到时候再给余阿姨包个大红包。

她还得先回公司一趟，手头的工作交接好才好提休年假的事情。

周外婆并不知道外孙女的想法，她只心疼周念南晚上睡陪护床翻身都勉强，一直催她快回海市，以免耽误工作。

新的工作日伊始，周念南上班第一件事，就是在公司系统里提交了休假申请。周一的例会结束后，她单独留了下来，向她的直属上司表达了休假的想法。

陈光明是清楚她的家庭构成的，闻言指着她申请表上的休假时间问："四天够吗？"

老人家住院，这个事情可大可小。

周念南赶紧点头："应该是够的。四天加上周末两天有六天，我主要是担心她闲不下来，得盯着她。如果还要请假，我到时候再提前跟您说，保证不影响工作。"

午休时间她忙里偷闲看了一眼手机，柳承志的消息被设置了"消息免打扰"模式还是排在最前面。

粗略地翻了翻，无非是追忆过去的美好时光，感慨她突然的无情变心。最新一条消息是：周六那天我失礼了，都没有去你家跟外婆问好。

周念南警惕起来，柳承志的皮相和风度很得外婆喜爱，但在分手之前，她并不打算让外婆知道这件事。

被嫌弃被掂量这种事情,她一个人经历就够了,外婆不能跟着她受委屈。

她低头打字:我外婆很好,谢谢关心。

柳承志:宝宝我们再谈一谈,今天下班我去你们公司楼下接你。

周念南:谈一谈你就能好好分手吗?

柳承志坚持:我们就认真地、好好地谈一次。

周念南败下阵来:行。

毕竟是相爱一年多的恋人,她还是忍不住心软。如果可以抛开她看到的那段聊天记录,他平日的表现倒也可圈可点。

柳承志的车早早停在楼下。

这块停车坪,他之前来过很多次,怎么也没有想到这段好好的感情会结束得如此突兀。

周念南走过去敲他的车窗:"我自己开车过去吧。"

柳承志苦涩地说:"要分手了,你连我的车都不愿意坐了是吗?"

她不想和他解释外婆住院她晚上还计划回森安去,随意编了个借口:"我还有其他安排。"

两人于是各自开着车,一前一后地去了家私房菜馆。

馆子坐落在市中心一条清幽的巷子里,是民国风老建筑,低调安静。

说起来,这家店还是周念南公司用来招待外国客户的备选餐厅之一,据说厨师是御厨后代,主打地道本邦菜。

唯一的缺点是贵。

周念南做翻译工作时,饭桌上眼观六路耳听八方,务求宾主尽欢。因此,其他人大快朵颐、高谈阔论时,她的脑子和嘴巴都得跟着连轴转,从头到尾连吃下去几粒米饭都数得清楚,只能眼睁睁地看着炖到颤颤巍巍的浓油赤酱红烧肉从眼前转过去,再转回来。

柳承志听到她的抱怨,带她来这里约会过两次。

两人跟着服务生的引导,穿过院子里的小桥流水,在一扇木质镂雕彩漆坐屏后落座。

他做主点了红烧肉和脆黄瓜炒藕尖,加一瓦罐养生金蝉花汤。按照她的喜好来点的。

周念南不吭声,她能感受到对方的眼神在她脸上停留,但她已经失去了和他对视的欲望。

"宝宝,我……"

她忍不住出声:"你还是叫我的名字吧。"

这样深情的戏码再演下去,难保自己不把聊天记录甩他的脸上。

柳承志仿似被针刺到，他说："宝……周念南，你有心吗？之前一切都好好的，突然说要分手。我也是一个有感情的人好吗？"

他身体向她的方向倾，试图拉住她放在桌上的手："……我们的感情在你眼里就这么不值一提吗？"

周念南沉默了一阵。如果不是因为有感情，她甚至不会坐在这里。

她在对方打更多的感情牌之前开口："有过，但是过去完成时了。我现在已经不爱了。"

周念南的视线扫过他，最终落在眼前的白瓷小碗上："你冷静一点，我才好和你谈分手的事情。"

最主要是要争取到猪咪的抚养权。

虽说当时是送给她的礼物，但她住公司宿舍不方便养，日常遛狗照顾实际上都是柳承志在做。她担心他和她争。

菜陆陆续续地上齐，小厅里放着轻柔的音乐。

氛围很好。

周念南其实没有什么胃口，心里装着事吃什么都觉得是负累。但一想到这顿晚餐的价格，她还是拿起了筷子。

红烧肉肥而不腻，酱汁拌进雪白的米饭里，还是熟悉的味道。她咽得艰难，面上却不露分毫。

柳承志真心不明白，怎么好好的，过了一个七夕突然就不爱了。但是眼前的人态度决绝，他了解她的性格，看着温柔和软，内里却坚定得很。

周念南借着接电话的借口，找服务员先买了单。

在院子里她深深吸了口气，然后又坐了回去："我们现在可以开始谈了吗？"

她开门见山："你日常送给我的礼物，围巾、手表、护肤品套装还有猪咪，这些是比较大额的，我回的礼物也差不多等值，你可以查一下，有差额我补上。另外，我们的日常约会，我尽量轮流付款了，但好像你那边还是付得比我多一些，我可以直接转……"

柳承志从前的骄傲和自得被周念南的这番话按在地上摩擦。在这段关系里，他一直自诩是付出得更多的一方，不料被女朋友这样掰碎细算。

她这样的理智而平静，越发凸显他的坚持可笑。

他打断她："我们之间有必要算这么清楚吗？"

她看着他脸上露出的从未有过的哀求神色，点头："要说清楚的，这样我们才能好聚好散。

"猪咪是你送给我的，等它上完学我去接走。它的玩具狗笼那些，和我落在你家的物品，看你的时间方便我再去取。去之前会先和你约时间，取完东西我把钥匙还给你。"她紧盯着昔日恋人的脸，生怕他流露一丝对小狗狗的不舍。

她现在有点儿能够体会到，电视里那些争夺子女抚养权的母亲的心情了。

幸好柳承志的心思不在这上面。他颓然地从牙缝里挤出来一个"好"，听上去很有几分咬牙切齿的味道。

菜色精美，最后两个人都没怎么动筷。

周念南不忍浪费，一一打包起来。

"我们各分一半，这样明天就都不用叫外卖了。"

柳承志被气到没了脾气，她像是已经完全放下了这段感情，冷静、从容，再也没有了从前那些撒娇和亲昵。

他扬手叫来服务生买单，才知道周念南已经付过款了。

两人再次保持一前一后的距离离开餐厅。

周念南有些反胃，她在路边站定："你先走吧，我的车停得远一些。"

柳承志脸色难看，发动了车头也不回。

周念南反而后知后觉地红了眼睛，这段感情到此结束。

昨日种种，好像顷刻之间远到了天边。

胃里的灼热感返上来，她难受得蹲了下来。

城市的另一头，张延卿在下班路上接到他父亲的电话。

"你蒋叔叔家里人想投资一个口腔医疗项目，想着你对这块熟，帮她把把关。地址我发你手机上。"

全程行云流水直奔主题说完就挂，完全不给人开口拒绝的机会。

要说回国这一年多里他最不习惯的，还是以前强势狠厉的父亲突然改走慈父路线，明里暗里地各种关心他。

对此，江初礼只有一个解释："你要是有个三十多岁的儿子，不谈恋爱、不结婚甚至连相亲都不去，你也会发愁的。"

张延卿嗤之以鼻："全力拼事业，不是如他所愿吗？"

江初礼耸耸肩："你低估了人类对繁衍后代的追求。"

张延卿叹气："他有这精力，自己再生一个比指望我靠谱多了。"

江初礼大笑："老爷子知道你这么编排他不打断你腿。"

张延卿定位了微信上的地址。

蒋叔叔是他爸爸的合作伙伴，也是他的。他在纽约创业最艰难的头一年，有蒋叔叔的一份助力。于公于私，他都得去。

车子在红绿灯处掉头，在浓浓夜色里开往目的地。

张延卿是下车来才发现车子的前方右侧蹲着一个人。

越野车身高，巷子里的过道又窄，他以为视线盲区里不小心蹭到了人。

疑似伤者是位女性，浓密长发垂在身侧，背对着他看不到正脸，只有呜咽声入耳。

他蹲下身来拍对方的肩膀："你好，有哪里受伤了吗？"

路灯洒下一地昏黄的光，笼着两个人。

周念南不防有人打断她。她仓促地转身，看到来人，一时间意外、震惊、尴尬、委屈……竟不知道表露哪种情绪才正确。

"我胃不舒服。"她局促又胡乱地在脸上擦了几下，觉得为了那样的男人掉眼泪实在不值得。

从七夕到今天，周念南都没有这样放肆地为这段感情哭过。要忙工作，要照顾外婆，要正视"他不是良人他只是现实"的事实。

张延卿没有说话，目光在她身上晃了一圈，扫过她手里拎着的带明显 Logo 的打包盒，最后落在她红肿的眼睛上。

浅绿色珍珠扣真丝衬衫、黑色阔腿裤，整个人好像春天里一株刚刚抽条的文竹，纤细又修长。

周念南竭力瞪大眼睛，仿佛那样就能止住眼泪，说服眼前的人相信，她只是因为身体不舒服。

良久才感觉到对方收了冷锐气势，带着几不可闻的叹息。

"有习惯的胃药牌子吗？我去附近买。"张延卿问她。路灯的灯光打在他的眼睫上，投下淡淡的暗影，他看向她的眼睛，专注又悲悯，像一汪深不可测的潭水。

"铝碳酸镁就行。"她一时脑筋没转过弯来，头一次这样直愣愣地回视他。

他探身过来拎起她手里的袋子，语气自然："朋友约了我在这里谈事情。你先进去休息，我买药过来。"不是商量的语气，而是直接的安排，但经他口说出来，有种被安置好的妥帖。

于是，周念南就在走出这家店不到半小时后，又再次走进去。

门口的迎宾还记得她，笑意盈盈地迎上来问："女士，您是落了什么东西吗？"

她摇头。

张延卿开口："你好，张先生订的包间。"

周念南亦步亦趋地跟在张延卿的身后。他还是衬衫和西裤的装扮，这样的暑热里，也只挽起了胳膊上的袖子，倜傥又随性，行走间带着淡淡的木质气味飘到她的鼻端。

包间有个很雅致的名字，醉知归。

绕过古典的水墨山水屏风，一张精致小巧的圆桌上，整整齐齐地摆了两人份的餐具。

张延卿的朋友还未到。

"麻烦送一杯温开水来。另外再加一份餐具，我们有三个人。现在先上一份小米粥，其他的稍后再点。"他偏头交代。

"我先去买药，你在这里等我一会儿。"这句话是对着周念南说的，随后他转身走了出去。

周念南乖乖地点头。

这样静谧的空间里，她舀着白瓷小盅里金黄色的小米粥，小口小口地吞。

哭过之后连眨眼都疼得厉害，不用照镜子她也知道眼睛肯定肿了。在前任面前消失的胃口，正需要这样温热的抚慰。

伴随着"女士，您这边请"的殷切声音，包间门被打开。

屏风后转进来一位温柔端庄的女士。流畅的鹅蛋脸，黑色齐肩发卷着恰到好处的弧线，一身香奈儿白色套装配米白色圆头低跟鞋。

对方显然也没有料到里面有个女人，而且还是个漂亮的、明显哭过的年轻女人，她的脸上浮现出明显的讶异。

周念南站起来，主动打招呼："你好，我是延卿哥的朋友。他出去有事了，马上就回来。"

张延卿继妹的好朋友，四舍五入一下，也算是朋友……了吧！

"你好。我是余清扬。很高兴认识你。"两个人礼貌握手，然后落座。

周念南不吝夸赞："有美一人，清扬婉兮。人如其名，你真好看。"张延卿本人不在，她总经理助理的辅助属性本能地上线。

余清扬下意识地以为这是张延卿对这场相亲的态度。场面和气，但实质还是拒绝。毕竟，相亲局还有第三人这种事情，她也是第一次见。

但对方是蒋伯伯介绍的，他可以无礼，她却不敢得罪。

张延卿带着药进门的时候，讶异并不比余清扬的少。

周念南和一个女人正头靠头凑在手机上："这家买手店的眼光蛮好的，尤其是毛衣款式，很多小众牌子都不错。"

他没料到蒋叔叔的家里人是一位女性，据他所知，接手天恒投资的是蒋家三房，两兄弟齐上阵。

他伸手："你好，张延卿。不好意思，迟到了几分钟。"

余清扬了然，矜持地回握，然后做今天第二遍自我介绍："你好，余清扬。久仰大名。"

现在轮到周念南讶异了，她腹诽：第一次见？你们是这样定义朋友的吗？

待三人坐定，服务生带着 Pad 进来，很自然地往现场唯一一位男士身边站："您看要用些什么？"

张延卿看向余清扬："有什么忌口的吗？"

对方眉眼漆黑，面容清俊，又顶着张家长公子的名头，可比之前见的跑车富二代靠谱太多了。可惜了，流水无情。

余清扬摇摇头，挂着大方得体的笑容："我都可以。"

"你呢？"

周念南："我也都可以。"实际上她不喜欢吃的可多了，但陪衬要有陪衬的自觉。

点菜完毕,服务员安静地合上包间的门。

张延卿一边拆胃药包装盒,一边问余清扬:"听说你想投资口腔医疗方向的项目?具体是哪个板块的业务?"

余清扬闻言扬眉,似笑非笑:"看来我们各自从长辈那里得到的信息不一样?"

……所以这才是三人相亲局的原因?

她转向周念南:"妹妹,我们接下来要谈的投资暂时处于保密阶段,你介意留点空间给我们吗?"

张延卿心思转圜。

眼看身旁的人懵懵懂懂正待起身,他飞快地伸手扣住她的手腕,面上却不动声色:"她胃疼,正好遇到就带过来了。希望你不要介意。"

现场唯一无辜村民周念南一头雾水,桌上的氛围眼看要冻住。

当事人好似不察,他松开她的手腕,垂眼撕开热铝纸包装,看向右手边的周念南:"手。"顺势将圆滚滚的药丸倒在她掌心,"把药吃了。"

没有肢体接触,也没有眼神交流。自有一种似有若无的亲近在里头。

做完这一切,他坦然地望向对面女人的眼睛:"那看来这个投资达成的可能性很低了。你觉得呢?"

连单独说话的机会都不愿意给。

双方都是明白人,余清扬了然对方的拒绝之意:"我也这么认为。"

这样的豪门高岭之花,她折不来。

只可怜周念南,在莫名冷却下来的氛围中吃完第二次晚餐。张延卿倒是很自在,用公筷给她夹了好几次鱼肉。

她觑眼偷瞄刚刚还和她热烈讨论买手店的优雅小姐姐,只垂着眼认真吃饭品尝。

……好像这家店的饭菜做得格外对味一样。

NPC周念南:这家店一定和我八字不合。

餐毕,三人在餐厅门口客气道别,余清扬独自开车离去。

直到坐上张延卿的车,周念南还有点恍惚。

怎么突然就这样了……她想问,又觉得他们的关系没到可以开口的地步,又忍下。

张延卿一手扶着方向盘,一手调整车里冷气的出口方向,问她:"你还是住张斯斯那里?"

见周念南不回答,他又解释:"你现在的状态,胃疼,加上……"他盯住她还肿着的眼睛,"晚上光线不好。明天我再安排人把你的车开过去。"

漆黑眸底映着她咬住下唇纠结的脸,语气里有他自己都没有注意到的温和和关怀。

张斯斯和周念南两个人，日常躲张延卿跟老鼠躲猫一样，最开始是因为家长会。

重组家庭新建立，两边父母亲急于让家里小辈培养一些所谓的兄妹情。于是张延卿在他父亲婚后的第一次回国，就被敦促去给张斯斯开家长会，理由很充分：就当是回学校看看，那也是你的母校。

到学校时正赶上张斯斯和周念南两个人被单独拎在办公室挨训。

学校是寄宿制，只有周日下午开放半天。两个人嘴馋校门口的油炸小吃，捏着模仿签名的请假条大摇大摆地出去，连续好几天没被发现，直到在校门口碰到准备回班里带晚自习的班主任……

张延卿于是经历了人生中第一次被苦口婆心的教育，以学生兄长的身份。出门之后，他脸上免不了带了一些冷色。

两个犯错的人不清楚张延卿的性格，只知道他常年以"优秀校友"的身份挂在学校的宣传栏里。

周念南担心张斯斯回去后挨骂，站出来说那都是她的主意，从策划到实施。完了，她又小心翼翼地看他脸色，问他能不能不告诉张叔叔和张阿姨。

张延卿却没有替人当爹妈的想法，回家如实汇报。

张斯斯气得直跳脚，哭着说他是"打小报告的无耻之徒"，周念南忍不住提醒她"他当时并没答应保密来着"。

兄妹情开局即坠机，很是奠定了两人以后的相处模式。

一开始是张斯斯故意敌视，青春期的小姑娘怒火绵长；待后来张延卿自己海外创业，又回国接手集团公司业务，商场上摸爬滚打，上位者的气势越发凸显。张斯斯反而不敢造次了，识时务者为俊杰，惹不起，躲得起。

周念南在车里回想起这段往事，也没法将眼下的他和那时候冷漠疏离的他联系起来。

——他现在看她，会不会又觉得她给他添了麻烦？原本好好的一顿饭，后面吃得愁云惨淡的。

下车时，周念南眼睛眨了又眨，小声补救："好像耽误你和朋友谈事情了，不好意思。"

"这个投资没有任何前景，"他似乎知道她的纠结，"我们已经谈完了。"

在她看来两个人就说了几句似是而非的话而已，就已然决定了一个投资项目的生死了吗？

周念南不明觉厉，大老板果然不是她这种普通人能揣测的。

结束周一的加班，柳承志如常回到住处。

他点了盖浇饭外卖，拍好照片惯性想发给女朋友，却又突然意识到两个人已经分手了。

中途接到母亲的电话，话里话外询问他和周念南的打算。

"分了，你满意了吗？"他的怒气终于爆发出来。

柳承志一开始就知道，他母亲不喜欢周念南，这种不喜欢和她的长相性格都无关。

他前脚在朋友圈公布了女友的照片，母亲的电话后脚就进来了，追问女方的家庭情况、教育背景，然后得出"这个女孩不行"的结论。

在柳妈妈看来，自己的儿子名校毕业、大厂工作，相貌和人品都拿得出手，完全可以找到家庭情况更加正常的女孩成家。

海市居大不易，柳承志只差最后一步就可以站稳脚跟，周念南这样的家庭情况，明显无法提供助力只会成为负累。

她拉着丈夫苦口婆心地和儿子分析所有优劣。

柳承志早已不是中学时被母亲用生活费和情感就可以拿捏的小男生，他一头扎进恋情里，充耳不闻。

可随着周围的同事和学校的朋友们纷纷踏进婚姻围城，听得多了，他的考量就渐渐和母亲重合了起来。婚姻不仅仅是你侬我侬，是具体的油盐酱醋茶，包括未来小孩要读哪所幼儿园、彼此的父母如何养老的种种生活细节。

……从前觉得还可以的工资奖金，一旦考虑到海市的房价，就如滴水汇入海洋。

可到底舍不得周念南，人人都赞他的女朋友漂亮……只除了，买房这样无解的现实题。

没有谁能选择自己的出身，他这样反驳母亲。

两人一起看电视时，借着男女主角为了婚房吵架的剧情，他旁敲侧击地问过女友的想法。

"婚房有的话，那很好；没有的话，租房子也可以。两个人一起努力，总有一天会有自己的房子的吧。实在没有的话，买一辆房车，四海都是家。"

她还这样浪漫又天真，毕竟还年轻。他默默地想。

只是不待他衡量清楚婚姻这架天平的偏向，周念南就毫无缘由地提了分手。

"我跟周念南分手了。"他对着电话一字一句地跟母亲重复。

"你冲我发什么火？"柳妈妈也不耐烦起来。事事都为儿子考虑，换来这样的对待。

母子俩在电话里不欢而散。

周念南压根不知道前男友家里关于她的这场嘴仗官司，也不知道眼前这场暗流涌动的相亲局只开了个头就结束。

她正忙着拒绝张延卿的提议："我明天自己去取车就行。"今晚发生的事情太丢脸，她很想将时针往回拨一个半小时。

张延卿细心地将她送至地下车库的电梯口，才在她下车之前说："我明天上午要去市中心见朋友。"

两人同时想起今晚的这位"朋友",周念南憋笑,张延卿微微扫过她笑成月牙一样的微肿眼睛,泰然自若地解释:"是一起读书的朋友。到时候我载你过去。"

周念南现在相信张斯斯说过的话了。爱屋及乌,才会对妹妹的朋友也这么细心周到。

两人在车里交换了手机号码,约好明早八点半在楼下碰面。

车里还残留着女孩身上柔软清新的果香。

张延卿绕回他楼下的停车位。车停好,翻开最近通话给今晚的始作俑者拨过去。

电话响了好一阵才被接起,却是他继母张景心的声音,解释说他父亲正在楼下花园里浇花,等他结束她会转达来电。

"没事,张阿姨,"他听到声音又改了主意,"我明晚回来和他当面说。"

八卦小报常常在豪门婚姻的报道里,含沙射影地猜测,张景心必定是导致他父亲和母亲离婚的原因。

更有甚者,收集到两人工作线上可能有交集的地方,推测他继母肯定早早入了他父亲的眼,才能在他父母婚变后一年多,带着拖油瓶女儿,以大龄之姿款款嫁入张家。

他却知道,父母的婚姻早已名存实亡。

张宏安毫无疑问是做生意的一把好手,但在知情识趣方面,实在称不上开窍。而他的母亲江安安女士,真正是文艺氛围家庭里长大的油画家。

两人也曾蜜里调油过。但随着张家生意的发迹,婚姻里剑拔弩张的时刻也越来越多,两个人都没法让步,最终分道扬镳。

人在事业上的成就到了一定程度,就开始追求家庭生活的安稳。

张景心在进张家之前,张宏安和他长谈过,聊他打下这片商业帝国的过去,聊他作为一个父亲对儿子的承诺,聊他作为一个男人对婚姻的需要。

婚丧嫁娶,人之常情。

张延卿成年已久,他乐于见到自己的父亲开始新的生活。

而江安安女士,也早就在大洋彼岸开启了她艺术家的第二春。

大家都在往前走。

周念南换完居家服出来,听到手机的声音。

她以为是商家的促销信息,打开来看才发现来自张延卿。

张延卿:安全到家了吗?

周念南:已经进门了,谢谢。

她平常和女生朋友出门,大家散场之后回家都会在群里报个平安。

她很意外,张延卿细致至此。

第二天也是气温热烈的一天,太阳早早升起。

周念南比约定时间提早了五分钟下楼。上次出差拎的箱子还放在张斯斯家,她打算这次一并带回去。

张延卿的车比她更早地停在楼下。

车窗摇下一半,他闭着眼睛仰头靠在座椅上,光影透过玻璃打在他微微皱起的眉间,隐隐带着些冷峻疏离。

她上前敲了敲车窗,展颜轻笑:"延卿哥,早上好。"

张延卿的情绪很好,唇角扬起一点点不明显的弧度。

看到她拖的行李箱,他一边打开车门下来,一边回应她:"早。"他单手接过她的行李箱放进后备厢,不经意地问,"这里住着不习惯吗?"

周念南解释:"我平常住公司宿舍,这两次情况特殊所以临时借住一下。斯斯的房子很好的。"几千万的房子,岂止是"好"。

车子缓缓驶出小区,汇入城市滚滚的早高峰车流里。

车厢内有些安静。

在这之前,两人完全没有什么联系,一时之间,周念南找不出任何可以讨论的话题。

张延卿主动开了口:"要听点儿音乐吗?"

周念南松了口气:"好,谢谢延卿哥。"

张延卿莫名有些松快:"我的手机里没有音乐,你可以连你的蓝牙。"他自己在车上的时候,是不习惯有电话之外的声音的,嫌打扰工作思路。但对着她,他有种纵容的乐趣。张斯斯的朋友圈时不时就分享一些歌曲的链接,有时是歇斯底里的摇滚,有时是浪漫复古的都市情歌……无一例外带着统一的推荐后缀:南南的私藏歌单。

张延卿开车很稳,情绪更稳。

早高峰多的是不打灯加塞急刹和狂按喇叭的人,周念南偷偷觑他的脸色,始终淡定平和,连眉头都没有皱一下。

可惜这样的氛围并没有持续多久,周念南熟悉的来电铃声响起。

车子中控台的屏幕上闪现着来电人的名字——余春娇阿姨。

余阿姨在帮忙照顾外婆。

她按下接听键,猝不及防地听到"喂,南南啊"的声音在车厢内响起,她这才反应过来,手机还连着车载蓝牙。

她按下手机页面,切断蓝牙,将手机举到耳边:"余阿姨好。"一边还不忘扭头冲张延卿做口型,"不好意思。"

余春娇的语速很快:"你外婆昨天接到老顾客的电话,今天就跑去问医生想早点出院。你快打电话劝劝她,生意是做不完的,身体要紧嘛!"

周念南:"好。余阿姨,谢谢你提醒我,我马上打电话。"

张延卿侧脸看她,对方的声音不小,车厢里又安静,他将对话内容听了个一清二楚。

周念南低头翻手机:"延卿哥,我再打一个电话。"

周外婆很快接起电话,声音里有种老小孩的得意:"念念啊,我去问过医生了,再过两天我就可以出院了。"

周念南生气:"外婆,你之前怎么答应我的?"

讲完电话,她才庆幸自己已经请好了假,老小孩老了老了,越发不听她的话了。

一直默默听她对着电话那头的人各种撒娇卖萌和威逼利诱的张延卿,光明正大地看了她好几眼。

表情灵动又可爱,连气鼓鼓的脸颊都充满了生机,和昨天哭成红眼兔子的样子判若两人。

张延卿很自然地开口问:"你外婆住院了吗?"

周念南点头:"嗯,胆囊切除手术。她不听话,老想快点出院。"

张延卿:"是你老家的医院,还是这里?"

周念南:"老家的医院。我这几天休年假,回去监督她好好住院。"

"嗯。如果需要医疗资源或者其他帮助的话,你可以告诉我——"他语气冷静,"……或者张斯斯都行!"

周念南感恩:"谢谢延卿哥。"

这个承诺对她来说不算小,也许在他只是一两个电话的事情……但能说出口已经是莫大的帮助了。

她觉得张延卿在她心里的形象,好像又高大了一些。

周念南回到森安。

真如她所言,压着周外婆老老实实住足了八天才出院回家。

周外婆早已受够医院的消毒水气味,到家环视一圈,窗明几净,一尘不染,不由得感叹:"我们念念都长成大姑娘了,这几天辛苦了。"

周念南忙着调空调的温度,暑热犹在,巷子口大树上的鸣蝉聒噪叫个不停。

"外婆,你在我这个年纪,都已经生了我妈妈了。"

言下之意很明显:我早已经长大了。

"那你打算什么时候生一个给我看看?"她顺着外孙女的话说。

"我不生。你让我妈给你生个'ABC'回来。"周妈妈的第二段婚姻,没有再生小孩。香港继父是一位丁克,周妈妈有她,也对再生育这件事情兴致缺缺。

周外婆不懂"ABC"是什么意思,但不妨碍她的理解,抬手作势要打周念南。

周念南笑嘻嘻地搂住外婆的腰:"时代不同啦!我可是要做大事业的人!"

"那你也要考虑小柳的想法,两个人商量着来。"

周念南收起脸上的笑,垂下眼:"我自己就能做主。"

周外婆早就觉得不对劲了。

之前外孙女回家的时候，一天到晚捧着手机笑眯眯，还时不时打视频电话。自从她说回家休年假，除了偶尔几个工作上的电话，看手机的时间都很少。

她住院这么些天，按理来说，小柳那么懂礼貌的人，偏偏一个问好的视频或者电话都没有来过。她就知道两人有了矛盾。

她拉着周念南在床尾坐下，握住外孙女的手。

少女的手细嫩纤长，指甲红润。

"你告诉外婆，是不是和小柳吵架了？"

周外婆房间里的麻将凉席，周念南昨天费力搬出去晒了一遍，又洒上花露水细细擦了又擦。此刻变凉快的空气里，还浮动着变淡的香味。

"我们分手了。"周念南低声说，"我觉得他不大……合适。"

她想说，这段感情是她主动放弃的，可是看到外婆干枯的手背，柳承志的聊天对话就从脑海里跳出来，她没法欺骗外婆说，这都是她的问题。

周外婆将她揽入怀里，一下下地轻抚着外孙女的背："哎，我们念念受委屈了。"

周念南感觉自己被紧紧搂住。

老太太比她瘦小得多，手劲却不小，她有种回到过去的错觉，外婆在她身边，她就有了靠山。

委屈有人心疼，就是爱。

周念南以为自己为这段感情哭了好几场，已经快要好了，可对着外婆，她又鼻酸心痛到无法呼吸，没法违心地说自己好了。

"我看到他和他朋友说，我买不起房，不是好的结婚对象。他心里大概有其他想法，只是没在我面前表露出来。我就提分手了。"

周外婆听着她哽咽的声音，也跟着伤心。

周念南谈恋爱时有多开心，她是看在眼里的，眼下却因为家里的情况被恋人如此对待。二十来岁的女孩，照顾她的同时，还要偷偷忍住这么些天。

周念南说完又有些后悔，外婆刚出院。

分手的事情已成定局，要坦白也不应该在这个时候。

她窝在外婆的颈窝处补救："我二十五岁，才不想这么早结婚。"

周外婆："瞎说。过完今年的生日就是二十六岁了。"

周念南瓮声瓮气："那也还有三个月。"

夏日午后，骄阳似火。

她和外婆说着说着，竟不知不觉地睡了过去。

这一觉睡得又长又深，醒来的时候发现外婆坐在小书桌前，正写写画画着什么。

听到她起身的声音，周外婆朝她招手："睡饱啦？"

"嗯。"周念南好奇地走过去。

书桌上放着两张银行卡。

"这张卡里,是你妈妈每个月给我打过来的生活费。这些年除了你的学费支出,里面还有二十万出头。

"这张卡呢,是你工作之后给外婆的零花钱,我一个老人家没什么花钱的地方,就都给你存起来了。家里这个店铺虽然生意一般般,但是赚了一些钱,我也存在这张卡里了,一共是四十三万。"

周念南大概明白了外婆的意思,急急制止:"外婆,这都是给你……"

周外婆轻轻拍了一下她的手背:"你听我说完。

"小柳的考量也有一定的道理,对不对?哪有女方空手嫁过去的道理,人家爸妈的钱也不是大风刮来的。房子你也出钱,住着也有底气。要是你们以后有了孩子,房子可不能买小了。"

她慈祥地看着周念南,替外孙女理了理头顶被睡乱的发丝:"小柳我见过,是个不错的孩子。一段感情哪能说丢就丢,有困难,咱们就解决。分手算怎么回事?

"你爸爸那边,咱们就不指望了。你妈妈我知道,如果知道你要结婚,肯定会支持你的。努力凑一凑,加起来也能有个七八十万。

"海市的房子是贵了些。你有车,小柳也有,买远点儿也不怕,早上你就起早点儿。"

周念南早已泣不成声。

因为她,外婆把家底儿都给掏了出来,全心全意地为她打算。

她从来没有觉得自己有这么多的眼泪,好像永远也流不完。

她心里反而坚定起来:"他那么聪明的人,明明可以直接问我,却什么也不说。他心里就认定了,我是他遇到的困难本身,而不是和他一起面对困难的人。

"我对他的爱,好像突然就消失了。"她泪水涟涟地看向这个将她养大的老太太,"我这么好,肯定值得一个更好的人,对不对?外婆,你相信我,我是真的想好了才分手的。"

这场坦白局以两人互相搂着大哭一场结束。

周念南自觉卸下千斤重担,当天晚上难得地睡了一个安稳的好觉。

而几十公里之隔的张延卿,就没有这个好运了。

张家老宅在城北,他结束工作后过去,正好在车库里偶遇打完高尔夫回来的张宏安。

他的父亲连一个眼神都懒得分给他。

他不以为意,颔首和司机打了个招呼,跟着进了屋。

别墅他回来得少,但风格早已和他母亲在的时候完全不一样了。

江安安女士中意用色大胆的混搭海派设计,从前家里的配色异彩纷呈,现下已完全换成了温馨雅致的风格,处处充满了女主人的巧思。

继母张景心年过五旬,一身低调的卡其色亚麻家居服,头发低低地挽在脑后,笑容真诚。

曾经商场的铿锵玫瑰，如今温婉贤惠，洗手作羹汤。

她早早张罗了一桌菜，招呼张延卿坐下。

父子俩都不主动开口，张景心恍若未觉，只温声招呼这个比她小十几岁的继子吃菜。

张宏安终于忍不住，重重地"哼"了一声。

人人羡慕他有个工作能力绝佳的儿子，接手短短时日就将公司市值翻了几番。

他原先还自得，等老友们嘴里"不成器"的儿子纷纷结婚生子，这种自得就变了味。

刚开始回国时，张延卿接手公司事务多，他体谅儿子的压力大；等公司平稳上了个新台阶，张延卿的借口就变成了"没有合眼缘的"。

海市从来不缺宴会，他冷冰冰地往那里一站，原本有意的名媛都绕道走。谁家女儿不是千娇百宠着长大，属实没必要上赶着找不痛快。

张宏安无计可施，儿子羽翼已丰，他拿捏不住，只好隔三岔五地打电话跟崔秘书抱怨，提点她如何帮助张延卿提升女人缘。

崔秘书哪里敢做顶头上司的主，又不好违背张董的意思，只能旁敲侧击地观察张延卿的喜好。哪天他多看了谁一眼，她都要在心里反复琢磨一二。

"你看看，外头那些报纸怎么说？"他好不容易看好的余清扬，虽然是蒋家旁枝，但女孩子漂亮，又宜家宜室，最是合适不过。

结果昨天老友一通电话打来，埋怨他这事情做得不地道。他那孽子压根就不给人面子，甚至还带了另一个女生砸场子。

这不是故意的是什么！

他自知理亏，连连道歉，面子和里子双失。

张延卿慢条斯理地放下碗筷，抬手松了松领带，他就知道会有这么一出。这样的戏码每隔几个月就要上演一次，他都习惯了。

张宏安却越想越气，这个儿子，按理说长得也还不错，工作能力也还行，怎么在婚姻这件事情上就这么艰难。

难道真的打算做和尚？

张景心出口打圆场："现在的年轻人都结婚晚，这种事情急不来的。"

张宏安讽刺亲儿子不遗余力："他还年轻人，他今年都三十四岁了！"好像三十四岁是多么不可饶恕的年纪。

"您不用费心给我安排相亲了。"餐厅明亮的水晶灯好像聚在他身上，照亮他带着锋芒的眼神。

张宏安气急："你这是什么话？"

张延卿微微一笑，扫过他父亲的脸："我有打算追的人了。"

"所以，那个人是谁？"江初礼的疑惑和他父亲如出一辙。

038

千年铁树要开花,周遭人的第一反应竟然是担心诈骗。

张延卿握着方向盘,热风从窗外呼呼地灌进来,他的眼眸划过窗外暗黑的天空橘黄的路灯,明明暗暗的光影打在他被风吹得鼓起的衬衫上,也扫过他笑意明显的嘴角。

"等我有了进展再告诉你。"他在他父亲的书房里也是这么回答的。

张宏安将信将疑,担心这是儿子的缓兵之计。

江初礼更谨慎:"……是三次元的人吗?"他的小女朋友刚刚大学毕业,为了不和年轻人显得太脱节,他时不时就要悄摸上网学习一下各色网络词汇。

"说人话。"张延卿没有听懂。

江初礼心理平衡了,豪门公子又怎么样呢,既没有女朋友,也不懂潮流。

而张家老宅的张宏安,在张延卿离开后越想越觉得可疑。

他下楼找到在客厅里看电视的张景心:"你要不打电话问问斯斯?他们年轻人可能了解的情况多一些。"

张景心看了下时间:"估计斯斯正在上课,我微信上给她留个言。"

于是,正被教授咖喱味的英语口音催眠得昏昏欲睡的张斯斯,收到了来自亲妈的疑惑:你知道你延卿哥有喜欢的人了吗?

她瞬间就清醒了。

她当然……不知道,她和张延卿的关系甚至是前几天才开始回暖。

不过这不妨碍网瘾少女开始准备深挖吃瓜。

她点开张延卿的微信头像,简单的山廓侧影,挂着一弯明月,万年不变。再点进他的朋友圈,寥寥可数的几条金融新闻和行业动态,一点个人感悟也无。

她悄悄地将身体移向左侧,小声叫旁边的男生:"江盟,你的手机打开借我看下。"

桌下递过来一部黑色苹果手机。

她熟门熟路地点开微信,找到备注名"延卿哥"的头像,再次点进朋友圈,很好,显示的页面和她手机上一模一样。

张斯斯不死心,在备忘录里打字:你问下你堂哥,延卿哥是不是有对象了?别说是我问的。

第二章
我喜欢周念南很久很久了

周念南并不知道，世界的一个角落因为她而起了小小波澜。

她正忙着跟周外婆重申养病期间的注意事项。

原本外婆身体硬朗，顾着一间小铺子也有寄托。现下却是不行，术后恢复不能没有人在旁边看顾。

她雇了隔壁向婆婆的儿媳妇来家里搭把手，一日三餐、家里卫生、准时准点吃药和起来活动身体……有人盯着才保险。

辞职的意愿她在回家的第二天，就和陈光明汇报过。家里情况如此，饶是陈光明很舍不得这个用惯了的助理，也不得不同意她的辞职申请。

分手时随意捏的借口，竟一语成谶。

工作和外婆，对她来说，从来都不是两难的选择。

周念南是外婆一手一脚带大的。

她生下来的时候才二斤七两，瘦小、通红、哭声微弱，周妈妈被心绪影响而奶水不足，全靠外婆用奶粉、蛋黄、米糊调热水一口口养起来，再一点点长成巷子里最漂亮白嫩的小姑娘。

巷子如今破败老旧，却保留了她最美好的记忆。外婆怜惜她没有父母在旁，周妈妈寄回来的钱，全部用在周念南身上。

夏天是白色蓬蓬纱裙配黑皮鞋波浪边白袜子，冬天是红色镶白边羽绒服搭黑色真皮低帮靴子，一头长发养得乌黑发亮，人人都赞她被外婆养得好。

眼下老太太一心担忧她的工作，催着她回公司好好上班，浑然不知周念南早已做好辞职准备。

她心里有个模糊的念头，怕说出来吓到外婆，决心先办好离职手续，再回来和外婆说。

在回海市交接工作前，她亲手在纸上写下"店家因病休息，今年月饼暂不开售"的毛笔字，贴在原本醒目的价位条旁边。

眼下离中秋节不到一个月，月饼销售正当时。周外婆习惯了每年这个时节的忙碌，今年陡然因病闲下来，一时之间有点儿落寞。好在巷子里的邻居们经过她的屋前，总要停下来夸夸周念南的孝顺，关心关心她的病情。

而周念南休假结束回到海市，便一头扎进事务的海洋里。递交正式辞呈、帮人力的同事选择她的继任者、电脑里工作资料分门别类的整理、工作的交接等。

林林总总，琐碎纷杂。

但这也没有耽误她在回去的第一天，就给柳承志发短信：明天下班后去取我的私人物品，到时候钥匙给你放在茶几上。

她的微信早已拉黑他。

分手了还能做朋友这件事情，在她身上不成立。

柳承志没有回复。

周念南拿不准前男友的沉默是默认还是反对，抑或是单纯不想理会她。

她在微信上跟张斯斯商讨：我是不是带个男的一起去比较好？万一……有什么万一呢对吧？

民生新闻里因爱生恨的例子不在少数，谨慎一点总是没错的。

张斯斯：找个高大威猛的。

电光石火间，她想出一个绝世好点子：我帮你找延卿哥吧。他车子多，肯定比你的小Mini好装东西。

越想越觉得是个好主意。

江盟只在他堂哥江初礼处得到一个模糊不清的答案，张斯斯并不满意，什么叫"好像是的"？

是，或者不是，这么难回答吗？

她兴致勃勃地给周念南派任务：你到时候观察下他车上，有没有女生留下的耳环啊、口红之类的。再看下他的表情，有没有盯着手机偷笑，或者信息不断。

周念南有点儿怵这个提议，上次的丢脸经历还历历在目。

况且，叫人家大老板给你当司机算怎么回事？她自问没有这么厚的脸皮。

她为难：我还是叫我们公司同事一起吧。

张斯斯动之以情晓之以理：这个女生，很有可能是我未来嫂子！我嫂子是不是也是你的？知己知彼，方能百战不殆。

末了,她还装模作样拿她妈妈出来加重砝码:延卿哥不结婚,还有人说是我妈捣鬼。豪门继母真难当啊!

周念南咬牙:行吧。

她的车,确实可能装不下猪咪的笼子。买车的时候只想着小巧好停车,万万没有想到还有当货拉拉的一天。

张斯斯就等着她这句话,秒回:那我让延卿哥明天下班后在楼下等你哦。

周念南无端生出一种"为朋友两肋插刀"的悲壮感。

柳承志那头,却还捏着手机两头为难。

周末的时候,柳妈妈给他推送了一个女孩的微信:你三姨介绍的,她同事的女儿,比你小一岁,现在在海市高校当辅导员。

他三姨在家乡的烟草局工作。

被分手的阴影笼罩在他头上,柳承志赌气般加上对方。大家都对相亲流程不陌生,很快敲定周二下班后在商场见一面。

周念南也正好那个时间过去取东西。

他手指动了动,想和对方另约时间,却到底有些犹豫——

周念南的态度决绝,分手似乎已成定局。

最后还是将手机收回了口袋,他想,或许可以找周外婆了解一下情况。

等红灯的间隙,张延卿在微信上收到继妹发来的信息:延卿哥,在吗?

司机小郑从后视镜里看到张总疑惑地挑眉,他赶紧挪回视线,紧盯红绿灯的倒计时秒表。今天刚从集团下属子公司视察回来,张总大约不满意对方的表现,他猜测。

张斯斯从来都不是有耐心的性子,他静静等待。

果然,对话框顶部很快显示"对方正在输入"。

张斯斯:延卿哥,能不能麻烦你明天陪南南去她朋友家取点儿东西?他们之间有一些矛盾,怕到时候吵起来。

张斯斯:南南性子软,我担心对方欺负她。

他心里默默想,哭的时候确实看着挺好欺负的,脑海里浮现出几天前她在餐厅门口红着眼睛的样子。

他低头回了个言简意赅的"好"。

张斯斯:谢谢延卿哥,那我让南南下班后在小区门口等你。

转头,她又跟周念南发消息:搞定。你到时候机灵一点,我可把重任交给你了。

周念南第二天下班后先去取了现金,放在牛皮纸信封里。

去翡翠阁的路上有些堵车,她担心让张延卿等,停好车急匆匆从车库里跑出来。她有些恼怒自己今天穿得不对，长款浅灰色围裹裙，跑起来多少有些不方便。

一辆熟悉的黑色汽车静静停在楼下，看她过来，闪了闪车灯。

周念南朝车走过去，平缓了一下急促的呼吸。

挡风玻璃后，张延卿望向了她。女孩放下手里松松提着的裙摆，遮住行走间偶尔露出来的莹白小腿。

她没有直接上车，而是先敲了敲车窗。

张延卿降下车窗，漆黑的眼眸看向她，声音一如往常般冷清："怎么了？"

她有点儿不好意思，猪咪的笼子有些大，她担心后备厢的空间不够放。

"你有尺寸吗？我看看。"

周念南打开手机里橙色软件的购物链接，踮脚将手机递了过去。

他的车实在有点儿高。

张延卿接过扫了一眼："可以放下，没问题。"

套着鹅黄色壳子的手机振动了一下，屏幕顶上弹出"SS"的一条消息：华生，我们就靠你了。

张延卿手指一顿，装作若无其事。

周念南这才拉开副驾驶的门上车。

上车之后，她才后知后觉地发现，张延卿今天穿的衬衫，也是浅灰色的。

张延卿姿态沉默地站在餐桌旁，环视这间屋子。

很显然，这是一个男性的住处。

他没有问这里住的是谁，也没有问这里的人和她是什么关系。

他只摘下袖扣，慢条斯理地挽起袖子，问她："哪些是需要带走的？"

周念南也松了一口气。她原本以为柳承志会在，现下他不在，也好，免得大家尴尬。

"那边角落的笼子拿走，"她指指阳台的方向，"还有狗狗的饭盒、水盆。电视柜下面的狗粮、新尿垫……和狗狗相关的都带走。"

她特意带了尺寸最大的黑色袋子，分一个给张延卿。

"我收拾其他的。"

这些"其他"包括：沙发上的真丝抱枕、拼到一半的拼图、还没有看完的杂志、备用的蓝光眼镜和药片、她的水杯和咖啡杯、软木板照片墙上两个人的合影……还有她的专属拖鞋。

只是一个星期来玩一两次的频率，收拾起来还是觉得意外，东西竟然这么多。

张延卿的速度很快，一只手提着巨大的笼子，另一只手里拎个同样巨大的黑袋子，杵在沙发旁边。

周念南蹲在茶几旁边，抬头说："延卿哥，你等我一下，马上就好了。"

她从随身的包里拿出鼓鼓囊囊的牛皮纸信封，将钥匙取下来压在上面。两人之间的开销不能完全算清，可她也没有要占对方便宜的意思。

离得近，张延卿的视线清楚地看到她鸦羽般的眼睫垂下，挡住秋水眼眸，脸上的表情像惆怅，又似迷惘。

不过很快她就站了起来，提起身边的两个大袋子。

"好了，我们走吧。"她脸上已经恢复了平静。

张延卿执意要再帮她提一个袋子。

"这两袋不重的，我自己可以。"

张延卿静静地看向她，坚持："张斯斯叫我来帮你搬东西的。"

"……好吧！"她递过去没有装杂志和拼图的那一袋。

厚重的防盗门在身后关上，也将她的初恋留在了屋内。

电梯平缓地运行，又在十三楼停下，进来一个小学生，他看向张延卿手里提的巨大狗笼，又看周念南。

他认出她，脸上有疑惑："姐姐，你要把猪咪带走吗？"

曾经周念南和柳承志晚上约会的活动几乎都是遛狗。

她平时住在公司宿舍，三室一厅的房子，还住着财务部门的两个女生。

猪咪变成送她的礼物后，宿舍不方便养，就放在柳承志这边。他加班多，她就自己过来遛它，给它梳毛，陪它玩耍。

碰到柳承志不加班的时候，他们就一边手牵手散步，一边遛狗聊天。

恋爱、养狗两不误。

猪咪长得快，很快从一团白毛毛长成一坨大毛毛，性格活泼又亲近人，是小区里最受欢迎的大狗狗。

"是啊，猪咪长大了，要换个大点儿的地方住。"她温柔地现编了个谎言。

"那你还会带它回来玩吗？"

"暂时不会，我要带它回老家那边去。"

电梯到达一楼，她笑了笑，跟小学生告别："拜拜。"

小学生的脸上有着肉眼可见的失落："姐姐拜拜。"

电梯门重新合上。

张延卿开口："带回家陪你外婆吗？"

"是。"周念南在心里补上下半句，也陪我。

张延卿的车停在负一楼。

拉开后备厢的门，将所有东西塞进去，甚至还有富余空间。

上车之后，周念南假装整理裙子的褶皱，借机将副驾驶位置下的空间扫视了一遍。

他的车干净整洁，一个多余的内饰也没有。车身是粗犷霸气的黑色，内里也几乎全黑，倒很符合他的气质。

周念南慢吞吞地系上安全带，她正想着如何开口请张延卿吃晚餐，毕竟对方帮了她的忙。可一想到两人要面对面坐下,她又有些头皮发麻。瞬间梦回刚参加工作时的自己,跟各种大佬联系都要先打好草稿预设对方的反应再脑内演练一百遍。

两人的目光相触,同时开了口。

"我……"

"我……"

车厢内响起的手机铃声打断了他们的对视。周念南松了口气,目光移向他亮起来的手机屏幕,简简单单一个"江"字。

她偏头看向他,意思很明显:你先接电话。

车子还没有启动,他将手机放在耳旁。

不知道对方说了什么,她只听他回了几个字,"嗯""现在""有""等下回你"。

这通电话不到一分钟就结束。

"我朋友正在河边餐厅吃饭,叫我一起过去。你介意吗?"

车库里光线暗,车里也没有开灯,张延卿的目光又亮又幽深。

可能想起那天的三人饭局,他解释:"这次是真朋友,一起长大的那种。你在我家应该也见过的。"

确实有那么几次,她是见过张延卿的朋友们的。

仅仅是见过。

张延卿回来的次数少,他和张宏安前些年关系紧张,回老宅也是应个卯。他的朋友们过来找他,几个少年姿态自然地穿过客厅,熟稔地和人打招呼。

张斯斯乖巧地站一旁,Cos 听话不作妖的豪门继女,她是豪门继女的好朋友,无关紧要的路人甲。

大家互相打过招呼,他们上楼找张延卿,她们在身后互相牵着的手拧成麻花,确认过眼神,那是和她们完全不同世界的人。

瞌睡了正好有人递枕头。发小局,大家知根知底,延卿哥要是有对象的话,总有蛛丝马迹露出来。周念南欣然应好,一群人的相处好过两个人面面相觑。

电话另一头的江初礼在餐桌旁坐下,对桌上的其他人说:"张延卿等下来,他说带个朋友。"

今天的饭局是为秦完时接风洗尘。

他和张延卿从小学起就是同班同学,又是邻居。扬帆资本最开始创立的时候,张延卿的父亲不支持,还是他找了家里人,解了朋友的燃眉之急。再后来,他就成了三位股东之一。

傅真在傅家排行第三,和两人是高中同学。男生的友情发展得快,球场上多约了几次球,很快就熟悉了起来。

秦完时抬头："他带谁来？"

江初礼正忙着给身边的女朋友剥虾，闻言耸肩："谁知道呢，总不会是女人吧？"

傅真坐一旁乐不可支地笑起来："蒋裕那天跟我说，张延卿带了个女的去跟余清扬相亲，给他爸气得，拿起电话将张叔叔骂了一通。老年人友情告急。"

江初礼的女朋友正等着被投喂，听出他们笑声里不加掩饰的嘲笑，天真地发问："余清扬是谁，不漂亮吗？"

傅真笑容更盛："漂亮，家世也好。"

"那他还搞砸？"声音里的惋惜谁都听得出来。

江初礼将剥好的虾放进女朋友碗里，拿起手边的湿毛巾擦拭："他啊，谁都不爱，他只爱赚钱。"

所谓家世好，无非是图门当户对，利字摆中间。张延卿自己能赚钱，当然求利字之外的东西。

包间的门被侍应生推开，他们口中只爱赚钱的张延卿站在门口，身后跟着一个女生，矮他大半个头。

两个人一个穿着浅灰色衬衫和黑色西装裤，一个穿着黑色真丝衬衫和浅灰色裙子。

要不是知道张延卿万年单身，几乎要以为他们故意穿的情侣装。

刚刚还肆无忌惮嘲笑他的几个人瞬间犹如被按了哑穴，连正在吃饭的秦完时都停了下来。

张延卿恍若未觉，他拉开身旁的椅子让对方坐下。

傅真心里"我去"了好几下，才细细端详对面的人说："这位妹妹，我们是不是曾经见过啊？"

秦完时觑了他一眼，将手边的湿毛巾扔过去："漂亮的妹妹你都眼熟，当自己贾宝玉呢！"

江初礼在一旁忍不住："不介绍一下吗？"

张延卿这才慢条斯理地开口："周念南，张斯斯的好朋友。"

周念南捧了桌上的茶杯，抿嘴笑了笑，又站了起来："你们好。"

桌上的众人这才恍然大悟，将眼前的娉婷少女和几年前偶然在张家老宅遇过几次的校服女孩联系起来。

傅真忙不迭地拍大腿："我就说眼熟吧……那个，南南妹妹你好，你们怎么碰上的？"

张延卿和家里继母、继妹的关系不算亲近，这事在周围人眼里不是秘密。

何况是继妹的好朋友，比三千里还远的关系。

周念南自觉请他当搬运工这事儿，有点妨碍张延卿的高大形象，她含含糊糊地回："我请延卿哥帮我一个忙来着。"

傅真瞟一眼张延卿，一如既往神色冷冷。相识这么多年，他怎么不知道他这么热心爱助人。

虽然这是张延卿第一次带女性出现在他们的场合，但对方是早已认识多年的人，大家很快将焦点转移回饭桌上了。

桌上的菜已经动了一些，江初礼将点菜的平板递给张延卿，解释："大家都有点饿，就先动筷了。你们再选一些。"

张延卿将平板放两人中间，语气轻松悠闲："你想吃什么？"

靠得有点近，他身上干净清冷的木质调气味又飘了过来，周念南掩饰性地伸手摸了摸裙子，心里没来由地紧张了一下。

这家店她从前跟着老板出席饭局的时候来过，知道它家的菜单随时令季节更改。"主厨推荐"页面的泉水牛肉上，汤清肉嫩，看上去很不错。

"那就这个。"她指了指。

张延卿选的是蚝油生菜。

一旁的侍应生小跑着上前接过平板，周念南听到他跟对方交代："泉水牛肉上面不要撒芹菜末。"

坐他旁边的江初礼和周念南同时扭头看向他。

周念南的回望是感谢，她已经见识过他的细致，只是没有料到还能延续到饮食习惯这样的细节上。

她并没有时间想太多，原因无他，搁在桌上的手机疯狂振动起来。

这种发消息的方式，不作第二人想，肯定是张斯斯。

打开微信，她毫不意外自己已经被拉进一个叫"正义吃瓜联盟"的群。

群成员三人，她、张斯斯还有江盟。

群里全是张斯斯的发言。

张斯斯：有吗有吗有吗？

张斯斯：周华生，空气里的香水味你都要给我捕捉出来。

…………

张斯斯：座椅上的头发丝，也是有可能的。

张斯斯：[期待地搓手手 jpg]

中途江盟发了一句"教授一直在看你"，彻底被张斯斯无视了。

张斯斯：就算是偷家，你们也该结束了吧！

张斯斯：华生，你被擒住了吗？

张斯斯一直是急躁的性格，最受不得等待，而周念南平和周正，两个人契合得像乐高积木。

她看一下手机，才八点多。

周念南：无事发生。

周念南：吃饭，餐桌上都是男的。有一个很漂亮的妹妹。

还没说完，不小心按错发送键发了过去。

张斯斯：重点来了。

周念南：是他朋友的女朋友。

张斯斯：……你怎么能断句在这么重要的地方！

周念南埋头偷笑：我不小心按错了。

在她没留意的身侧，江初礼觑了一眼低头发消息的周念南，又意味不明地拍了下张延卿的肩膀，"呵"了一声。

张延卿不予理会，他看向对面正认真吃饭的秦完时，岔开话题："欧洲那边谈得怎么样？"

"创业公司中，这家算得上巨头，最有希望。但现在的问题是，它的所有权和估值结构有点儿复杂，估计还有得谈。"

OpenAI眼下正热，秦完时去谈的这家公司正是这波热潮中估值最高的创业公司之一。作为当红独角兽，据说它的创始人还在融资候选人中"货比三家"。

有竞争才更有吸引力，扬帆资本从来不惧这样的挑战。

傅真提醒两人："饭桌上说这些，太影响胃口了吧！今天可是接风宴啊。"

他是傅家娇宠长大的小儿子，最不耐烦这些股权、估值等投资的话题。

公司业务上的话题到此为止。

江初礼兴起："那今晚高低得喝点儿，完时辛苦了。"扬手叫侍应生将之前存的酒拿过来。

张延卿探身拿起桌上的茶壶，将周念南手边喝了一半茶的杯子倒满。

傅真看热闹不嫌事大："南南妹妹也喝点儿吗？"

他性情散漫却不缺人情世故，看出来周念南的拘谨和局促，话题里将她带上。

张延卿想也不想开口替她拒绝："她酒量不好，待会儿得替我开车。"

周念南以为对方给她找的借口。

大四毕业那一年，她才第一次喝酒。

毕业宴席上，离别的氛围太过蛊惑，她鬼使神差地拿起了啤酒瓶。事后据来接她的张斯斯说，250ml的啤酒，她只喝了一半就趴下了。

工作这么几年，她的酒量不见长，遇到拒无可拒的场合，才抿一两口。

这句话信息量太大。

桌上几个人的视线都转了过来，周念南解释了后半句话："我最近住斯斯的房子里，和延卿哥同一个小区。"

离职的话她得从公司宿舍搬出来，已经和斯斯说好了，还是先借她的地盘过渡一下。

江初礼在桌子下碰了碰小女友的腿，递了个眼神过去。

小女朋友叫徐梦然，刚刚毕业，跟江初礼交往了半年。两人默契惊人，她站起来换到周念南右手边的座位，笑嘻嘻地说："你们喝你们的，我和漂亮姐姐贴贴。"

徐梦然活泼得不像话，拉着周念南就开始夸她的搭配真好看。

周念南恍恍惚惚地觉得这个流程有点儿眼熟，下意识眼神求助场上她最熟悉的人。

张延卿以为她有什么话要说,倾身靠过来等她开口。

周念南注意到他浓黑的眸色,眼神里的放松之意明显。那股熟悉的木质香调,幽幽的、绵长的,一丝一缕地顺着她的神经往里钻,她只能干巴巴地悄声说了一句:"那你少喝一点。"

其他人我都不熟啊!你可不能喝醉了。

听的人心里微微一动,深深地看了她一眼,很快又收回视线。

饭局结束的时候快十点。

周念南对徐梦然的认识已经从"张延卿朋友的女朋友"进展到了"在恋情里一路高歌猛进的虎妞"。

徐梦然扫了周念南的微信,恋恋不舍:"南南姐,我们下次单独约啊!"

周念南不清楚张延卿喝了多少,但对方眼神清明、脚步沉稳,应该是没有喝醉的。

大家各回各家,各找各妈。

但她回去的路程显然要比别人坎坷一些。

张延卿的话不是开玩笑,只是他的车和她的车太不一样了,她坐驾驶位上有种小孩开大人车的感觉,视线的陡然抬高让她无所适从。

"别紧张,和你的车差不多的,大同小异。"张延卿坐副驾驶上安抚她。

大约是发小局让他放松。他一手闲适地撑住下颌,一手搭在腿上,姿态舒展。

周念南紧张到手心冒汗,心里腹诽:哪里差不多,你的车价后面起码要加个"0"好不好……

除了教练车,她只开过自己那辆小迷你。

她低着头在座椅上摸了半天,才找到调节座椅的按钮,将驾驶位调整到她合适的高度。然后,她转身研究中控台,启动按钮,空调,行车灯……

到底将车开上了路。

盛夏的深夜,暮色低垂,路上的车少了很多,她偷偷从后视镜中观察身边的男人,他闭上了眼睛,右手抵在太阳穴上按压着。

人喝了酒的反应不一样,像张斯斯,喝多了就高兴,恨不得拉着全世界起舞;也有像张延卿这样,安安静静,一声不吭。

大概是察觉到了车里的氛围寂静得过分,他睁开眼睛,正好对上后视镜里周念南的目光,问:"怎么了?"

周念南直觉他现在的心情应该还不错,但他们的关系又没有熟到她可以问他对象的地步。

多少有些突兀了。

她犹豫了一下,飞快地摇头,目光直视前方。

但身边人的目光灼灼落在她身上,似乎有种不达目标不罢休的执着。他不是一个轻言放弃的人，这一点从他独辟蹊径的创业路径就能看出来。

周念南有点不大自在。

张延卿在她和张斯斯眼里，一直是长辈般的存在，家长会上第一次见面，他看她们的眼神就差把"小屁孩"三个字明明白白写在脸上了。

沉默片刻，她还是问出了声："……那我问了，你不要生气。要是不方便回答你就直接拒绝……只是闲聊。"

铺垫了一层又一层，真正说出口还是不好意思："我和斯斯有点儿好奇，未来的嫂子会是什么样的人？"

那双幽深的眸子盯着周念南。

从他的角度，能看到女生柔和干净的侧脸因为他的目光而微微泛红。她皮肤白，浓密的长发别在耳后，露出一小截细细的脖颈。

他有点儿出了神。愉悦感随着酒意绵绵升腾，放大了此刻的情绪。

前头亮起了红灯。

周念南轻轻踩下刹车，转过去的视线直接与张延卿的目光相撞。

意料之外的轻松姿态，左手手肘支在扶手箱上，加上柔和的眼神。她心头一惊，下意识地将视线移回面前红色的车尾灯。

"你……想知道啊？"张延卿抬手解开衬衫领口，慢条斯理地开口，"张斯斯让你来问的？"

周念南搭在方向盘上的手尴尬地抓紧："就，大家都挺好奇的。"

"也包括你？"

周念南胡乱地点头，她在张延卿面前可不就是活生生的张斯斯代言人。

副驾驶座的人轻轻笑了一声，没有再说话，车里就安静了下来。

张延卿想起几年前在纽约的公寓。

窗外大雪纷飞，室内温暖如春。

空气里飘浮着女孩身上独有的淡淡香气，和药味。

他那时候为了独立创业的事情和父亲吵得不可开交，张宏安放言不会给他一分钱，切断了他的一切资金来源。

寸土寸金的华尔街，一个招牌掉下来，砸的个个都是有来头有背景的人物。

他度过了有生以来最艰难的一段时光，没有豪门光环，没有足够的资金。人人都知道他父亲的反对，人人都等着看他的笑话。

守业不好吗？非得折腾着来证明自己。

他咬紧牙关撑住，像所有创业的年轻人一样，被现实世界催着飞速成长。

手头的资本干不过成熟的投资机构，看好的项目转眼被人抢走。

有很长一段时间，他都没有回国。

那年冬天的元旦，周念南冒着纽约的大雪出现在他眼前。

一身黑色长羽绒服，浅灰色针织毛线帽子上顶个白色的毛毛球。她大约没有经历过零下一二十摄氏度的纽约冬天，脸颊冻得通红，见到他的一瞬间还是扬起笑脸:"延卿哥,元旦快乐!叔叔阿姨和斯斯让我来看你。"

那是她人生里为数不多的高光时刻,只因为张斯斯一句"不知道延卿哥在美国怎么样了"的念叨,她自告奋勇从美西飞了六个小时来美东看他。

她自费来参加一个在洛杉矶的游学项目,为此攒了很久的钱。

张延卿那时候因为工作上的事情忙得焦头烂额,却还是带着她,穿过街头汹涌的人潮,去一家老牌牛排店吃了晚餐。

周念南偷瞄他不算好的脸色,吃得跟小猫一样,一小口一小口地往下咽。吃到最后,张延卿终于发现,对面的人脸红得不正常。

她发烧了。

纽约室外实在太冷,出租车太贵她又舍不得,坐公共交通从机场找到他的公寓,花了两个多小时。

他不敢将她一个人送回酒店,只能将她带回他的公寓。她一回来就开始吐,烧到说胡话。

少女躺在他的沙发上,盖着他的被子,难受又隐忍地哭泣。退烧药喂了三次才吞下去,一晚上反反复复地烧。

张延卿从来没有这么狼狈过,他尝试用冰块敷她的额头,用冷水擦拭她的手脚,却怎么也不管用。最后他蹲在沙发旁边,轻轻地拍她的背,温柔地跟她说话,像撸小狗狗的毛发一样,顺着她汗湿的脊背一下下轻抚。

零点的时候,窗外喧闹的倒数声传过来:"四……三……二……一……"。

巨大的欢呼声响起,五彩斑斓的烟花在哈德逊河上绽放。她面色潮红地挣扎着醒过来,虚虚地揽住他的背:"延卿哥,元旦快乐。"

在烧糊涂了的少女心里,此刻他不是冷冰冰的张延卿,而是被放逐被责罚的张斯斯的哥哥。

少女潮湿的额头擦过他的脸颊,她的声音里还带着哭腔,莽撞完又闭着眼睛躺回了被褥堆。

凌晨三点多,她难受的哼唧声最后终于变成安稳的呼吸声。

第二天纽约的雪停了,周念南看着坐在沙发边上睡着的张延卿,狼狈地跟他道歉,说给他添麻烦了,叔叔阿姨还有斯斯看他很久没回家,有点儿担心他。

他没有接这句话,只蹙着眉用温度计确认她的烧已经退了。

周念南摸不准他的脾气,不敢再开口。

心里却很沮丧,换作她是张延卿,莫名其妙要来照顾一个不怎么熟悉的继妹的好朋友,也会不开心的。

张宏安对自己儿子苛刻,却对张斯斯很好,好到张斯斯难免带了一点儿惶恐,觉得自己抢了张延卿的父爱。他们闹成这样,张延卿不肯回家,她很想为张叔叔做点儿什么。

周念南知道好友的心结,她来美国游学,正好替她走这一遭。

这场发烧来得快也去得快。

她第二天下午如常登上回国的飞机,回到外婆身边才像散了那口"真气",狠狠大烧了几天才痊愈。

洛杉矶游学因此蒙上一层冰凉的滤镜,轮廓模糊,细节湮没。

等张延卿以扬帆资本创始人的身份回国时,她身边已经有了初恋男友。

周念南将车停好,才后知后觉地发现自己一身汗。

张延卿靠着椅背,像是沉浸在某种未知的思绪里。车停好,两个人都没有吭声。最终是周念南开口打破这沉寂:"延卿哥,到了。你还好吗?"

酒意放大了他内心的渴求,像有一只小怪兽在心里叫嚣,留下她,留下她。

垂在身侧的手捏紧了,他无比清醒地知道,这不是合适的时机。

"没事,今天喝得不多。"他抬手捏捏眉心。

不戴眼镜的时候,他整个人温和了很多。

"那我就先回去了。"

地下车库是相通的,从这里走去张斯斯房子那边的车库口并不远。

张延卿提醒她:"我送你过去。还有你的东西。"

几乎完全忘了这么一车东西的存在,尴尬。

……于是又将车开到她那边的车库口。

跟收拾东西下楼时一样,张延卿几乎以一己之力拿了所有,最后才将装抱枕的袋子递给她。

两人进了电梯,周念南刷了卡。小区里一层一户,私密性高,需要刷门卡才能到所在楼层。

电梯很快,几十秒就到了张斯斯的家。

张延卿帮她将东西放在进门的地方,像上次一样,挥一挥衣袖不带走一片云彩。

周念南想起什么,赶快发短信给他:延卿哥,车你先放着,明天醒酒了再开。

十几秒后,她的手机振动了一下,张延卿回:嗯。

他走在冷清的车库里,想起自己为数不多的几次回国。

张斯斯在客厅里叽叽喳喳地煲电话粥。

——"南南,明天我去找你玩。"

——"你明天穿那个白裙子,我们去公园划船吧!"

——"再去桥头市场吃年糕,买一杯奶茶。"

——"小李子的电影重新上映了吗?那我们一起去看。"

…………

他后来在无数个晚上,都梦到这通电话里的内容。

他像个毛头小子一样,牵着中意女孩的手,将这些稀疏平常的事情做了个遍。

城市另一边。

柳承志遵母命相亲回来，发现房间里有些不一样了。

所有和周念南有关的东西都不见了。是了，她说今天来拿东西。

大门钥匙在灯光下闪着冷冷的光。看着钥匙下压着的信封，柳承志半天没说话。

这是要断得一干二净的意思。

从前在一起的时候，她没有问过他的薪资，日常出去吃饭和看电影，也自觉轮流付款。

刚确定关系后不久过情人节，他费心送了她一套大几千的品牌护肤品。

对方挑了花纹繁复的威士忌手工杯子做回礼。他在网上搜索了一下，日本设计师手工打造，小小一只，价值竟和他送的礼物差不多。

他以为对方和他一样是小康家庭。

两人在一起久了，他才开始了解她的情况。

那时候有情饮水饱，只想到女朋友独自一人在钢筋丛林里打拼，唯一的念头是要对她好。

也不知道从什么时候起开始变了味，会权衡，会比较，会犹豫。

理论上来说，她的主动离开应该正合他的意，但恋爱不是开关，他知道自己还舍不得她。

放在茶几上的手机屏幕亮了起来。

是今天的相亲对象发来的：谢谢你请的晚餐，今天聊天很愉快。

头像是一朵粉色小雏菊，简单朴素，像她今天给人的感觉一样。

这是对方隐晦地表示对他的满意。

他的皮相一向很能迷惑人。第一次见面，他从对方的眼里看到了惊喜。

相亲的流程大抵如此，家庭条件和个人条件摊开来摆在台面上，供对方审视考量。

而他，两样都还拿得出手。

柳母的微信掐准时机发了过来：你三姨说对方觉得你很不错。我们的意思也是，你们再多了解了解，差不多了就可以订下来了。也三十岁的人了。

他没有回。

过了半晌，他才点击输入：你喜欢就好。

发送对象是粉色小雏菊。

他又编辑文字信息，发送对象是"宝宝"：我们之间，你一定要这么做吗？

消息没有发送出去，前面一个大大的红色惊叹号。

微信温馨提示：……你还不是她朋友。

他面无表情地锁上手机屏幕。

而周念南一夜好眠。

下楼去开车上班的时候，发现张延卿的车子早已开走。

计划好的事情都如她想象般顺利推进。

部门顺利招来一个同龄的女生接替她的工作；和公司里关系好的同事吃了告别饭；外婆的术后恢复没有任何差池。

只除了，张延卿的神秘对象依旧神秘。

张斯斯上课都分出一半心神来，在群里长吁短叹：竟然有我吃不到的瓜！

张斯斯：我这几天连夜将延卿哥那几个朋友的微博、INS、领英的关注都翻了一遍，毫无收获。

张斯斯：吃不到的瓜，只会让我更积极！

…………

她一个人就能撑满一台戏，完全不需要旁人回应。

周念南上班间隙忙里偷闲回她：有没有一种可能，他就没有对象呢？

她想象不出来，张延卿那张沉默冷峻的脸，要配一个什么样的解语花才合适。

张斯斯：不可能。他既然这么跟张叔叔说了，那就表示这个人她一定存在。

周念南：加油！我今天要去接猪咪。周末的时候就把它带回森安去。

她这段时间太忙了，都没有去看它，只透过狗狗学校老师的视频电话，和猪咪打招呼。

张斯斯感慨：猪咪也是一只上过学的优秀狗子了。

下了班，周念南匆匆往狗狗学校赶。学校在郊区，离她公司有段距离。

所以，柳承志很难得选在一个不加班的工作日驱车前来，看到的却是她那辆小车拐弯的尾灯。

他想也没想，一脚油门跟上。

周念南压根没留意到身后跟了一辆车。

下班时刻车多且密，她在滚滚车流里用尽十二分小心，才准点到达狗狗学校。

猪咪已经在笼子里待得不耐烦，看到她出现，就趴笼子边上"呜呜"叫个不停，呼吸急促，尾巴摇出残影。

狗狗学校的老师是个很年轻的男生，他解释："猪咪这是认出你来了。"

周念南有点儿热泪盈眶，初恋的唯一成就就是送了她这只小狗，它全心全意地爱着她。

在基地多待了半个小时，老师给她展示猪咪这一个月来的学习成果，简单的坐卧行走，指令听从，还有行为习惯训练。

俨然是只乖宝宝了。

周念南忍着郊外草地上成群的蚊子，心里像喝了蜜一样。

柳承志没有追上周念南的车，等过了一个红绿灯再去找，满眼都是红色的尾灯。

犹如大海捞针。

他不得不回到她公司楼下，期冀守株待兔。

周念南是公司的总经理助理，打交道的部门多，认识她的人也多。

郑雅诗先认出他来，之前他和周念南请她吃过饭。

"你来找念南吗？她是不是落了什么东西？"郑雅诗的语气里有诧异。

柳承志敏锐捕捉到她话里的漏洞，周念南还没有和公司的人说她分手的事情，但他犹豫了一瞬，还是说："南南最近不知道为什么，在和我闹矛盾，不肯理我。"

他额前的碎发垂下来，带点儿疲累感，平添几分可信度。

郑雅诗不疑有他，毕竟七夕那天她可是被喂了一路的狗粮回来的。

"你们是不是为她辞职的事情吵架了？念南离职是因为她外婆做了手术，她决定回老家照顾她。公司宿舍的东西也陆陆续续搬走，住她朋友家去了。"

············

——"我有朋友在翡翠阁买了房。"

柳承志脑袋里"嗡嗡"的，回想起分手晚餐那天，说起买房的时候周念南说的这句话。

他的脸色惊疑不定，各种猜想如走马灯一样在脑海里打转。

翡翠阁的房价他是知道的，以他目前的工资，三个月都买不了一平方米。

"她没和我说外婆做手术的事情。"他稳了稳心神，向对面的女生道谢，"谢谢你告诉我这些，我再找她谈谈。"

"嗯。"郑雅诗想了想又加上，"念南真的特别特别好，你错过会后悔的。"

他颔首："谢谢你。"

周念南将车窗开了条一指宽的缝隙。

大狗狗从后座跳到扶手箱上，又蹦到副驾驶座，最后用湿漉漉的鼻子来蹭她。

周念南又开心又困扰，语气严肃地勒令猪咪乖乖坐好不要动。

冷不丁路边窜出来一个人，站在她进小区的右转车道上。

周念南吓得猛踩刹车，扭头一看副驾驶的猪咪"呜呜"扒着车门想下车，倒是没有受伤。

下了车才知道它想下车的原因，敢情是认出了旧日主人。

是柳承志。

他脸色铁青，语带讥讽："周念南，这就是你非要跟我分手的理由？住在翡翠阁的朋友？"

周念南不可置信地盯着她的前任恋人，疑惑、愕然，最后是冷笑，在他眼里，她是这样的人。

"我和你说得很清楚了。分手了，请你不要在这里闹。"她压低声音。

不远处已经有四五双眼睛看过来了。

他扣住她的手腕，气急败坏："你都能做，我为什么不能说？"

周念南气急，想甩开他的手，但他力气极大，她一抬头对上他布满红血丝的眼睛。

和往日里带着爱意的温柔注视完全不同,此刻他的眼睛里,只剩下阴冷的戾气。

她心神大乱,没有留意到身后传来的关车门声。

一道黑色的身影迅速从后面覆上来,一手钳住柳承志的手腕逼迫他松了手,一手拉住她的手臂将她往身后带。手臂向后虚环住她的腰身,将她和眼前危险的男人隔开来。

"你还好吗?不要怕。"

男人身型高大,气味熟悉,微微侧头扫过她的脸颊和身上,确定她没有受伤。

但他的眼眸里,盛满了冰凌。

是张延卿。

周念南松了一口气。

被柳承志抓住的那一刻,她才真正意识到男女之间体力的悬殊。

"这就是你朋友?住翡翠阁?"柳承志恶狠狠地盯住眼前的两个人。他还想着对方家庭条件不好,哪想到人家干脆利落和他分了手,转头就攀上了高枝。

就算能接受周念南和他分手,他也不能接受她这么快就和下一个对象出双入对。一想到头上可能的绿油油的帽子,平日里的翩翩风度立刻消失不见。

张延卿不理会柳承志,他招手示意不远处的保安过来。

两个身材高大的制服小哥立马一路小跑着过来。

张延卿在小区里住的时间也不短,天天进出,门口的保安都脸熟了。

他将柳承志交到他们手里:"你们打电话报警,说有人闹事。"

心有余悸的周念南抓住他的胳膊,说:"延卿哥,他是我……前男友。我来处理。"

她脸色苍白,眼里写满了恳求。

报警大概是没有用的。没有实质性的伤害,民警来了大约也只会做情感纠纷处理,两边都劝慰一下,解决不了问题。

张延卿立刻还原了整个事情的经过。她大概没有察觉,她搭在他胳膊上的手,还有些微微发抖。

"我在这里,你不要怕。"他安抚她,"他伤害不到你。"

被保安拦住的柳承志看到眼前两人低语,头靠得很近。男人脸上黑沉如锅底,看她的眼神里却充满了柔情。

同样是男人,哪里会看不懂对方的意思。

周念南却不给他继续思考的机会,她从张延卿身后走出来。

看来话还是得说清楚,没道理她担了莫须有的指责,还要拉无辜的张延卿下水。她很快就要搬走,张延卿却还要在这里住。

"我拿下手机。"她想起自己的手机还在车上。

车门拉开,猪咪吐着舌头就想往车下跳,她眼疾手快地拦住它,低声哄它:

"再等等哦！妈妈现在有事情忙。"

她拿到手机，关上车门："我们分手和任何人都没有关系，是我要分的。"她想了想，又加上，"……可能你也在想。"

她握紧手里的手机，看向柳承志，谨慎地和对方保持了一米的安全距离。保安小哥尽职尽责地挡在柳承志身前。

"接下来是我要说的话。"她低头翻出之前拍下的聊天记录。

在陌生人面前处理这件事情很难看，她原意是悄悄将这段关系结束，不给人看笑话。现在她知道了，这种文艺的想法行不通。

"我快三十了。如果这个女朋友不能结婚，我投入的所有都是沉没成本——时间、金钱和感情。"

"……父母离异，在她很小的时候就分开了，她外婆带大的她……"

"……就是吧……感觉不大适合结婚。"

…………

周念南声音清脆、语调清晰，她每读一条，柳承志的脸色就灰败一层。

他怎么会不记得这些赤裸裸的嫌弃出自自己的口，试图挽救："我就是和朋友口嗨，并没有……"

周念南冷冷地看着他。

两个保安不了解前情提要，也不妨碍他们立刻理解了这段爱恨情仇，看柳承志的神色就带了些鄙夷。

自己嫌弃女朋友家境不好，结果分了手还要上门来污蔑人。

"我的好朋友出国了，知我离职得从公司宿舍搬出来，将她的房子给我住……柳承志，我希望你知道，我们真的已经分手了。"她声音还在发抖，因为生气，也因为失望。

对自己的眼光，对对方的人品。

一场原本剑拔弩张的纷争收尾得有些潦草。

柳承志一言不发地转身就走，留周念南在原地收拾残局。

"不好意思给你们添麻烦了，现在没事了。"

保安小哥连连摆手，说："是我们工作失误。下次您遇到这种情况，叫我们一声。我们也担心误判而影响业主的生活。"

她最后转向张延卿。

"延卿哥，谢谢你。"她的声音依旧温温柔柔。

夜风吹走暑热，也让她镇定了下来，在他面前丢脸的事情也不止这一遭。

张延卿低头看她，风吹起她黑色的发丝，有长的碎发遮在她的脸颊上，白皙的脸庞沉静如水。

他想伸手将她的发丝拂开，蜷了蜷手指，又忍住。

善良、温柔、得体、大方。

这是他从张斯斯日常的叽叽喳喳里听到的对周念南性格的总结，这样的性格是怎么形成的呢？

他不敢想。

她受了委屈，会向谁哭诉；她遇到难事，会向谁求助；她有了心事，会向谁倾诉。

他的心底像汹涌的大海荡起千层浪，面上却不敢表露分毫，柔肠百转最后只说出来一句：“家里有药吗？”

必然是没有的。张斯斯家中药箱里的药早已过期。

但现代社会有便捷的物流，在网上下单就可以搞定的事就不用麻烦别人了。

何况这个别人，最近麻烦他的事情实在是太多了。

张斯斯是他的妹妹，她不是。

张延卿并不知道他心心念念的人，将他分类到了"别人"组。

他目送周念南上车，回到自己车上的时候，才发现电话还没有挂，秦完时还在电话那头。

下车之前，他正和秦完时讨论另外一家欧洲独角兽公司收购的可能性。先是看到一辆颜色独特的小车，多瞟了一眼，然后看到周念南的背影，面前站着一个高个的男人。他只来得及对电话那头说一声"我等下再和你说"，就匆匆下了车。

对方听到车门打开的声音先开口："什么事？"张延卿鲜有这样着急忙慌的时刻，反正也没其他事，他就在线上等着了。

张延卿启动车子往小区里走："周念南。"

"那天吃饭那个啊？"秦完时记性好，张延卿身边出现的女性全和工作相关，难得带一个工作之外的异性出现。

那天吃完饭，张延卿的车子先走，他们几个还留在停车场抽了一根烟。

江初礼信誓旦旦："他有情况了。"

秦完时立刻否定："他心里有人，我知道。"

傅真立马靠了过来："真的吗？来说说。"他的日常是莺莺燕燕、灯红酒绿，张延卿倒跟个封心锁爱的和尚一样，醉心工作，独来独往。

作为校友兼朋友兼现在的合伙人，他们几个，包括江初礼，就没有长时间地分开过。

大家家庭背景相似，长辈熟识，脾气又相投，读书在一个学校，工作在一个城市，创业在一家公司……这么近，这么久，没道理不知道他有心上人。

秦完时知道也是偶然。

有次大家打完球，球馆的水管爆裂，大家蜂拥跑去离得最近的张延卿的公寓洗澡。他洗完才发现忘带衣服了，顺手从他衣柜里掏出一件普通的白色文化衫。

张延卿走上来夺走，给他塞了另一件。

他当时调侃："又不是没穿过你衣服，这么小气！"

对方只回了一句:"她穿过。"

Ta 是谁?

男的他?女的她?

可惜后面无论他怎么旁敲侧击,张延卿都没有再回答。

此刻在电波里,秦完时突然福至心灵:"是不是她穿过你那件 T 恤?"

那他回国被安排那么多次的相亲,一次也没成功过,现在回想起来也很有"除却巫山不是云"的意思。

张延卿没有直接回答这个问题,只在电话里说:"收购的事情我们明天再讨论,我到家了。"

夜色安静下来。

周念南在沙发上小心翼翼地涂着红花油,手腕上红了一圈,倒不严重。

猪咪安安静静地躺在地板上,好似一团棉花糖。

手机的扬声器开着,女歌手带着沙沙的嗓音在唱一首慢歌。

　　世界那么多人　可是它不声不响
　　这世界有那么个人
　　活在我飞扬的青春

她没有矫情到还在怀念这段感情。

再美好的过去,也被这现实狠狠按在地上摩擦了好几遍。

恋人不长久,相爱的时候你侬我侬,恨不得将对方变小揣在怀里;不爱的时候又像敌人,还是知道你软肋的那种。一朝因爱生恨,很知道从哪个角度捅会最痛。

音乐声停了下来,她探头一看,手机在振动,是张延卿打来电话。

"我拿些药给你,你到车库里来。"他的声音带着回声,听得她一侧的耳朵微微发麻。

周念南想说不用了,又觉得人都到车库里了,一番好意总不好拒绝,还是按了电梯下楼去。

毕竟最难堪的场面对方今天都见识过了。

"伤得严重吗?"她一走出电梯,张延卿便迎了上来,盯着她手腕的红痕脸上就多云转阴了。

周念南解释:"看着吓人而已,不疼的,我刚刚揉了下可能自己搓红了。"

他像是不信,上下仔细打量她。

在家里,周念南换了一套黑色家居运动服,短衣短裤⋯⋯也还算得体吧!

对面的人像是叹了一口气:"腿上是怎么弄到的?"

周念南低头,左边三个蚊子包,右边两个,已经红肿起来了。她竟然毫无察觉。

"应该是去接猪咪的时候被蚊子咬了,室外草地嘛,夏天肯定有蚊子。"

他没注意到自己的眉毛又不自觉地皱了起来。

先是知道她要离职,现在又多了个不知道是什么的"猪咪",她的生活里有那么多他不知道的事情。

想盯牢她,想看紧她,想保护她。

千言万语最后只化成一句话:"你不要怕,我来安排。"

周念南吓了一跳,她不知道对方的安排是什么,但显然都不大需要。

柳承志那么要面子的人,今天当众被她撕下了遮羞布,他不敢再在她面前出现了。

从前总归是她太好面子,不肯将被嫌弃的事情说出来。

"这几天,我让人接送你上下班吧!"

这是什么霸总文学照进现实?

周念南委实没有想到事情的走向是这样。

她试图拒绝道:"分手的时候没有说清楚,他有了误会,所以才这么……冲动。今天已经说开了,不会再有这样的事情了。"

张延卿现在才真正觉得,眼前的人在人性的认知上这么单纯且天真。

他声音放低了,和她解释:"你看,你之前也没有想过他会来这里堵你,对不对?在事情发生之前,永远不知道对方会做到哪一步。

"这几天谨慎一点总是没错的。"他总结,"我既然看到了,就不能不理会。"

周念南就这样过上了车接车送的保护级生活。

接她的车子是一辆大众,不显山露水的低调。

她放下心里的担忧。张家车库里那堆车她大部分不认识,但不妨碍人家线条流畅、做工精细,主动彰显不凡的身价。

她很怕张延卿安排一辆那样的车。

饶是如此,她还是和司机商量好,两人在公司楼下拐弯处碰头,免得离职前平白惹出口水来。

她在心里琢磨了很久如何感谢对方,还将小某书上"最受男士喜爱的礼物""成功人士喜欢什么"各种帖子研究了个遍,最后还是求助张斯斯。

张斯斯理直气壮:"这不是他应该做的吗?反正他车多。"

她因为吃瓜事业耽误了交小论文的时间,正埋头狂写赶最后期限。

周念南只好自己想办法。

周外婆和她,一老一小,独门独户,生活里总有遇到难处的时候,这时候就要去找邻居搭把手。家里头一天请了谁帮忙换灯泡,第二天周外婆就必定要送一碗自己做的红烧排骨过去。

周外婆搂着她现场教学:"人家帮助我我肯定要表示感谢的呀!人家又没有义务要这么做。"

她这头还在纠结,浑然不知京市那头也有人因为她而纠结。

张延卿在京市参加国际人工智能博览会。

博览中心占地面积巨大,与会人员摩肩擦踵。陪他一起出差的刘特助和崔秘书敏锐地察觉到他的心情还不错。

虽然早上连线公司开视频会议时,还是一如既往的严肃,但面对视频会议里下属明显的错漏,他也只说了一句:"仔细核实,不要有第二次。"

刘特助盯着前头明显心不在焉、频频看手机的老板,侧脸问崔秘书:"老板怎么了?"

崔秘书神神秘秘地用大拇指和食指比了一颗心,换来刘特助惊讶的表情。

实在他跟着张延卿的时间也不短,从纽约创业时起就加入团队,跟着张延卿漂洋过海又回了国。

他竟然没有察觉。

"哪位?我们认识的吗?"能吃到第一手的瓜,刘特助脸上浮现出和他精英气质毫不相符的八卦表情。

崔秘书就不说话了。

因为见过那位她的人,只有司机小郑。小郑的嘴闭得比蚌壳还紧。

春江水暖鸭先知,老板的春天要来了,在他身边的工作人员是瞒不住的。

她负责张延卿的日常行程安排。张延卿的专属司机几天前被他调去接送一位周小姐上下班,所以这几天他所有公司外出活动都自己开车。

这件事只有崔秘书知道。

原本她也只当是普通的工作安排。毕竟公司重要客户不少,他们来海市的话,抽调公司司机临时支援也是偶有发生的。

张延卿坐在办公桌后听完她的汇报,破天荒地特意多交代了一句:"在我没有和我父亲说之前,还麻烦你先保密。"

崔凡真是老员工。

张宏安在将企业交给儿子之前,特意将她调去总裁办,未尝没有让她盯着点儿的意思。

能在张延卿手下当秘书的人都不是傻瓜,崔秘书秒懂。

她比谁都更明白"一朝天子一朝臣"的含义,什么能说、什么时候说,都是大学问。

还准备亲自跟张董说,那就是认真到以后要见父母的准女友身份。

小老板不出手则已,一出手就搞个大新闻。

她怀着这个粉红色的秘密好几天了,眼下终于有了可以分享的人。

一向勤勉认真的老板能和谁发短信,肯定是那位她。

而那位她——周念南正字斟句酌地发消息:延卿哥你好,我工作到这周就正式离职了,谢谢你安排的车。你有时间的话,我能请你吃饭吗?

她在手机这头紧张到啃指甲,觉得自己的措辞不甚完美。

张延卿肯定是不缺这顿饭的,她却不能不表达自己的感激。像外婆说的,人家也没有这个义务呀!

对面很快回了过来:我还在出差,等我回来再具体约时间。

只是没有想到这个"具体时间"来得这么快。

周四的时候,海市下了一场暴雨。

天色迅速昏暗,巨蟒般的闪电仿佛在眼前穿梭,骤雨瓢泼,地上很快聚集起不小的水流。

小郑来接她的时候,雨势已经小了很多。他像是自言自语:"也不知道这种天气,老板的航班会不会延误。"

周念南才知道张延卿是今天回来。

下班到家,猪咪有些蔫蔫的,不像往常那样主动咬着遛狗绳求遛。

周念南很心疼她的大只棉花糖宝宝。

雷雨天对狗狗来说很难熬,空中气压的变化引起空气中气味的变化,轰轰雷声又引起骨头或者胸腔的共鸣,身心都难受。猪咪下午独自在家还不知道怕成什么样。

她抱着狗狗又摸又喂,最后决定带它去车库里散散心。

外面还在下雨。

有车进来,远远的灯光一闪,她下意识地就牵着猪咪往边上靠。

车子却在她旁边停下来,车窗摇下来,露出一张熟悉的略带疲惫的脸,是张延卿。他戴的无框眼镜,遮不住眼神里的凌厉之感。

他看上去有点儿讶异:"是你的狗吗?"

猪咪见人就亲,眼下尾巴已经摇出花儿来,跃跃欲试想要往车上趴。

周念南赶快拉住它。猪咪现在长大了,力气大得很,她一边分心回答:"是,每天都要遛它的。猪咪精力太好了。"

想到他的短信内容,她又说:"你出差回来啦?"

"是。"他伸手扶了扶眼镜。

他最近见多了几次她衬衫加裙装的都市女郎的样子,此刻她扎着一个高马尾,碎发飘在脸颊上,眼睛威慑性地瞪着地上不安分到打转的大白狗,看起来生动又活泼。

她这么可爱,眼神里透着软绵绵的溺爱,怎么可能震慑到那只调皮的大白狗。

"你吃晚餐了吗?如果没有的话,那我们就定在今天?"张延卿握着方向盘,提出一个建议。

择日不如撞日。

周念南沉吟一下,今天周四,这个周末她就打算回森安。留给她请客吃饭的时间也不太多了。

"可以。"她脑海里立刻搜索这附近合适的餐厅了。

车子的雨刮器自动甩了一下，刮掉挡风玻璃上残留的雨珠。

"外面雨还挺大的。"

周念南不确定是不是她想太多，但听音辨义是一个总助的基本修养，她试探性地问："你是不是想吃家里的饭？"

就像她一样，每次从海市回森安，第一天她是不约任何朋友的，外婆做的饭菜才能抚慰她的肠胃。

张延卿像是犹豫了一阵："就怕太麻烦你了。"

"那倒是不会……就是我的手艺不大好。"她希望对方降低心理预期。

张延卿大概是后知后觉去女生的地盘有点儿不自在，他连笑容都收敛了起来，找补般地说："普通饭菜就可以了。"

周念南拉紧猪咪的绳子往电梯口走，张延卿兀自停好车跟了上来。

电梯里的镜子干净透亮，她不动声色地觑着身边的人，这样的天气还是西装革履、一丝不苟。她刚想感叹，不料猪咪往对方腿上一扑，"呼哧呼哧"着，似乎很是开心。

两人都吓了一跳。

周念南生怕吓到了对方，赶紧解释："我没有拉紧绳子，不好意思……它没有坏心的，就是很想要你跟它玩。"

对方松开西装的纽扣，半蹲下身来摸了摸猪咪的脑袋。

猪咪的尾巴晃得更欢快了。

这是张延卿第一次来5栋1201室。

户型构造和他那边的一样，只是明显这边的客厅显得比他那边的小。可能是因为多了些狗狗的用品和笼子。

周念南在门口用湿纸巾给猪咪擦了脚才进来。

想拉着它去笼子里，它立刻四肢着趴在地上装死，她无奈地抬头正好看到张延卿在脱西装外套。

肩正腿长，身材板正。

她赶紧扭开头。

倒是张延卿听到动静，回头和她说："让它在客厅活动吧，萨摩耶需要空间。"

大概老板当久了，这清冷的声音里很有下指令的意思。

说完，他一边挽袖子，一边往厨房的方向走。

周念南马上跟上去："我来做，说好我请客的。"

她已经想好菜色了，灼秋葵、煎牛排，再加一个西红柿炒蛋。

红绿搭配，营养齐全，最关键是，不需要太高的厨艺。

"张斯斯说，你们读大学的时候，全靠火锅调料煮一切。"他装作调侃的语气,尽量让谈话显得轻松。

她在他面前总是拘谨,他不是不知道。

周念南有好好跟外婆学过做菜,步骤、调料用量、时长,她都认真做笔记记下来,无奈做出来的味道总是不对。

是以外婆总给她准备方便易上手的食物,比如,饺子。

烧水总是不会出错的。

她不料张延卿连这个都知道。他像是知道她的尴尬,主动给她找梯子:"那要不我来做菜,你来负责前面的准备工作。一人一半,这样就合理了。"

我请客,你做饭,大家对"合理"的定义可能不大一样,周念南想。

厨房不小,张延卿穿着衬衫和西裤往里一站,就很有"蓬荜生辉"的感觉。

大部分厨具她平时很少用,雪平锅烧水煮饺子和面条、烤箱"叮"牛排、蒸箱热速冻食品,已然是她的极限了。

她打开冰箱,找出要用的菜,再挑了些红辣椒出来。

回头的时候,张延卿已经洗了手,松了衬衫的第二颗扣子,又将袖子卷了起来,很自然地接过她手里的辣椒放进水槽。

厨房的台面对他来说大概有点儿低,他微微弯了腰,掩藏在衬衫下肌理线条流畅的肩部和背部,顺势拉出了好看的弧度。

他日常一定有很好的健身习惯,她想。

"你放心,在国外那几年都是我自己做饭的,不会难吃的。"意识到她的目光停留在他身上,他主动开口说话。

周念南有些羞愧,她的准备工作实在相当简单,毫无技术含量:"要不还是我来做吧!"

好像遇到他的这几次,都是他在帮她的忙。欠的人情太多。

所谓人情往来,有往有来才能维系。

她的思绪飘远,觉得自己藏在卧室里的星空款袖扣不够足表达谢意。

"一块牛排是不是不够?"

周念南回过神来:"你晚餐不吃碳水吗?我也不吃……那我们可以多煎一块。"

"我们",张延卿很喜欢这个词。

他接过她手里的牛排,将它们带包装放在流水下冲,抬腕看了下时间,记好。

秋葵和西红柿简单冲一冲,鸡蛋打散,辣椒切碎。再将可能要用到的调料和碗碟摆出来……

简单,实在太简单。

最难的煮菜工作都落在客人的身上,周念南绞尽脑汁地想给自己叠点儿buff,好显示自己请客的诚意。

张延卿一眼看穿她的纠结。

她自己大概没察觉,她一纠结就不自觉地咬下嘴唇。

嘴唇已经被咬到红润,他给她建议:"要不你先去带猪咪玩一玩?它看起来……很落寞。"

他顺手指了指正在厨房门口徘徊的可怜狗狗。

"厨房油烟大,弄到你身上也不好。"

他认真地盯着她,眼眸里倒映出她的身影。神态放松,眼里还带着微微的笑意。

周念南有些脸红,她一直知道张延卿的卖相好,没料到自己此刻突然失去了对帅哥的免疫力。

可能厨房的空调打得有点儿高。

"……那行,围裙在冰箱旁边挂着。"她提醒对方后赶紧溜出厨房。

张延卿说的"不会难吃"到底还是太过谦虚了。

周念南这么挑剔的舌头,也不得不心悦诚服地夸一句"真不错"。

秋葵鲜嫩,鸡蛋蓬松,牛肉多汁。

大约是她真诚的夸奖和光盘的行动取悦了对方,饭后张延卿主动提出来他洗碗。

她拦住他,再这样她可就真的有些不识好歹了。

"你先帮我看着猪咪?就几个碗,很快就洗好了。"猪咪真的是个好宝贝,完全不知道自己成了工具狗。

张延卿下厨的习惯很好,周念南没料到自己说"就几个碗",还真的,就洗了几个碗。

厨房台面已经被擦得干干净净,煎锅和炒锅都洗好控干水挂了起来,厨房下水口的厨余垃圾也已被打碎冲走了。

上得厅堂下得厨房。

她看向正在客厅里给猪咪顺毛的张延卿,脑海里浮现出这几个大字。

此刻,她也特别想知道他的对象是谁了。

整理完毕,周念南主动提出下楼去遛狗。她将装袖扣的小盒子小心翼翼地塞在运动装的帽子里,怕压坏了上面银色丝线打的蝴蝶结。

……至少从包装看,这份礼物还是过关的。

礼轻情意重,眼下只能这么自我安慰了。

张延卿主动提了厨房的垃圾袋,职场精英平添一种强烈的家居氛围感。

电梯运行到七楼停了下来,上来一个穿红色针织连衣裙的女生,复古妆容,玫瑰香味扑鼻而来,贴身的设计勾勒出完美的曲线。

猪咪见人又开始蠢蠢欲动,周念南紧紧拉住手里的遛狗绳。

女生低头看一眼热情的狗狗,风情万种地撩了一下长鬈发,含笑扫过张延卿,将视线落在周念南身上:"你的狗狗真可爱。"

周念南笑到眼睛立刻弯了起来："谢谢你。"猪咪就是她的恩恩，它受到了夸奖她与有荣焉。

"你们住楼上吗？之前好像没见过你们，刚搬来？"

"我暂住这里，今天请朋友吃饭。"周念南回答。

出了电梯，摇曳生姿的女生走出去几步又回头："我问一下，他不是你的男朋友吧？"

周念南摇头："不是，就是朋友。"

女生笑眯眯地转向张延卿："那帅哥，你介不介意加个微信？"说话间，手机里微信名片的二维码已经亮了出来。

她毫不掩饰对张延卿的好感。

男人站在电梯里，长身玉立、气度非凡，她不出手简直对不住这上天给的缘分。

周念南第一次直面这么直接的搭讪，主动的人还是一个这么明艳漂亮的女生。

她心里简直要为对方的勇敢摇旗呐喊了。

"不好意思，我喜欢的人可能会介意。"张延卿的声音清清冷冷。

朋友，呵……

漂亮的女生狐疑地看了周念南一眼。

周念南立马读懂了她的言下之意，她退后一步——不是我。

行吧，女生被拒绝了也潇洒："我就知道这世界上好看的男人都有主了。"转身踩着高跟鞋"哒哒哒"地离去，留下香风一地。

车库里安静得很，明亮的白炽灯静静地注视着这一对男女在里头走动。车库里没有人，周念南就松了绳子让猪咪尽情地奔跑。

张延卿将垃圾放到厨余垃圾回收箱里，然后，二过电梯口而不入。

周念南举起手里拿的绳子："延卿哥，你不用特地陪我。"

张延卿看了她一眼："我也需要消消食。"

周念南莫名觉得此刻的张延卿没有以往冷冰冰的气息。酒足饭饱之余人类八卦的本性就上线了，她试探性地抛出问题："就刚刚，那个回答……你喜欢的女生，斯斯认识吗？"

先缩小范围，再确定目标就容易了。

张延卿模棱两可地回答："大概……是认识的吧。"

难怪是和江初礼做朋友的人，"好像"和"大概"有什么区别！我又不拿去卖给八卦小报。

不过对方的语气平平，不像特别乐意回答这种问题的样子，周念南立马收回蠢蠢欲动的八卦心，她犯了交浅言深的毛病。

恰好猪咪跑到一辆车的后轮那里，抬高了后腿……

她很熟练地掏出湿纸巾过去擦了擦，回来之后这个话题就很自然地揭过去了。

"你呢？离职之后有什么打算？"他语气很是随意，像是闲聊。

周念南早就在这一个月里反复思考了很多遍："我想把家里的房子和店铺都重新装修一下。房子要设计成方便老年人居住的样子，这样我外婆住起来就舒适多了；店铺呢，现在全靠外婆一个人在撑，又辛苦，我想改变店铺的经营范围，加上咖啡饮料和甜品，做一家小而美的店。月饼以后就只是店里的其中一款中式甜点，再雇小妹日常打理，外婆就只要收收钱，巡视一下，这样她又有事业，又不累。"

她讲得眉飞色舞，大概是真正用心考虑了很多遍——两人实在需要话题撑满散步时长，好不容易说到她能发挥的部分，她将细枝末节都掰碎了来讲。

成效卓著。

站在她面前的这个人，也许是良好教养，也许是捧场，嘴角弧度上扬得明显："说了这么多，那你自己呢？"

周念南坦率地回答："我要先把外婆这边安顿好，让她过上轻松一点的生活。然后，如果外婆身体允许的话……"她脸上浮现出向往的神色，"我就再去读书。学语言的人，可能永远都想脚踏实地去感受语言背后的文化和历史。"说完又带点儿不好意思的表情，"我以前去游学那次，最后给你添了好大的麻烦，那之后也没有机会跟你说声对不起。"

——其实她托张斯斯表达过的。但是斯斯明显和他不对付，话里话外指责他辜负她的好意，害她好朋友发烧，不然为什么在家没生病，在洛杉矶也没有生病，一到了他的地盘就生病了呢？

张延卿喉结动了动，她的计划清晰明了，一切都很好。

只是，他很想成为她计划里的一部分。

"是我照顾不周让你发烧了，那个元旦……很难忘。"

周念南不知道为什么他的情绪一下就低落下来，也许是想起那段时间和家里抗争的过往？

听张斯斯说，张叔叔是真的经济全面封锁不给一丝援助的，不仅如此，连身边的亲朋好友也都特意交代了一遍，申明不许私下帮助。

"那希望你，和你喜欢的女生甜甜蜜蜜。"她实在想不出来对面有颜有钱有家世有事业的人缺什么。

他漆黑的眼眸深沉无波，藏着她看不出来的涌动："那借你吉言了。"

正好走到了她的电梯口，遛猪咪的任务，完成。

周念南偏头看他："那延卿哥，我先上去了？"随即无比自然地从帽子里翻出来那个深蓝色的小礼盒，"这段时间麻烦你太多次了，我选了一个小礼物，希望你喜欢。"

天知道这段话她在脑海里排练了多少遍，才能这样坦然地说出来。

张延卿伸手接过盒子，嘴唇微微勾起，明目张胆地看着她。

他笑的时候身上冷峻的气息中和了不少。

"是我谢谢你,这个牌子我用得多。你是……你和斯斯是好朋友,"他似乎在斟酌,"礼物不能白收。你哪天回老家,不知道我的车有没有荣幸做一次货拉拉?毕竟它的笼子那么大!"

两个人的视线同时转向无辜的狗狗。

"傻白甜"猪咪什么都不知道,它还在歪头微笑。

张延卿晃了晃手机:"我加一下你的微信,你时间定好告诉我。"

他没有想到自己有这么一天,要靠一只狗来达成所愿。

刚刚那位女生给他做了很好的示范,万里长征第一步,从加上微信开始。

周五的晚上,张延卿看到周念南发了一条朋友圈。

挂得整整齐齐的一排衬衫,真丝的、棉的、条纹的、纯色的、黑的、米白的……蔚为壮观。

女孩盘腿坐在打开的衣柜前面,双手摆出往上托举的姿势,笑靥如花。

配文是:工作三年,朕打下的江山。

她即将离开海市。

他摩挲着手机。

看她那天在车库里退避三舍的姿态,只当他是朋友的继兄,恭顺、客气,保持着恰到好处的距离。

江初礼正好在群里发消息:周五了,老地方见?

对他们来说,自己的公司哪有工作日和周末的区别。

但此刻张延卿觉得自己来一杯也未尝不可,罕见地在群里回了个"好"。

酒吧是傅真的,吃喝玩乐的事情他最拿手。

晚上十点多,包间楼下的池子里已经声浪翻天,男男女女贴得密不透风在舞池里扭动。

江初礼倒上一杯威士忌,推到他前面:"稀客啊!什么风把你吹来了?"

傅真在一旁跷起二郎腿,点燃一根烟:"男人还能为什么事情,要不是为事业,要不是为女人……但我猜,你是后者。"

张延卿抿一口酒,辛辣入喉,五脏六腑涌上一阵快意:"不是说周五吗?"

江初礼瞟了他一眼,对方已经垂下眼睑。

他敢对天发誓,他的这位老友一定有什么事。

果不其然,酒过三巡。

张延卿就挪到了他身边:"你和小徐怎么开始的?"

江初礼特别有现场教学的兴致:"男女之间,不就是那么回事?男欢女爱,你情我愿,要名给名,要利给利……"他打量自己的朋友几眼,一副情场浪子的模样,"山上的和尚打算下山了?看中哪个了,哥们儿帮你出主意。"

傅真爱热闹,开了包厢的门往楼下看。

一阵阵热烈的欢呼声冲了上来,他兴冲冲地跑过来给他们直播:"楼下不知哪里冒出来一只土包子,说今天全场他买单,场子炸了!我去看看有没有人认识。"又匆匆跑了出去。

秦完时话不多,见张延卿姿态舒适地仰躺着看天花板上五颜六色的灯光,冷不丁地开口:"那天那个,和张斯斯是好朋友那个?"

语气莫名带了点肯定的意味。

老友间的默契无须多言。

江初礼恍然大悟:"是她啊!"

灯下黑误人。

江初礼收了脸上的调笑之意,嘟嘟囔囔:"这离窝有点近啊……到时候万一没处理好,你那继妹的脾气……"

张斯斯做的是典型的面子工程,长辈在场的时候,她对他们言笑晏晏、态度恭敬;一旦没有其他人在,她就放飞自我当他们是空气。

张延卿他们大她那么多岁,只当她是小孩脾气,并不计较。何况这样七情上脸的人,多少还有点儿真人温度。

张延卿仰头一口喝掉杯子里的冰凉酒液:"我会处理好的。"言下之意倒默认了是她。

包厢里的几个人都来了兴致。

"……真的假的?会不会是你那个妹妹故意指使……"江初礼心直口快,被张延卿一个眼神扫过来将剩下的话吞了回去,他举手,"我错了,我错了。"

这个圈子,不怕求名求利,最怕认真。

认真的还是张延卿。

江初礼塞了一杯酒给张延卿,指挥他:"打开她朋友圈看看。"

看到第一条,他整个人就不大好了:"南南妹妹这是要去哪里?"

张延卿声音笃定:"森安,她老家。"

江初礼同情地拍了拍张延卿的肩,还没追上呢,先来个异地。他一副过来人的经验掏心掏肺:"谈恋爱,要能时刻感受到对方的体温和气息,她笑了你陪着,她哭了你抱着,才能得到心灵上的抚慰。视频聊天那种,用处不大。"

这件事情,张延卿很清楚,他重新遇到她,她分了手,老天爷都在成全。

他有自己的事业,父亲干涉不了他的任何决定。

他和她之间的未来很清晰。

"南南妹妹这不是有男朋友吗?你要撬人墙脚?"朋友圈里她的过往没有删掉,照片里亲昵的氛围一看就是一对。

张延卿的视线都没往手机上落,镇定自若:"前些天分手了。"

专注喝酒的秦完时闻言都要竖起大拇指的程度:"牛。"

江初礼叹了一口气:"我怎么感觉你在这里叠 debuff 呢,离职、分手、远距离,还是你那继妹的朋友……我看南南妹妹也不像马上就能投入新欢怀抱的人。你，加油吧。"

朋友圈很能看出一个人的秉性，或者说，很能展示出你愿意给人看的样子。

周念南的朋友圈没有什么过度起伏的情绪，说的也都是生活里的小事情，却自有一种简单恰然的氛围，一如那天见面她给人的感觉。

张延卿慢慢呷了一口酒，反倒悠然自得了起来："也不在乎多等这一时。"

如果说这么多年的商场生涯教会了他什么，那就是，看准了就下手，不要给对方反悔的机会。

不过，还是要交代一下："先别说出去，我怕我父亲受到惊吓。"

张宏安给他找的相亲对象，除了宜家宜室，还有个统一的特点，那就是门当户对。

包厢里的另外两个人默然。

豪门固然荣光，也有看不见的束缚。

"帮我叫个代驾。先回了，明天还要开车。"

等周念南从浴室出来的时候，朋友圈最新发布底下多了好几排的赞。

然后看到张斯斯单独发给她的消息：活过来了，赶完论文 due（截止日期）我又是一条好汉。生死时速让人着迷。

周念南手上湿哒哒，一边涂乳液，一边干脆拨了个微信电话过去，听到张斯斯嚣张的声音。

"打不死的只会让我更强大，我又成长了。"

"就没有人能管管你吗？次次都临时抱佛脚。"

"你啊！可惜太远了，鞭长莫及。"话题一转，直击红心，"回去就忙装修的事情吗？你还有积蓄吗？"

周念南知道好友的担忧。

她的大学四年、工作三年，全在海市。

一个月内，先后丢了恋人和辞了工作，要回去打车秒表都跳不过二十块钱的小城森安。

原本看上去积极向上的生活，一朝重新回到起点。

她安慰她，也像安慰自己："森安还是我长大的地方呢，外婆也在。空闲时间当然还是要接一些翻译工作的，已经和群里的师姐说了，之前合作过的公司也联系了，不至于只靠积蓄过日子。"

大学的时候除了学习和考证，她就忙打工，像一只辛勤的小蜜蜂，一点一点筑巢酿蜜。

大二考过了专四和 CATTI（全国翻译专业资格考试）之后，她就辞了英语家教的活儿，给各个翻译公司投简历做兼职翻译，口译、笔译齐上。

靠着日复一日的勤勉和努力，她攒够了去国外游学的钱，也攒了给外婆的零花钱，甚至毕业的时候，还给自己攒到了一辆二手小 Mini 的费用。

"你知道我读书花不了多少钱,学费和生活费我妈都付了……"张斯斯吞吞吐吐。两个人识于微时,做了太久的好朋友,张斯斯这个语气想说什么话,周念南了然于胸。

"知道。如果缺钱一定告诉你。"她信誓旦旦,"房子我明天走之前会打扫干净,冰箱里的食物都解决了。"

张斯斯拒绝:"保洁阿姨反正会来一趟,不用费这个心。"

"……那也行。我给你在网上订了GUBI的伞型落地灯,简约又大气,很适合你客厅的装修风格,从国外寄过来大概要一个多月。"

她就知道,周念南是决计不肯欠人人情的。

"我查过了,你这儿的小区我可租不起,台灯只能勉强算个小礼物……你看我的衬衫什么的,都还放在你家,装修也穿不上这些,还有其他零零碎碎的东西,我就先放在你这里了。"

张斯斯拗不过好友,灯已经订了,她也没有办法。

"你看其他人哪肯随便让人住进去,还要带一只狗狗。你已经帮我很大的忙了。"

张斯斯:"那猪咪的笼子怎么办?"

周念南眨眨眼:"延卿哥说可以帮我送回去。"

张斯斯疑惑:"他现在这么有人情味,我可真不习惯。"不过好歹解决了好友的大问题,她转眼将疑惑抛诸脑后,两人又热络地聊了起来。

周六,是个艳阳高照的好日子。

张延卿送周念南回家的时候,换了一辆越野车。

周念南归心似箭,恨不能马上出现在外婆面前。

她终于换下扮演成熟都市女郎的衬衫长裤,只穿T恤和牛仔裤出门。素面朝天的一张脸,仿佛还能看得清脸上的小绒毛。

张延卿被她的情绪感染,连猪咪跳到扶手箱上蹭他的脖子也没有生气的意思。

周念南抓住小狗在一旁训话:"叔叔开车很累的你知不知道!再捣乱就没有晚饭吃。"

车子很快到家门口。

越野车太大,周念南指挥他停到马路边的公共停车位上。

大概昨晚过于兴奋,到门口才发现,钥匙忘了带。周外婆大概出去买菜了,周念南只好和张延卿在巷子口等她。

巷子口树荫浓密。虽然烈日当空,但树下好歹有几丝凉意。

周念南发觉这个位置选得不好的时候,已经有点儿迟了。

经过的邻居不多,但个个都看着她长大。每一个人路过,便要上来打招呼。

"南南又回来啦?"

"这不是小柳吧,换新男朋友了?"
"小狗是你的吗?这么大一只,毛还挺白。"
…………
每一个人都要解释,每一个人都表情意味深长地离开,以为看破了真相。
周念南无奈地和旁边双手插兜的张延卿解释:"不好意思,邻居就是稍微有点热情。"
他侧身看到她急到红扑扑的脸:"你们巷子里氛围还……挺亲切的。"
远远看到外婆从马路那头走过来,提着一只很大的尼龙绳购物袋。
周念南如蒙大赦,穿过马路迎上去,一把搂住老太太的肩膀:"趁我不在又提这么重的东西。"顺手将购物袋拎过来换到自己手上。
"南南外婆买这么多菜啊!"遇到邻居擦肩而过。
"她回家来过周末。"周外婆的声音都响亮了几分。
离她们几步路的地方,一人一狗正含笑盯着她们。
阳光透过树荫洒下点点光斑,男人清隽,狗狗雪白,像在等待晚归的家人。
周外婆热情地留张延卿吃午餐。
老太太看着瘦小,手劲却很大。
她一边拉开尼龙袋给他看今天菜市场上买的新鲜黄鸭叫,一边问他有没有忌口。

黄鸭叫手掌长短,身上附着一层黄绿色的薄皮,菜市场杀好拿回来洗干净改刀,放进热油锅里煎到两面金黄,再加入煮沸的开水,扔进去小块的白豆腐,撒上辣椒和紫苏。
汤鲜肉嫩,这是周念南从小的最爱。
周家的餐桌上很久没有这么热闹了,周外婆常年一个人在家,老年人又节俭,只有周念南周末回家或者有客人在,才会像现在这样上一桌子菜。
她笑眯眯地招呼两人吃菜,饭桌上,闲聊讲起周念南的厨艺,她笑得开怀:"白长一根好舌头了,鸡蛋多放了几天她能吃出来,到自己做菜,"她摇头,"那真的没眼看,一板一眼地照着步骤来,最后出来一个四不像。"
张延卿捧着老式的白底青花瓷碗看着周念南笑,像是将性格里冰山的部分完全掩藏了起来,强行为她挽尊:"……还是很会切菜的。"
不知道是夸还是损。
周念南毫不在意,外婆笑她就开心。
"小张你多吃点。"
周念南一听外婆这么叫张延卿就觉得好笑,脸色如常的张延卿正好捕捉到她的弯弯笑眼,她立刻将豆腐鱼汤的碗换到他前面:"延卿哥,你多吃点儿。"
吃好后,周外婆就催着他们一起出门:"碗等会儿回来再洗,先不急。"
先去隔壁巷子里买酥脆的葱油饼。

"他们家中午开始出摊,生意好得不得了,去晚了还得排队。"

迎着风里吹来的葱香味和热油味,周念南挽着外婆的手臂走在前面,张延卿迈着不紧不慢的步子跟在后头,只是他的气质实在和巷子不搭,免不了又有邻居捧着碗筷边吃边问。

巷子里的大家都习惯了敞着门吃饭,穿堂风和风扇双管齐下,既节约又自然。

"南南对象也来了?"

"南南这次回来是不是要订婚了?"

柳承志从前跟周念南回来过两三次,匆匆和邻居打过照面,眼下又是同样的高个衬衫男,被误以为还是从前那个。

周外婆爽朗地向人解释:"是她朋友的哥哥,从前经常来我家那个小姑娘……两兄妹一样热心。"

周念南从小到大带回家的朋友屈指可数,张斯斯是唯一一个有留宿规格待遇的。

"热心兄长"也不吭声,含笑回应邻居们打量他的眼神。最后实在推拒不过周外婆的热情,带走了五个葱油饼和两只真空包装的盐焗鸡。

待周念南洗了碗出来,外婆正坐在客厅里盯着她卸下来的行李,猪咪乖乖地趴在她的腿边。

门外蝉声阵阵。

"外婆,我辞职了。想回来待一阵。"

外婆老了,她支持着独女离了婚,劝说她追求新的幸福,又靠着一家店带大了小外孙女,却连自己生病了做手术也不告诉周念南。

她那么要强,决计不肯因为自己的年迈而将周念南绑在此地。

周念南委婉措辞,待一阵,一两个月是一阵,很多年也可以是一阵,只要先糊弄过眼前。

"你呀你,每次都是不做则已,一做就来个猛的。"行李都摆在眼前了,还有什么不明白的。

周外婆心疼她刚刚分手心绪不佳:"我们念念最近都瘦了。回来休息一阵也好,夏天这么热。"

两个人都默契地没有提柳承志。

周念南是完全当对方是一阵已经过去的风,虽然想起来还是会心痛,但她知道时间会治愈这一切。越向前走,那些过去就越伤害不到她。

周外婆则是豁达,比起感情那些虚无缥缈的东西,家人对她而言才更重要。

当年她丧夫后,人人都劝她为了女儿也要赶紧重新找人再嫁,她不肯,生怕女儿受了委屈。后来女儿离了婚又再结婚要出国,她也劝她去试试,不行再回来。

家总是在这里的。

周念南不知道,柳承志后来还打过电话给她外婆。

周外婆心平气和地按了接听键,小伙子平时表现很好,礼貌得体。

纵然两人分了手,她还是很好涵养地跟他说:"感情是两个人之间的事情。我年轻的时候,我家那位要是有什么想法、遇到了什么困难,第一反应肯定是告诉我,两个人一起想怎么解决,而不是先考虑抛弃对方。虽然你们年轻人的想法我也能理解,但我们家念念是不能受这个委屈的,她不是一个选择。"

柳承志想将周念南最后给的五千块转给周外婆,也被她拒绝了,理由是"念念给多少给谁都是她自己的事情,我不替她做决定",自此之后耳根清净。

周念南不知道这通电话。

她回森安之后简直如鱼得水,毕竟是从小长大的地方。

她先是给赵桥发了消息,说了自己回森安休息的事情。

赵桥大学毕业回家考了编制,现在是小学语文老师,小时候两家住得近,两人常常一起上下学。

赵桥转头就在初中小圈子里发了聚餐的消息。森安地方小,人和人之间细算起来,多少都沾亲带故的,所以晚上在学校门口的烧烤店,周念南就看到了昔日关系好的几个小伙伴。大家先商业互吹了一波"你瘦了""变漂亮了",然后落座。

赵桥留了长发,穿上了长裙子,和昔日假小子的形象有了很大区别。

她上来就先捏周念南的脸:"你这脸怎么长的呀,借我出去谈谈恋爱。"

一听这话题,气氛就热烈了起来,在场的女孩们开始抱怨各种相亲奇葩。

赵桥吐槽:"地方太小了,出去相亲能碰着四五拨熟人,第二天就能传出我谈恋爱的消息。现在我宁愿跟人约到海市相亲,开车再累也认了。"又转头跟她确认,"真决定回来啊?森安的工作真的不大行,除非你考公务员,稳定。"

另外几个人纷纷附和。小地方有小地方的安逸,但就业机会远远不及大城市也是不争的事实。

周念南笑:"外婆年纪大了,想回来陪陪她。"

桌上几人"啊"了一声,表示理解。

"不过我现在还不用考虑工作。我打算先把家里的房子和店面重新装修一下,你们有认识的靠谱装修公司的话,介绍一下。"周念南和她们解释,"外婆年纪慢慢上来,家里的台阶上上下下的,怕有个万一。"

赵桥当即就掏手机出来:"就我们班以前那个矮矮的,杨川哲,你还记得吗?他现在在做这个。老同学,肯定靠谱,我大伯家新买的房子就是找他装的。我跟他说一声,回头让他加你。"

先前还在海市的时候,周念南就去一些设计公司咨询过。住宅加店面改造,再加上异地差旅费,左算右算都是承担不起的价格。她想了想,还是自己来做功课。

如果简单设计,自己买建筑材料,再请靠谱的装修公司施工,应该能省下一笔。

外婆的养老金和积蓄不能动，那是老太太心里的底气。

她这三年工作的积蓄，不到十五万。只有到这个时候才察觉，钱到用时方恨少。

正思考着钱的时候，手机里跳出一个好友申请。

周念南点进去看，对方备注：杨川哲。

她推了推赵桥，夸道："你这个速度，棒。"

赵桥正啃着烤鸡腿，说话都含糊不清："都是同学，你们直接沟通。我跟你说，他现在可高了。"

他高不高的不要紧，价格实惠、用料实诚才是王道。

她低头通过对方的好友申请，发了个笑脸表情，又接一句：你好，我是周念南。

她已经不大记得杨川哲这个同学了，可能对方也对她印象不深刻。

对方客气地回复：你好，我是杨川哲。

周念南看了下时间，还不算晚，她将自己的需求和对方说了一遍，又问：明天你有时间吗？我先去你们公司当面谈一下？

主要想看看对方公司是否正规，也得考察一下审美水平和员工素质。小地方人情关系太浓厚，怕没说清楚反倒伤了同学和气。

对面很快回复：可以。早上九点到下午六点是上班时间，你来之前给我发个消息就好。

顺便发了公司的地址过来。

小伙伴们吃饱喝足，在夜色里散了场。

周念南和赵桥的家在同一个方向，两个人并肩往前走。

一天中这是最舒服的时刻。人声寂静，路灯昏黄，偶有车辆呼啸着经过。夏夜的小城有种安然自在的美感。

周念南想，回家也不错，身边有外婆和朋友，她不再孑然一身。

杨川哲在办公室里等待，一会儿觉得空调温度太高了，调低了一点儿；一会儿觉得太阳光线太刺眼了，将百叶窗拉下来。

前台孟玲玲来敲门："杨总，前台有位客户过来做前期咨询。"

他深吸一口气站起来，神情严肃："多大年纪？"

孟玲玲猜测："四十多岁的样子，好像是买的碧湖那边的房子。"

他用右手抵住鼻尖掩饰性咳了一声："你安排销售部的小刘去对接，他不正有那边的客户嘛。"

孟玲玲扭头要走，想起了什么似的又回头夸了一句："小老板，你今天穿得挺帅的！晚上要相亲啊？"

杨川哲瘦高个，今天穿了一身浅灰色运动装，被人这么一夸，打了个哈哈过去："我哪天不帅！"

周念南昨天约的十点钟,九点五十八分人到了他公司的楼下。

杨川哲走出来,正好看到她收起了手上的遮阳伞。

她比读书那会儿更漂亮,也比她发在朋友圈里的照片更生动。

孟玲玲从前台站起来,刚想迎上去,就看到小老板远远冲着这位美女挥手:"周念南,这边。"

周念南的目光还在装修公司的大厅里搜寻,看到他挥舞的双手,暗自松了口气。初中同学太久没有见面,为了不认错她,昨晚还想翻对方的朋友圈看长相,结果全是装修行业信息和装修效果前后对比图。

就……看上去挺像模像样的。

她不知道,对方也将她的朋友圈翻到了底,到底遗憾佳人身侧早已有了守护者。

和柳承志分手的事情,周念南没有特别在朋友圈说明,她自觉这是私事,并不需要对任何人交代。何况说了,又得应付一堆人的问题,身边亲近的人知道就好。

初中同学的情谊到底稍显稀薄,尤其还是那时候压根不熟悉的两个人。

两人寒暄了两句,飞快切入正题——她家房子的位置和现状,以及她的需求。说透了无非就是,材料要好、费用要便宜。

她深知装修公司的大部分利润来自装修材料,施工费的大头要付人工,怎么看她这个单子都有点儿费力不讨好。

杨川哲大学毕业回来跟着他爸打理这家装修公司,接过上百万费用的豪华装修,也接过几万块钱的出租房简装,从什么都不懂的小白成长为公司的小老板,这几年里不是没有成长。

装修这件事情,丰俭由人,有钱有有钱的装法,简单也有简单的装法。小地方,客户都是老带新的过来,没有往外面推单子的道理,何况是他初中时暗恋的女同学。

他只笑了笑,体贴地提议说:"要不你先看看我们展示厅的装修材料?"

两人起身往外走,杨川哲绅士地为她拉开门,随后走在她的身侧向她解释:"森安就这么大,老城区那块拆迁是拆不动了,这几年我们做了好多家那边的重装,到时候我可以联系业主带你去看看效果。"

周念南这才发觉赵桥昨天的话没有说错,他真的很高,和他说话她都得仰着头。

实在她一米六七的身高在女生中也不算矮。

"自己去外头买装修材料的人多吗?"

杨川哲回答:"也有的,毕竟市面上的品牌这么多,或者业主有渠道拿到更低的价格。"他摸了摸鼻子,"赵桥和我说了,你打算回来长住,家里还有个老人家,下头要做商铺,材料肯定要用好的。我们和经销商直接拿货的话,比你在市面上买的折扣低一些。"

这番话几乎是将底牌全部亮给她了。

"我们是同学，肯定不会让你吃亏的。人工费那块的支出没法省，装修材料你有看中的我可以去帮你谈……"

周念南不知道这是装修公司的套路话，还是杨川哲作为她同学的老实忠厚。

无论如何，对方态度诚恳，又花大半天的时间给她介绍了各种地板、瓷砖、墙漆、板材，她在对方介绍词停下来的气口切入："今天中午我请你吃个饭吧，老同学。"

杨川哲像是不大好意思："要请也应该是我请。"

周念南微笑："那就这么说定了，我再叫上赵桥。"

如果只有一男一女两个人，未免有点儿让人误会，尤其在她还有求于人的情况下。

午餐定在郊区一家新开的本地土菜馆，离赵桥的学校近。

两个人到的时候，赵桥已经落座，她熟稔地拉周念南坐在她旁边："你速度可以啊，今天就开始行动了。"

周念南昨晚躺在床上，细细罗列了下要做的事情，确定装修公司、确定住宅和铺子两套装修方案、店铺的营业范围做变更、甜品和咖啡饮品还得去学……装修的话，房子不能住，还要散气味通风，得做好在外面租房半年或者一年的准备，都是事儿。

最主要的是，她还没有跟外婆提这个事情。

不过杨川哲在，她不好和赵桥说这么细致，只笑："起得早嘛，就出来走走看看。"

杨川哲面对两位女同学有点儿拘谨，坐下来主动拆环保碗筷的塑料包装，细心用热水烫过一遍才放到她们面前，又倒上茶推过去。

赵桥显然和他更熟悉一些，调侃说："哎，美女的待遇就是不一样！"

杨川哲飞快地抬眼看了周念南一眼，对方的目光并没有看他。

他讷讷道："我怕杨老师批评我。"

杨老师是他们初中班班主任，以对周念南的维护而出名，班上其他同学的家长知道她家庭情况，倒也没有多说什么。

餐毕，杨川哲抢着付了钱。赵桥赶着回学校，交代他把周念南送回家。

周念南连忙摆手："不用，你回公司忙吧。我打车回去就行。"杨川哲这一上午又出钱又出力，她感觉非常不好意思。

杨川哲倒是坚持："现在太阳这么大。"

到底将她送到巷子口才回自己公司。

到家的时候，周外婆正在客厅的摇椅上休息，周念南蹑手蹑脚地走过去，正对上外婆睁开的眼睛："回家第一天就出去，也不知道多休息一会儿。"

她哪敢说自己正在策划搞个大事情,笑嘻嘻地贴过去:"赵桥约我吃饭嘛!"

接下来几天,她就真乖乖听话,不怎么出门了,只在家里折腾。里里外外重新收拾了一遍,将很久不用的物品和衣服放巷口回收箱里。

搁以前,周外婆是舍不得的,老人的想法还是"说不定以后还用得上呢",但现在她不舍得说周念南,怕外孙女胡思乱想,做点儿事情也好。

她甚至比以前更积极地去邻居家做客,拉着周外婆一起,状似不经意地夸对方家具买得好、客厅改得敞亮。

这样的事情多发生了几次,周外婆还有什么看不出来的。

"念念,你是不是觉得家里住着不舒服?"

外婆一问,周念南就有种"终于来了"的心情。

"我想……把家里重新装修一遍。"

她看外婆张口就要拒绝,马上拉住外婆的手:"你看,这个房子我出生时就这样,现在我长大了,还是这样。冬天冷夏天热的,还时不时漏水。以前是我还在读书,但现在我决定回家了,手头又有一些积蓄,可以把家里弄得更舒服一些,像隔壁林伯伯家那样,水龙头拧开热水就流出来,冬天进门就有暖气。"

她看外婆表情有些松动,再接再厉下猛药:"你之前还做了手术,店铺忙的时候那么累,年纪上来了可不能这样了……我就想着,暂时找不到合适的工作,我就在你铺子里打下手,不止做月饼,我们改动一点点,加一些饮料和甜品什么的。以后你只要做月饼,其他的事情交给我。"

她双眼亮晶晶地看向外婆:"你觉得怎么样?要不月饼你也教我,以后你只要收钱就行。"

周外婆一时消化不了周念南的决定。

她的重点落在其他地方,那就是,周念南说要回来是认真的,都考虑好退路了。

始终有点儿不忍心。

"念念,你要是回来休息几个月陪我,外婆肯定是高兴的。但如果是因为失恋的事情,放弃你在海市的努力,那外婆不同意。"

家长的辛苦,都是为了子女能看到不一样的世界,走向更宽广的人生道路。

周念南抱住外婆的胳膊,轻轻靠了上去:"不只是因为失恋,是因为,我想大家都住得舒服一些。"

周外婆抬头环顾这个房子,是她结婚之后和念南的外公攒钱买的,女儿在这里出生、长大、结婚、离婚,最后远走;外孙女也在这里长大,现在她回来……

周念南也不着急,她翻出手机里这些天收集的图片给外婆看,一张张划过去。

"你要是住在这样的房子里,我妈在加拿大知道了得多放心。"

她的声音里带着蛊惑。

周念南在家忙到脚不沾地，没有半刻清闲，但因为生活充实心情好，每天都是精神奕奕。

张斯斯和她视频的时候忍不住怀疑："你是不是偷偷在家里藏了个男人？"

周念南把手机转到墙上："喏，我的爱人。"

那是她高中时就喜欢的男明星，英武的轮廓，滟潋的眼睛，锋利的下颚线犹如钝刀刻就。

张斯斯作为她家唯一的住客自然不陌生，很多个夜晚，她和周念南两个人就在男明星深情的目光里，谈少女心事、谈学业烦恼、谈遥远未来。

张斯斯笑她："还是他呢？你可真长情。"

周念南感慨："第一次爱的男明星，感情总是不一样的。"

张斯斯就顺着她的话脱口而出："那初恋呢？"

……她几乎要忘了这个人。

忙碌的生活是一剂很好的感情疗愈药。明明也就是一个月前发生的事情，现在回想起来好像隔了千山万水。

"他后来换号码给我打过电话，说了句对不起……然后我就挂了。"她一副云淡风轻的样子，"我还没有大方到说没关系的程度，而且，我现在真的好忙。男人，不在我的 to do list（待办事项列表）上。"

张斯斯哈哈大笑。

周外婆还没有松口答应装修，张斯斯给她出主意："你就带外婆去海市的思南路那边走一遭，全是各种改建的小洋楼。没有人会不爱法式花园洋房，外婆肯定也喜欢。"

不得不说，她的建议让周念南眼前一亮。

周五的时候，周念南在朋友圈发了个求助：哪位好心人周末去海市吗？有没有顺风车捎我一段，我和我外婆两个人。非常感谢！

她可以顺便去把车开回来，下次出行就没有这么麻烦了。

有本地的同学在海市工作，家里支持买个小电车，每天往返，路费、电费加起来都没有海市的房租贵。

杨川哲最先私信她：我周六要去那边经销商跑一趟，可以顺路载你们过去。

上次她去过他的公司之后，他发过一些他们公司装修改造前后的对比图给她看，周念南因为外婆一直没松口，也没有给他肯定的答复。

杨川哲倒反过来安慰她："老人总是对旧屋感情深厚一些，需要时间。"

想到后续的装修应该是定在他家公司了，她也不扭捏，回复：好，那麻烦了。谢谢你。

周六是个好天气，万里无云。

杨川哲的车大概刚刚清洗过，车里飘着淡淡的薰衣草气息。

他对着周念南拘谨，但显然哄老人家很在行，说得周外婆眉开眼笑的，间或还不忘夹带私货吹嘘改造老房子的好。

周念南暗暗为老同学的机智点赞。她昨晚在网上看一档国外的房屋改造节目，凌晨一点多才睡下，偷偷在车上打了好几次哈欠，没有留意到杨川哲在后视镜里偷偷望向她的眼神。

杨川哲将两人在路口放下，周念南冲他挥手："到时回森安我再请你吃饭，谢谢你。"

始终是客气又礼貌。

夏天的思南路仿佛一条绿色的长廊，高大的梧桐树枝繁叶茂，在这样的天气里浓荫蔽日，初阳透过宽大的梧桐树叶，洒在路上，一片晶莹斑驳。

路旁的旧篱笆上爬满了葱郁的爬山虎，精致漂亮的小洋楼掩映其中。时髦的都市女郎端着咖啡匆匆赶路，悠闲的老头老太静倚在门前。

这里像是繁华都市里的隐蔽角落，沉稳又安详。

周念南挽着外婆的手臂，慢慢走在树荫下。

"漂亮吧，外婆？"她充满了畅想，"我们巷子口也有一棵大树，到时候改造的时候，我们就把前面空出来一点，做一个小小的花园。外婆你可以在花园里喝喝茶、打打牌……"

周外婆才不松口："这里还不知道政府花了多少钱呢！一看就不便宜。"

老太太眼里的喜爱却作不了伪，她看破不说破。在网上预约了周公馆的门票，拉着外婆进去逛了一圈。

出来的时候两个人都很高兴，周念南搭着外婆的肩："我再带你去吃一家好吃的店。"

周外婆不是顽固的人，不然也不能以一己之力支持着家里的另两个女人走出珍宝巷。她乐得听外孙女的安排。

周念南选的是一家西餐店。

店铺分两层，巨大的落地窗，色彩浓郁的颜色搭配，播放着女歌手婉转的情歌。

周念南将外婆领到二楼，在阳台上坐下，触手就是绿意盎然的风景。

年轻的侍者递上两份纸质菜单，上面那份是英文版的，周外婆看不懂，点菜工作全权交给周念南负责。

其实下面一页就是中文版的，她怕外婆被价格吓到，决定还是不提醒她了。

她选了店里评价最好的两款，招牌比萨和三文鱼水波蛋，还额外点了两杯白葡萄酒。

周外婆很捧场地咬了一口比萨，点评说："这个饼的味道还不错。"却怎么也不肯吃水波蛋，脸上都是嫌弃，"蛋都没煮熟啦，怎么吃？"

周念南将三文鱼卷起来，哄她张口："你试一试，不好吃马上吐出来。"

小老太太才将信将疑细嚼了一番，对上她期盼的眼神："吃起来倒是没有腥味……这个鱼好吃。"

"人家这都是无菌蛋呀！"她快乐地笑出了声。

夏日的午后，店里坐满了客人，层层梧桐叶挡住大部分日晒，店内的冷气凉丝丝地透了过来。

周念南跟外婆碰杯："外婆，你想不想自己的店也这么舒服？"

冰镇后的白葡萄酒轻盈清爽，甘甜柔和。

周外婆抿一口，慢悠悠地给了她想要的答复："我们也不用改得太花里胡哨，简单够用就行。"

周念南一声惊呼，扑上去抱住外婆："我们店一定是巷子里最靓的崽！"

下午她带外婆去逛了外滩，心中涌起无限的激情："等我有钱了，我就给你买江边的房子，打开窗户就能看到绝美江景。我们俩一个赚钱一个花钱，配合完美。"

这应当是完美的一天，如果没有傍晚那场突如其来的大雨的话。

她和外婆从足疗店出来的时候，才发现外头雨势瓢泼，有如天上漏洞。大风吹得雨幕里的行人左支右绌，狼狈不堪。

周念南还得去翡翠阁那边取车，打车软件显示"第 243 位／共 402 位"，无愧魔都的称号。

电话突然振动起来，显示"张延卿"来电。

"你和外婆还在海市吗？"

电话那头人声嘈杂，似乎还在外面。

他昨晚刷到她朋友圈的时候已经迟了，那条求顺风车的下面有了说明：已经有好心人了，谢谢大家。

他知道她大约是要过来取车的。

每天下班回家，他都要从她车子前面兜一圈，一天两天三天……一个星期过去了。那辆车和她的人一样，安安静静、稳稳地停在那里。

他在这样漫长的时间战线上犹疑徘徊，拿不准该如何推动这份感情的发展。既不吓到她，又将她拢在他的范围内。

不免想到猪咪那天在车库里的行为，领地标记。

下午的第一朵乌云吹过来的时候，他正和江初礼在公司加班，当机立断拿起放在沙发上的西装，跟江初礼说了一声："我有事先回去了。"

留江初礼在身后嘲笑他："打雷下雨收衣服啊？"

张延卿的车到的时候，周念南和外婆已经在店里等了半个小时。

他将车停在路边，撑了伞过来在周外婆身旁站定，温言解释："外婆，路上堵车，我来晚了。"

周外婆上次就对他印象很好，眼下越看他越是欢喜，这么大的雨还来接送。

雨越下越大，雷声轰轰作响，滚滚车流在大雨里堵成一片深红色。

黑色的伞面很大，也抵不住被风吹得四下里飘扬的雨水。两个人做两趟接送，先送外婆去车上，再回过来接周念南。

"挡一挡雨水，雨势太大了。"他撑伞站在她身后，将手里的西装外套披在她的肩上。昂贵面料和肌肤的接触，加上他不着痕迹的气势笼罩，雨声哗哗遮盖她一瞬的心跳，没由来地让人紧张了一下。

张延卿不动声色地将人严严实实拢在他的怀里……和伞下。

短短几步路，意犹未尽又心不在焉。

直到坐进车里，周念南才悄悄松了一口气。

她抬眼看驾驶位的张延卿，车顶的灯亮着，男人神色轻松，翩然清朗，额前黑发微湿，罕见地带了随性的气息，莫名多了居家的感觉。只除了他肩上的明显湿意，显露出底下流畅的线条。

他抬手开大了车里的空调，又将蓬松棉软的毛巾递给后座的两个人。

"外婆，这个雨大概还要下一两个小时。我先送你们去张斯斯那边。"他看了周念南一眼，"我和她的房子在同一个小区，念南的车也停在那边。"

车是个很好的借口，去那边才不显得突兀。

他不像张斯斯叫她"南南"，也不像外婆叫她"念念"。他叫她"念南"，似乎还不大习惯这么叫妹妹的朋友，声音里带着一点点生硬，夹杂着不为人知的柔情。

"哎，给你添麻烦了。"周外婆对张斯斯的哥哥印象很好，张斯斯嘴甜会哄人，她的哥哥也礼貌得体。

周念南乖乖地跟着外婆说："麻烦延卿哥了。"带了点软软的鼻音。

车窗外的世界还在风雨飘摇，车内春意盎然。

这段时间好像莫名其妙麻烦他挺多的。

周念南一边分神想着心里的事情，一边拿毛巾细细将外婆的头发和脸颊擦了一遍，又弯腰去擦拭她裤脚沾上的雨水。

张延卿打开了车里的电台，交通广播正公告各条路线的拥堵情况，声音调得不大。

车里很安静，以至于她手机的振动声格外明显。

电话是杨川哲打过来的，大概也看到这么大的雨，问她是否已回到家，需不需要他来接。

张延卿听到女孩轻柔的声音对着电话那头说："不用接，很安全的……我和外婆没有淋雨，现在在车上……等雨小点儿再回来……谢谢你啊！"

她的声音虽然轻，但车子的隔音效果绝佳，对用心关注着她一举一动的张延卿来说，依然算得上清晰。

周外婆问："是小杨吗？"

周念南点头："他也还在海市，问我要不要改天再开车回去，他来接我们。"

她低头翻了下手机自带的天气预报，两小时后的降雨概率为30%，这场雨不会持续很久。

她顺势搂住外婆的胳膊,将西装外套往外婆腿上搭:"等下拿了车,我们就回去。"

西装外套带着她闻过的冷冽香气,和外头带进来的雨水气味,一缕一缕轻轻擦过她的鼻端。

他修长的手指捏紧了方向盘,电话那头漏出来的声音毫无疑问是个男的,看样子周外婆也认识,今天"他"送她们来的海市。

在他不知道的地方,她的桃花开得正艳。

唯一的好消息是,她对对方的态度和对他差不多,客气又疏离。

车很快到了翡翠阁的停车场。

张延卿礼貌地下车,搭手扶周外婆下来。周念南从另一边下车,就听到张延卿的声音:"上次去森安在您家吃了饭,今天总算盼到您过来,不知道我有没有这个荣幸请外婆您吃个饭?我看雨还要下一阵,我家就在楼上,冰箱里也有菜。"

他放下身段来哄人的时候,还是很有杀伤力的,笑容和煦、眼神真挚。

和以前对她和张斯斯冷冰冰的样子截然不同。

周外婆喜欢懂礼貌的年轻人,对彬彬有礼又真诚的邀请毫无抵抗力。周念南只能跟着外婆一起上了楼。

电梯门合上。

张延卿还扶着外婆的手臂,外婆一米五八,他大概一米八多,低头微微弯腰,是很认真倾听的姿态。

周念南站在外婆的另一侧,稍微落后半个身位。

锃亮的电梯镜子映照出眼前两人交谈的画面,她的视线不由得落在他被雨淋到干湿分明的衬衫上。

"叮",电梯到达的提示音响起。

她挪开眼神,正对上镜子里张延卿看向她的眼眸,黑而亮,带着她看不懂的情绪。

进了张延卿的家,周念南才第一次直观地感受到,所谓的"低调的奢华"。

房子里的灯亮着,暖黄的光线在这样的大雨天里,显得格外温馨。

整个屋子是沉稳的大地色系,透着浅亮的原木色和宁静的绿色,内敛地呼应了窗外的城市绿景。即使此刻外头正云黑雨密,也无损大块无框转角的天幕阳台绝佳视角带来的震撼。

张延卿从鞋柜里拿拖鞋给她们换上,调高了屋里的空调温度。

周念南摸摸鼻子,她受言情小说荼毒太深,总以为霸道总裁的最爱是不近人情的黑白色系家具,一如总裁在小说里的人设。

哦,冷冰冰,从前张斯斯和她就这么在背后念叨他来着。

周外婆不像周念南那般拘谨,再大的总裁在她面前都是小辈,她换鞋后连连感叹:"还是你们年轻人审美好,这么好看的房子,住着都能多活几年。"

屋子里干净整齐,L 形的浅灰色模块沙发上摆着几个圆滚滚的抱枕,茶几上倒扣着看了一半的书。

周念南恶作剧般地想,如果这时候从他的卧室里走出来一位佳人,故事的走向就有意思了起来。

她自顾自地编辑着属于这个豪宅的爱情故事,不察有人的眼风第 N 次状似不经意地扫过她。

鹅黄色的圆领 T 恤搭浅灰色棉质阔腿裤,马尾低低地扎着。大概是刚刚的风太大,她垂了几缕碎发在脸侧。发尾沾了雨水,湿成一绺一绺的。

大概是想到了什么开心的事情,她嘴角微微翘了起来,脸上的小酒窝更加明显。

张延卿看向周外婆:"外婆,洗手间里有干净的毛巾和吹风机,你们先进去擦擦。我换件衣服就开始准备做饭。"

周外婆笑眯眯地说:"你先换衣服,别感冒了。"

就几步路,她沾的一点湿气早在车上就已经擦干。

他的速度很快,换了件黑 T 恤,沏了两杯茶端过来,又贴心地将电视机打开:"外婆你们先坐会儿,我去准备。"

搁在中岛上的手机屏幕亮了一下,有消息进来。

江初礼给他发微信定位:来会所这边,有新酒。

张延卿言简意赅:家里有客人在。

江初礼不放弃:那带过来一起喝一杯。

张延卿:周念南和她外婆。

············

良久,对面发过来一句:曲线救国走上层路线,妙……

周念南哪能真坐享其成,推开厨房门走了进来:"延卿哥,我能帮上什么忙吗?"

他将手机按灭。

"你陪外婆看看电视、说说话。"

她想起上次他催她出去陪猪咪玩,眨了眨眼,坚持自己有用武之地。

外婆也在,她们两个人张口就等着吃,显得多没礼貌。

"那还和上次一样?你切菜?"

"行。"她从他手里拿走排骨和青菜。

周外婆看本地新闻的间隙,转头看了一下厨房。

两个人一人在台面上洗菜切菜,另一人在灶台前炒菜,场面莫名和谐。

红烧排骨做好,旁边锅里的无水焖煮白灼虾也变红,两种菜的香气交杂在一起。

周念南不争气地咽了咽口水。

"还有一个青菜就好了。"张延卿回头看她,"你帮我摆一下碗筷好吗?"

周外婆过来的时候,桌上已经摆好了饭菜。

红烧排骨、清炖鸡汤、肉末蒸蛋和清炒上海青,摆盘精致,菜色丰富。

一顿饭宾主尽欢。

周外婆对张延卿的印象又好上几分,这年头还会自己做饭的男人可太少了。

回去的车上,她还不忘提点周念南:"你不会做菜,以后找个男朋友得会做菜才行。"

"嗯。"

周外婆又问她:"斯斯她哥哥有女朋友吗?我今天看他那个屋子,没有一点女主人的气息。"

周念南感叹外婆的敏锐:"听说是有对象了吧,斯斯说的。"

周外婆将话题转移到她身上:"你呀,以后就找个会做饭、会照顾你的人就好,咱们也不图人家什么。他们拿一些,我们也能支持一些,大家差不多,日后就不受气。"

前男友虽然分手了,带来的影响还在。

周念南佯装生气:"我刚回家,你就想着把我嫁出去了?我不,我就要腻着你,谁也不嫁。"

两个人在夜色里说说笑笑,车身像疾驰的箭往森安奔去。

周念南还记得张延卿的习惯。

到家后,她在微信上给他发了消息:延卿哥,我和外婆安全到家了,谢谢你今天的晚餐。

收到她消息的张延卿正坐在会所的包厢里。

江初礼微微侧头就能看到,周念南的名字在他微信的最上面。他目瞪口呆:"你还搞微信置顶这一套?看不出来你还是个纯爱战神。"

除了工作,私底下的见面江初礼都要问到他的恋爱进度。

距离上次两人的互动过去了一个多星期,这次两人一起吃上了饭,哦,女生带着外婆一起。

听上去就……和追求扯不上关系。

自诩"情场高手"的江初礼对这样的进展很不满意:"我追我们家然然的时候,每天都出现在她面前,急她所急,想她所想。她要一颗星星,我恨不得把整条银河捧在她面前。"

张延卿点燃一根烟,说:"她不一样。"

"……所以这就是你没有追到人的原因。"江初礼一锤定音。

张延卿转移话题:"你前女友还在之前的公司吗?你帮我推一下她的联系方式,我告诉你一个秘密。"

江初礼更无语:"海市是没有其他更好的设计师了吗?"

"我有事找她。"

江初礼之前和汪羽在一起时,曾在他面前炫耀,国内某个知名品牌的咖啡馆是他女朋友做的设计。

江初礼几乎是咬牙切齿:"发你手机上了,你这个秘密最好是够大。"

张延卿的烟还捏在指间,闪着星星点点的光,他一字一句地说:"我喜欢周念南……很久很久了。"

第三章
我想做你的男朋友

窗外的雨已停,城市的霓虹依然璀璨。

明天又是新的一天。

夜色深沉,四下里寂静无声,只有巷子里的灯明明暗暗地亮着。

身后的脚步声越来越近,她的心像在坐过山车,飙速失控。暗夜里有人拉着她的手腕,在狭小拥挤的过道里往前奔。

她辨不清楚路,只下意识地被前面的人拉着往前跑。

他是谁、姓氏年龄、家住何方,无人知晓。

"这边,不要吭声。"男人紧紧地抓住她,拐进过道旁边一处凹进去的屋檐下。

对方比她高大很多,她屏住呼吸将身形缩了又缩,几乎将自己埋进了对方的怀里,才在凹处堪堪藏好。

他的呼吸在她的头顶,他的心跳在她的耳侧。

熙熙攘攘追踪的人群像是没有发现,哗啦啦一片从他们的藏身处掠过。

"你不要怕。"低沉的男声响起,带着些微的熟悉感。

她像是受了蛊惑一般,抬手拉下对方的脖子,将自己的唇贴了上去。

他没有拒绝。

她模模糊糊地想,他的接吻技巧真不错。微风拂过,香樟树的树叶抖动,青涩气息缠绕在鼻尖，混合着尖叫的鸣蝉……

等等，蝉叫！

周念南瞬间从梦里惊醒，舔了舔嘴唇。

嗷！她懊恼地将夏凉被拉过头顶，再睡久一点点不知道会不会进展到重要情节。

拿起手机一看，七点二十分，还挺早。

雨后的夏夜果然很好睡。

她伸个懒腰从床上爬起来，换衣服、刷牙洗脸、下楼一气呵成。

打开大门，邻居们都早早起了床，送小孩上学的，早起去公园锻炼身体的，刚刚买菜回来的……整个巷子里都是朝气蓬勃的热闹人声。

周念南搀着外婆的胳膊去巷子里买豆腐脑。

雪白软嫩的豆腐脑撒上白糖，配上刚刚炸出锅的金黄大油条，正适合今天的天气。

吃好往回走，半途看到刘奶奶挥着大蒲扇冲她们挥手："南南，过来，有个好事跟你说。"

她家开着一个门脸极小的铺子，专卖各种烟。门脸上方顶着一个破旧的雨棚，夏日的早上微微挡住一些阳光。

周念南不明所以但还是礼貌性地笑了一笑。

她父母缘浅，却很讨巷子里的婆婆阿姨们的欢喜，长得乖巧，白白嫩嫩，学习成绩又好，还自律，谁手头有好吃好喝的，都要给她留一把。

铺子里挂着透明的塑料门帘，拦住外头的暑热，屋内一把老旧的电风扇左右摇头送风。

刘奶奶有些话痨，先从周念南小时候说起，讲周外婆一个人忙里忙外带大她有多不容易，讲她现在长大了，是该回来孝顺外婆了。

周外婆不认同这些，打断刘奶奶："年轻人就该在外面多闯闯，我们以前是想出去，能力也不允许。"

刘奶奶这下急了，她的孙子大专毕业后回到了森安，靠亲戚的帮助在市民中心找了个临时工的活儿，正好在"能力不允许"的范围内。

她说那些话当然是有私心的。

帮忙介绍工作的亲戚递话过来，想让她牵线给他儿子和周念南做个媒。

刘奶奶正愁孙子临时工的名头说出去不好找对象，眼下正是瞌睡了有人递枕头过来，于是才有了今天这一出。

巷子里的人谁不知道周念南踏实肯干，最关键是一张脸长得极好。

她将行李都打包带回家的事情，落在邻居们的眼里，这就是要回来长期发展的意思。

"不瞒你说，是我家儿媳妇哥哥那边的儿子，人也高大帅气，在财政局上班，现在是副科级。他也是从海市读书回来，对女方要求也高，这不一来二去耽误了……我想着南南不是也要回家发展嘛，大家情况相似可以考虑见见对伐？"

刘奶奶的一番话正好击中周外婆的心。

周念南又分手又辞职的，阵仗颇大，这段时间人又瘦得多，她难免有些担心外孙女是为情所伤。

周念南看到外婆投向她的踌躇眼神，哪里还不明白，自己就把话给接过去："可以的，先见见了解一下。我跟之前的男朋友分手了，正打算回家来找工作。"

巷子里见过柳承志的邻居不少，她自己先出来说明情况。

有过前任，现下无业。

刘奶奶只注意到她同意相见，脸上的皱纹舒展开来："我让对方到时候直接联系你，你们自己约见面时间。"

几家欢喜几家愁。

回家的路上，周外婆还在左右为难，她既担心外孙女因为前段感情心绪不佳，又担心她同意相亲的步伐迈得有点大，反倒是周念南自己想得开："只是认识一个人而已，谈不谈恋爱什么的还太早了。装修可是还有一堆事情等着做呢！"

她是真的不大在意，左右不过是认识一个人而已，刘奶奶是刘佳阳的亲奶奶，对方开了口，周念南不好拒绝。

几岁时的周念南，在巷子里最要好的玩伴就是刘奶奶的孙子刘佳阳。

刘佳阳比周念南大一岁，自带哥哥心态，做什么都带着她。

周念南小时候长得跟洋娃娃一般，周外婆又舍得花钱打扮她，一堆大人闲着没事就喜欢逗她："你想你爸爸还是你妈妈多一些？"

她对父亲没有印象，对母亲的印象也随着时间的流逝逐渐模糊，但本能地感受到这个问题里的恶意，只抿着嘴不吭声。

刘佳阳人皮又胆子大，是巷子里数一数二的小霸王，冲上来就将她挡在身后："想谁关你屁事？"转身对她恨铁不成钢，"不想回答就不要理，走开就好。"

对着周念南蓄满泪水的可怜眼神，剩下更严重的话就说不下去了。

早上的小插曲很快被周念南抛在脑后。

要装修的话，手头的事情可太多了。回家就拉着外婆列一二三四，分轻重缓急来落实。

要在巷子附近租一家过渡用的房子，先租个半年，家里现在的家具什么的都要搬过去。

破家值万贯，按周外婆的想法，是一样东西也不舍得扔的。

周外婆对附近熟，找房子的事情交给她。

"外婆，你记得跟人家说，我们还有只小狗。"周念南特别提醒。

她自己要去和装修公司对接，量房确定尺寸，再沟通装修方案，确定装修材料和进场时间。

一上午的时间就在写写画画中流逝。

下午准备出门时，刘佳阳的脸突然出现在她的车窗旁。见她开窗，他双手插兜就恢复了cool guy（酷家伙）的状态，依然是讨打的语气："去哪儿？载我一段。"

活脱脱小时候的模样，开口就是提要求。周念南转身将副驾驶座上的太阳伞、小包包、太阳眼镜盒子放后排，笑眯眯地说："你快上来。"

他上了车、系上安全带，第一句话依然不怎么好听："你这个车，但凡买的时候听我一句劝，都不至于买这个。样子货，光好看了，同样的价钱你能买性能更好的知道吗？"

周念南一边看前方路况，一边乐滋滋地回他："我就喜欢好看的。"

刘佳阳侧头看她，一双目光澄澈的弯弯笑眼，心中憋了一口闷气缓缓吐出来："我奶奶叫你去相亲你就去啊？不是有男朋友吗？懂不懂怎么拒绝？"

周念南了然，这是为他奶奶给她安排相亲打抱不平来了，她耸耸肩："我分手了，又辞职了，准备回家来发展。多认识一个人也不错。"

连续爆炸性消息炸得刘佳阳反应过载，呆愣愣地问："这么多事你一个也没告诉我？"

他从小护着周念南跟亲妹妹一样，直到高中时家里有钱买了新房子搬走，刘奶奶习惯了老房子留在原地。

他和周念南形影不离的日常也随着物理距离的变化而变得不一样。

他们去了不同的高中、不同的大学，毕业后有了不一样的人生。但这毫不影响周念南在他心里妹妹一样的地位。

周念南理直气壮："你自己谈了恋爱也没有告诉我，我还是听刘奶奶说的。"

小时候的亲昵在成年之后就得有明确界限。她以己之心度之，男朋友要是有个关系亲近的没有血缘关系的妹妹，她的心头血能把自己哽死。

"你现在知道了也不晚，也都还发生没多久。"她倒打一耙之后还不忘解释，"一个未婚的女青年有多么抢手，你是不知道的。"

刘佳阳松了一口气，不是抹不开情面答应他奶奶的才好。他转而伸手拨弄她贴在前面的停车号码牌，说："真是幼稚死了，还放这种幼儿园小朋友喜欢的鸭子。"

那是她小时候就喜欢的黄皮大胖鸭，被别的小朋友抢走，又被刘佳阳靠武力抢了回来。

买完车，她在网上搜罗各种车载好物，看到幼时爱物就买了回来，端端正正地贴在车窗玻璃下。

两人一路打嘴仗，直到车停在装修公司的楼下。

刘佳阳已经从他奶奶嘴里知道周家要搞装修的事情，推开车门跟着下来：

"让你见识见识你哥我地头蛇的威力。"

周念南作势要踢他:"这是我初中同学家的。"

外头的太阳大,午后的阳光晒得地面白花花一片。

走进装修公司的大门,感受到凉丝丝的冷气,两人才缓了一口气。

周念南低头查看手机,微信跳出来一条消息。

——你今晚有空吗?我有事情想当面和你谈一下。

消息发送人:延卿哥。

张延卿到珍宝巷的巷子口时,还是傍晚。

落日的余晖将小城镀上一层温柔的金黄色。这是一天中最美丽的时刻,让人联想到爱和归宿这样的词语。

想在这样的一天里,和爱人一起,顺着眼前这条葱郁安静的街道,一直走到星光满天。

路旁的停车位停得很满,张延卿不得不往前开了十几米,才找到空位停了进去。

他抬腕看时间,六点半。比他和周念南约定的时间提早了一个半小时。

他将车窗按下来一半,熄了火,又在扶手箱里找了一盒烟出来,想了想又塞回去。

周念南不喜欢烟味。

现在他有些后悔,来得太早了,剩下的九十分钟,比他所经历过的任何时刻都要漫长。

天色渐渐地暗了下来,路灯"哒"地齐齐亮起。

柔黄色的灯光掩映在浓密的树叶里,仿佛突然进入一个异次元世界。

张延卿将驾驶座的椅子放倒,打开车子的天窗。

高大的树木散发着被骄阳炙烤过的暑热气息和独有芳香,树叶被风吹着窸窸窣窣轻响,像有个小人儿在温柔抚摸他的心脏。

柔情像一根长长的带子,缠住他的心。

这样的感觉太过陌生,他推开车门走了下去。

周念南出门的时候,还拉着猪咪一起。

要忙的事情实在太多了,白天太热也不适合带狗狗出门,只能每天晚上空出一个小时专门陪猪咪释放它无处安放的精力。

她不知道张延卿所谓的"事情"是什么,但确实没有多余的精力来猜测。

她和他的接触这个月才多一些。

可能是,事关张斯斯?或者那天吃饭不小心听到的投资项目保密之类的?

"外婆,我出去遛狗了,一个小时左右回来。"

她交代一声就出了门。

走出巷子口,街头的人流就多了起来。

隔了十几米,周念南一眼就认出了站在树下的张延卿。

他身形修长,单手插兜露出一截劲瘦的小臂,连背影都透着沉静和挺拔。

大约是对张延卿有印象,猪咪在离他几米远的地方就开始热情吠叫。

张延卿扭头,看到一人一狗向他走来。

她在家里穿得休闲,白底小碎花吊带裙,搭浅黄色针织小坎肩,长发随意地披散在肩上。

狗狗往前冲的力气不小,周念南抿唇拉住遛狗绳:"你要乖一点!"

……倒缓和了他的紧张。

张延卿往前两步迎了上去,很自然地从她手上接过绳子:"我帮你牵着。它现在多重了?"

周念南如释重负道:"谢谢。之前去宠物店洗澡的时候称了一次,快四十斤了。"然后侧头问他,"延卿哥,你有什么事情?"

他看向她的眼睛:"我们边走边说。"

周念南心里有种怪怪的感觉:"……行。"正好要遛狗。

然后是长长的沉默,只剩猪咪在前头"呼哧呼哧"的呼吸声。

迎面有熟识的邻居走过,和她打招呼:"南南又在遛狗呢?和你的……朋友?"

拉长的音调将"朋友"二字说得婉转又暧昧,她知道对方的言下之意,解释道:"不是,是我好朋友的哥哥找我有事。"

也不知对方是信还是不信,一脸"我懂"的微笑擦肩而过。

张延卿的声音在她耳边响起:"那我说了,周念南,我不想只做你好朋友的哥哥。"

她的心像一枚核桃,被这句话敲开了一点点缝隙,好像有点明白,但又不大确定。

他对她的沉默视而不见,自顾自地继续:"……我想做你的男朋友。"

"轰隆隆!"她觉得自己的心跳声如战鼓般激烈响起,一时之间口干舌燥。

眼前这条路她走过无数遍,曾经自信闭着眼睛都能走回家,神思恍惚之下,被脚下一块凸起的人行道瓷砖绊了一下。

身边的人反应神速,伸手挡在她身前。

他身上熟悉的气息缠了上来。

这么些年,因为长相和性情,周念南接到过不少人的告白,她知道怎么委婉或直白地拒绝他人的情意。

但眼前的人不一样,她们中间有张斯斯,她不能伤他的面子。

但对方显然在等她的回应。

"我……"话刚开了个头,周念南的手机就振动起来。从来没有如此感激过一个电话,她说,"我先接个电话,不好意思。"

好歹为自己多争取了一些将话说得更好听的时间。

电话是一个陌生号码打过来,显示归属地是本地。

哪怕是广告她都会认真听一分钟。

"你好。"

"你好,请问是周念南吗?我是贺方,刘奶奶应该和你说过我的情况。打电话来是想问问你,什么时间比较方便?"电话里是一道好听的男声。

周念南的一颗心还沉浸在刚刚的情绪里,下意识地抬手压住了左边的胸腔,慢慢地平复了下来:"我时间都可以,看你下班时间方便就行。"

她分了一半的心神在这通电话上,另一半心神却在懊恼电话内容的不合时宜。

……应该也算一种委婉拒绝吧!

她转念一想,还得去相亲可不就是拒绝眼前人的表白。

短短一分钟,竟比他之前的等待更难熬。

张延卿根据她的回答也不难猜测对面的人说了什么,难熬之后触底反弹反而更头脑清晰。

他知道自己的表白突兀,但不戳破这层窗户纸,对方永远只将他当"好朋友的继兄"。

不破不立,破而后立。

"我不是来消遣,是想认认真真地和你谈恋爱,以结婚为前提那种。之前是我在国外创业,离得太远。后来回国,你身边已经有了其他人……"他自嘲似的笑了一声,"很久之前,我就知道自己对你的心思不一样。"

高二的暑假,张斯斯和周念南一起报名学游泳。

周念南一直掌握不了换气的诀窍。暑假游泳池学生多,时不时要挨一下踹,她对泳池的恐惧就更深。

张斯斯胆子大早早掌握了技巧,看着她憋气憋到脸红,忍不住提议:"要不我们去张家游泳池练习,就我们两个人。张叔叔和我妈旅游去了……延卿哥也没有回国……"

搁平常,周念南是不愿意这么做的,张斯斯从来不称那里是"我家",而是客客气气地叫"张家",此张非彼张。

她懂好友的心思。

但是听到主人不在家,张斯斯又极力撺掇,她就鬼迷心窍般天天跟着好友去练习换气。

泳池寂静又宽敞,只有她和张斯斯两个人。

两个女生玩水玩疯了,在网上买了一堆漂亮的充气坐骑,练习换气这个由头被忘得一干二净。

张延卿那个暑假是回了国的,他的高中同学结婚,给他发了请柬。

他在长途飞行的疲累中醒过来,想推窗换换新鲜空气,就看到了泳池里各种造型的"动物",火烈鸟、独角兽、鸭子、乌龟……

岸边趴着一个女生的背影,湿漉漉的丸子头,黑色大露背的连体泳衣,脚背无意识地拍着水,四肢纤细,肌肤雪白,背上薄薄的蝴蝶骨振翅欲飞。

他的呼吸滞了一秒,听到继妹张斯斯的声音:"快来帮我拍照,你手机充好电了没有?"

岸边的女生回她:"手机太热了,充不进去。"转头蹬着不熟练的蛙泳姿势歪歪扭扭地游了过去。

他在窗帘后站了很久,那天晚上很晚才睡着,梦里不知道看到了什么,醒来发现身下湿漉漉的冰凉体感。

第二天他跟管家交代了别告诉家里人他回来过,参加完婚礼就直接去了机场。

终归觉得自己对那个少女的心思太过龌龊,回头再见到继妹时就想到这一段,脸上的表情更冷。

张斯斯的朋友圈不对家里人设限,纵使张延卿对她态度平平。

他被迫在她的朋友圈里,隔空见证了她好朋友周念南的成长。

她们俩数学不及格了、作文写偏题被老师骂了、闹矛盾了、考上大学了、过成人礼了……

而他心里隐秘的小树苗悄然长成参天大树,长长的枝条在心里晃啊晃。

…………

这段心思他难以宣之于口,但眼下她已经成长。

他声音愉快,像春天蓬勃而出的幼苗一样:"如果你要谈恋爱的话,那这个人为什么不能是我呢?我单身,站在一个很喜欢的女孩面前,祈求得到她的垂青。"

"我暂时,还没有想要谈恋爱的想法。我刚刚分手不久,前男友你也见过。"周念南搜肠刮肚,眼睛不自觉地乱转,就是不肯将视线落在身旁的人身上。

这个告白来得太突然,砸得她好像双脚离地,不似在人间。但她的思维是清晰的:"我家里的情况你也知道。斯斯是我最好的朋友,我不想弄得太复杂。"

她的手攥紧身侧的裙子,夏天的风真热啊!

他将自己的手伸到她面前,语调自然:"你看,为了这段话,我也做了很久准备。我知道这番话说得突然,你不用先急着拒绝我。"

男人骨节分明的手掌摊开来,路灯映照下,一层薄薄的湿意。

"那到你想谈恋爱的时候,能不能第一个考虑我?"他的语气里有淡淡的惆怅,看到身边女孩低着头,又害怕给她太大的压力,"我保证,不管你的答复如何,都绝对不影响你和张斯斯的友情。"

"呃……"周念南绞尽脑汁,"那我先回去……思考一下。"

她连再见都没有说,慌慌张张地退后两步转身就走。

张延卿看着她的身影像逃窜一般跑掉。

他承认今晚的举动太过心急了,他没有耐心一点点去蚕食她坚硬的外壳,一次被人捷足先登已经是他忍耐的极限了。

低头看到和他一样望着女孩离去背影的傻狗,他蹲下身撸了撸它头顶蓬松的毛毛,唇边是掩饰不住的笑意。

"走,我们去找她。"

周念南一口气跑到家门口,才发现,嗯?我的猪咪呢?

又不好意思回过头再找人要狗,只想着先等"怦怦"的心跳安静下来,再若无其事地出去找狗,和他。

"周念南。"来人站在门口,牵着欢快的、并不知道刚刚自己被落下的傻小狗,姿态舒展。

比起她的慌张,他闲庭信步得仿佛他才是那个被表白的人。

她犹豫了一下,还是慢吞吞地走上前去,从他手里接过遛狗绳。

眼前的人站着没动,甚至还提议:"它今天运动时间是不是不大够?你才出来一会儿。"

周念南退后了一步,违心地撒谎:"白天带它出门了。"

猪咪啊,等会儿再带你出去散步。

他轻笑一声,看着眼前缩回壳里的女孩,想了想:"我赶过来还没有吃晚餐。这附近你比较熟,要不你给我推荐一家吧?"

以退为进。

如果是之前的关系,好朋友的哥哥,帮过她很多次,她一定邀请他回家里吃。冰箱里还有外婆包的饺子和馄饨。但现在不行,她没有要和他有什么发展的想法,还是出去吃保险。

"这里出去往前面走第二个巷子,有一家饺子店,虽然旧了点,但味道很好的。"这个时间,大部分餐厅都接近打烊,只有小店还开着门。

他站着不动,身体语言里明明白白写着"你带我去"。

头顶的树叶也沙沙颤动,像在等她的回应。

身为一个本地人的自觉,又想到人家到底大老远开车过来。她又带着猪咪期期艾艾地走在了前面。

他抬腿跟上。

她想了想,还是说:"我们不大一样,背景、环境、距离。"

算是对他的回应。

猪咪在前头左闻右嗅,积极地探索世界。

迎面有风吹来,初闻表白的震撼悸动过去,她终于平静下来。

如果说三年的总经理助理生活教会她什么,那就是,冷静。

他盯着她的脸,看到她卷翘的睫毛忽闪忽闪,就是不肯将目光移向他。

"这世界上有那么多爱情,不是每个人的都一样。感情发生的基础,首先在于这个人是你才成立,然后才是其他。你说的那些对我来说,都不是问题。"

他继续说:"我父亲你也知道的,他做实业起家,一直觉得我不务正业,再加上之前战略失误,公司估值下滑,一直在国外没有回来。"

他叹了口气:"我不能在事业不稳定的时候告诉你,也不能在你感情稳定的时候说这些。今天跟你说,不是想让你为难,只想你知道,我想要一个机会。"

他怕是说了两人重逢之后,最长的一段话。

"你想不想跟我试一试?"他停下脚步,转到她身前。

他比她高很多,路灯从他身后照过来,淡淡的影子覆在她身上。

她抬头,正好望进他沉静又蛊惑的眼睛里。

周围的空气仿佛都被牵动了一般,在暮色里炫出一波又一波的荡漾。

她听到他的声音说:"你要是不想现在谈,那也没关系。就当是你未来男朋友的试用期,三个月考核通过再转正。你觉得怎么样?"

那天晚上的风和时间,都变得不明确了起来,缓慢而黏稠。

在他的背后,月亮已经升起来了。

如果当事人不是自己,她都要鼓掌赞叹一声"Bravo(太棒了)"。

像是灰姑娘的一场梦。

第二天醒来,是新的一周的开始。

周念南抱着电脑去了装修公司。

她昨晚辗转到很晚才睡着,但不耽误这周的待办事项密密麻麻。

原本还想自己设计,但杨川哲说公司可以免费出设计图,她只需要告诉设计师她的要求和想法就行。

虽然也明白羊毛出在羊身上,但时间耽误不起,早一日开工,装修就早一天完成。她将自己做的功课和想法和盘托出。

楼上的住宅区原就只住了她一个人,要做的改动不大,将原来的客厅拆墙重砌,多出来的面积分摊到她的房间和客卧,再加一个单独的卫浴空间。

她母亲和继父回来的话,就不用出去住酒店了。

楼下是周外婆住,她重点强调,要特别考虑适老化设计。外婆年纪渐长,舒适的环境是她的安全保障之一。

商铺的考量却又不一样,她想要传承外婆做中式糕点的意境,做国风设计。

墙面镶嵌大块明亮玻璃,引进自然的室外光线。吧台靠墙而立,前面摆甜品展示台,后头是全透明设计的操作间,可以一目了然地看到卫生情况。

说完,她很不好意思,怕对方觉得她事多又龟毛。

年轻的设计师毫无异色:"周小姐,没问题,下午我们安排人过去量尺寸。按惯例旺季是五个工作日出设计图,但你是小老板同学,我们三个工作日之内,保证把设计图拿出来给你看。不合适的话再改。"

周念南连连道谢。

然后，她又匆匆赶回去和外婆一起收拾家里的行李和家具。

收拾起来才知道，家里的东西那么多，相册都翻出来整整一个大箱子，里面是周念南从小到大的照片。连她小时候的衣服和玩具、读书时的教科书作业本，周外婆也全给她留着。

这也舍不得，那也有意义……周念南盯着客厅的打包箱子发愁。

货车进不来巷子，只能靠人工搬运。

周外婆找的过渡性房子就在巷尾，纯住宅性质，比她们家宽敞了不少。

年初赵家老太太上厕所摔了尾椎骨，海市工作的大儿子就将老两口接到了家里，专门雇了保姆日常看护。

周外婆就租了这家的房子，周念南做主签了一年的租赁合同。

附近熟悉，最重要的是离自家近，还能时不时去盯几眼装修情况。

周外婆也很满意。

她打电话给刘佳阳求助："你认不认识搬家公司的人？"

刘佳阳还在上班，得知她的需求："放心，我到时候指定找人来帮你搞定。"

周念南放了心，又找了赵桥介绍的清洁公司，约好明天上门做保洁，搬进去之前，那边还得先打扫一遍。

等周外婆午睡醒来，周念南又跟着她，拎着水果和牛奶一家家拜访。装修的声音扰民，得先和邻居们说一声。

得知周家打算重新装修，大家纷纷道贺。

周家一老一小，互相依偎着这么些年，眼看着日子要好起来了。

向婆婆自觉功劳最大，你看，还不是她上次劝周念南孝顺老人，人家听进去了就回来了。

简直乖巧得不像话。

她挥挥手里的蒲扇："南南要是再找个好女婿上门，这日子啊，就安稳了。"

马上就有其他邻居反驳："南南这个相貌，肯定要嫁到海市去当阔太太的好伐？到时候接她外婆一起过去享福。"

森安人民对幸福生活的等级划分，第一级永远是搬或嫁去海市。

那两个字就仿佛浓缩了大家对幸福生活的所有向往。

周外婆眉眼含笑牵着周念南的手："我们南南嫁个对她好的人，我就开心了。"

眼下有周念南和她做伴，她是开心的，但并不强求自己永远捆绑在外孙女身上。

周念南还年轻，她该有自己的生活。

杨川哲带着设计师上门来量房的时候，正好周外婆和周念南从最后一户邻居家走出来。

巷子里的石板路上光斑点点，设计师发现他们小老板脸颊有些红。

"小杨总，你站这里吧，没那么晒。"他以为是天气太过炎热的原因。

原本量房这样的小事是不用小老板亲自来跑的,但出发之前他严肃地表示,这是他初中同学家的单子,得来看看现场情况。

这就是人家能当老板的原因。设计师暗暗在心里记上一笔。

周念南远远看到他们,挥了挥手。

她拿着钥匙开了门,一边歉意地表示在打包行李,家里有些乱。

她递上两瓶从冰箱拿出来的矿泉水:"天气有些热,还要麻烦你们跑一趟。"

和外婆的新生活即将开始,她充满期待,四肢百骸充满了力量。

"装修的事情还挺多的,怎么不叫你男朋友来帮忙?"趁着设计师在量尺寸,杨川哲站她身边问。

"我辞职了,正好有时间。"周念南面不改色。

"那个,你的卷尺歪了。"她走上前帮设计师将卷尺往上抬了抬,暗暗呼出一口气。

一听到"男朋友"三个字,她就想起昨天夜色下那个核弹级别的告白,以及那双黑色眼仁里带着的诚恳。

张延卿昨晚没有得到他想要的答复。

他坐在小店简陋的桌椅上,舀着一颗水饺往嘴里送。眉目淡然,看向她的眼神里却像有淡淡的光华流转。

她有片刻的动摇。

周妈妈去加拿大的时候,想要带她走,她不肯,周妈妈也没有坚持。长大后看着同学和母亲亲近的模样,她也会悄悄问自己:妈妈是不是也没有很想带我走?

到成年后谈了恋爱,在权衡利弊、计较得失后,她依然不是对方坚定的选择。

现在有个人跟她说,这个人是你,选择才成立。

隔了一天的时间,她终于后知后觉地想到,好像天使降临的声音啊!

一整个白天不得空闲,连猪咪都是晚餐之后周外婆牵着出门去了。

周念南一头躺在地板上不愿动弹,身体是疲累的,但心一直飘浮在云端。

因为长相,她桃花不断,明恋暗恋的秋波接到过不少。

但张延卿这种,是第一次。

他和她之间,横亘着她和张斯斯的友情、他和张斯斯的亲情,处理不好,就很影响无辜的张斯斯。

设计师、清洁公司、刘佳阳、赵桥,就连负责这一片区域的清洁工阿姨……的消息她都回了,只有张延卿的消息,她已读未回。

第一条信息是昨天晚上十一点多发的:我到了家。

如果是之前,她会礼貌回一句"好的"。

但经历昨晚那一遭,她犹豫了半天还是没回。然后,然后就到了第二天……已经错过回消息的最佳时机了。

今天上午他又发了一条:今天公司的事情比较多,下班不能来看你。我明天再过来。

平铺直叙直达结论,没有"好吗?"这样的余裕空间供她说"不用"。

周念南像捧了个烫手山芋,不知道该如何回,干脆继续埋头在沙子里当鸵鸟。

可能因为没有收到回复,傍晚的时候他继续发:是我给你太大压力了吗?

通知变成了疑问。

周念南深感棘手。

地板上的电话"嗡嗡"振动,她扭头一看,是张斯斯的视频电话,松了一口气。

电话那头张斯斯八卦兮兮:"……我打听到一个绝密消息。"

眼神疯狂示意她:快问我快问我啊!

周念南从善如流:"什么消息?"

"绝对内部,绝对震撼……延卿哥说他要追人之前,你知道他跟谁相亲了吗?"

听到熟悉的名字,周念南顿了一下,还是敬业地当氛围组:"谁?"

"余清扬……你可能不认识,没关系,她有百度百科,我等下发你!小提琴手,曼尼斯音乐学院毕业的,也是在纽约,人巨漂亮……我刚刚把她 INS 微博还有领英都翻了一遍,履历非常亮眼。"

这个名字有点耳熟。

周念南想起那家私房馆里她真诚夸赞过的漂亮小姐姐,原来那是个相亲局……难怪那天氛围那么怪异。

"我……好像认识。"她看向视频里好友红扑扑的脸。

张斯斯还在住处,一身睡衣、戴副平光眼镜,这身装扮大概率是在电脑前赶作业。

于是,周念南就把那天吃了两顿饭的事情描述了一遍。

张斯斯只关心:"真人漂亮吗?好不好相处?"

相亲了一个漂亮女生,还和自己有同样的纽约留学经历……颜值有,家世有,共同话题有。

相亲结束就说有了想追的人……这还不够明显?

张斯斯觉得自己此刻已经直面了这段爱情故事发展脉络里的"起"字部分。

周念南点头,不仅漂亮优雅,还非常洒脱。

至于相处,和风细雨,温柔婉约。

"反正很好说话。"她总结。

她一边偷觑好友的表情,想要怎么开口和自己最好的朋友说,你哥哥跟我表白了。

说,还是不说,以及怎么说,这是个问题。

犹豫间,张延卿的电话进来切断了她的视频通话。

张家两兄妹,合该是一家人。

电话执着地响了很久,周念南深吸一口气才接起来:"延卿哥。"

"我看你一直没有回我的消息,所以打电话来问问情况,希望不是我造成了你的压力。"

"家里开始装修了,事情多。"她聪明地跳开那个话题。

"已经开始了吗?"对方的声音里带着惊讶。

"算是吧,要出设计方案,把家里的东西挪走之类的,开始前期准备工作。"

……………

周念南不知不觉在电话里和人说了十分钟。装修事宜琐碎,每一样掰开来说的话,可以讲很久。

意识到时间的流速,她生硬地岔开话题:"那个,你不用来看我……我家里事情很多的。"

"我看我的,你忙你的。我看别人都是这样追人。"对面的声音像是含着春风,温柔和煦得紧,"我要是有做得不好的地方,你告诉我。"

周念南不明白话题怎么就突然转到这里了,从前看不出来张斯斯的继兄是这个性子。

"因为那时候觉得你还小,后来你身边又有其他人……"

听到对面的回答,她才意识到自己竟然自言自语说了出来。

"我……我不知道要说什么了。延卿哥,我还有事就先挂了。"这一切都太别扭了。

张延卿很懂见好就收的道理,他温声安抚:"没事,那就不说了。你早点休息。"

能电话,能微信,能直抒胸臆,已经好过之前太多了。

"晚安。"他等话筒里电话挂断的声音,才放下手机。

今晚的应酬是个商务性质的。

张延卿对自然能源感兴趣的事情,在投资圈子不是秘密。他的投资公司很早之前就畅想过洲际超级电网的构建,想将输电网络铺满整个亚洲。

几个合作方经人牵线搭桥来这个饭局,项目大,稍微有资质的人都想来分一杯羹。

大家带来的都是长袖善舞的人,席间觥筹交错,热闹非凡。

酒酣耳热之间,有合作方的老板端着酒杯站起来开始敬酒。

张延卿原本就不大喜欢公事和酒混为一谈,只笑眯眯地让身边的刘特助以他身体不适为由拒绝了。

有求于人的那方想着今天无论如何也要抱上最粗的这条金大腿,示意身后的秘书端酒满上。

秘书是真丝衬衫的标准职业打扮,看着年纪不大,说出口的话也稚嫩得很:"张总,初次见面,请您多指教。"

头顶的灯光闪亮,照着年轻女孩直愣愣的眼神。

张延卿眼帘一掀,手指压住对方就要仰头往嘴里倒的杯沿,笑意不减:"我看你年纪跟我妹妹差不多。你们刘总不厚道啊!"

桌上的人就都笑了起来,刘正义摸着肚子哈哈大笑着站了起来:"张总说得对,是我考虑不周了,我自罚三杯。"

他坐着不动,看着刘正义将三杯酒喝了下去。大家又是鼓掌又是喝彩,酒气和食物的热气混合在一起,包厢里的热闹氛围更添一成。

没有人再来敬他的酒了。

他想起那个一架子衬衫的女孩,心念一动,拿着手机站起来:"你们继续,我出去打个电话。"

商务宴请的餐厅大多装饰得富丽堂皇,水晶灯闪耀,毛毯厚重,喧闹的声音从每一扇门缝里溢出来。

他倚在大理石墙面上,拨通周念南的电话。

四周的灯光好似都聚在了他的身上。

男人身姿挺拔,袖子挽了一半,领口的扣子松了两颗,平添几分风流贵公子的气息。

不知道电话那头讲了什么,原本还冷峻的表情就柔和了起来,仿佛盛夏凉风。

有人从卫生间那头走了出来,经过他的身边听到那句温柔的"晚安"。

"南南妹妹啊?"是秦完时。

张延卿久出未归,他借口出来看情况,结果人浑身上下冒着粉红泡泡。

温柔乡,英雄冢。

八卦之余,他不忘好心提醒:"我看刘特助喝挺多了。"

电话又振动了一下,张延卿"嗯"了一声,低头看手机。

周念南:昨天的事情我能告诉斯斯吗?

张延卿没想过瞒任何人,何况是继妹,他回复:你随意。

没忍住,他加了一句:改天我回去告诉我父亲和张阿姨一声。

周念南看到这条微信,毛都要奓起来了,告诉大人做什么?她又不是他的女朋友!说了的话,她以后怎么面对张叔叔和张阿姨?看,我没和你儿子好。

一团乱麻。

她手速快过脑速回了过去:不是女朋友。我觉得这种事情不用跟家里说。

张延卿眉梢一挑,忍住笑意:嗯,那等是女朋友了,我再和家里说。

微信页面显示"对方撤回了一条消息"。

她重新发来一条:我的意思是,我们没有其他关系,这样的事情不用和家里说。

张延卿再回包厢的时候,饭局已经差不多接近尾声。

刘特助虽然走路步伐很稳,但脸颊通红。张延卿不放心,让司机开车将他送回去。

他坐秦完时的车回家。

周念南结束跟张延卿的通话,再给张斯斯回过去,解释道:"刚刚有电话进来。"

张斯斯很不满自己的分享被打断,她直接切入结论:"我觉得余清扬,可能是我未来嫂子。"

周念南盯着墙上挂着的软木板,红色的爱心大头针下面别着很多照片。里面几乎所有她的单人照都是张斯斯拍的。

在张斯斯的镜头里,她每一张都是笑着的样子。

"斯斯,等一下,那个,延卿哥昨天问我,要不要跟他试一试……"

"……"

两个好朋友在镜头前大眼瞪小眼。

良久,张斯斯才反应过来,细肩一抖:"试什么?"

周念南犹犹豫豫:"就……当你嫂子?"

她眼看着自己的好朋友转身扑在床上,被子盖住头,"啊啊啊啊啊啊啊"尖叫了一阵。

过了一分钟,张斯斯顶着乱七八糟的头发拿起手机,盯着她的眼神像在看喜爱的珠宝。

"以后我们家一定没有姑嫂矛盾!"

周念南全副武装在家里收拾东西的时候,收到相亲对象贺方发来的短信,告诉她今天晚餐的时间和地点,问是否合适,末了还非常绅士地说,如果可以的话,他可以在下班路上接她一起过去。

措辞得体,既彬彬有礼又考虑周全。

还没有见面,她就对这位贺先生印象不错。

餐厅地址离她家不远,珍宝巷虽然房子老旧,地理位置却是实打实的好。她打算直接走过去。

下午五点钟刚过,周外婆就催着周念南去换衣服打扮。她在家收拾东西,还是穿着衣柜里大学时期的旧衣服。

周外婆拂掉她额头上沾的灰,将她往洗手间里推:"这个样子怎么好见人,快洗洗。"

得体的衣服和合适的化妆品赋予人仙女棒一般的魔法。

周念南再出来的时候,换了一条珍珠白的真丝裙子,浓密的长发搭在肩头,颈间一条细细的玫瑰金项链,唇上薄薄地涂了一层橘色口红,端的是一副温柔大美人的模样。

周外婆满意地看着她:"我们念念是大姑娘了。"

大姑娘周念南出门的时候,考虑到相亲对象未知的身高,体贴地将小羊皮高跟换成一双平跟单鞋。

而张斯斯在伦敦的公寓里兴奋了一下午，晚上在公寓公用客厅里写论文的时候还哼着歌。

平时她都是每隔几分钟就要骂一次万恶的论文 due 的。

同组女生没忍住好奇心："什么事情这么高兴？"

张斯斯想了想："好事。是好事总会发生的。"

张家的名气大，姓氏却普通。

伦敦的留学生大多数非富即贵，她完美隐身其中做一个最普通的张姓女同学，除了江盟，没有人知道张家的巨额财富和重组家庭里的八卦周边。

同学只知道她有一个关系不大亲近的哥哥，和一个很舍得为她花钱的母亲。

江盟凑过来检查她的作业，发现她的电脑页面一边是密密麻麻的论文，一边是 H 家各色包包，还是限量款稀有皮那种。

江家的各种表姐堂妹不少，耳濡目染，他已经相当了解这个品牌的"尿性"了。

他细心观察她的脸色："……又写不下去了吗？"

张斯斯写作业的时候容易焦虑，一焦虑她就要去哈罗德百货逛街，面无表情地从一楼逛到八楼，最后挑个她妈妈能接受的刷卡额度买个包。

……所以现在她的衣柜里摆了很多款包。

张斯斯白了他一眼，他不懂她马上就可以作威作福的快乐。

张延卿不得讨好她一下？那她要个 H 家白房子不过分吧，喜马拉雅镶钻款不适合她的年纪，她喜滋滋地想，帮他省钱了。

周念南不知道好友的如意算盘如此响亮。

她正跟着服务员去 17 号桌。

塔伦房子是小城里很老牌的西餐厅了。装修走美式复古风，暖黄灯光下暧昧容易滋生，被誉为本市第一相亲胜地。

贺方听到服务生的声音引导："您好女士，17 号桌在这边。"

"谢谢你。"

声音清丽婉转，他适时抬起头。

灯下看美人和月下看花同理，越看越美。

何况是真正的美人，珍珠白的真丝料子在灯光下闪着微微的光，跳进他的眼里。

贺方殷勤地站起身，替她拉开身后的木质椅子："请坐。"

他穿着深蓝色竖条纹衬衫和西装裤。

两个人的打扮都显得颇为重视这场相亲，贺方对这一认知颇为满意。

他原本是很抗拒父母给他安排相亲的，但他母亲信誓旦旦地说这次你一定喜欢。森安地方小，快三十岁还没有结婚的人凤毛麟角，父母对他的婚事充满期待。

对方的长相大大超出他的期待,他就自然而然主动起来:"我们点两个招牌套餐怎么样?"

周念南点头,既然是相亲就要有相亲的态度。

牛排端上来,滋滋冒着热气。她挽起袖子,露出雪白的胳膊,收拾东西耗费心力,急需美食抚慰。

贺方举着刀叉慢条斯理地切牛排,一边吃一边点评:"这家牛排的品质和海市的比还是差了一些,下次我们可以开车去一家特别好的店,我朋友推荐的。"

周念南笑一笑:"下次得看时间,最近家里的事情有点多,要开始装修了。"

他状似不经意问:"买了新房?"

周念南闻弦歌而知雅意,她大方地否认:"不是,是老房子。买新房子太贵了。"

新房子加上铺面,还要装修,纵使森安小地方的房价比海市低很多,她目前也承担不起。

她拿起桌上的水杯喝了一口:"家里装修的事情大概还要几个月,外婆年纪大了,我正好辞职,可以全力来做这件事情。"

家有一老,一旧房子,积蓄要用来装修,现在无业。

她笑盈盈地看向对面的男人,说得更清楚明白。

对方的几秒停顿反而让她更自在了起来,她想起了柳承志。

那是第一次,但不会是最后一次。

她自觉没有受伤的感觉。他的表现,倒是给双方都省了不少力气。

穿着拉夫劳伦的马球衬衫,戴一款浪琴的男士手表,副科级,显然个人能力和收入水平应该都挺不错,可能也想找一个和家里水平相当的,无可厚非。

晚餐结束,她在餐厅门口和对方挥手告别。

刘奶奶大概再也不会给她做这种介绍了。

贺方从身后追了上来:"周小姐,我送你一程吧。"

周念南摆手:"不用,我家很近,走过去很快的。"

"那我也消消食,和你一起过去。这么漂亮的美女,不把你安全送到家我不放心。"

她有些意外,本以为餐桌上各自表露的态度都很明确了,没想到对方还坚持要送她。

贺方挠头,他听到对方家庭条件的时候确实犹豫了,但她的确长在了他的审美点上,这样漂亮的人条件再差也不会缺追求者的。

所以,他又改了主意。

拒绝不掉,周念南不得不和对方一起向家的方向走过去。

贺方为了弥补刚刚在餐桌上的失礼,绞尽脑汁地想圆回来:"我没有想到你这么有孝心,现在愿意回来照顾老人的年轻人太少了,震惊到我了……"

周念南无意和对方再接触下去，只哼哼哈哈地敷衍着对方的问题。

这段回去的路程越走越沉闷，好容易到了巷子口，她松了一口气："我到家了，谢谢你送我回来。晚餐我们 AA 吧。"

话说到了这份上，贺方看向眼前的女生，陋室明娟，大方得体，眼神清明。

他假装没听懂对方的言下之意，拿出手机："那我加一下你的微信。礼尚往来，下次你再请我。"

周念南皱眉，但确实欠人一顿饭，她腹诽，早知如此我也要抢着买单了。

对方面不改色地扫了她的微信："那我们下次再约，今天的晚餐很愉快。"

周念南觉得自己一点也不愉快。

张延卿的车就停在路边。

他下了班开车过来，还没有措辞好怎么约人出来，就看到心上人和一个男的并肩而行走了过来，那句"……晚餐很愉快"顺着夏夜的晚风钻进车窗缝里，飘到他的耳边。

她正在最美好的年纪，知世故而不世故，历圆滑而弥天真。

没有他，也会有其他男士来撷这朵娇艳的蔷薇花，牵她的手，吻她的唇。

等人走远了，他才在车里拨通周念南的电话："你吃过饭了吗？"

周念南不知道他人就在离她几米远的车里，老老实实地回答："吃过了。"

"那怎么办，再麻烦你陪我去找吃的？"

电话里传来关车门的声音，她下意识地回头，就看到站在越野旁边的熟悉身影。衬衫依旧挽到了手肘，那双充满侵略性的眼睛正看向她。

周念南被这不加掩饰的目光烫到心里一颤，这辆车她没有留意，但显然之前就停在了这里。

那……刚刚那一幕他看到了多少？她竟然心里有点儿发虚。

"延卿哥。"她转身向他走过去。

她今天明显特意打扮过，他心里久违地泛起酸意。

"相亲对象？"是疑问句，但语气里的肯定毋庸置疑。

"嗯。"周念南轻轻回了一声。

夜风将她身上细腻淡雅的槭木香味吹向他，像清流绕石的静谧花园。分明是喧闹昏黄的路边，总感觉像是幽暗的后花园，适合才子佳人月下相会，卿卿我我。

他看着她局促的表情，有点好笑，到底还是小姑娘，脸上却一本正经，故意逗她："我在追求你，都没有其他相亲活动了。"

周念南脸红，张延卿从前在她们面前都是威严冷厉的形象，她和张斯斯从认识他起都没听他说过如此愁肠百转的话。

她下意识地在食指上掐来掐去，支支吾吾："那个，美国不是有 date 文化吗？你应该很熟悉的。"

张延卿笑了，很想揉揉她乌亮的发，又怕吓到她："挺好的，竞争上岗。那现在轮到我的 date 顺序了吗？"

话说得暧昧，两个人的活动还是……遛狗。

猪咪再次闪亮登场。

它最近见张延卿的次数不少，一出来就扑腾着前爪往人身上趴。

张延卿习惯性地接过遛狗绳，开玩笑："不如你聘我做它专职的遛狗师吧，我天天来报到。"

周念南摇头："付不起。"

细细的淡金色耳线在黑发间一闪一闪。

她是真心实意地说这句话，在他面前她没有当"被追求者"的自觉。成年人的感情纠葛不适合发生在她和她好朋友的继兄之间，她想得很清楚。

他现在对她是有一点点不一样的，但那又怎么样呢？他这样的人，什么样的女人没有见过。

关于情爱的话题，那天张延卿表白完之后，两个人之间再也没有提过。

他好像就真的，每天简简单单来找她散个步、遛个狗，两个人聊聊天。

江初礼阴阳怪气地夸他："我真没有想到，我身边还有这么纯情的人！"当即在几个人的群里"哈哈哈"嘲笑了他一番。

随后，他恨铁不成钢："张爱玲的那句话，通往女人心的路是……"他露出一个"你懂的"的表情，"我看你再这么清水下去，南南妹妹迟早被人抢走。"

张延卿没有办法，在商场上，他有很多可以打动对手的办法，用利益、用名声、用前景……但周念南不一样，他想和她有长长久久的以后，于是患得患失、裹足不前。

而周念南也有自己的事情要忙。

赵家上下她已经安排打扫干净，人家不搬走的家具她放到单独的房间里，上锁。

旧家的家当全部搬过去，房子的格局大差不差，还是按照之前的安排布置。

刘佳阳带了七个兄弟来帮她搬家。大大小小、零零碎碎，短短几十米的距离，巷子里热闹了一整个中午。

周念南只来得及给他们买一些水和零食。

刘佳阳帮忙搬家完毕，一声招呼就带着他的朋友们走了，拒绝了她悄悄塞的红包，说："我请他们吃饭，哪用得着你请。家里还有这么多要收拾的，你先忙你自己的吧。"

事了拂衣去，深藏功与名，哪里还看得出来昔日小霸王的影子。

她下午再去了杨川哲的装修公司。

设计师之前出来的设计稿她不是很喜欢，太过普通，毫无特色。

住宅区她可以自己上手提要求，干脆要求对方给她做全屋大白墙、木地板通铺，不做吊顶，颜色统一。这样后期她还能通过软装的搭配来做自己喜欢的风格，但楼下的商铺她没有办法。

她将自己在思南路上拍的照片给对方看，年轻的设计师一脸苦笑："姐，我知道你想要这种风格。但咱的预算在这里，那些是在有些太超过了。你看这个造型窗，这都得定制，起码五位数起。"

周念南心下了然，她和对方商量："那你们先做整体的主体拆改和加固，以及水电，行吗？先把住宅的部分搞定，这里需要一段时间。商铺设计方案我想想其他的办法，尽快答复你。"

她工作三年，日常在各个部门踢皮球和擦屁股的工作里打转，练就一身抓主要矛盾的本领。只是设计需求和预算匹配的问题而已，她想。

预算动不了，那就调整设计，所谓"螺蛳壳里做道场"。网上有那么多的参考案例，设计师可能分不了太多精力给她，她自己可以。

"另外，水电确定好之后你跟我说一声，我好通知地暖公司那边进场。"

设计师想了想，还是没忍住劝她："地暖的预算就三万多了……我觉得森安的冬天没地暖也可以过，你可以考虑把这个预算腾出来放商铺装修那边……"

森安的冬天不像北方，室外最低也就在零下三四摄氏度，寻常人家就靠烤火炉和空调过。

周念南想也不想地拒绝，外婆的年纪大了，风湿严重，冬天有地暖她会好过太多。不过，她还是感谢对方的好意："老人家有地暖会舒服一些，谢谢你替我考虑。"

以思南路上的店铺做参考还是目标定太高了，她于是下载了专门的装修App，仔细研究那些打着"小而美"标签的三四线城市甜品店。

旧店改造的核心是成本和美感之间的平衡点。

周念南于是更认真，她在地图上将森安所有的甜品店和咖啡馆都标记了一遍，打算叫上赵桥一起去挨个打卡。

取其精华，去其糟粕。

吃过晚餐，她照例趴在桌上，一堆打印出来的图片和笔记摆放在一旁。

人还在电脑上写写画画，周外婆看着她明显少了肉的脸颊，心疼地说："我们就把地板墙面简单弄一弄就好了，也新很多了嘛！"

周念南不肯，她是凡事要做就做到能力范围内最好的性子："我们是要赚大钱的店；怎么能这么简单。"

张延卿发微信给她，没有得到回应，干脆上门来邀人。

旧屋大门紧闭，还是隔壁邻居看他眼熟告诉他新地址，走进来正好听到这段对话。

周外婆看到他，很是惊喜："小张来啦？"

周念南回头，还能有哪个张？

她没有想到对方直接上门，生怕他泄露了口风被外婆知道，冲他眨眼。

张延卿光顾着看她狡黠灵动的眼眸，心旌动摇下没能接收到她希望保密的信号，他像一棵笔直的小白杨站在她租的客厅里，浅灰色的影子落在嘴角："外婆好，我想约念南去看电影，看她没有回复所以才上门来看看。"

客厅不大，他一眼看到她的电脑页面和桌上散落的纸质资料。

简单直白，震惊害羞的是周念南，惊喜惊讶的是周外婆。

周外婆最担心外孙女在上一段感情里受了伤。眼下有个她喜欢的年轻人，要身高有身高，要样貌有样貌，大大方方地站在她面前，岂能不欢喜。

周外婆不待周念南反应，上前盖住她的电脑："一整天都在忙，出去看个电影放松放松。"

周念南想摇头，周外婆盯住她的眼睛："又不是看个电影就要怎么样。"

年纪轻轻比她还老派。

等周念南再回过神来的时候，已经坐在了张延卿的副驾驶座上。

张延卿发动车："我知道你们这里有家汽车电影院，今天放一个老片子。"

显然做足了功课。

公园幽静，参天大树在夜色中轻轻摇晃，散发着厚重悠远的树木气息。

门口买过票，在工作人员的指引下，开过一条七拐八弯的小路进了一个停车场。有人上来用黑布将车灯挡住，低声提示他们调频到FM96.6。

停车场宽敞，露天挂着一块巨大的幕布，前面安安静静停了十几辆车。

是个老片子，茱莉亚·罗伯茨和休·格兰特的《诺丁山》。

电影从安娜辉煌的经历开始。

周念南第一次来汽车电影院。

车窗紧闭，汽车空调悄悄吐着冷气，英腔台词从中控的收音机里流泻而出。

车里只有她和他。

这一幕比电影更像电影。

台词间隙，她听到对方清浅的呼吸声，暧昧的氛围无声无息地从每个缝隙里透出来。

她打破沉静："……你怎么知道这么个地方的？"

声音低低的，像是怕惊扰了其他人。

张延卿回她："朋友介绍的。"

江初礼手把手教学，约会安排从汽车电影院、密室逃脱到迪士尼乐园……恨不能将全身真传倾囊相助。

"斯斯特意去过这里，她想看看能不能遇到休格兰特一样的书店店员。"

两个人之间总像有什么，周念南提及他们共同的最熟知的人，空气流动里的旖旎褪去一些。

张延卿比她大八岁，人生阅历和经验远远多于她，哪会不知道她的紧张和不安。

他顺着她的话往下说："那遇到了吗？"

"……没有,她的钱包在集市上被偷了。"想起张斯斯当时咬牙切齿和她说"男色误人"的样子,周念南微微笑了起来。

张斯斯原以为她很快可以敲张延卿一笔,她甚至连配货要选什么都安排好了。得知好友并不打算和她继兄发展点儿什么,很是失望。

"抛开我和他的家庭关系不说,"她别别扭扭地为继兄说好话,"他长得还可以,身高也还行,还有些钱……除了偶尔像南极冰山,条件还可以吧!"

周念南被张斯斯的语气逗笑:"我刚刚失恋,还没有准备好进入一段新的感情里。"

张叔叔给他挑的相亲对象,非富即贵。普通人如她,无法了解强强联合背后庞大的金额数字,但也不妨碍她知道,商场上很多时候确实1+1>2。

他有事业上的雄心,不然也不会冒着张叔叔的阻拦也要自己创业。

午夜梦回,她也会质疑,柳承志的挑剔是大多数人都会有的。她的好没有好到足够覆盖其他不足,这种细小的自我怀疑正悄悄蚕食她的信心。

这是她不敢迈出哪怕一步的原因。

张延卿侧目看向她,在大荧幕明明灭灭的画面流转里,他捕捉到她笑容里淡淡的失落。

电影里,生日主角拆着大家送的礼物,轻快的笑声和背景音乐交织在一起。

  The smile on your face lets me know that you need me……(你脸上的微笑告诉我你需要我)
  The touch of your hand says you'll catch me wherever I fall……(你的手给予的触感告诉我你会抓住我,不管我在何处跌倒)
  You say it best when you say nothing at all……(当你什么都不说时说的最好)

片尾的音乐响起,张延卿才发现身边的人已经睡着。

她微微歪着头,一颗毛茸茸的脑袋靠在车窗上,即使在睡梦里也是眉眼微蹙的样子。

周念南醒来的时候,身上盖着西装外套,空气里飘浮着他惯用的木质香气,沁人心脾。车子早已不在汽车电影院,窗外是她熟悉的巷子口的风景。张延卿站在车外,指尖的猩红一闪一闪。

这是她少有的光明正大看他的时机。上天优待他,他看起来成熟又稳重,丝毫不见青涩之气。

他的黑眸正望向车里,对上她的眼神,笑了一下,神态轻松地举起手里的烟示意。

即使在抽烟,她也不得不承认,这个男人确实有致命的吸引力。

车门打开，风带来他身上淡淡的烟草气息。

"最近装修太累了吗？"他坐上来，语气是关切的。

周念南后知后觉地感觉到了脸红，在别人请她看电影时睡着，是很不礼貌的事情。她悄悄拉高手里的衣服想挡住脸，闻到熟悉的气味才发现是他的外套……她的脸肉眼可见地更红了。

"有点，装修就是事情很多的。"多余的话就不肯再说了。

张延卿心里叹了口气，压住有些躁乱的心事："是不是铺面的装修方案还没有定下来？刚刚看到桌上有很多参考图例。"她不说他就主动提。

"设计师出的方案我不喜欢，但好像确实是他能力范围内的最佳了，毕竟预算的框架在那里。我还想自己试试看。"没藏住自己的困境，她点头承认。

"我认识一个设计师，海市外滩那家著名的咖啡馆就是他们公司做的改造。你可以见见她，给你一个思路或者参考意见，比你一个行外人自己摸索好很多，可以吗？"

他搭在方向盘上的手指有节奏地点动，那是他思考时的习惯，身体却转向她的方向："我们公司之前的办公楼设计找的她，她会乐意帮忙的。"

周念南下意识地要拒绝，杀鸡焉用牛刀。

张延卿看穿她的意图，先开口挡住她要说的话："我和对方说我在追求你，请求她帮我这个忙。"

意思是，我已经先斩后奏了。

他眼睫微垂，目光温和地看向她："方案早些定下来，外婆和你都轻松一些，后续还有那么多工作……你要是觉得欠人情的话，那你下次再陪我看一次这个电影。不睡着的那种。"

他此刻的境况，并不比站在休格兰特面前的大明星安娜要好，那句"I am just a girl, standing in front of a boy, asking him to love her（我只不过是一个女孩，站在心爱的男孩的面前，请求他爱我）"，性别转换一下，就是他。

周念南回去的时候，外婆还没有睡，听到开门的动静，特地出来和她说话："怎么这么晚？电影好看吗？"

周念南点头，电影好看的。

"张斯斯的哥哥，那个，小张，真的想追你啊？"

她看着外婆八卦兮兮的眼神，明白这才是外婆今天一直没有睡觉的真正原因。

深夜安静，小壁灯暖黄的光打在她的脸上，谁能来告诉她，是还是不是？

对张延卿的提议，她怎么回答的？

她直觉他不是乐意被拒绝的人，最紧要的是，这个提议对她的诱惑力太大。

"张斯斯也会很乐意来帮你的，我帮你和她帮你并没有什么区别，都是张家。"他加重砝码,"或者,下个月张阿姨生日,你帮我选一下礼物。"

她稀里糊涂地点了头。

张延卿笑了,声线低沉中带着磁性:"那我和对方约好时间,到时候再告诉你。"

许是因为在车上睡着了一阵,等洗了澡躺到床上,周念南反而没有了睡意。他应当还在回去的路上,没有新的消息进来。

张斯斯发了一大串小鸭子蹬脚"啊啊啊啊"的表情,却没有任何语言说明。

这非常不张斯斯。

周念南发了一个"?"过去。

张斯斯今天的课程特意避开了江盟,借口是"和同组的人讨论一下分工"。

这个理由很站不住脚,她知道,往常她的作业一半都是他的功劳。

出国之前,她的作业靠周念南监督;出国之后,因为张延卿和江初礼的关系,江盟自觉承担了监督者的身份。

张斯斯难得这么斯文:很难讲,我下课后组织一下语言告诉你。

故事要从两周前说起。

她的微信收到一条新的好友申请,对方的理由理直气壮:欠我丈夫的钱什么时候还?

她放大对方的头像仔细端详,是一家三口的合影。

男人女人,两人亲昵地搂着站在中间的儿子,齐齐面对镜头露出幸福的笑容,小县城影楼风的布景和 P 图技术也没拦住她一眼认出里面的人。

大学时期的前男友。

张斯斯的第一反应是,都有儿子了,还挺速度。

接着是,我什么时候欠了他的钱?

最后是,这是他们夫妻两人的意思,还是他的授意?

留学生平平无奇的赶 due 日常里,出现了一点波澜。

她通过了申请,面对久未谋面的前男友,说一点不好奇他的现在,那也是骗人的。

林深是张斯斯的初恋。

两个人的爱情故事始于军训。她是大一新生,他是她班上的教官。外语系历来阴盛阳衰得厉害,她班上只有两个男生,还是不甚高大的那种。

林深头一年来当教官,第一天训练就被大胆的新生言语调戏到面红耳赤。

带队的总教官看不下去,过来严厉强调了一番军训纪律,才好歹镇住了场子。班上的训练到底不如隔壁班进行得顺利。

女生集体撒娇卖萌的力量是强大的,林深拿不准她们是真的累还是装累,每每其他班还在烈日下走正步、站军姿的时候,他们班的学生就在树荫底下休息。

张斯斯都好几次看到黑面的总教官将林教官单独叫出去训话,不免心里有点儿同情这个面皮嫩又爱脸红的新人教官。

半个月的军训结束,她和班上的其他女生一样哭得稀里哗啦,状若生离死别。

教官不被允许留联系方式,班上神通广大的女生不知从何处问到了部队地址,张斯斯也跟着大家一起写信,汇总成厚厚一沓飞往绿色的军营。

短暂军训积累的热情很快被校园里丰富的日常生活冲淡,班上和林教官写信的人也越来越少,最后只剩张斯斯还记得他脸上害羞到不知所措的笑容。

鸿雁传书一年多之后,林教官在信的末尾很小心翼翼地问:你大学里会考虑谈恋爱吗?

张斯斯虎得很,她手写信件一年多可不就是为了这个时刻。她直接回复:如果是你,这个恋爱我可以考虑谈一下。

两个人顺理成章地开始了远距离恋爱。

一个在海市校园,一个在海边小镇的军营。

两千多公里的距离,电话费的账单和飞机票、火车票积累了厚厚一摞。

直到她大四毕业那年,两个人逃不开"毕业即分手"的魔咒,在电话里大吵一架分开。

分开快四年了,张斯斯很想知道,她怎么欠了对方的钱,以及多少钱。

对方一直没有说话,她也没主动问,只是迅速设置了不让对方看她的朋友圈。第二天照常背着电脑去上课,只是脸上多少带点儿萎靡之色。

前男友的出现搅动了一池春水,她深夜又翻开设置为"仅自己可见"的过往看了一遍。

又重温一遍当时傻到冒泡的自己。

江盟早早地帮她占了座,看她的脸色还以为她又熬夜看书了,贴心地去门口的自动贩卖机给她接了一杯咖啡。

苦意直冲天灵盖,教授穿着她熟悉的白色衬衫走了进来。

她没有理会口袋里振动的手机,打开电脑。

午餐的时候发现自称是"林深老婆"的用户给她发了好多张照片,一张张打开全是手写账单的照片。

她放大照片,账单是林深的字迹,哪年哪月哪日在哪个商场买了什么、花费多少,记录清楚,分类明确。

对方总结陈词:这些是你和他在一起时的花费,没错吧?一共是十七万七千四百三十二元,这是我们夫妻的共同财产。请于三天之内归还,不然就别怪我不客气了。

她盯着手机的时间太久,江盟以为她遇到什么学业上的困难,凑了过来。

男生身上柠檬味的沐浴露气息飘了过来,她若无其事地收起手机:群里发了一个笑话。

江盟视力好,粗粗一眼扫过去,看到了"夫妻的共同财产"那句话。

他收回视线,问:"下午去图书馆要给你占座吗?"

张斯斯恨不得现在就回去把账单翻出来甩对方脸上,闻言拒绝:"不用,我下午有其他事情。"

"……所以你那个前男友的现任老婆跑出来问你要钱?"饶是周念南脾气好,听到张斯斯前任的事情也荟毛。

张斯斯是借母亲的光,从小康家庭坐火箭般晋升到顶级豪门,林深却是实打实的普通家庭。

两个人一直纸上传情,到了见面才发现彼此的差异。

她进超市随手拿的矿泉水二十六块钱一瓶,用的真丝发圈四五百一个,而林深给她订的酒店是一百八十块一间房的连锁。

然而,金钱上的差距不是最大的问题,对方的观念和自己不一样,才是最难挨的事情。

张斯斯和林深的分手,实在算不上体面。这也是她一开始不敢告诉周念南前任和她联系的原因。

张斯斯那时为了林深,在所有毕业生赶实习写论文拿学分的时候,她悄悄以工作实习的名义去了林深的老家,一待就是两个月。

按照林家父母的想法,最理想的安排是林深退役,张斯斯毕业后夫唱妇随跟着一起落户海边小城,林家坐拥乖儿贤妇再三年抱两。

张斯斯犹豫,一边是初恋,一边是不可预知的未来。

张妈妈再婚后,对她抱有极高的期待,这段恋爱都是瞒着家里人偷偷谈的,她哪敢将这么个大炸弹在毕业关口扔给母亲。

周念南作为她最亲近的人,全程近距离旁观,见识了一场有关繁殖癌的精彩大戏。

张斯斯和林深吵架的时候,她们的通话还没有挂断。

林深早已不复初当教官时的羞涩和柔软心肠,他对张斯斯说话的口气很不客气:"你能不能体谅我一下?我比你大四岁,同龄的人都结婚生子了,我已经落后了。"

周念南在电话这头气结,没忍住开了口:"结婚生子是什么KPI吗?合着我们斯斯就是个工具人。她还没有毕业呢,凭什么就为了你和你家的想法牺牲她的大好前途?"

林深知道张斯斯这位好朋友在她心里的地位,收敛了语气里的压迫:"我们谈了这么久,也确实该进入下一步的阶段了。"

周念南竖起了全身的刺,:"什么叫该?你是有个做人的程序是吗?斯斯还没有想好,她的人生节奏该由她自己决定。"

很多个两人挤在学校宿舍床板的夜里,她们畅想过自己的未来。张斯斯不止一次地说过,她还想去国外读书,感受不一样文化的熏陶。

张妈妈不舍得自己女儿离她太远,张斯斯就盘算着国外一两年的硕士项目她妈妈可以接受。

而周念南觉得，自己的妈妈如果不是年纪轻轻的时候被人哄着结了婚生了小孩，按照妈妈后来的工作能力和出走加拿大的勇气，应当会有完全不一样的人生。

"我们之间的事情，轮不到你在这里插嘴。"林深强调，"成家立业，古往今来都是如此。"

据张斯斯后来讲，他们在那两个月里，几乎吵完了一辈子的架。

林深的意思，要么结婚，要么分手。

张斯斯几乎要软弱地妥协了，却发现了对方手机里和别人约相亲时间的短信。

这成为压死骆驼的最后一根稻草。

周念南去机场接了张斯斯回来，原本脸上还挂着婴儿肥的张斯斯在那个月飞快地瘦身。

大约因为相亲对象不如张斯斯，林深很快后悔，两人重新进入胶着状态。

他飞来海市，在宿舍楼下扮演深情的回头浪子。

同学中有人认出来这是昔日的教官，跑来宿舍为他说情。

张斯斯对初恋心软，趁着周念南去洗手间，想偷偷溜出去见他一面。

周念南追出来扭到脚，用孟姜女哭倒长城的架势，终于召回张斯斯最后一分清醒。

她当着好友的面给林深发最后一条信息：分手了就分手了，你去相亲吧。

然后，她将他所有的联系方式统统拉黑。

张斯斯后来悄悄找她继父给实习报告盖了章，在大四人烟稀少的女生宿舍里偷偷用小电饭煲给周念南煲骨头汤。

两个人的感情因此更好。

张妈妈只当两人是实习和学习辛苦，隔三岔五地安排司机送爱心补汤来宿舍。

张斯斯吃不下，周念南被迫一人接收两份爱，反而胖了两斤，还得在张妈妈面前帮着描补张斯斯的反常。

"我不是真的还想和他有什么，就是单纯好奇。看我们分开后，他过着怎样的生活。"张斯斯立刻讨好似的盯着周念南的眼睛，如果不是好友的强烈阻止，她现在的人生是否完全不一样。

周念南想到微信消息列表里面那个"正义吃瓜联盟"的群名，了然："然后呢？"

"就，特别没意思。他记录的那些账单，本来就是我自己花的钱啊，又不是花了他的。"张斯斯苦闷，不回头看不觉得，回望一下除了说自己"傻"还真没有其他更合适的词汇了。

有情饮水饱，相爱的人总是不计较得失地付出。

林深原本在驻地,一个月只有一次放假时间。

每个月都是张斯斯看着时间,订好机票和酒店飞过去。第一次见面对方给她订的酒店她印象深刻。

哪怕是在母亲离婚后那段时间,她也没有过太拮据的日子,至于现在,那自然更不愿意太委屈自己。

"难道他记下来,是想日后还你?"周念南往好了想,林深也许是个自尊心强的男人。

张斯斯叹气:"你把他想得太好了……还好现代社会电子支付还有证据,我把能找到的全发给他老婆了。他老婆后来发现,他炒股亏了钱,补不上那个窟窿,就翻出来以前恋爱时记的账,说是为我花的钱。"

周念南很快发现漏洞:"账目上的时间,和他婚后炒股的时间,也对不上啊!"

张斯斯不愿意再理会:"都拉黑了,不管什么目的。他后面借了别人手机发道歉短信……初恋如果留下过一点点好的印象,现在也完全消失了。"

"你现在才想告诉我?"现在是秋后算账时间。

感伤的氛围立刻消失,张斯斯突然笑了起来:"我今天就是感慨一下……"她脸上的神采又回来了,"觉得自己又成长了。"

朋友圈里那些"仅自己可见"的爱情凭吊也删掉了。

"我们两个的初恋,还都挺……让人难忘的。"张斯斯总结,"你知道疗愈一段情伤最好的办法是什么吗?就是开始下一段新的。延卿哥这种,你真的不想试一试?"

张斯斯信奉及时行乐,但周念南不一样,她需要顾及的太多,没法这么潇洒。

"万一好了之后再分手,你继续和你哥的前女友玩不觉得尴尬吗?"

张斯斯瞪眼:"那有什么尴尬的,又不是我跟他好!"

她和周念南识于微时,共同携手度过青春期的坎坷,这份友情的底色浸透她的生命里,谁也无法替代。

周念南为她的脑回路倾倒,还是摇头:"他应该见识过很多优秀的人,怎么会喜欢我?"

张斯斯:"要不是认识你,我都怀疑你在凡尔赛了。"

周念南的漂亮,即使在外国语学院这样女生数量压倒性取胜的地方,也是排得上名号的。现在的她褪去了校园里的青涩之气,如满墙的蔷薇盛放,正当时。

周念南笑了起来:"是是是,我们都最漂亮。"

一听就是在敷衍她。

张斯斯急了:"真的!你不相信你自己,也要相信他的眼光……不然人家能赚那么多钱?"

太过有理以至于周念南一时找不到反驳的话,干脆跳开这个话题:"那你呢?你准备好开始新的恋情了吗?"

张斯斯撑着下巴，看向远远走过来的江盟："我在犹豫，吃窝边草是不是不太道德？"

她切换了视频通话的镜头，江盟出现在画面里，平头、黑框眼镜、灰色连帽卫衣灰色及膝运动裤，单肩背一个黑色书包，手里拿着两份三明治。

张斯斯幽幽的声音响起："你觉得呢？"

周念南想了想："成了当然好。万一不成的话，他还会帮你盯作业吗？"她永远做最好的准备，和最差的打算。

张斯斯豪情万丈："两手都要抓，两手都要硬。"

周念南只在好友平常的描述和偶尔的视频通话里见过江盟，那个据说脑子超级好使的学习标兵，高高大大、沉默寡言，和热情热血的张斯斯是两个极端。

她叮嘱好友："我感觉他可能比较……保守。你用点儿策略，不要太猛了，细水长流、水滴石穿那种。"

张斯斯没有告诉周念南，她是无意间撞到他换衣服才起的意。

前男友那明显倒三角形的身形已经在她脑海里褪色，江盟看着普普通通的休闲装下面，居然掩藏着平平整整的六块腹肌。

张斯斯表面看着波澜不惊，道歉转身，脑海里却被男色占满，再看江盟的眼神就悄悄地变了。

留学生生活实在太苦闷，眼看着同来的小姐妹们天天在朋友圈和 INS 上灯红酒绿、纸醉金迷，她久违的玩心又蠢蠢欲动了起来。

山高皇帝远，此刻不玩更待何时。

周念南是做什么事情都认真的性格，张斯斯不想吓到她，自己的"吃"和周念南的"吃"，是两个意思。

"我还要去图书馆看书，学习搭子来了。你那边很晚了吧，你先睡。"

周念南挂上电话，才看到张延卿二十分钟前发来的微信消息：我到家了。

十分钟前发：睡着了吗？

五分钟前发：看来太累了。晚安。

她房间的窗户还是旧式的黄漆窗棂，窗框一直低到书桌的边沿。浅黄色的棉布窗帘垂挂在上面，底下影影绰绰透进来路边街灯的灯光，夹杂着偶尔路过的车声呼啸。

一切都很温柔。

她在回复框里输入：晚安。

点击发送。

一夜好眠。

第四章

真心是勇敢者的 bonus

张延卿的动作很快,第二天就将和设计师敲定的会面时间告诉了周念南。他解释:"这边到时候要看房子再做设计,也需要时间。早了解好需求,推动得也快。"

周念南深以为然。

杨川哲公司的装修团队已经进场,开始做楼上房间的主体拆改。楼下的商铺也不等人。

她换上衬衫、扎上马尾去海市,在车上薄涂一层正红色口红,整个人顿时水灵灵起来。

碰面地点在海市 CBD 的一家咖啡馆,她到的时候,张延卿和一个女子已经到了。

两人挑了咖啡馆最角落的位置,谈笑风生的样子,显然颇为熟稔。

张延卿站起来为两人做介绍:"这是周念南,张斯斯的好朋友。"

"汪羽,云集建筑设计事务所的创始人,也是我的高中同学。"

汪羽原以为会看到一个玫瑰般艳丽风情的女子,没料到来人这么年轻清明,看到她就笑眼弯弯伸出手来:"汪羽姐,你好。"

声音清甜,像夏日树荫下的淙淙流水。

汪羽自从和江初礼分手后就很少和他们这一拨老同学碰面,可毕竟是高中同学，家里人又都互相认识，张延卿一打电话给她，应承了他新公司的装潢设计交给她的公司来做，她便立刻改了行程就从大理飞了回来。

前男友算什么，没有人会和生意过不去。

张延卿大概也是直接从办公室出来，还戴着眼镜，他看向周念南："你喝什么？"

周念南不好意思让他去帮自己点咖啡，说："我自己去就行。"

"你们谈。"他已经站了起来，"奶咖可以吗？"

"行，谢谢延卿哥。"

汪羽一袭波西米亚风长裙配小羊毛卷短发，整个人摩登又潇洒。

她拿起手边的咖啡抿了一口："张延卿刚刚跟我说过你家的情况，你有店铺的照片可以先给我看看吗？"

都是直接做事的人，两个人很快进入状态。

张延卿从吧台端着咖啡回来，看到的就是汪羽对着电脑里的照片做解释说明的样子。

"……旧铺改造虽然面积小，但改好了也能提升整个街道环境的空间体验。我们可以考虑这样，门头做东方气质的设计，保留店铺里面柱体的原饰面和墙体的火烧石……"

周念南面露崇拜地紧盯着对方。

他将咖啡放在周念南的右手边，又起身将座椅往后挪了一些，腾出更大的空间留给两个人。

他的正前方就是周念南，抬眼就能看到她柔和的侧脸。

汪羽刚刚知道老同学的心思，拿那么大的工程给她的公司，只为交换这么一个迷你到不能更迷你的旧铺改造设计。

她和江初礼谈恋爱的时候，张延卿单身；她现在都不知道谈过多少任了，张延卿才终于有了苗头。

她趁周念南看她给的案例图示的时候，拿起手机给张延卿发微信：收收你那不加掩饰的眼神。

张延卿笑了笑，低头回江初礼的信息。

CBD 商务打扮的男人很多，但张延卿个高腿长，加上上位者的气质突出，在一众衬衣男中颇为夺目，很快被他公司的人认出来，偷拍了一张侧脸照放群里，特意艾特崔秘书：工作不到位啊，还要小张总自己来买咖啡。

张延卿不在员工私下的群里，江初礼却很快通过自己的秘书知道了，给他发来消息：你不是戒咖啡好久了吗？

他回：给周念南买的。汪羽也在，来叙叙旧？

江初礼摇头：前女友还是算了，让然然知道不好。

聊了一个多小时，汪羽抬手看看手表："你的需求我了解得差不多了，明天我安排助手去实地看一下,到时候再出方案给你。"

　　老同学的交代,她尽心尽力问清每一个细节,助力月老的红线绑准每一对有情人的手腕。

　　对上一旁张延卿虎视眈眈的眼神,她又补充:"我会尽快,不耽误你的装修安排。后续还有其他想法,也可以直接和我联系。今天还有其他事情,我就先走了。"

　　来去都像一阵风。

　　只剩张延卿和周念南两人。

　　张延卿看着她:"一起吃饭,粤菜还是本邦菜?"

　　周念南渐渐发现他的狡猾之处,他如果问"我可以请你吃饭吗",拒绝和答应的概率一半一半;可是他跳过"是"或者"否"的选择,直接问晚餐的安排,默认她会和他一起。

　　好在周念南也不抗拒这样的安排,他帮她解决了目前手头的麻烦,这样的人情不是她请一顿饭就可以还得起的。

　　她选了粤菜餐厅,离咖啡馆不远,在隔壁商场的七层。

　　张延卿双手插兜站她旁边。

　　最热的时候已经过去,早晚的温度降下来一些。

　　周念南穿得没有之前那么正式,白色彼得潘圆领衬衫,配湖蓝色牛仔长裙,纤腰细细一把束在里面,圆头小牛皮平底单鞋露出细白的脚背。

　　电梯门打开,流水一般涌进来好几拨都市男女。

　　前面的男人背了一个电脑包,鼓鼓囊囊,转身站定的时候堪堪擦过周念南的鼻尖。

　　她退后一步,背贴到电梯上。

　　斜侧里伸出一只手,拉住她的手腕往他身边带了带,她的视线落在他的手臂上。狭小的空间,亲密的距离,她甚至能感受到对方身上的热气。

　　直到电梯"叮"的声音显示到达,他才松开她的手腕,热气传到周念南的脸上,腾腾冒了上来。

　　前台的迎宾将他们带至靠窗的两人位。

　　窗外是一览无余的江景,夏日的晚霞还在留恋着天空。粉紫色与橙色晕染天际,温柔的光线洒了进来。

　　室内是挑空设计,原木色的弧形吊顶上垂下来造型简约的灯。

　　出餐区位于餐厅的最中间,被透明的大块玻璃分割开来,白色厨师服的工作人员在蒸腾的白色热气里忙碌,高高低低的绿植错落有致圈在外围,搭配暖色的灯光,视觉层次感分明而通透。

　　周念南正在努力消化这些天自学的装修成效,不由得感叹:"这家店好漂亮啊。"

两人之间似有若无的荡漾气流被冲淡，话题很自然就从装修开始。

黄昏是一天中人最放松的时刻。

了却了心头一桩大事，周念南紧绷的神经也松懈了下来，单独面对张延卿也不如之前那么拘谨。

乳鸽表皮焦脆，内里汁水饱满，烤得恰到好处。

招牌虾饺皇晶莹剔透，虾肉鲜嫩弹牙。

清蒸石斑鱼细嫩清淡，甜香四溢。

．．．．．．．．．．

一不小心就吃多了，天鹅榴梿酥和杨枝甘露最后上来的时候，周念南真的很为难："我吃不下了……"

张延卿表情很自然地看着她："你现在太瘦了，还可以多吃一些。"

电梯里他站在她的侧后方一点点，一垂眼就看到她的腰肢，好像春天摇摆的柳树枝条，柔软、纤细到让人心疼。

周念南脑袋里那根弦"啪嗒"一下断了，电梯里的热气仿佛又回到了她的脸上。

始作俑者却浑然不觉，他甚至还多点了两份点心，又要来两个打包盒："那……带回去让外婆试一试？这种中式点心以后你家店铺也可以考虑。"

一下打消了她想要制止的心。

刘特助不知道自己今天什么运气。

他今天加班，约了女朋友在公司楼下吃晚餐。

吃着吃着……老板的身影映入眼帘。老板今天下午走得早，他还松了一口气。

他的位置，好巧不巧正对着收银台。

张延卿日常不是苛刻的老板，只是对工作高标准严要求，身边的人从来不敢分心。这也和他日常对外的形象一致，缜密、严肃、冰冷。

此刻那个不苟言笑的老板正拎着打包盒，侧头看向身旁的女生说着什么，脸上的笑容浅淡温和，眼睛却一秒没有从她身上挪开过。

刘特助发誓，老板看到几十亿美元的投资项目都没有那样的缱绻目光。

有人匆匆经过，老板眼疾手快地将那个女生往自己的方向拉了一下，然后站在了她的右侧——用身体挡住过道上的任何可能性。

激动的心，颤抖的手，他想起崔秘书前些天的明示，正要伸手摸桌上的手机。

猝不及防看到老板的眼神扫了过来，平静无波。

他立马顿住。

老板微微颔首示意，绅士手虚虚护在女生的身后进了电梯，浑身散发着端方君子的圣光，和粉红色的泡泡。

周念南不知道这段小插曲。

从餐厅出来，天色已经完全黑了，路灯和霓虹灯闪耀，人群熙熙攘攘。

有人在叫卖造型可爱的气球花，有人十指相扣从他们身边经过，市中心的夜生机勃勃，仿佛才刚刚拉开帷幕。

不久之前，她还是这样的生活里的一员，现下完全换了个样。

周念南要去取车，然后回森安。托眼前人的福，这一趟收获满满。

她正要抬头感谢，对方比她先开口："我去买水，你在路上喝。"

片刻的错愕，她很快回过神来："好啊，谢谢。"

等待的时间总是免不了思维发散。

周念南在久远的记忆库里搜索，想从有限的资料里翻出一星半点和张延卿喜好相关的事情。

张叔叔在餐桌上抱怨他异想天开的嘟囔，张阿姨惆怅他相亲对象的人选，最多的竟然还是张斯斯的各种气鼓鼓和口不择言……

有人轻轻拍她的肩膀，她下意识地回头。

满满一束向日葵，点缀着绿色的喷泉草和柔美的白色洋甘菊，热烈盛开的黄色花穗齐齐向上喷涌，绿色的茎杆下端被白色蕾丝整齐缠绕，薄雾似的透明缎带轻轻巧巧打了个蝴蝶结点缀其间。

热烈又温柔。

她视线往上，锋利的喉结直直映入她的眼帘，再往上，是对方同样热烈又温柔的黑眸。

"看到这束花，觉得和你很相衬。今天我很开心，希望你也是。"

热风夹杂着他身上清冽的气息，混合着花香，团团将她围住。

周念南捧着花，嘴角忍不住翘了起来，长睫扑闪像蝴蝶翩跹。路灯和霓虹灯的光照在她莹白的脸上，如流动的月色一般，但比月色更动人。

涌动的人群里有人吹了一声口哨。

有人在起哄："在一起，在一起。"

男人高大，女人纤细，捧着一簇耀眼的向日葵。

他正侧头和她说话，表情温和，而她在笑。

两人之间流淌着无声的契合，是路过的行人都要为之侧目的一幅美好图景。

柳承志只恨自己眼神太好，在茫茫人海里一眼就看到了周念南。

他和相亲对象按部就班地多见了几次，如他母亲的要求。

对方对他的情况满意，两人心照不宣地约了几次，这次是她提议说："市中心新开了一家川式火锅，我们去试试吧。"

她在高校当辅导员，有一套按揭中的房子，有一辆代步小车，有可以在身后鼎力托举的体制内双亲，有亲切温和的笑容。

一切都在"对"的路上，只除了他像丢了很重要的东西，飘飘忽忽踩不到实处。

倘若周念南知道前任现在的想法，也要啐他一口，红玫瑰还是蚊子血，端看他有没有得到罢了。

"你也在看那一对吗？他们看上去……挺般配的。"秦思文察觉到柳承志的走神，顺着他的眼神往马路对面看，"收到花总是让人开心。"

俊男靓女在哪里都是很吸引人眼球的。

他艰难地从嗓子眼挤出一声干涩的"嗯"，原本是他站在她的身旁。

红灯显示还有三十七秒。

她好像瘦了一些。

三十一秒。

她下巴尖了，头发长了。

二十五秒。

她笑眼闪闪发光，脸上有不同的神采。

她每次说到喜欢的东西就眉飞色舞，像现在这样。

十九秒。

她低头闻了一下花。

……在一起的时候，他好像从来没有送过她花。

十一秒。

风吹乱了她的头发，她抬手将碎发别在耳后。

……她的手上没有戴他们一起买的手表。

三秒。

她往这边看了过来。

绿灯亮了，该往前走了。

柳承志突然紧张到口干舌燥，他机械性地随着过马路的人流往前走。

她身旁的男人身体前倾，微微侧身挡住对面的人流，一种全然保护的姿态。

他走过他们身边。

她的眼神没有在他的身上停留一秒，她甚至没有看到他。

反而是她身边的男人，淡淡地看了他一眼。那个眼神，柳承志瞬间想起来，是翡翠阁楼下的那个人。

两人无声无息地对视一秒，他读出对方眼里的厉色和占有欲。

周念南完全没有留意到前男友的身影，张延卿也不提，已经是过去的人，何苦叫她再分心想起。

她的一颗心如同被泡在花香里，暖融和煦。

她心说，"冷冰冰"这个词一点都不适合张延卿，他应该叫"热烘烘"，不然她的脸怎么这么烫。

路灯下，两个人的影子叠在一起，人流时不时将他们挤在一起，她的肩膀擦着他的手臂。

"回去要开车一个小时，我送你。"张延卿从来没有哪一刻希望，这条路长一些，再漫长一些。

周念南笑出声来："……然后我再送你回来？"

路灯投映在她的眼眸里，像挂在天上的星星。

"就当远一点的通勤路，很快的。"她拒绝，"你已经帮我很多了，谢谢延卿哥。"

"延卿哥"三个字，将张延卿拉回现实。

她一直这样称呼他，好朋友的哥哥，这是她划定的安全距离。

没有哪一刻，她对他，是女人对男人。

他突然想到刚刚看到的人，她是不是还沉浸在上一段感情所受的伤害里，还没有准备好接受另外一个人进入她的生活。

周念南坐回自己的车里，将打包盒和花放在副驾驶座上，今天晚上有点儿超过她的承受范围了。

向日葵独有的面包焦香味在车厢里散发开来，她拿出手机，向日葵的花语是——入目无他人，四下皆是你。

浪漫又惆怅。

她不是不谙世事的小女生，他展示了太多自己的特质，克制、得体、尊重、维护……而现实是具体的墙，她不能这样放纵自己撞上去，否则受伤的会是自己。

回去的车程一个小时，足够她冷却下来。

成熟男人自带恰如其分的温柔，周念南不确定自己每次都有这样足够的定力。

好在现实里的事情足够多，她很快就没空想这些了。

汪羽说的助理是个清秀颀长的帅哥，第二天就开车带着团队过来。

小小一个旧店铺，站了四五个人。

有人量房，有人拍照记录屋内屋外的情况，甚至还有人徒步查看了周围一公里范围内的其他店铺情况……而汪羽的助理，拿出一套……调查问卷。

他解释道："我们需要快速了解业主的需求，这个填写的过程，就是你对你家商铺的重新梳理，也是对颜色、风格、功能选择和取舍等的再一次思考。当然，后续我们的设计如果没有按照你的选择来，我们也会和你解释。"

周念南表示理解，这一套动作让她感受到了专业性。

楼上正监工的监理也站在一旁，若有所思。

周外婆似懂非懂，悄悄将她拉到一旁，不无担忧："他们这个，是不是很贵的？"

周念南不想让外婆担心："不贵的，是延卿哥他们公司熟悉的设计公司，给的友情价。"

她不用想也知道,张延卿在其中做了什么,才会让人以普通设计公司的价格来接她这个小 case。

张延卿正坦坦荡荡地在办公室里看书。

《孙子兵法》被压在最下面,上头好几本封面花里胡哨的书,《如何让你爱的人爱上你》《男人来自火星,女人来自金星》《亲密陷阱:爱,欲望与平衡艺术》……

刘特助敲门进来找老板签字。

事关老板私生活,他不知道自己是假装没看到那些书名好,还是镇定自若地顺势和老板聊几句。

但明确的是,老板的爱情之路尚未成功。

反倒是张延卿,检查完他递上来的数据无误,大笔一挥签下名字。

"你和你女朋友怎么在一起的?"他捏着文件递给刘特助,表情冷静得像在说今天天气如何,"当然,你要是不想说可以不说,只是闲聊一下。"

刘特助连着好几年的公司年会都带了女朋友出席。张董有一年拿他当真实案例吐槽张延卿:"事业做得再好有什么用,过得跟个孤家寡人一样。你们在他身边工作也说说他,谈一个也行,也没要求他马上就结婚。"

刘特助哪敢接大老板的话,只能开玩笑般打圆场:"老板还年轻,哪能这么早就定下来。"

眼前这个问题,他倒是能回答:"是大学隔壁系的师妹,两个班联谊,后面一起约着自习了几次,就在一起了。"

一起自习,有共同目标和爱好。

张延卿手指敲击办公桌,是个参考思路,比江初礼的馊主意要好。

他表情严肃,像在思索。

刘特助大胆发言:"是昨天餐厅的那位吗?"

张延卿抬眼看过来,他眉眼锐利,不笑时有种不怒自威的压迫感。

刘特助意识到自己的问题越界了,试图找补:"……我是说,老板娘。"

这三个字大大取悦了老板,他眼见着老板如雪山融化后的春日湖水般,突然就柔和起来:"……暂时还不是。"

语言的艺术。

现在还不是,但迟早会是的。

刘特助深藏功与名,关上门离开。他迫不及待要去找崔秘书共享一下情报信息。

现实很快兜头给张延卿一勺冷水。

接下来一周的时间,他都没有能好好和周念南说上几句话。

有一次他直接开车过来,对方却没有接听电话,还是周外婆出来告诉他,周念南已经睡下了。

周外婆不好意思地告诉他:"她这几天忙到脚不沾地,早出晚归,黑眼圈都出来了。"

周念南跑了两趟汪羽的公司,敲定了商铺的最终装修图样,又跟着杨川哲跑遍了海市大小的装修建材市场选建筑材料。

大的品类如地板和板材,墙砖、木门、乳胶漆那些,可以在他们公司选现成的。但楼下商铺的装修不一样,中央空调、窗户门框、玻璃、直饮水机……这些,全要提前订好,留够尺寸。

家里只一老一小,外头的事情全是她自己上手,周外婆在家里盯着装修工地,各有分工。

周家的旧房终于在沉闷的砸墙声中开始了装修。

施工还是由杨川哲的公司负责,汪羽的助理跟着她回了森安,专门和人开了一个会交代注意事项和材料选择。

她还对杨川哲抱有一丝愧疚,没有选择他们公司的设计而是另外找了其他。

杨川哲和年轻的设计小哥反而掉头过来安慰她:"人家的设计确实比我们好很多,我们还可以跟着免费学习呢。山外有山,人外有人,难道比我们好的我们就都不高兴啦?"

周念南放下一颗吊着的心,跟赵桥吃夜宵的时候忍不住夸对方:"难怪他的公司在森安能做这么大规模。"

赵桥没有料到她的动作这么快,短短时日已经确定好装修方案搬家动工了。

她看着周念南手机里截的商铺效果图赞叹:"你这个店装修好肯定好看。这就是私人定制和大众模板的区别,杨川哲他们公司比不上的。"

周念南指给她看院子靠墙的角落:"到时候这边我再搭一个架子,种满爬藤蔷薇,拍照或者纳凉都好看。"

赵桥替她高兴,说:"到时候我要是还没有相亲成功,就把相亲地点换你店里来,借点儿桃花运。这个设计贵吗?要是价格可以接受,我以后结婚的房子也想找他们设计。"

周念南放下手里的绿豆汁:"要不等你先相亲成功再来考虑结婚和房子的事情。"

她没有回答赵桥关于设计费的问题。

……她在搜索引擎上搜过汪羽的公司,简洁的名字下一大串耀眼的获奖记录和得奖作品。她上一个作品是苏州那边一栋过亿的园林别墅。

之后心里头沉甸甸的。

她知道,张延卿在乎的,绝非这个人情,而是其他。

周念南很快将手头的事情汇总成一张详尽的项目进展跟进表,装修的每一个小项目分颜色标注,清晰明了。每天晚上更新打印出来,挂在客厅的小黑板上。

这是她的习惯,每件事情心中有数才觉得安定。

因为装修,周外婆也跟着受累,但精神头是极好的,每天出门买菜回来都灵感满满:"咱们家铺子以后可以做糖莲藕、猪油芝麻汤圆、白玉糕……小时候你可爱吃了。"

一切都在朝着好的方向发展。

她跟外婆交代:"我晚上叫了赵桥他们吃饭,等会儿先出去。你不用给我留饭菜。"

几个人约在河边的小酒馆里。

周念南叫了赵桥和杨川哲,刘佳阳带着他的女朋友孟真。

小城市的好处是,之前不认识,坐下来聊两句就发现,你的同学和我家亲戚都沾着边。

刘佳阳读书不行,社交很行,坐下来不到几分钟就和杨川哲热聊上了。

周念南坐在赵桥和孟真中间。

孟真穿一件连体牛仔短裤,长腿瞩目,一坐下来就对着周念南笑:"阳哥跟我说巷子里他妹妹最漂亮,我还以为他吹牛。"

热辣辣的小龙虾端上来,夏夜的风里,几个年轻人的局很快热络。

周念南举起手上的啤酒罐:"庆祝我家装修顺利推进,敬大家,谢谢你们的帮助。"

酒过三巡。沁凉的酒水下肚,微微回甘,她才借着酒意在小伙伴们面前吐露心声:"又开心又紧张。开心的是,装修终于启动;紧张的是,装修费用真的没有上限……"

杨川哲已经很贴心地给她做了详尽的报价清单,尽量为她做节约的打算,这还是在家具电器没有进场的情况下,眼睁睁看着十几万哗啦啦花了出去,还有一堆后续的尾款没有付。

她的存款和外婆给的钱,估计撑不到装修结束。

"装修这种事情,就是得陇望蜀。"杨川哲自己是老板,替她总结,"市面上总有更好的产品,诱惑你花钱升级。"

周念南感同身受。

地暖的锅炉你选冷凝还是常规?进口还是国产?日系还是德系?

中央空调你选哪个系统?哪个品牌的压缩机?几匹?一拖几?

每一个选项的升级,都是金钱的力量。

孟真一边剥虾一边给她出主意:"你考虑做自媒体吗?我看很多人在网上记录自己的生活,吃吃喝喝的就粉丝很多。你这么漂亮,也肯定可以。"

赵桥附和:"对啊,这个主意好。账号做好了就可以接广告了,以后还可以介绍你自己的店。"

周念南在私信里被迫见过猥琐男,自此不在社交媒体上发自己的照片。

但孟真和赵桥的话给了她启发,新店以后要做甜品和咖啡生意,可以前期通过账号预热起来。

　　旧铺 before&after 的对比、改造的过程，这些都是吸引人的素材，还有店铺准备开业的过程……既是记录，也是推广。

　　她喜出望外："果然人多力量大，又拓宽了我的思路。"

　　她马上打开手机的备忘录记录灵感，然后跟大家碰杯。

　　生活总是这样，十八弯，又总有一点希望的光在前头。

　　去买单的时候，老板努嘴："那边的帅哥已经帮你们付过了。"

　　周念南顺着老板的手势看过去，一桌七八个青年人，其中一个穿深蓝色T恤的青年举起手里的啤酒杯向她示意。

　　她顿了一下，认出来那是之前相亲的对象，贺方。

　　旁边的同伴察觉到他的视线，纷纷看了过来。

　　美人在灯光下皮肤晶莹剔透，一双乌黑的眸子正望向他们。马上就有他的同伴打招呼："美女，来喝一杯啊！"

　　周念南面无表情地打开支付宝，给贺方的电话号码充了八百块，觉得还是得跟对方说清楚：又欠你一顿，不好意思。我给你充个话费吧！

　　然后和大家一起走了出去。

　　赵桥已经见怪不怪了："又是追求者啊！"

　　这是长得好看的人的烦恼。

　　周念南摇头："相亲对象，见过一次。"

　　刘佳阳挠头："那个，对不起啊，我奶奶她……"

　　周念南笑："没有你奶奶，也会有其他人介绍的。只是现在我还不打算谈恋爱，家里这一堆的事情。"

　　杨川哲站一旁抿嘴。

　　他现在才知道周念南没有男朋友，朋友圈里那个显然已经分手，都开始相亲了。

　　从前他没有机会，现如今看他还是没有机会，人家从头到尾当他是同学相处。

　　手机振动，周念南低头看消息，对方回过来：我朋友不会说话，我替他道歉。

　　贺方：我们之间可能有误解，能不能再给我一个机会解释一下？

　　…………

　　她干脆设置了"消息免打扰"，世界清净。

　　到家的时间还早。

　　猪咪委屈巴巴地趴在她脚下，这几天都是周外婆拉它出去遛弯。周外婆走得慢，猪咪活泼的性子被压制，一看到主人就撒娇，呜咽着诉说无尽的委屈。

　　她突然想起来小某书给她推荐过的萌宠账号，心里头又是一个主意。

　　猪咪也可以吸粉，谁能拒绝一只白白似云朵的耶耶呢——记入笔记里面。

她又出门骑了半小时的自行车，拉着猪咪在夏夜里尽情地跑了一圈。

回家敷上面膜。

张斯斯垂头丧气地来跟她的爱情顾问汇报自己毫无进展的一周："我觉得他可能不喜欢我这种类型。"

她今天没课，拒绝了同屋小姐妹邀她一起去逛街的邀请，一脸沮丧地呆坐床上。

头发没梳，脸也没洗，随随便便套了件卫衣，和她每天妆发齐全、精致穿搭的形象完全不同。

这是头一遭周念南在好友脸上看到她为学业之外的事情苦恼。

周念南在腰后垫一块小毛巾，又将长腿搁在墙上舒缓小腿的肌肉酸痛，沉吟道："发生了什么，具体说说。"

这一周，张斯斯格外注重内外兼修。

她的每日穿搭都提前搭配好，发给周念南把关，务求打造一个"柔而不弱艳而不妖"的形象。

教授交代的作业也自己做，实在不会就跳过江盟悄悄找其他同学。努力上进、独立自主，是她冥思苦想为自己立的新人设。

"他就来问了我一次，是不是有什么不舒服。我回他说，学习是自己的，我想通了，还是得靠自己努力，不能靠歪门邪道。"

双管齐下。

但她好几次偷瞄到对方看她的眼神，不是欣赏，而是疑惑。

张斯斯自觉除了学业上不大长进，其他的长相和身材都很拿得出手。

"可能学霸的喜好，是另一个学霸？那是我永远无法到达的领域。"

周念南在这头笑到发抖："我早说你成语不要乱用。歪门邪道是用在这里吗？"

张斯斯马上来了精神："是我不谨慎了……我要不要再改变一下策略？"她"唰"一下脱掉身上的宽松卫衣，露出里面的小吊带，"稍微露肤一点？"

周念南一直知道张斯斯本钱雄厚。

高中军训时，洗手间位置不够，洗漱时间又短，女生们商量好两两一起洗。周念南和张斯斯是一组。

她拦住张斯斯："我看江盟的长相，也不像这么肤浅的人。你再探探他喜欢的女明星形象？或者前女友？"

张斯斯叹气，说："这个功课我早做了……翻了他的手机，干干净净，只有学习，偶尔打打游戏，还有跟他哥学投资。那个我看不懂。"

"他的手机你都能随时翻？"周念南深感被骗，"这么重要的信息你现在才说……除非他还有另一部手机，不然你就这个样子出现在他面前，他也会拜倒在你的卫衣外套下的。"

张斯斯将信将疑,磕磕巴巴:"可是,他对其他女同学都一样啊!"
"也随便给人看手机?补功课?"
张斯斯揪着发尾,纠结:"那倒也没有……但是,盯着我学业这事不是延卿哥交代他的嘛!"
周念南觉得好友的营养都补在胸口上了,她从床上爬起来,面膜时间结束。
"你是不是又瘦了?"张斯斯发问。
周念南将手机架在书桌上,转身去拍乳液。简单的白色棉质睡裙,细细的腰肢,笔直的腿。她自己没多大感觉:"还好吧,可能最近事情太多了。"
"那你钱还够吗?"除了这件事,张斯斯想不出好友还在为什么烦恼。
真正"人在大洋彼岸,心系国内群众",她自己的房子装修是过了百万的,继父掏钱,她只管选自己喜欢的。
周念南再能干,也是才二十五岁的人。同样年纪的她还拿着母亲的副卡生活,她的好朋友却要承担起家里的一切。
"暂时还够的……不够我再问你借。我现在手头的事情理顺,打算去接一些翻译工作。店铺这边再运营一个自媒体账号,看看效果如何。"
张斯斯注意力的重点就被带偏:"我家有设备,你看你用得上哪些,尽管去拿。等我回国你是不是就成大 V 啦?"
周念南今天才起了这个念头,还没规划好,倒是不合时宜地打了个哈欠。她摇头:"今天才想到这个的。"
张斯斯想到国内的时间,约了两人下次视频再详谈,这才挂了电话。
她没有告诉周念南的是,张延卿找上她了。
塑料兄妹日常联系很少,张斯斯给他的微信消息全是群发,逢年过节祝福一下,走个过场。
他在微信上问张斯斯:她是不是躲着我?
一个"她"字,双方心知肚明指的谁。
张斯斯大喜过望,翻身农奴把歌唱:你做了什么她要躲着你?
张延卿沉默,半天才回:什么都没做。
张斯斯决定大发善心为他指一条明路:那你先给我买一个包包。
她美滋滋地翘着手指头,数了一下银行卡余额,才慢条斯理地打字回复:她是认真的人,玩不起这种感情游戏。
没有正面回答他的问题。
张延卿盯着手机,他得到了自己想要的答案。
对方是一只蜷缩在壳里的谨慎小蜗牛,轻易不肯探出触角。
山不就我,我自就山。
搞投资的人,最不怕主动。
这场对话里最高兴的是张斯斯,她本来只想要一个包的花销,但张延卿很上道,一听到包的品牌就给她转了双倍的价格:不是还要配货吗?

他本来不知道的,架不住江初礼这个爱炫耀的人主动显摆身上的衬衫,美名其曰:为了女朋友的买包事业全力以赴。

张斯斯不知道他的消息来源,只以为这位继兄无所不能无所不知。

抛开他和她的关系不说,这么多年同一个屋檐下的了解,张延卿严谨自律又事业有成,除了个性冷淡……其他方面都算得上是优质对象的不二人选。

这不比柳承志那个前任好很多吗?周念南下一个男朋友一定要全方位碾压他!

她越想越开心,忍不住要为未来的嫂子谋福利:她喜欢身材好的,最好有腹肌那种。

周念南喜欢金城武,金城武脸好、身材也好,四舍五入她喜欢身材好的。

这话合情合理,语文老师来也挑不出毛病。

讲完,她一本正经地继续撒谎:我要去做作业了,想起其他的再告诉你。

两个人的对话周念南毫无所知,有了新的思路,她晚上睡得很好。第二天醒来只觉得神清气爽,窗外叽叽喳喳的鸟叫都觉得悦耳。

美中不足的是躺在手机里的一条微信,来自张延卿。

他问:你是在躲我吗?

周念南一边刷牙,一边盯着手机思考如何得体地回复。

她不能装傻充愣继续得人家的好,又不能任由这样的感情继续发展……纠结半天不知如何回复,干脆心一横收起手机下楼。

她在楼梯间闻到红豆粥的香味。

算下时间,小日子就在这几天了。外婆每个月都把这当大事情看待,提前几天就开始备红豆粥,各种养气血的红枣桂圆都加进去,生怕她肚子疼。

止痛药那些在外婆眼里,都不如食补的疗效好。

只是客厅的餐桌上坐着一个她意想不到的客人,那条她还没有回复的微信发件人。

晨间的太阳从大门口照进来,在地板上留下光亮的长方形影子。

客厅里亮堂堂,张延卿坐在椅子上和周外婆说着话,他的侧脸实在优越,鼻子英挺,下颚线清晰,骨节分明的指间正剥着鸡蛋壳。

两人同时转头看向她。

周念南一时有些慌乱,她今天没有化妆,素着一张脸下来的,面上却不显:"外婆早,延卿哥早。"

周外婆正要站起来给周念南盛粥,张延卿轻轻地按住她的手臂:"外婆,我来。"

她欣喜地打量外孙女的脸色,关切地问:"昨晚是不是睡得好一些了?我看你到点还没有醒就没有叫你,多睡一会儿好。"

一碗热腾腾的红豆红枣桂圆粥摆在她的面前,斜里递过来一只细腻的白瓷勺。

她垂着眼睛接过:"谢谢延卿哥。"又回外婆的话,"你看,黑眼圈都没有了。"

张延卿光明正大地顺着她的话打量她。她皮肤底子好,肤色又白,黑色长发柔顺垂落,脸上还有睡觉时压出来的浅浅印子,柔和得像一只刚刚破壳而出的雏鸟,湿漉漉、软绒绒。

大约是他盯的时间太久,周念南终于憋不住回看他:"延卿哥今天怎么过来了?"

他的眼神太过锋利,她很快转移视线盯住碗里的早餐,红豆饱满,去了核的红枣鼓鼓囊囊,舀一勺轻轻吹气。

周外婆替他答:"今天初一,我们要去仙人庙拜拜的。小张也去,给他公司求求运程。"

周念南卡住,她抬头看向对方含笑的眼睛。

……给其他公司留条活路吧!

张延卿挑挑眉,视线挪到她的嘴唇上,又润又红。

他将手边的碗推过来,里面放了两颗剥了壳的鸡蛋,接过周外婆的话:"也祈求其他事情能够得偿所愿。"

语带双关。

周念南埋头吃早餐不再吭声,甜粥绵软,白煮蛋鲜嫩,她一口鸡蛋就一口粥,慢慢吞完。

也吞下所有裹挟在空气里不动声色的情感流动。

周外婆难得遇到这么投契的年轻人。

她是初一、十五都要去庙里拜拜的人。人力所不能够着的命运之处,她相信自有其他的力量可以抵达。

张延卿向周外婆讨教拜菩萨的讲究,表情诚恳、态度谦逊,和谐得像是一家人。

既然是三个人一起去,就不能再开周念南的小 Mini 了。

三门版的车,买的时候只想到她和外婆,从未考虑两人之外的选择,后排上下不方便,她一直当储物空间在用。

张延卿义不容辞地担任了司机一职,开他的车过去。

仙人庙在森安郊区的西山上。

周念南扶着外婆拾级而上,青砖小路的两旁种满了青翠的竹林,旁边的清流淙淙,日光透过竹林的缝隙洒下来,照得水面金光闪闪。

走了十来分钟到山顶上,古朴静谧的庙宇古朴静谧,与红墙绿苔相得益彰。

因为是初一,庙宇前有些热闹。

周外婆熟门熟路地去了一侧的香火摊前买香烛,还指点张延卿:"你第一次来，拜菩萨讲究诚心不讲究价位，买中档的就可以了。"

大殿依山而建，轴线笔直，飞檐斗拱，威严自现。

殿前的炉鼎里香火旺盛，三尊高大的佛像默然而立，眼似睁半睁，慈悲温柔。

庙里的虔诚香客人数众多，却都安静默默拈香朝拜，悬挂在半空中的密密香屑时不时从火星的闪烁里落下来一点点。

张延卿很快按照周外婆的指导拜好，周念南比他更早结束，站在大殿外的屋檐下。

"延卿哥，你信这个吗？"

曾经年幼的她也在这里相信，菩萨会听到她的祈求将心愿带给大洋那头的母亲。

夏日的阳光直直向下倾注，投射在庙宇前的大炉鼎里，火光和烟雾一样耀眼。

张延卿低头看她，外头的光线刺目，照亮她粉黛未施的脸庞。

"我信神明只是指引，不是解答。"清晰到笃定的语气。

这句话她似懂非懂，但周外婆很快来找她："来，跟我到菩萨面前来。"

周外婆拉着她跪在蒲团上，瘦小的脊背虔诚伏下，周念南听到外婆的喃喃低语："南无大慈大悲观世音菩萨，愿您慈悲做主……"

这个世界如果真的有神明，那也应当是外婆的模样，以已肉身，护她二十多年的安康。

回程的路上，周外婆颇为不好意思："耽误小张你的时间了，午餐就在我家吃，可不许拒绝了。"

寺庙离森安车程半小时，一来一回就一个小时。

张延卿追周念南在她面前过了明路，她虽然不干涉外孙女的选择，但她知道周念南前一段感情分手的原因。

眼下这个年轻人，家境显然比自家好太多，却没有透露半分看不起的意思，反而更积极主动来帮忙，就这一点，显然比柳承志更合适。

她琢磨着这次得擦亮眼睛，找个人品好的，会心疼人，这样外孙女的日子才好过。

周念南隐约知道外婆心里的小九九，她窝在外婆身上，悄悄打了一下外婆的手背。

周外婆低声训她："人家开一上午的车了，还不叫人吃个饭。要是有合适的，先接触一下。年纪轻轻多谈几个才好选择。"

她没有料到外婆的观念已经如此先锋。

抬起的视线正好和张延卿看向后视镜的眼神对上，对方眼神灼热，似乎听到了她和外婆的对话。

周念南像被烫了一下，飞快地看向窗外，假装无事发生，只留一对红通通的耳朵泄露了心事。

到家的时间差不多十一点，正好赶上去菜市场买菜收个尾。

周外婆不让周念南跟着："买菜又不花力气，你先带小张回家坐坐，休息一下。我马上回来。"

从前住在巷子口，现如今搬到巷尾。周念南没有勇气在这样的时间和他单独走完一条巷子，邻居的热情问候让她心虚。

"你还没有回我的微信。"两人隔着不远不近的距离，从路边的停车位往巷子的方向走。

夏天的温度透过树叶照在裸露在外的皮肤上，微微发烫。

"你在躲我吗？这一个星期，你一直在忙。"对方语气幽怨，夹杂着失落。

周念南下意识地摇头否认："没……"

下一秒，手机铃声响起，她松口气正要去按键。手腕突然被身边的人握住，他离她很近，幽深的黑眸直直地盯住她："你先回答我的问题，再接电话。"

他的手掌干燥而有力，被他牢牢圈住的手腕肌肤像在发热，过近的距离放大了她的感官感受。

她抬头望进对方的眼里，平静的眸子里汹涌着呼之欲出的情感，她张嘴："……延卿哥。"

像是受了惊吓，声音轻轻软软带着不易被察觉的发抖，像羽毛一样扫过他的心上。

手机还在振动，铃声还在执着地响着。

他看清屏幕上显示的是一个人名，他叹了口气，松开她的手腕："你先接电话。"

这突如其来的强势来去都匆匆，周念南按下接听键，不小心按了外放。

电话那头是监工杨师傅的声音，震耳欲聋："小周你快来，你家狗跑水泥堆里不肯走。"

什么叫"跑水泥堆里"？

是被埋在里面了，还是在里面玩？周念南挂电话的时候手都在抖。

猪咪正是精力旺盛的时候，出门之前她特意将它关在了笼子里，它是怎么溜出来跑去旧房子里的？

张延卿按住她的肩膀："别怕。就在家门口了，我们去看看。"

从他们所在的位置跑去巷子口正在装修的房子里，不到一分钟。

周念南一脚迈进屋里，看到眼前的景象就松了口气，猪咪……只是在玩。

杨师傅和两位建筑工人站在一旁扶额，看到她，如蒙大赦："这只小狗抓都抓不住，你快把它弄走。"

源源不断的水泥浆正从旁边的小型搅拌机里流到地面上。前两天地暖安装公司已经铺设好管道，这两天正是地面回填和找平的时候。

小狗腿上和腹部的白毛已经沾满深灰色水泥浆，背上也不能幸免，白毛乱七八糟地打了绺。罪魁祸首浑然不觉，还在流动的水泥浆里快乐地扑腾。

周念南挥手叫它："猪咪，过来，到妈妈这里来。"

微笑天使勾着它天生的微笑唇，欢快地摆尾，就是不肯上前来。端的是一幅她小时候看的儿童画报插图——小猪玩泥巴。

周念南深吸一口气，就要自己进去动手抓。

时间再久点儿，猪咪身上的水泥浆干了就只能把毛剃掉了。这只不知好歹的小狗，看她待会儿怎么教训它。

身边的人动作比她更快，他拉住她的胳膊，沉稳的声音在耳畔响起："我去抓。"

奇异地有种让人安定的力量，说完，他就踩进了还未凝固的泥浆地里。

他一步步靠近，低声呼唤它："猪咪，过来，这里……"然后趁它放松，拦腰抱起来。猪咪还以为在和它玩，摇头晃脑地在人身上神龙摆尾，沾满泥浆的大尾巴唰唰扫过来扫过去。

周念南简直没眼看，张延卿今天这一身算是毁了，鞋子、裤子、衬衫……全是水泥浆。

她转头跟屋里的工人道歉："不好意思，不知道它怎么跑出来的，下次一定看管好。耽误你们施工了。"

她迎上去想从他手里接过这个闯下大祸的大宝贝，张延卿避开："还是我先抱着它，不然把你身上也弄脏了。"

两个人顶着大太阳从巷口走到巷尾。

周外婆还没有回来，周念南将猪咪放在一楼的洗手间里，然后催张延卿去洗澡："你先用楼上的洗手间，我用一楼的给猪咪洗。它的沐浴露和护发素都在这里。"

她扫过他的全身，头发有些凌乱，脸颊上被甩了一小块灰色的泥浆，原本平整的黑色衬衫多了很多褶皱……和水泥点子，西装裤和鞋已然是重灾区。她再三表示歉意："延卿哥，对不起啊，今天麻烦你很多了，弄成这个样子。"

张延卿无辜地摊着手，挽起袖子的手臂上全是将干未干的灰色印子。他低头看向她，眼睛里不一样的深邃："没事，你要是觉得不好意思的话，下次和我一起吃个饭吧。"

周念南顿了顿："那我请你。"

耳朵却悄悄热了起来。

周外婆买菜回来的时候，周念南正在浴室里给猪咪冲澡。

她洗之前特意在搜索引擎上查看了一番，水泥浆未干的情况下，冲洗可以去掉它身上的泥水，只是工程量略大而已。

周外婆很关心小张的情况："那他换洗的衣服怎么办？"

周念南一边细细给猪咪梳毛一边回答："他车上备了一套换洗衣物，我已经拿过来了。"顺路在巷口小卖部买了一双男士拖鞋,最贵的,三十五元。

她本来还想去买一套临时换洗衣物,只是里面的内衣裤不好怎么说出口,他主动说有备用,完美解决了这个世界级尴尬问题。

张延卿冲完澡下楼来,正听到周念南在浴室里给猪咪上教育课。

"你怎么这么调皮啊,妈妈给你洗澡很累的。

"下次再这样就没有肉丸子吃。

"等会儿给你看其他剃毛的狗狗有多丑。"

……………

周外婆在厨房里忍俊不禁:"大哥就不要说二哥了。你小时候也爱玩水你忘了?一到下雨天就要穿上雨鞋出门,走路专挑水坑。雨季我和你妈妈每天得给你备两双鞋子。"

大哥周念南望着一脸无辜的二弟猪咪,然后,它开始欢快地甩身上的水。

"我现在不喜欢玩水啦!"

屋子里充满了快乐的气息。

他身上用着和她一样的沐浴露,隐约的玫瑰香味萦绕,这个认知让他心不在焉。

周念南用大浴巾抱着狗狗出来的时候,张延卿正在客厅里擦头发上的水。

湿发的他眉眼更显凌厉,备用的衣物也是衬衫和西裤……明明是成熟稳重的都市精英,但慵懒自然的姿态又多少泄露了他此刻的放松。

周念南将这一切归结为他脚下那双出格的深蓝色男士拖鞋。

两人目光对视,她想举起手里的大宝贝示意……太重了举不动。

"我去给它吹毛毛。你的毛……不是,头发要吹吗?浴室柜子里有吹风机。"她希望对方没有注意到她的口误。

张延卿的视线在她身上停了好几秒,她的脸上沾着水珠,有细碎的头发从马尾里钻出来,一绺绺沾在脸颊两侧,有一种生机勃勃的美好。

怀里那只傻狗挣扎着想跳下来,她先挪开视线,威慑性地压低声音吓唬它:"打你哦!"

还是软软的语气。

他站起来松了松袖扣,将袖子挽至手肘:"我来帮你。"

猪咪毛多且厚,两人花了半个多小时才将它的毛发吹干理顺。

周念南蹲下身和狗儿子沟通:"来,跟张叔叔说谢谢,握手。"

重新恢复美貌的大白狗将前爪搭在她的手背上,连续好几次。

萨摩耶的美貌果然都是脑子换来的,她失去耐心,虚虚托住张延卿一直悬空的左手手背,另一只手将猪咪软绵绵的爪子按在他的手心,严肃地训诫:"握手,学会了吗?"

135

她的指腹柔软,轻轻的、温热的,嫩得像春天刚发芽的绿叶。

眼看对方就要松手,张延卿下意识地将手掌翻转,牵住她的手。

萨摩耶柔软的肉垫搭在他的手背上,他的手握住她的,干燥的手掌完全将她包裹住。

手心里像是兜了一团柔软的水,滑嫩又轻盈。

周念南的脊背上窜起一阵酥麻,连带着她的心脏一起,不受控地飞快跳动。

视线相接,对方的眼里含着笑,有半湿的发丝从他的额头垂下来,低沉又性感:"握手,学会了。"

一点钟才开始的午餐,周念南吃得心不在焉,不知不觉就……吃撑了。

周外婆没有察觉到两人之间的暗流涌动,她习惯了午后小憩,今天的时间稍微晚了些。

夏日午后的骄阳炙烤大地,路上几乎没什么行人。

周念南并肩和张延卿走在树下,他的皮鞋显然没法再穿了,不能穿拖鞋开车回家,得去买一双新的。

太阳伞下的两个人隔着两拳的距离,周念南搜肠刮肚地想话题:"步行街那边没有很好的牌子,就普通的……"

旁边的人穿着白色衬衫和西裤,轻笑:"我也不完全是蜜罐里长大的,在国外也买过超市十几美金一双的特价鞋。"

周念南无法想象。

她认识他的时候,最开始是挂在学校"优秀毕业生"栏里的清俊少年,然后是张家老宅面色淡漠的好友继兄。为数不多的一些碰面机会里,他永远都是大人们口中的"别人家的孩子",只除了他后来创业那一段……

"是我去纽约那个时候吗?"她好奇地问。

他没有否认:"那个时候事业刚起步不久……"

周念南皱鼻:"那天牛排店人均两百多美金……"她看到菜单的时候心里默默核算了下,加上小费,远超她的心理预期。

过了这么久从当事人嘴里听到当时的真相,她愧疚:"我那天发烧了其实没什么胃口,又浪费了你的心意……早知道就不吃那个了。"

张延卿伸出手揽住她的肩,将她拉进伞下又松开,将伞往她那边偏了偏:"别晒到了。"

她穿的短袖,皮肤碰到他的衬衫,冰冰凉,蹭得微痒。

他侧头看她:"你那时候,给我带来很大的勇气。那是我过得最开心的一个元旦,有自己的目标、坚持和希望,才有了后来的扬帆资本。"

从他记事起,父母亲就为无数的小事争吵,母亲常常流着泪看着他:"要不是为了你,我早就……"

早就怎么样了呢，早就离婚？早就离开？早就有自己的新人生？

母亲最后终于下定决心离婚之后，父亲变得更强势，一旦他的想法和父亲的不一样，父亲就气急败坏："和你母亲一个样。张家家业交到你手上我怎么能放心。"

外人看他，永远是"张宏安的儿子"，他偏要不一样的人生，这是他决定自己创业的原因。人生的掌控线，他要牢牢握在自己手里。

那时候举步维艰，人人等着看他的笑话，等着看他没了"张宏安的儿子"这个身份怎么一败涂地。

只有一个一无所知的她，在漫天大雪里出现，给他一个新年的拥抱。

周念南不知道这里面的弯弯绕绕，以为他说的那句话在夸大，只能笑一笑："那今天你的鞋子，一定我来付钱。你不能和我抢。"

巷子口走出去五六百米，就是森安的老城区市中心，步行街。齐齐整整一排国产品牌的门店。

周念南带他走进一家运动鞋集合店，临时过渡一下应该也还行。

两个人都不是挑剔的性格，很快选好一双白色板鞋。

周念南去收银台付钱。

"你和你男朋友不考虑买个情侣款吗？今天活动第二双半价，女士也可以考虑一下。"

这个推销的话术一出，周念南和张延卿都愣住了。

她脸上一热，抬头就要否认。张延卿压了一下她的手背，先开口："那拿一双三十六码，她试一下。"

销售员脸上泛起满意的微笑，张延卿轻声和周念南说："这样的优惠不买白不买，白色百搭。"

道理虽然是这个道理……周念南脸上的热意久久未褪。

"……你都在人家家里洗澡了，这登堂入室的速度可以啊！"江初礼在电话里揶揄，"看来我得提前把份子钱准备好了。"

张延卿当真："到时候你坐主桌。"

下午回海市的高速上车流少，远处影影绰绰的山影，天空飘着大朵的白云，蓝天映衬之下，有种敞亮而耀眼的美。

张延卿直接转到正题："你舅舅家原来不是住森安吗？旧房子条件还行的话，你打扫一下租给我。"

江初礼有点吃惊："你认真的？那每天上下班的路程就远多了……"

"……我打算给小郑加工资，当然，能自己开的话就不麻烦他。"张延卿已经想好，她心里已有松动，感情的小幼苗有破土而出的可能，他要将人放到眼皮子底下盯着才放心。

"那你父亲那边可瞒不住了……你不知道他打我好几次电话问你对象如何

137

了，我可什么都没说啊。"江初礼觉得自己身兼数职，好友的亲情顾问兼爱情顾问。

"我今天回去吃晚饭，自己和他说。"这件事情他考虑良久。

如果日后他父亲从其他人嘴里听到他追求的对象是周念南，以张斯斯和周念南的关系，他难保不会看轻周念南，甚至影响继母和张斯斯在他心里的地位。

疑虑已生，以后再消除就要花很大的力气，那就不如现在和盘托出，在这段关系里，主动的人是他。

江初礼咋舌："……到时候不要吵起来啊！我不想再做你们中间的传声筒了。"

张宏安可能会反对，那又怎么样，他现在又控制不了他的人生。

自从上次在别墅宣布有要追的人之后，张延卿一个多月没回老宅那边。

张宏安面上装作不在意，私底下却旁敲侧击问了一圈张延卿的朋友，个个守口如瓶只说不知。

一丘之貉，这是张宏安对他们的评价。

眼下听到儿子要回家吃晚饭的消息，他背着手踱到厨房交代："也不用多做什么，就跟平常一样就行。"

张景心哪里不知道他的心思，她算是摸透了这父子俩的脾气，一脉相承的倔，口头上谁也不认输。

等张宏安回书房，她又去厨房加了两道张延卿喜欢的菜色。

天还没黑，张延卿的车就开进了别墅。

明亮的客厅里，张宏安到底没忍住先开口："你上次说要追的人，追到了吗？"

张延卿喝一口手上的茶，叹气："人家还不知道。"

张宏安顿住："你搞投资的，不知道时机的重要性？"

……是谁家闺女让他这个眼高于顶的儿子露出这种表情。

张延卿不回答，抬头看向他的继母："张阿姨，斯斯是不是现在没课，您能给她打个视频电话吗？我想在全家人面前说一下。"

事实上，来的路上他已经给张斯斯打过电话了，对口供。

张斯斯的 dream bag 清单上最上面那个白房子，划掉，资金已就位。

联想到女儿这几年都没有恋爱，张景心的心里是又疑惑又紧张，不会是……她瞎想的那样吧？

张宏安更是难得地紧张着，按他这架势，对方是他非常非常看重的了。

视频电话"嘟嘟"响了两声，很快接通，张斯斯戴着蓝光眼镜装模作样："叔叔、妈妈好，延卿哥好，是有什么事情吗？"

张景心趁机观察女儿的脸色，很平静，不像是有什么事情。

张延卿环视家人，慎重地开口："我打算追周念南，也就是斯斯的好朋友……我想了下,大家知根知底,各方面都比较合适。"

一片寂静。

张宏安愣了几秒,才想起来周念南是哪个。

这两年斯斯出国,周念南基本就没再出现在他家里。印象里是个温柔大方的小姑娘,和张斯斯两个人亲近得像亲姐妹一样。

张景心放松,不是和张斯斯就行。

两边都是她太过熟悉的人,从没往这边想过。以她女儿和周念南的关系,瓜田李下的,她说任何话都不合适。

张斯斯是心虚,她按事先说好的发问:"啊,这……你怎么想追南南了?"

"我刚回国的时候就想追她,她身边有人。最近碰到,发现她分手了,我才有了这个想法。"

好家伙,还是个痴情等候的暗恋故事。

这个时候就没有在书房里梗着脖子和他叫板的果敢和血性了?

张宏安皱眉,低声问身边人:"周念南家里什么情况?"

张景心抬眼看向张延卿,张延卿镇定自若地代她回答:"父母在她小时候离婚,她妈妈再婚去了加拿大,家里还有一个外婆。"

"你认真的?"

张延卿借他从前那句话回他:"我都三十四岁了。"

老父亲的心上中了一箭。

那么多合适的相亲对象不见,原来是在这里等着……

张延卿仿若看到父亲脸上的神色,他淡淡地说:"我就是怕你们到时候太惊讶了,所以提前说一声。"

电话那头张斯斯打配合:"那个……话也不能说这么满,万一你没有追到呢……"

很好,老父亲的心再中一箭。

张景心扫了一眼张宏安不甚明朗的脸色:"南南是我看着长大的,除了家里条件,其他方面都没得说,不然斯斯也不能和她做那么久的朋友。只是女孩子脸皮薄,她和斯斯的关系又在这儿……你追人的时候还是要,注意点儿。"

张景心说得再委婉,张宏安也听出来了,这是劝他儿子不要把生意场上那套用在追女生身上。

张延卿在资本市场的名声不算太好,强硬狠厉、不留情面。

在某些方面,父子俩如出一辙。

张延卿认真地点头:"我知道的,张阿姨。"

餐桌上满满一桌菜。

张宏安有点儿食不下咽,他现在回味过来了,儿子这是专门回来敲打他来着。一家四口,另外三个人都心向周念南。

人还没追到,就生怕他把人怎么样了。

"你什么时候把人带回家看看？"张宏安忍了又忍，终于挑了个能问出口的问题。

张延卿耸肩："等我先追到人再说。"

张斯斯挂了电话，心潮澎湃地给好友发微信：恭喜你，在张叔叔那里挂上名号了。

周念南：我在你家之前没名号？

张斯斯给她做说明：之前是，我的好朋友；从此刻起，你是延卿哥的追求对象。他刚刚回家在张叔叔面前说要追你。

周念南握着手机呼吸一滞，汹涌的情绪在心底澎湃。

这种在父母面前提及的正式意味着什么，成年人再懂不过。

周念南：张叔叔没骂他吗？

张斯斯大大咧咧地直接发语音过来："你不用想太多，他想要追你，家里的阻碍，当然得他扫平。你只要判断你喜不喜欢他就行。"

这是和柳承志完全不同的画风。

张斯斯干脆直接拨视频电话过来，她已经敲了人一个天价包包了，理应为张延卿说点儿好话："他还是比之前那个有担当点儿对吧……年纪大也不全是坏处。"

周念南默默为张延卿抹一把辛酸泪，三十四岁已经被归到年纪大的行列了。

站在张斯斯门口正要敲门的江盟顿住，门没有锁，留了一条小缝，里面熟悉的女声再度传来："你先悠着点啊……我还有好几个想买的包。"

想到她最近的打扮，和房间里多出的橘色包装盒。

江盟的眉头就皱了起来，手指叩了叩门，假装无事发生："卢津等你小组讨论等半天了。"

张斯斯"嗖"一下从床上爬起来，理了理头发，对着电话说："我先去赶作业了，回头再和你说。"

挂了电话，拿上书包，两人往江盟的公寓走。

江盟的公寓在隔壁栋，是买的。

三室两厅的房子，就住他一个人，是图书馆之外他们这群人最爱的学习地点。

张叔叔原本也说在学校附近给她买一个小公寓，被张景心拒绝了，理由都是现成的："她是来读书，又不是来享福的。"

张斯斯倒没多大意见，她高中起就住宿，对合住有着丰富经验，还能顺带蹭别人的学习经验。

"他们都到了吗？"张斯斯一边扎头发一边问，"我刚刚接电话去了，没注意时间，对不住啊！"

英国人对准时的高要求，感染了每一个留学生。

江盟心不在焉:"你家里最近有什么事?"

张斯斯莫名其妙:"挺好啊。"

江盟却觉得她有隐瞒,循循善诱:"你是不是最近,资金有点儿紧张?"

张斯斯更莫名:"也还好啊。"

买包这种舒缓身心又锦上添花的事情,学霸是不能体会到这种快乐的。

她对着对方扫过来的不信任眼神,终于察觉到一丝不对劲:"你这是什么意思?"

江盟吞吞吐吐:"……我看你最近买了好多张阿姨不让你买的那个牌子,担心你钱不够。"

他看向张斯斯毫无表情的脸:"我没有其他的意思,你要是缺钱我这边有,不要问别人要。外面有的人心思不正的。"

张斯斯怒气上涌,只觉得自己一片媚眼全抛给了瞎子看,抬脚往人身上踢。

江盟穿着运动短裤,她的切尔西靴直直踹在他小腿上。看人受痛,她终于觉得心里畅快:"我缺一个亿你有没有?我不舒服不去你那边学习了,帮我和他们说一声。"

她转身就走,马尾狠狠甩人脸上。

回到房间,她还觉得怒不可遏,翻出手机将江盟挑出来拉黑。

王八蛋,他以为她是什么人。

张斯斯和江盟的两人学习小组正式宣布进入冷战,由张斯斯单方面发起。

江盟的小腿青了一块,人人都看得见。

同班的几个中国同学脑补了一场"学霸求爱不成反遭美艳女同学绝杀"的校园爱情戏。

江盟对张斯斯照顾有加,是个人都看在眼里,以为这一对公布是迟早的事情。

两人的关系突然毫无缘由地急转直下,进入前所未有的冰河世纪。

问张斯斯,她冷冷地从鼻孔里"呵"了一声;问江盟,学霸垂下眼睛自顾自做题将人晾一旁。

枯燥无味的学生生活需要这些爱情花边增添日常趣味,想吃瓜而不得的同学急到抓耳挠腮。

张斯斯在学习上的智慧不多,但胜在脑筋灵活。

她另辟蹊径找了个同专业已毕业的学长做远程课业指导,虽然人家讲得不如江盟清楚有条理,但银货两讫的感觉太好,既保住了她的颜面,又保住了她的荷包。

山高皇帝远也不能阻止张妈妈对她成绩的要求,分数高低决定了从母亲那里拿到零花钱的多少。

伦敦从来不缺成绩好的男人,应该也不缺六块腹肌的男人……

同班的中国女生眨着新种的水钻睫毛,说:"Magic Mike Show(魔力麦克秀),你不知道吗?"

细小的水钻在教室的日光灯下 bling bling 地闪，新世界的大门缓缓为张斯斯打开。

她吹着指甲上闪闪发光的亮片跟周念南说："别说吃窝边草了，我现在就想把草烧了，撒入大海。伦敦还有广阔世界等待我去探索。"

他竟然把她想成那种人，这是对她人格和品德的双重侮辱。

"这个指甲好看吗？锦仪带我去唐人街那边做的，价格实惠审美又好。"张斯斯打定主意和江盟划清界限，她加入同屋女生们的吃喝玩乐小组，每天解锁新鲜伦敦。

"我打算明天去换个新的发色，漂染一下，我想很久了。去见新男人就要有新形象。"她现在只能预订到魔力麦克秀一周后的门票，根据网上的攻略，抢了一个传说中的黄金位置。

斯斯这个人，极其注重仪式感。

周念南见她这样，明白她还在气头上。学霸对学业的理解可能接近满分级别，但是对女人这门课程，恐怕还未入门。

"他跟你道歉了吗？"

张斯斯火更大："没有。他每天跟个没事人一样，照常吃饭、学习、上课、泡图书馆。我算看明白了，男人都薄情寡义。"她气呼呼地也不忘加上，"延卿哥可能好点。"

周念南看着好友气鼓鼓的脸颊，忍下劝慰的话，转头说其他的逗她开心。

"我明天去你家拿 GoPro 和相机，打算正式来做自媒体的事情了。你不知道，我们的账号这两天有第一批粉丝了。"

大数据大概监听到了她那天对狗狗的吐槽。

张延卿回海市后，她打开小某书发现，首页的推送一多半是各种各样的萨摩耶。

来自天南海北的狗主人，在网上尽情展示自家狗子或愚笨或可爱或貌美的方方面面。

"有一个萨摩耶拆家的视频，点赞数几十万……"周念南看到的时候都震惊了，想到今日水泥浆里打滚的猪咪。

她立马打电话给杨师傅。

果然，对方手上有拍的视频。见多了各式各样的业主，一切影响施工场面的因素他都有记录。

画质不算特别好的画面也精准捕捉到了猪咪无法无天的快乐，她相册里还有两张猪咪洗澡前后对比照。

周念南临时下载了一个剪辑软件，粗剪了一个视频，加上一堆可能沾边的标签发到新申请的账号上，配文是网上一句被用烂的话：耶贵人虽然蠢笨，但实在美丽。

她乐观地想，就算没人看，也可以做猪咪的成长记录。

第二天醒来，她被软件里一溜红色的私信、收藏、喜爱"教做人"。

原本粉丝数为"2"的账号，一夜之间不仅上了本地热门，还多了一千多个粉丝和八千多条评论。

猪咪在网上一炮而红。

社区微信群里有人转发那个视频，艾特她问是不是猪咪。

周念南奖励自己点了一杯奶茶，跟张斯斯说："我现在出门的头衔就是'猪咪的妈妈'。不过那个视频的剪辑和画面都不算太好，不然传播效果应该更好的。"

张斯斯感叹："你前男友做人不怎么样，看人、看狗的眼光倒很好。"她举起手边的水杯，"我们干一杯，祝贺我们都走向新生活。"

周念南吸一口奶茶，不忘提醒她："那你到时候看完秀记得给我写八百字小作文，让我隔空感受一下富婆的快乐。"

张斯斯想起自己给继兄的追妻tips（技巧），决定不告诉好朋友了。快乐提早说出来就失去了惊喜。

她好奇："你和延卿哥有一点点可能性吗？"

这话最初还是她妈妈问她的，张延卿前脚刚离开别墅，她妈妈后脚就给她打电话问细节。

张斯斯原就心虚，这个事情她想着追求而已，没告诉她妈妈。她一边假装看书，一边回话："南南忙装修呢，哪有空谈恋爱。"

张妈妈想问题可比她深远多了，张延卿都正式开家庭会议来说这个事情了，可见不单单是谈恋爱这个打算。

"那我直接去问南南了。"

张斯斯无奈："人家都没谈恋爱呢，你这样让她很为难的好不好，我去问。"

周念南不知道该如何回答，那些偶尔的呼吸紧张、心跳急促、脸红耳热作不得伪。

她想了想答："我跟他，差太多了。"

不仅仅是年纪，横亘在其间的还有见识、阅历、背景……她没有信心靠这些心动的瞬间来填平这些。

张斯斯震惊："我妈还比张叔叔小十多岁呢。"不是活生生的例子吗？

这个事情的可能性越想越大，她认真地劝自己的好友："谈个比前男友好很多倍的不好吗？说明你值得……不过你现在不用着急下结论，让延卿哥多追一会儿，让他体会一下我们从前的感受。"

张延卿现在什么感受，周念南不知道，崔秘书倒是很有体会。

她收到老板的指示，将森安那边一套房子的装修升级一下，要求是"可以尽快入住"，老板的原话。

崔秘书辨不出老板的喜怒，如果是和女友同居，应该越搬越好，而不是越搬越远。

"那您之后的上下班时间有调整吗？"崔秘书好整以暇。张延卿自己来得早走得晚，却不对下属员工做同样要求，他们是和其他同事一样的打卡要求。不过，身为老板的秘书，她要了解清楚上司的公私时间才好做相应的工作调整。

都搬森安那边去了，肯定会花更多时间和周念南培养感情。张延卿想到女生笑起来像月亮一样的眼睛，心下柔软了一瞬。

崔秘书看到老板脸上浮现出一丝微笑，然后说："下班时间应该会提早，具体的我到时候告诉你。"

崔凡真和刘特助两个人精，深感自己工作不到位，如此前排的优越位置，老板的恋情瓜他们都没吃明白。

崔凡真随后赶往森安的房子里。

这套房子三室两厅，一百二十多平方米，背山面河，光线和视野都极好，但也掩盖不住房子老旧和家具过时的缺点。

她想不通老板纡尊降贵的原因，但不妨碍打工人的工作推进，量尺寸、订家具、墙面修整、卫生安排……

在这样嘈杂无序的工作环境里，老板的亲爹张董的电话进来了。

崔凡真毕恭毕敬："张董您好。"

张宏安直奔主题："他这两天在忙什么？"

崔凡真想了想，老板搬不搬家都不影响他大半个月才回老宅一趟。她汇报："张总让我给森安这边的房子换一些家具。"

既不提搬家，也不说是张延卿要搬过来。

她清楚地听到张董在那头笑了一声，说："他追人还挺上心。"也没有多说其他的，就结束了通话。

崔凡真得出两个结论。

第一，老板追人的事情在董事长那里过了明路。

第二，老板搬家是为近距离追人。

恋情瓜又给续上了，崔凡真一边加班加点助力老板的追妻大计，一边和刘特助快乐吃瓜拿加班工资。赚钱、娱乐两不误。

周念南也很快乐。

她还沉浸在账号小爆的快乐里，刘佳阳来敲门。

"那个甜品店账号里的狗，是你家的吗？"

周念南以为他也来围观名狗，快乐地点头："就是我家的。"

他直接拉开客厅的椅子坐下，问："你是不是想做自媒体配合你实体店这块啊？"

周念南继续点头。

刘佳阳冲她努努嘴："你坐下，我跟你商量个事情。"他从口袋里掏出手机，打开一个页面，"你先看这个，再告诉我你的想法。"

视频里绿草如茵，一只金毛狗狗来回跑动叼飞盘，身姿矫健，爆发力惊人，金灿灿的阳光如瀑布般洒下，一身浓密毛发的狗子更显得耀眼。

周念南不知道刘佳阳的用意何在，她只能由衷地发出感叹："好美。"

金毛美，阳光美，绿地美，镜头语言也美。

刘佳阳正襟危坐："我有一个想法，你要不要听一听？"

刘佳阳小时候，骗小跟班周念南跟他一起做坏事的口头禅就是："我有一个想法……"

正经无比的开头，永远配一个惨烈的结局——叫家长、道歉、挨骂、挨打、关禁闭，一整个铁打的流水线。

周念南懵懵懂懂地跟在他屁股后面，有福同享有难同当。

白白嫩嫩的小姑娘，表情乖巧，大人们想到她的家庭，不免又多几分怜惜，刘佳阳就沾她的光和他奶奶的无脑维护提早解禁，过几天再故技重施。

这些记忆深深刻在她的脑海里，是每次巷子里老人们提及她，必翻的黑历史。

她早已不是那时候好骗的小姑娘，闻言戒备地后退一步，脑袋晃得跟拨浪鼓一样："我能说，我不想听吗？"

刘佳阳哽住："我这次是认真的，还能骗你不成？"

周念南点头："小时候你骗得还少？"

刘佳阳对上她一双目光清澈的杏仁眼，败下阵来："这次真的不骗你。"

周念南在桌子另一侧坐下来："那我先听听看。"不忘顺手把手边的水壶推过去，"茶在这里，你自己倒。"

他不知怎么地就松了一口气，突然觉得安心了。其他人提到他总是带着"学习不好""不务正业""工作不行"的前缀，只有周念南还是一如从前当他哥哥般看待。

周外婆带着猪咪出去串门了，明星狗这两天在巷子里人气空前高涨，大人小孩都要顺手撸一把。

家里很安静，只有头顶上的三叶深绿色吊扇"吱呀呀"转动的声音。

刘佳阳是做了很多功课来的。

猪咪的视频推送到他的账号上时，他一眼就认出来这是周念南的小狗。一人一狗在老巷子里，都漂亮得很瞩目。

只是眼看着热度飞涨，那个简陋的账号甚至连头像都还是系统自带的，除了一个干巴巴的介绍语，其他什么都没有。

他的想法很简单，周念南显然没有自媒体运营推广的经验，但是她有这个需求。

宠物经济的市场前景广阔，赛道又细分，趁着眼前这一波热度，他们可以试着看能不能走这个路子。

周念南挣扎："我最初放猪咪的视频是想给我家店铺引流来着……而且，

我也没打算将主要精力放在这个上面，店铺才是以后的重点。"

刘佳阳敲她脑袋："不要把鸡蛋放在同一个篮子里，这么简单的道理。"

他分析得在理，看宠物和吃甜品的目标群体显然不是同一拨人，定位细分才能进行一定的用户人群垂直。

而且现在店铺还在装修，没有重新开起来，吸引的粉丝全是来看宠物的，还不如一开始就分开运营，后期再引流推广。

"你想想你自己关注的博主，是不是只深耕一个领域？吸引的才是同频有需求的人？"

周念南很快被说动，她最大的优点就是听劝，但很快想到现实问题："如果你和我一起做这个事情的话，还没有做起来我也没钱给你……刘奶奶会不会说你？"

刘佳阳得意地给她看他的大号，一个一千多粉丝的吃播博主，出镜的是他的女朋友孟真，森安小吃店探店，发布了二十多个视频。

对面的人是从小一起长大的，互相知根知底。

他和她坦诚，孟真家里催婚催得急，小城市过了二十五岁还没有结婚，在大人们眼里看来就算大龄青年了。

刘佳阳正好在这个边缘，但是他现在的工作……三四千的工资足够做什么呢？结婚、生子、养家……每一项单独拎出来都是无情的吞金兽。

"我做探店博主也是这个原因，但……还没怎么做起来。但是你可以放心，拍摄剪辑、脚本创意、灯光收音这些……我都有一些经验了，也不是白干的。"

周念南除了装修，还计划去学咖啡和上甜品培训课，一人兼多职正分身乏术。

两人都不是拖泥带水的人，一拍即合，由此达成初步合作协议。

宠物账号和店铺账号分开来，各自独立。周念南提供素材，剪辑和后台管理由刘佳阳来负责。

"大方向的话我们可以一起商量，反正船小好掉头，不行的话我们再做调整，周老板。"刘佳阳笑嘻嘻，还是那副浑不惮的老腔调。

周外婆正牵着猪咪进门，不知道两人正密谋大事，只当两个儿时玩伴感情好，热情地留刘佳阳在家里吃午饭。

反正小时候也没少吃，刘佳阳却之不恭。

吃过饭，周念南洗碗，刘佳阳主动擦地，两个人有一搭没一搭地对话。

"会不会耽误你工作？"周念南后知后觉地想到这个问题。

刘佳阳笑："临时工的工作，那么点工资能有什么事情。这也是个尝试，看能不能做起来，总要试一试的啦！"

张延卿的电话在这个时候进来。

周念南低头看着手机上闪动的大名，正要去擦手，刘佳阳上前来动作娴熟地按下接听键，将手机放在她的耳边。

从前刘佳阳一边听电话一边抄作业的时候，她没少这么替人举着。

张延卿是从张斯斯那里得到的消息，只没头没脑的一句——她今天下午去我那里拿东西，你可以约她。

张斯斯受她妈妈提点，知道他的认真程度。而周念南也是再认真不过的人，她很乐意为好友的爱情添砖加瓦。

"你今天下午来海市吗？不知道我有没有这个荣幸请你吃晚餐？谢谢你上次送我的鞋子。"电话那头的人声音温和，透过电波传过来。

……在猪咪糟蹋了他全身的衣服后。

周念南嗫嚅："我请我请，上次是猪咪调皮，我代它赔罪。"

对面的人笑了一声："那我们见面再说。你什么时间可以？"

两人约在傍晚，在离翡翠阁最近的商场碰头，这样对彼此都方便。

挂上电话，她看到刘佳阳似笑非笑的表情："新的追求者？"

隔这么近，电话里的男声稍微漏出来，他想不听到都难。周念南没有否认也没有承认："就视频里猪咪玩水泥浆那次，人家帮我捞出来的。"

刘佳阳吹了一声口哨，替她总结："这一位可比那天那个买单的聪明多了。"他继续八卦，"长得好吗？一般电视剧都这么演，恩公长得帅，就说'小女子无以为报，以身相许'；长得一般，就说'唯有当牛做马'。你选哪种？"

周念南转身毫不留情地踢了过去，被他大笑着躲开。

回房间的时候还是纠结了一下，是选长裙还是及膝裙，头发是扎起来还是放下……她看向镜子里的自己，嘴角上扬，眉梢带笑。

这样可不行，她抬手压住脸颊，默念"这不是约会这不是约会这不是约会"二十遍。

最后选了白色的廓形衬衫和黑色的及踝绸缎裙，将头发绑成丸子头。她暗忖，这样比较休闲……吧！

先去张斯斯的家里拿了她各种电子产品存货，再匆匆驱车赶往商场。

市中心的商场停车场永远人满为患，周念南多花了十来分钟找停车位。

停好车的时候，她收到张延卿的微信，他在负一楼的五号扶手梯入口处等她。

扶手梯的入口选的暖色调灯光，在亮如白昼的停车场里格外瞩目，周念南一眼看到灯光下的高大男人，一身黑色。

周念南想，他好像特别中意深色。

像是有感应般，他的目光远远投向她，玻璃隔断也没挡住凝视里的温柔。

周念南不好意思地冲他挥手，平底凉鞋的鞋跟敲击水泥地面发出清脆的哒哒声，和层叠交错的回声混合在一起。

感应门自动打开，她笑着看向他，小巧白皙的下巴、嫣红湿润的唇，和闪着细碎光芒的耳坠。

她身上熟悉的香味像她的人一样，款款而来。

两人对视。

周念南先开口:"延卿哥,是不是等很久?"

张延卿摇头:"也刚到不久,我们上去吧。"人却下意识地落后她半步,护着她往扶梯的方向走。

"开车过来累吗?"他站的自动扶梯比她低一级,但男人身高比她高,他的黑色衬衫似有若无地贴着她的白色衬衫。

周念南没来由地一阵紧张,捏紧手里的手机:"还好,也不算很远的。"

想抬手顺一下发丝掩饰一下心底的悸动,电梯感应到了上头的人,缓缓加速,人习惯性地往后仰,她忙不迭地调转手的方向往扶手上放。

先是她的背触到身后人的胸膛,硬硬的,然后一只温热的手掌扶在了她的腰侧,稳稳撑住她,有惊无险。

她吓出一身冷汗:"谢谢延卿哥……"随后才意识到自己几乎是半靠在人的怀里,气息暧昧交缠,姿势亲昵。

扶手梯到达一楼,身后的人很快挪开扣在她腰侧的掌心。

周念南往旁边走了一步,竭力控制往脸上涌的热意,生硬地转移话题:"我们要去几楼?"

始作俑者的视线扫过她不自然低着的头,碰过她腰的手在身侧握紧又松开,惊鸿一瞥的触感让他的右手酥酥麻麻。

她最开始吸引他,就是她的腰,不管是游泳还是走路,袅袅婷婷,温柔纤细,像一只蝴蝶轻轻飞过春天,从此留下深刻的印记。

眼看着三台升降电梯显示的数字一点一点地慢慢从高层降下来,张延卿转过身:"看样子人挺多的,要不我们还是坐扶手梯上去?"

周念南假装镇定地点了点头。

他扫过她还蒸腾似粉霞的侧脸,眼睛里盛满了笑意。

商场是一个港资品牌的商业中心,中庭宽阔,绿植交错,扑面而来热带园林景观的气息。超高的透明玻璃幕墙引入自然光线,天花板顶部垂下来连绵的水景幕帘,带着微微的水汽,在灯光的映衬下,如梦似幻。

上下的扶手梯交错分布在中庭的两侧,随着观景角度的层层上升,视野也不断变幻,充满了独特的异域风情。

张延卿还是习惯性落后一步,站在她的右后侧,听前面的女生回头和他感慨:"装修中人的通病,就是一看到好看的设计,就忍不住想如果我家里也可以这样就好了。"

她一手撑住电梯的扶手,一边侧身和他说话,头顶的灯光洒在她的眼睛里,像一汪湖水在月色下晃动,轻柔又生动。

张延卿不动声色地移开视线,喉结滚了滚才回:"我认识这个设计师,如果你……"

周念南想起之前的汪羽，生怕眼前的人再给她搞个大事情出来："我开玩笑的。"

声音里带着点后怕。

一栋老房子，委实供不起这样的大佛。这泼天的人情，她要还到什么时候。

张延卿看着她，嘴角又弯了起来："我也是开玩笑的。"

周念南第一次看眼前人开玩笑讲得一本正经的模样，她双眼圆睁，自以为是瞪了一眼对方，哪里知道在对面的人看来，是情意绵绵的秋波。

清风徐来，水波荡漾。

餐厅在商场的最顶层，张延卿为她拉开椅子。

周念南打量四周。餐厅露天设计，四面墙前搭着纤细竹架，被整片茂密的爬山虎环绕，绿意盎然到浑不像是在昂贵的中心地段。

竹架下面是开放式的环形吧台，暖黄色的氛围灯打亮，很有城市绿野仙踪的感觉。

环境太过美丽，张延卿悄悄收敛了身上的迫人气息，周念南也不自觉地放松下来。

夜风温柔，不冷不热。

餐厅的人不少，但这样幽静的环境大家都不自觉地放低了音量。

两个人点完餐，周念南突然接到一个电话，她侧过身一边听，一边从包里拿纸和笔出来。

听两句，写一下，大部分时间是"嗯""嗯"点头。

手指白皙细长，和黑色的记事笔对比分明；衬衫宽松，领口的两颗扣子没有扣，随着她歪头的姿势显露出明显的锁骨，如同白玉一般，视线再往下一点，露出了一小截蕾丝花边。

张延卿垂下眼皮，目光再抬起来的时候就停留在她的笔记本上。

清秀的笔迹，寥寥写着几个关键词。

香港、医疗投资翻译、两天、通行证。

周念南放下电话，张延卿正看着她。她收起纸笔跟他解释："是我学姐的电话，让我救个场。她的团队有个译员因为行程问题赶不上，让我顶替一下。"

她大学时为了赚钱，考了翻译证就开始在学姐的工作室挂着接单，先是什么单子都接，等水平上来了，就开始往专业方向走。医疗和金融两块翻译单价高，她下了苦功夫深耕这两个领域。

"什么时间？"

"下周二周三。"

对面的人若有所思："你忙得过来吗？"

周念南低头和侍者刚刚送来的澳洲原切肉眼牛排作斗争，语气肯定："当然可以。多线程并行是打工人的基本素养。"

她来了分享的兴趣，放下手里的刀叉，给他展示自己手机里的成果："你看，猪咪都能开始帮我打工了。一天涨粉一千多……"她想到那天张延卿英雄救狗的行动，"……就是连累你损失了一套衣服。"

　　沾满水泥浆的衣物，张延卿后来自己带走了，想也知道不可能再穿。

　　她说到自己喜欢的人和物的时候，酒窝就越发显眼，腮帮子鼓起白嫩的软肉，混合了娇憨和天真。

　　张延卿忍住手头想摸一摸的冲动，由对面换到她的右手旁："换来一双情侣鞋，很值了。"

　　他的身体向她的方向倾斜："这个是什么软件？我也下载一个来看看。"

　　周念南忍住羞怯，给他看软件的图标："就是这个，你去商城下载就行。"

　　张延卿的手机界面和他的人一样，简单干净。浅灰色的背景，只有几个常用软件。

　　"你注册好之后，关注'无法无天猪咪咪'这个账号就行……"取名的时候不觉得，现在念出来莫名羞耻是怎么回事？

　　周念南捕捉到身边人嘴角的笑意，试图补救："就随便取的名字。到时候佳阳哥可能还会要改的。"

　　张延卿扬起眉："这个人，新的合伙人吗？"

　　周念南点头，又摇头，把刘佳阳和她说的话转述了一遍。听到对方有女友，张延卿暗自松了口气，没忍住提醒她关系再好的朋友合作之前也要先确定好各自的权利和义务。

　　周念南还没有自己创过业，只凭着一腔热血勇往直前。张延卿却是有经验的，琐碎的事情很容易磨掉一个人的热忱，有人商量和分担固然是件好事，但涉及利益，就更要注意。

　　她点头："我们有讨论过的。只是现在还没有正式开始，到时候会拟一个具体章程出来。"

　　两个人的话题无形中多了起来。

　　吃过晚餐，张延卿提议："不如我们去楼下走一圈，你帮我选选给张阿姨的礼物？"

　　周念南这才记起来，张斯斯妈妈的生日快要到了。

　　她从前帮张斯斯选过很多次，自觉经验丰富，闻言点头。

　　商场一楼毫无疑问都是各种奢侈品牌的门面，周念南目标明确，珍珠温润又优雅，十分适合张阿姨的年纪和气质。

　　张延卿也同意。他私心想多和她待一会儿，不介意找什么样的借口。

　　往年继母的生日礼物其实都是崔秘书准备的，他只是搬运工。

　　两人的颜值瞩目，穿搭又配，谁看都以为是一对，很快吸引了熟人的目光。

　　"张总？"

走过来一个短发美女，灰色利落剪裁的宽松西装套装，搭金色的大耳环闪闪发光，一点也不显俗气，反而彰显了浑身的独立与干练。身后跟着五六个西装工作人员，很有巡查自己产业的气势。

两个人都不约而同地看了过去。张延卿将插兜里的手拿出来，收起了脸上的笑意："何总，这么勤勉。"

周念南不懂他工作上的事情，但这不妨碍她立刻感受到他对对方公式化的态度，那与刚刚的张延卿是两个完全不同的人。

对方好像很习惯的样子，视线转移到她的身上："这位是？"

语气是疑惑的，眼神是含笑的，里头的探究意味非常明显，手却主动伸了过来："你好，我是何慧怡。这个商场的负责人，也是张总的合作伙伴。"

扬帆资本是明光百货在内地的最大投资者。

周念南肃然起敬……原来是真大佬，真巡视自家产业。她伸手回握："你好，我是周念南，陪延卿哥来买东西。"

身边人都知道，何慧怡心仪扬帆资本的张总已久。

何慧怡漂亮，能力出色，家世又出挑，身后站着港城顶尖家族之一的何家。她自幼在英国长大，从来不是含蓄的性格，只是张延卿冷淡又自律，面对她的主动示好从来都神情淡淡，不免更激起她的征服欲。

她从来不信他给的理由——有喜欢的人了。

合作的时候，他的行程她打听得很清楚，工作和家两点一线，甚至连八卦成性的狗仔都没有拍到过他身边任何莺莺燕燕。

何慧怡早已不动声色地将人打量了一圈，"延卿哥"三个字一出，她心下了然。

远远看着张延卿的面色和软，原来是继妹。她自己出身于何家三房，对这样的事情并不陌生。

是心上人的妹妹，那更要打好关系。

于是她脸上的笑容更盛，蜜色肌肤在灯光下闪着健康的光芒："第一次见面，妹妹看中了什么，我送给你做见面礼。"

有钱人朴实无华对人好的方式吓到了周念南。

她马上理解对方误会了什么，摆手解释："我不是延卿哥的妹妹，是他妹妹的……"

"朋"友二字还没有说出口，身边的人拦住她的话："是我的追求对象。"一直垂在身侧的大掌抓住她不知所措到握拳的手，用力握了一下，"何总这么热情我怕吓到她，她想要什么，我会送，不劳何总费心，你先忙。"

他微微颔首，拉着身边的人离开。

周念南隐隐感觉到张延卿此刻的脾气不算太好，她试图抽出自己的手，对方没有理会，反而握得更紧。

"延卿哥……"她叫他，他也充耳不闻。

她悄悄觑他的脸色，不明白这件事情上有什么可生气的。

他妹妹的好朋友，这是她的定位。

他也不再提买礼物的事情，直接拉着她走到停车场，将她安置在副驾驶座上。然后自己进来，关上车门，一双锐利的黑眸紧紧盯住她。

他再次伸手过来，拉住她的右手，慢条斯理地将一根根手指轻轻掰开，然后握住，他的声音在密闭的车厢里显得很近很近："你对我，坦诚一点点好吗？"

这是他上次突然的表白之后，第二次表现出来的不容拒绝的气势。

大概这一段时间他的表现太过温柔，温柔到周念南都要忘了，眼前这个人在商场上出了名的强势作风。

在停车场顶上的灯光覆盖不到的车里，张延卿以坚定到不容放松的力气抓住她的手，指尖的温度烧得她头皮发麻。

她抬眼，撞进男人深邃又灼热的眼眸里。

胸腔里的心跳声似乎要蹦出来，这样的空间里，她怀疑对方都听到了她不安的心声。

"周念南，"他的声音低沉，"我的忍耐和克制，都是因为你，但不代表……"

不代表我能一直忍下去。

小蜗牛一直埋头缩在壳里，以为和他维系差不离的关系就行。

她太小看在商场摸爬滚打了多年的他了。资本市场是现实世界，想要的东西就必须努力争取，风险与收益成正比。这是他多年习得的课程。

指尖传来温润的触感，轻轻的，像蜻蜓点水一般。

男人垂下眼睫，像虔诚的信徒吻向神明一般，亲吻她的指尖。

车里自成一个小世界，晦暗的灯光里只能看到他的深邃轮廓，她的手指颤抖，想缩回去。

对面的人松了手，她捏紧手掌放在膝盖上，理智要逃离，心却突然空了一下。

"江初礼他们几个在聚会，我带你一起过去。"话题突然转了个方向，他也没有征询她意见的意思，直接发动了车子。

周念南半道才想起来，她自己开了车的，车还在商场停车场。

酒吧门口的小哥为他们拉开大门，里面的热闹和喧哗扑面而来。

迷离又躁动，和刚刚在车里几乎凝固的氛围完全两重天。

张延卿沉默地拉着她的手腕进了包厢。

推门进去，屋里坐着不少人，一桌子红男绿女在砌长城，边上围了一圈端着酒杯的各色人等。

傅真的位置正对大门，他第一眼看到进来的人："哥，带女朋友来啦？来玩两圈？"

所有人的目光就都看向了张延卿和她。

张延卿早已松开她的手腕，声线冷冷："不是女朋友。傅真，祝贺你第二间酒吧开业。"

落在周念南身上的审视目光转眼就卸了大半，牌局继续热热闹闹地进行。

江初礼冲她招手："南南妹妹，来这儿。"

徐梦然换了个招摇的发色，给她挪出一个空间。长条沙发上坐满了人，穿戴不俗。

"谢谢。"她坐下来，还好有认识的人。

徐梦然给她递哈密瓜，凑到她耳边笑："延卿哥还在追你啊？"

周念南想起刚刚车里的对话，抿了抿嘴唇。

江初礼哪里还不知道张延卿的进展，看破不说破，赶紧张罗起来："南南妹妹，能喝酒吗？鸡尾酒度数不高，傅真的好日子得干一个吧。"

半年不到，傅真已经开了两间酒吧了。

张延卿还站在那头和人说话，傅真不知道回了什么，牌桌上发出哄然大笑，他对面的人就毕恭毕敬让出座位给张延卿坐下了。

他如果不生气了的话……那也挺好的。

周念南乐观地收回目光，点头："可以。"

她自我感觉酒量还行，不喝多的话没事。

徐梦然对张延卿追求她的细节特别感兴趣，叽叽喳喳地刨根问底。

周念南看到一旁耳朵都竖起来的一对情侣，含糊带过："也就普通的那些……这个酒什么名字？味道还挺好的。"

江初礼看一眼："莫吉托，周董那个歌。"

想起歌词，他的促狭心思起来，喊住一旁的侍者："给牌桌上穿衬衫那位送一杯这个。"

刚刚张延卿态度冷淡地解释过他和周念南的关系后，没人再开他们的玩笑。

有钱人的圈子也分三六九等，哪些人的玩笑能开，哪些不能，大家心里门儿清。

但好歹人是他带来的，又看着和江初礼那群人熟悉，白衫黑裙在一众贴身小衫的美女里有种独特的美，很快就有人过来搭讪。

"妹妹叫什么名字？第一次见啊。"旁边挤进一个端威士忌的年轻男人，冰块叮叮当当地在杯子里脆响。

今天来这里的人显然都是傅真的熟人朋友，周念南笑一笑，报上自己的名字。

年轻男人眼神故作一亮："你有没有进演艺圈的想法？娱乐圈就缺你这种带书卷气的长相。真的，我有个娱乐公司，回头你把资料发我，我给你推几部戏试试？咱先加个微信，了解了解。"

江初礼正要开口，余光瞄到那头牌桌上的张延卿拉了个人按在他的座位上，迈着长腿走了过来。

免费的戏不看白不看。

他点点女朋友，示意她换个位置坐到自己的身后。

张延卿毫不客气地坐了下来，听身边的人认真地拒绝："我年纪大了，进娱乐圈太晚了。"

旁边"张·年纪比她还大·延卿"好整以暇地端起桌上的酒，一口喝了。

"那我们可以先加个微信，万一有合作机会呢？"

周念南摸不准对面这人的意图，想着到底是傅真的熟人，迟疑了一下还是拿出手机，点亮屏幕。年轻男人已经点开扫码的页面在一旁等着，旁边伸出来一只手掌，盖住她的手机。一道云淡风轻的声音在她耳畔响起："孙皓翔，你要不要看看这是谁的人？"

和他的呼吸一起擦过她的脸颊。

孙皓翔忙不迭收起手机，笑嘻嘻地站起来："哥，对不住，对不住。"

刚刚还当众人面否认，敢情是演戏呢，得。他心中腹诽，脸上却不敢表现出来，像他这种靠领家族基金过日子的二代，惹不起这种真大佬。

张延卿的姿势几乎将人大半拥在怀里，占有的姿态一目了然。

"他不是什么好人，不要理他。"孙皓翔这一招不知道祸害了多少想进演艺圈的女孩子，娱乐公司是他泡妞的法宝。

欣赏完好友英雄救美戏份的江初礼给他倒酒："牌局赢了？"

谁知道呢，他一局都没打完。

"输了你帮我付吗？"张延卿淡淡地开口，闲适地坐好，覆在周念南身上的熟悉气息一瞬间退去，只余屋子里的酒香和各种香水气味萦绕。

江初礼拒绝："我要攒老婆本。"

张延卿垂眼，又喝了一口："我也要攒老婆本。"

"你有老婆吗？没有，你连女朋友都没有。"江初礼哈哈大笑。

人太熟悉了就是这点不好，知根知底，专攻软肋。

周念南托着下巴，一小口一小口抿着手里的酒。她觉得自己的心，和这晃荡的酒水一样，一漾一漾，不知何时就要出界。

重逢后的细枝末节在脑海里放大，都像在将她引向她不敢尝试的领域。

张延卿一边和江初礼讲话，一边不动声色地将小碟子推到她面前。桌上的大水果拼盘，他细细选好种类和大小，银色的小叉子摆在一旁，方便她入口。

"有其他想吃的吗？"他好像又没有生气了，语气温和。

周念南拉他手肘，摇头，说："不用了。我的车还在商场，等会儿我先走可以吗？"

她还得找个代驾。

包厢里的笑闹声很大，有个女生拿着话筒在自顾自地唱王菲的歌。

....
还没跟你牵着手 走过荒芜的沙丘

可能从此以后 学会珍惜
……………

仿佛春燕在巢中呢喃,柔情又哀婉。

张延卿心下叹气,或许他该再有耐心一点,反正都等了这么久……

"大家等着。"傅真从牌桌上跳起来,按灭手里的电话,"关灯。"

屋里的笑闹声戛然而止,陷入黑暗。只留越来越多的人声,声嘶力竭地倒数:"……三……二……一。"

厚重的深绿窗幔被拉开,露出窗外深蓝色的天空。

一头金灿灿的巨鸟在空中展翅翱翔,带起身下漫天飞舞的点点星光。

"无人机表演哎!"包厢里有人窃窃私语。

大鸟高飞,人都往窗户前涌,音箱里自顾自地放着王菲的空灵原音。

……………

有时候 有时候 我会相信一切有尽头。

相聚离开 都有时候 没有什么会永垂不朽

……………

周念南坐着没动,张延卿也没有。

身边的人如潮水般挤往窗前,窗外透进来的一点点光亮照在他的脸上。他看向她突然转过来的侧脸,琉璃一样的眼睛,涌动着不知名的情绪。他猜测她的想法:"是不是冷?"将旁边的西装外套拿过来,盖在她的腿上。

他垂眼的样子几乎要看不大清楚,在被淡淡酒味包裹的其中,周念南的心里突然跳转出一些不合时宜的梦境——

在只亮着墙角灯的纽约公寓,她的头枕在他的肩颈处。

梦里的她浑身骨头酸痛,闭着眼睛大哭:"……我要死了吗?你别告诉我外婆,她会伤心的……"

青年半坐在沙发前,炽热的手掌搂住她,将她贴在胸前,顺着她的脊背轻轻抚摸:"不怕,我在这儿……很快就好了。"

被毛巾包住的冰袋时不时滑落,"扑通"一声闷闷地砸在羊毛地毯上。

……………

大鸟翩然飞远,河岸上亮起烟花,人群发出热烈的欢呼声,周念南蓦然清醒。

她一直觉得随着她的长大,好像越来越多的勇气开始流失。可是这一刻,她突然想勇敢一把。

黑暗无限放大人的勇气。

西装外套的袖子落在地上,张延卿俯身拾起,将它搭在她的膝盖上。

却没想到,周念南伸出右手,缓慢而坚定地,握住他的。

他的手搁在她的膝盖上,她的手压在他的手背上。

柔软细腻的触感。

几乎是下一瞬,他的手掌翻转,与她十指相扣。

她的指尖冰凉,他的手掌温热,热气上涌,涌到她的脸上和耳尖。

周围消失的人声重回耳畔,徐梦然的声音清脆:"你们快来看,超级美!"

周念南的心失序乱跳,像做错事的小孩子一样,不假思索地掀起西装外套盖住两人交握的手。

绸缎质地的裙子丝滑如水,她的手心出了汗。

求仁得仁并不是要求得到好的结果,她只是在王菲的歌声和漫天的烟花里,引出了把真心交付出去的勇气。

身边的人在外套下轻轻摩挲她的手背,回答的话语里带了低沉的笑意:"坐这里,看到的更美。"

真心是勇敢者的 bonus(奖金)。

第五章

像烟花一样，活在当下

开业庆典结束。

灯光亮起，场面随着傅真一句"今晚全场免费"重新陷入狂热。

香槟彩带礼炮"砰砰"响起，红色和金色的爱心亮片纷纷扬扬地从天花板上撒下来，真正纸醉金迷的景象。

周念南分了一半的心神在屋子里，另一半藏在手心里。

她觉得自己可能喝得有点儿多，灵魂轻盈但肉身沉重，迟缓到身后的人凑过来，轻轻地拂去她头上的纸屑和亮片，她却只想软软地倒进人的怀里。

在她的意识反应过来之前，她的身体已经听从大脑的指示，靠在了他的颈窝侧。

熟悉的气味，清晰的下颚线和分明的喉结映入眼帘，太快了。

她控制着自己最后一丝清醒的神志，移开一些距离："延卿哥，我要先回去了。"

她想松开外套下交握的手，力度轻轻，对方没有松手。

他看向她灯光下酡红的脸颊，微微皱了眉："你喝了多少？"

周念南认真地数面前的酒杯："七杯。"鸡尾酒口感舒适，状似饮料，名副其实的少女杀手。

傅真被围在人堆里，胸前的衬衫扣子解了三颗，端的是一副少爷的风流做派，瞟见沙发上坐着的一对男女，祸水东引："你们之前都听见了啊，我哥还没女朋友，谁能现场跟他跳支舞，我送她八十八万，现金！"

"嘭"的一声清脆，香槟瓶头飞出，白色的泡沫奔涌而出，瞬间将氛围推向高潮。

江初礼在一旁笑得几乎要断气，眼看着环肥燕瘦的女孩子们向沙发涌来，他还好心往旁边让了让位置。

张延卿不怒反笑，锐利的眼神扫向始作俑者。傅真犹自不觉，远远朝他晃手里的酒杯。

他坐着不动，眼神扫了一圈围上来的女生："今天是谁的酒吧开业？前十个跟傅三少跳舞的人，我每个人给八十八万。跳了的找这个帅哥扫码转账。"

他指了指江初礼。

一和十，哪个成功的概率更大，不言而喻。

包厢门不知何时被人打开，红男绿女蜂拥而上，傅真急得跳到了牌桌上，声嘶力竭："别扯我衣服。"

江初礼目瞪口呆地看好友站起来将西装披在女生身上，双手扶人靠在他的胸口："周念南喝多了，我送她回去。务必让傅真玩得尽兴，钱等会儿转给你。"

罕见地带了笑意。

江初礼总觉得哪里不对劲，眼前两人的姿势过于暧昧了一些，张延卿被人如此闹也没有生气……但他的注意力很快被傅真身边的热闹吸引走。

周念南晃悠悠醒来的时候，车正在夜色中疾驰。

车里很安静，前座和后座之间的挡板已经升了起来。她靠在身边人的肩膀上，他的外套还盖在她的腿上，两人交握的手在黑色的外套上，格外显眼。

她一动，身边的人就睁开了眼睛，眼神清明，哪有半分睡意："有没有哪里不舒服？"

周念南的反应慢了半拍，长发凌乱地垂在他的胸膛，发尾扫在他裸露在外的小臂上。她迟疑地开口："没有，就是想喝水。"

张延卿打开旁边的车载小冰箱，替她拧开水："有点儿冰，能喝吗？"前些天外婆给她煮的红豆粥，他看到了。

"可以，今天的酒也是冰的。"她没料到他连这个都注意到了。

喝了几口水，她觉得胃里舒服多了。两人一时之间有些沉默。

直到回到她家巷子口。

车停在外面的马路上，司机没有下来。

两个人在昏黄的路灯下往里走。夜阑人静，只有他们的脚步声，和着路灯下的影子，紧紧依偎在一起。

到了家门口，周念南转身："延卿哥，你回去吧，路上注意安全。"她觉得浑身像泡在热水里，但又微微有些发酸，不知道是为了什么。

张延卿没有松手,他抬起另外一只手将她的长发别在耳后,声音里有些疑惑:"你不会明天酒醒,就忘记你有一个男朋友吧?"

她回程的路上过于安静了,一点都没有在包厢里的主动。想起她发烧后在纽约的行径,沉稳如他也忍不住要来确定一下。

周念南抬眼看他,她的口红已经被酒杯蹭得差不多了,水汪汪的眼睛里都是控诉:"我想好了的。"

酒精固然放大情绪,但也催化了原本就蠢蠢欲动的爱意种子。

直到躺在被窝里,她的脸上仍然是热的,却又睡不着。

西装外套挂在床头,整个房间里都充斥着他的气息,一闭上眼睛就想到刚刚。

她的语音刚落,眼前的人原本放在她脸颊旁的手就顺势揽住她的后脑勺,铺天盖地的他的气息从舌尖传来。她还有压在喉咙里的话没有说完,脊背已经贴在了院墙上。

强势又急切,坚定又缠绵。

"盖章。"

不知道过了多久,她觉得自己快要溺毙在这急促的心跳声里,眼前的人才松开她,嘴唇顺着她的鼻子,吻到眉心、额头,最后落在她的头发上,拥她在怀里。

她的耳朵贴在他宽阔的胸膛上,"咚咚咚",周念南突然就有种踩在实处的感觉,失控的不止她一个。

张延卿想起之前重逢她的那个晚上,他在后面用目光追逐着她的身影,而现在,他终于将朝思暮想的人拥在怀里。

她的身形纤细,像能很轻易地揉进他的骨血里。

"那我明天来看你。"他的胸腔震动,依依不舍。

周念南的手还环在他劲瘦的腰上,声音小小的:"不用,今天太晚了,你明天还要去公司……会很累的。"

刚刚上任的女朋友太过贴心,也不知道是好是坏。

张延卿低下头,在她些微有些红肿的嘴唇上轻咬一口:"是我想来看你。"

空气里的旖旎残存。

司机小郑借观察后视镜里的后车情况,时不时瞟过老板的脸色,他盯着手机的眼神极其温柔,脸上的笑意就没有断过。

老板极少用前后座之间的挡板,今天用了一次。后座悄无声息。他认出老板怀里抱着的人,是上次接送了一周的周小姐。

江初礼尽职尽责地在群里播报他的诺言兑现情况,图文并茂。

江初礼:第一支舞……这个妹妹练过的,衬托得傅真跟只软脚虾一样。

…………

江初礼:第四支舞……一个男生,那个柔韧性,叹为观止。

…………

江初礼：第七支舞……傅真说他错了，不该招惹你，他说他也是为你好。

……………

手机振动，有消息进来。

周念南：延卿哥，我们在一起的事情，你能不能先不告诉你家里？斯斯那边我会说。

张延卿想了一下：我这么见不得人？

周念南纠结到在被窝里滚来滚去，她只是担心恋情不稳定……张叔叔严肃的脸在那儿摆着……

她的手机又振动，他又发来：那我什么时候才能有名分？

她打字，发过去：试用期，你自己说过的。

以彼之道还施彼身，她挖出之前他表白时说的话。

张延卿深深体会到搬起石头砸自己脚的感觉，然而手下却飞快地回过去：谢谢你给我爱的号码牌，我努力争取尽快转正。

周念南想象不出那头的人如何顶着一张冷冰冰的脸说这样热情的话。

张延卿的总经办工作群和好友群，当天凌晨下了一场金额巨大的红包雨，附言：以后要辛苦大家了。

崔秘书和刘特助抢完红包私聊。

崔凡真：老板这是，哪个大项目谈成了？

除此之外，她想不到其他的理由。虽然他们工资高、奖金丰厚，但谁会嫌弃到手的钱多呢！

刘特助：之前那个OpenAI，还是社交软件并购？没道理这么大的项目进展我不知道啊！

崔凡真：老板做决定还得先跟你汇报？

刘特助怀疑崔凡真截了图发给老板，第二天早上他七点多在公司看到张延卿的时候吓了一跳。

他经手的项目内容还没有整理好，而老板半夜还在谈业务。

……难怪人家那么成功。

张延卿端起手头的美式喝了一口。他昨晚像个毛头小子一样满心火热，睡不着，于是干脆早点儿来公司，把手头上的工作处理好，好早点儿去女朋友那边。

"刘瑞。"

刘特助心神一紧，老板只有在有大事的时候才会叫他全名，一般都和办公室里的人一样称呼他。

他忐忑地走进老板办公室，最近自己工作上有什么失误的地方？

"我记得你是材料专业毕业的，对吧？京市那个动力电池的投资项目你有没有兴趣？"他准备派刘特助过去接手这个项目，一来刘瑞在身边历练得够久，有了独当一面的能力；另一方面，他势必要留更多的时间在海市这边，长期的出差并不利于感情的发展。

刘特助被这个馅饼砸到喜形于色，特助和单独负责一个项目，孰重孰轻一目了然。

"我打算派你过去……不过你的女朋友工作是不是在海市？"他心里有短暂的犹豫，没道理为了他的感情拆散人家小情侣。

刘特助听出老板的考量，马上为自己争取："我女朋友公司也有京市的办事处，她经常飞那边。"

张延卿点点头："到时候公司会有正式任命下来，你尽快熟悉项目情况。"

刘特助喜滋滋，早起的鸟儿果然有虫吃。

他转头给崔凡真发微信：老板真英明！

张延卿的手机十点多才接到女朋友的微信消息：我刚刚醒。

紧接着，又来一条：你昨晚睡得好吗？

江初礼正在张延卿的办公室大倒苦水："……傅真说你微信拉黑他了，他昨天真的喝 high 了，就想着活跃一下气氛，没别的意思。"

张延卿不开口，先低头回消息：不太好，想你想到睡不着。

然后，他才看向眼前的说客："周念南昨天喝那么多，你也不拦着点。"

江初礼大喊冤枉："都是鸡尾酒，我以为没事……再说了，你不也在吗？"

他看向老友的脸色，于是将自己的猜测说出来："你是不是还没把人追到手啊？难怪火气这么大。"

张延卿顿了一顿，想到试用期的要求，沉吟："今天起我住森安那边去，我的工作时间会往前调两个小时，麻烦你和老秦了。"

江初礼鼓掌："南南妹妹怎么挡得住你布下的天罗地网！"

心里却为傅真点蜡烛，开玩笑开到人家追求对象面前，你不入地狱谁入？

转头给人发微信爆料：弟啊，不是我不帮你说好话，张延卿还没有追到手。

他对周念南不熟悉，但他跟张延卿熟啊。当初学校里那么多女生不顾他的冷脸贴过来，张延卿就那么有定力，眼睛都不抬地一一将人拒绝。

一众男生对他嫉妒到无语。

不患寡而患不均。

周念南被张延卿的微信回复闹了个大红脸，下楼的时候外婆还以为她酒还没有醒，絮絮叨叨念她："酒吧里有坏人怎么办，喝这么多。"

有延卿哥在。

她眨了眨眼，还是把这句话压在舌头底下。

等过些时日再告诉外婆。

手机振动，接到了刘佳阳的短信，问她有没有开始收集猪咪的日常素材。

周念南拍拍脸，除了恋爱，现实也很重要。

他们已经商量好，知识科普或是创意脚本都要耗费巨大的人力去维持，为猪咪的快乐着想，最适合它的路线就是单纯分享。

萨摩耶自带完美颜值，猪咪又是活泼的性格，很像人类幼崽的状态，天真软萌没有攻击力。

她直接拨电话过去："我相机的参数老是调不好，你帮我看看。"

她已经在他的推荐下，关注了好几个宠物博主，发现人家都把宠物拍得分毫毕现、憨态可掬。她习惯了手机拍摄，但传到电脑上，动态和背景却总是不如人家细节，这才发现专业相机和手机之间确实有壁。

刘佳阳借口外勤过来检查她的设备，看着她好几台贵价相机颇感震惊。

周念南解释："我朋友借我用的。"

张斯斯说物尽其用，好过在柜子里沾灰。

刘佳阳手把手教学，两个人头对着头看小小相机屏幕。

"你看，这个连拍模式，大概十张每秒就足够拍清楚奔跑中的猪咪了。"

"这个屏幕可以反转就非常合适，因为拍宠物一般需要低视角，这样拍出来效果更好。"

"下次如果拍猪咪运动什么的，你可以叫我一起。现场教学你能学得更好。"

清脆的敲门声打断他们的思路。

张延卿站在门口，光线从他身后照进来，身形高大。

他望向周念南："家里来了客人？"赶完一天的工作过来，看到的就是亲亲女友和一个男人靠得很近的画面。

刘佳阳还等着周念南介绍，来人气度不凡，从头到脚的装扮细节无不讲究，只是看向他的眼神凉飕飕。

周念南言简意赅："佳阳哥，延卿哥。"

张延卿了然，佳阳哥，她的合伙人。他长腿一迈走了进来，率先伸手握住："张延卿，麻烦你照顾念南了。"

刘佳阳扫一眼就知道这两人关系不简单，要不是有点儿什么，以周念南较真的个性，肯定会一板一眼地介绍"老板""同事"或者"同学"。

他用力地回握："刘佳阳。你客气了，一起长大互相照顾。"

周念南囧得悄悄伸手在后背拧了张延卿一把。肌肉太紧实，很快从指尖滑走，仿佛在人身上挠痒痒。

张延卿将左手回背后，精准地抓住那只捣乱的手。

她越过站在中间的张延卿向刘佳阳道谢："佳阳哥，今天麻烦你了，叫上孟真我们一起吃晚饭吧！"

周外婆今天去参加社区组织的老年人手机使用科普活动，吃了饭才会回来。

刘佳阳随意地摆手："我还得去单位打下班卡，就不看你们喂狗粮了。"

笼子里的猪咪听不得"狗粮"两个字，"噌"一下两只前爪搭在笼子边上，欢快地摆尾。趁周念南去安抚狗狗的空隙，两个男人交换了一个彼此心知肚明的眼神。

还没待他走远,就听到屋子里男人的声音:"……我在你家也没有名分吗?"

老房子敞着门,他听到自小一起长大的妹妹跟人撒娇:"我还需要一点点时间适应一下。"

声音黏糊又绵软,语调往上走,像小刷子一样勾人心魄。

小时候周外婆不让她多吃糖,担心她长虫牙,她就舔着嘴唇跟在他身后请求吃一颗大白兔奶糖,用的就是这种声调,仿佛不给她吃就是天大的罪孽。

这位张先生实在太过耀眼,打扮和气势都是一目了然的尊贵。他没有看过她的前男友,倒是上次吃夜宵的时候瞄过一眼她的相亲对象,和这位张先生比实在相差太远。

屋子里的两个人已经抱在了一起,张延卿做这件事情理直气壮。他太过了解自己的女朋友,非常乐意强势主导这段感情的发展速度。

男人一下一下地轻吻她的额头,声音里是藏不住的愉悦:"那现在呢?"

周念南有点儿害羞,他身上清冽的木质香调充满她的胸腔,靠在他的胸前,脸上止不住地发热:"现在什么啊?"

他提醒自己的女朋友:"现在是成为你男朋友的第二天。"

两个人的拥抱被永远活力四射的猪咪打断,它看着眼前的主人,不明白为什么她怀里抱着的不是它。

小狗委屈得在笼子里哼哼唧唧了半天,终于迎来了它的放风时刻。

周念南边蹲地上给它倒狗粮,边和张延卿商量:"你可以这么早下班吗?"

张叔叔还在管理公司的时候,她听张阿姨抱怨过,晚上十点多还在书房里看工作文件。她自己还在工作的时候,准点下班的机会都很少。

张延卿替她将头发别在耳后,捏了一下她的白嫩耳垂:"我把工作时间往前面调整了,如果不是重要事情,都可以这个时候下班。"

他没有和人说,为了迁就他的时间,公司里做了好几个岗位的人事调整,分担他手头的项目;总经办的人也因此受到影响,他给办公室的同事涨了一波工资。

这些原本就是他为了自己的感情做出的努力,不能说出来加重她的心理负担。

两人手拖手地带着猪咪出门。

吃饭,顺便遛狗。

巷子里正是人多的时候,两人一狗一路走过,不知道黏住多少邻居的视线。

周念南对这样的视线不陌生,出了门就想缩手,旁边的人紧紧握住,低沉的声音里带着压迫:"那我就要在这里抱住你了。"她的手就僵住了,任由身边的人十指紧扣。

不断有相识的邻居经过身边,笑眯眯地问一句:"新男朋友啊?"

她红着脸点头,没看到张延卿春风得意地跟人颔首示意。

好在巷子不长,周念南带着他东绕西绕,走去一条僻静巷子里吃日料。

餐厅门外看着不起眼,推开木门却又别有洞天。她坐下来就开始懊恼,邻居们都看到了,那离外婆知道还远吗?

侍者有意推荐店里的梅酒:"这款甘甜可口,又是水果口味,而且酒精度数不高,很适合女士饮用。"

周念南想起自己昨晚酒后的大胆之举,头摇成拨浪鼓。

张延卿盯着她看:"那我喝一点,你不喝。"

她瞪大眼睛:"你晚上还要回去,等下不能开车了,又要找代驾。"

日式餐厅的灯,光影虚实结合,藏而不露,隐而不发,柔和的黄色光影洒在她的脸上,乌浓的眼珠里盛满了关切。还没有喝酒,他已经恨不能溺毙在其中。

他拉住她搁在菜单上的细白手指:"我要去你家跟外婆说一声,是不是?外婆还不知道我的具体情况,总不能悄无声息就拐跑了她的乖孙。"

还在一旁站着的年轻侍者脑补出一段缠绵悱恻的爱情故事,看着眼前一对高颜值的情侣心生羡慕。

周念南最受不了他的眼神,坦荡又热烈。和张斯斯做好友的这些年,她从来没有想过有一天好友的哥哥会这样看她。

张斯斯不知道好友念着她,她正被江盟拦在校园里。

同行的女生知道两人闹矛盾的事情,对视一眼,默契地拿出手机看时间:"斯斯,那我们先去图书馆了。你们聊。"

她点头,看向眼前站着像一尊石膏像的人:"有事请直接说,我还有作业没做完。"

江盟自知理亏,他直接找了张延卿,得知了事情的真相。

使他害怕的不是张斯斯对他的漠视,而是她对她创造的新人际圈子驾轻就熟,一丝也不见勉强。

他终于发现,不是张斯斯离不开他,而是他离不开张斯斯。

她像一束热情的火焰,带他进入不同的生活,见识学霸世界外的另一面。

张斯斯手里抱着书,很客气地同他打招呼:"有什么事情要说?"

她从前都是幽雅香水搭配精致衣裙和完整妆容,很少像现在这样连着好几天穿卫衣、牛仔裤,唯一出挑的大约是那头前几天挑染的浅蓝灰色发丝,浑身散发出一种说不清道不明的味道。

"那天是我不了解情况,误会了你,我向你道歉。"江盟态度很诚恳。

张斯斯收到了意料之内的歉意,心里并没有任何沉冤得雪的快意。

她从跟着妈妈进入张家起,这样的恶意揣测明里暗里不知道听了多少,理智告诉她,他的误会和道歉都无可厚非,但感情上又不可避免地觉得低落。

她以为他们相处这么久,他会和其他人不一样。

她心里堵得慌,脸上还是带着笑意回他:"道歉接受了,我还有其他事情就先走了。"

江盟拉住她:"那你的微信是不是能重新加我回来?"

她低头拿出手机操作一番,晃了晃:"好了,加回来了。"

"那我们是不是和好了?"

张斯斯犹豫了一秒:"算是吧。"

周念南听到好友的描述,一针见血地指出核心所在:"那是因为你对他的期待,和对其他人的不一样。我们喜欢的那个人,就是要哪怕全世界与我们为敌,他也坚定地站在我这边。"

张斯斯很想跟好友解释她那时候就是,见色起意来着……没有腹肌加持,她还只当他是行走的学习机。

但她又恍恍惚惚地觉得好友的分析,好像也有一定的道理。

初恋的失败是她心里过不去的坎,她好像自那之后无师自通习得了凌波微步,万花丛中过,片叶不沾身。

她叹了口气:"我得再想想。"

她是爱憎分明的人,但轮到自己就不免糊涂,夹杂的情绪太多,一时之间很难说得清楚。

谁能想到她有一天会对监督自己学习的人产生异样的情愫,她不敢轻易下结论。

周念南的记性好得过分:"是谁说,疗愈一段情伤最好的办法就是开启下一段新的。"

张斯斯避而不答:"我发现你才是真正的嘴强王者,你自己都不实践。"

周念南顺着她的话往下回:"……那个,我已经开始实践了。"

张斯斯顿时来了精神,女人神秘的第六感让她立马从书桌前直起腰来:"是我想的那个人对吧?"

她其实已经做好了准备,但看到好友羞赧朝她点头的样子,她还是没忍住伸出大拇指。

"什么时候开始的?"

周念南不瞒好友任何事情,一五一十、老老实实地交代。

听到她喝了酒主动去牵人的手才促成这段恋情,张斯斯痛心疾首:"我都说了,我不在的时候你不要喝酒。遇到心眼坏的,你都不知道会发生什么。"

张斯斯在毕业那年有幸见识了好友醉后的样子,不吵不闹,就是黏人,全身软得跟没有骨头一样,眨着一双乌光闪亮的大眼睛往人身上靠。

这也得亏大家都是女人,这样软绵绵的小羊羔看着太好欺负,她都不敢带去酒吧那样龙蛇混杂的地方。

"延卿哥本来就在追你,你还主动他怎么可能拒绝……"她皱眉,"你们不会就那什么了吧?"

张延卿虽然人品还可以，但他毕竟是个男人。

周念南脸红："没有，这怎么可能。"她隐去在家门口那一段。

张斯斯的阴霾被这样的消息扫去一些，她回想以前和好友在背后抱怨他冷冰冰的样子，心里有种扬眉吐气的快感："你要牢牢把握这段关系的主动权，把我们以前受的冷遇都还回去。"

周念南哪敢跟人说，她和张延卿之间，牵手、亲吻、拥抱，都是他在主导……最关键是，她发现自己也丝毫不反感。

甚至在晚餐后，他还带她去看了他在森安的新住处。

在离她家不到十分钟路程的一个老小区，外墙斑驳老旧，内里看得出来刚刚翻新过，一水儿新家具……只是明显和他在海市的房子差很远。

多少见过一些大世面的张斯斯也没想到继兄能做成这样："他还真住这边来啊？"

周念南借喝水掩饰自己的难为情："他说他不想谈异地恋。"

张斯斯顿住，就那一小时的距离也配称之为"异地"……但这话实在动听，没有人抵得住这里面藏的柔情蜜意。

她看向好友亮晶晶的眼睛："我只有一个忠告，记得用套，保护好自己……需要教学片子吗？我发你。"

周念南早已习惯她跳脱的思维："我们还没有快到这个地步。"

张斯斯不置可否："……你先记着总是没错，欲望这个东西，你能忍住，我可不能保证你对面的男人也能。"

周念南在这通电话的最后提出希望保密的请求，张斯斯飞快地答应，原话是："不告诉大人是对的，延卿哥那个年纪，第一天谈恋爱，第二天就要被催结婚，第三天就该催生小孩了。"

两人从高中起就熟练帮对方打掩护，周念南得益于她的好孩子长相和成绩，天生就比人多了几分说服力；张斯斯惯会察言观色，哄得人心花怒放。

"好好享受你的恋爱吧，周末我要去接受猛男的洗礼了！"

张斯斯还对好身材的男人寄予幻想，渴望随便一个六块腹肌的男人来打破好友的说法。

——也有可能不是非江盟不可，是体内的多巴胺在作祟。

两个好朋友互为狗头军师，为对方解爱情这道谜题。

周念南挂掉好友电话之后，接到张延卿的微信：我明天早上过来正式拜访外婆，和她说我们在一起的事情。

晚上吃好晚餐再去遛猪咪，新晋情侣之间的时间过得飞快。等他送她回来的时候，周外婆早已睡下。

她心里涌起微妙的满意。人经历得越多就越是计较，对方越是主动越显得其间的心意动人。

所以第二天她起床的时候，看到桌边的张延卿时一点都不惊讶。

周外婆指着一桌子的早餐，说："人家小张一大早买了送过来，你才刚刚起床。"

周念南往桌上看了一眼，豆腐脑、小笼包、鸡蛋灌饼和豆浆，都是她散步的时候指给他看过的，她心目中的森安早餐Top。

她飞快地看了一眼张延卿。他今天穿的是一件落肩袖的宽松白色衬衫，棱角分明的领口解开了一颗扣子，袖口挽起至手肘。换了一副她没有见过的无边框浅茶色眼镜，掩去了眉眼中的凌厉之色，看上去温和不少。

周念南一直知道他是好看的，眼下这个好看的人也正紧紧盯着她，嘴角带笑替她回答外婆："休息得多正好，她最近太忙了。"

滑嫩的豆腐脑还热气腾腾，撒上了白糖，推到了"忙人"周念南的面前。

张延卿一心二用，一边照顾女朋友，一边和外婆讨论海市这几十年的飞速发展。

周外婆围于店铺生意这些年很少出门，张延卿则是在海外的时间多，两人说着说着兴起，当着她的面约好了下周一起去海市玩。

"那我到时候来接您，四处都转一转。"

周念南之前总是拉不动外婆出门，借口都是店铺。没料到眼前的人一相邀，外婆就松了口。

她有些吃味，皱皱鼻子："外婆你……重色轻我。"她原本想说重男轻女，话到嘴边想起亲生父亲因为她的性别而放弃了这个家，又生硬地转了口。

桌子底下就贴过来一只大腿，结实有力、热气腾腾，瞬间让她想起无数个看过的电影片段。

周外婆斜睨她一眼，一副笑眯眯的样子："我看小张介绍得蛮好的样子，正好有空，去看看也不错。"

豆腐脑的热气蒸到她的脸上，她埋头不敢再看对面人英挺的眉眼。

吃过早餐，她送张延卿去巷子口。

他捏着身边人绵软滑嫩如豆腐脑一样的手向她抗议："我正在争取外婆的印象分，你不能拉我后腿。"

周念南看他的车子停得远，这边又没什么人走过，捏了一下他的手掌，轻轻说："你低头。"

张延卿不明所以，顺从地微微弯腰，她踮脚在他的唇上亲了一下。

蜻蜓沾水般，还沾着豆腐脑的清甜气息。

"你好好上班，我回去了。"

张延卿不肯撒手，又将人拉回来抱住，声音里全是笑意："不想去上班了。"

她脸上红扑扑地回到租住的房子，才发现张延卿买的不只是早餐。

外婆房间的地上堆着高档礼盒包装的燕窝、虫草、花胶和人参等滋补品，她坐在床沿上等外孙女，拉着外孙女的手问："上次去他家，我就看出来他家境不是一般的好。小张人倒是不错，就是他家里太好了……"

早在周念南下楼之前，张延卿就一五一十地跟外婆汇报了自己的家庭情况，最后诚恳地说："外婆，我是真心以结婚为前提和念南谈恋爱的。"

周外婆见得多，念南的父亲结婚之前也是这么跟她保证的，骨感的现实很快戳破了他的诺言。

说的时候都以为自己的真心和钻石一样恒久远。

周念南靠在外婆身边，闻着她身上让人心安的味道，安慰说："我才刚刚谈恋爱，离结婚还远着呢。"

周外婆生气地拍她的手："你可不能玩弄人的感情。这么贵重的礼物，咱们找个机会还给他。"

张延卿对外婆的重视体现在这堆礼物里，她想到他强势的做派，怀疑自己一旦给他退回去讨不了任何好，而且外婆正需要补品……

她翻出手机将每一样补品拍下来，打算清算好价格到时候回礼："我会礼尚往来的，你不用担心。"

安抚好外婆，她才在电脑前坐下，查看学姐发过来的医疗资料。

这是每一个翻译人的会前功课，吃透资料，才能精准及时地服务好与会人员。

总经办的人很快发现张延卿的不同。他日常穿的衬衫几乎都是商务款，挺括精神，搭配正装西服，就是日常严肃又严谨的小张总。

崔凡真比其他人更清楚老板的行程。今天没有外出安排，老板比平常晚来一个小时，进去签字的时候，她发觉他心情很好，新造型干净清爽，平添了几分少年气。

"崔秘书，还要麻烦你帮我看下那边的房子，最好是别墅，离森安老城区近一点，走路不超过十五分钟距离最佳。装修不拘如何，到时候重装。"他一边说话，一边拧上笔盖。

崔凡真心里掀起滔天巨浪，离租房子才过去几天？这么快？面上却不显露分毫："……是做婚房打算吗？"

"不是，给家里人住，有老人。麻烦你看房的时候考虑一下这点。"

崔凡真点头微笑："好的。"——这个老人肯定不是指张董。

老板不愧是老板……投资稳准狠，谈恋爱也不遑多让，已经到了见家长、考虑女方家人住处的地步了。

且不管崔秘书如何想，公司里火眼金睛的员工也发现了张延卿的改变。

内部论坛有匿名帖子被顶到了第一位，UC风格的标题瞩目：惊天一爆！男人要想赢得女人的心，最关键是这三点！

连秦完时这样不八卦的人都被吸引点进去看了，只是没料到还有自己的戏份。

——小z总最近是不是进入求偶期了？证据如下图所示。

1. 积极健身。

配图是一张男人在公司健身房跑步的背影。拍摄角度刁钻，全靠放大再放大图片里玻璃上反射出来的面容破案，正是张延卿本人。

2. 捧着手机笑。

大约是哪个员工在停车位上拍到的，西装革履的张延卿正低头看手机，唇角的弧度明显。

3. 衣品。数一数，他多少天没穿深色系衬衫了。

不敢想象严肃的孔雀开屏是什么样子。（跪求管理员勿删帖）

下面很快排起了"火钳刘明"的长队，间或有其他匿名人员贡献各种捕风捉影的消息。

△想想公司最近的人事任命……想要留守本地的心不是很明显？合理推测女方是本地人。

△据家里人消息，有百度百科词条那位归国小提琴手和他相过亲……

很快，有好事者将余清扬的链接贴了上来。

也有反对意见：之前傅三公子的酒吧开业，老板带过去一个女生……不大像是这位。可惜我没敢掏出手机……

有人贴出一张大橘皱眉呵斥"粉色娇嫩，你如今几岁"的jpg表情包，"粉"字被划掉，改成了"浅"。

无辜中箭的八卦群众来骂：三十多岁怎么啦！法律不准穿浅色？有本事你永远活在二十几岁。

也有CP粉趁机嗑糖：楼上的，你怎么就敢断言是女方，不是男方啊！

公司三个创始人，张延卿严肃，秦完时自持，江初礼倒是例外，整日笑眯眯，可惜女朋友一茬接一茬，没有空窗期。

八卦小报早先怀疑张延卿的性取向，公司不是没有人将他和秦完时扯到一起，可惜秦卿CP这些年没有任何明面上的火花。眼下八卦瓜田硝烟再起，很快有人将尘封的CP向帖子顶了上来。

八卦的走向立马被带偏，一半人分析老板的恋情对象是男是女，一半人猜测老板的对象小他多少。

崔凡真和刘特助忍到内伤，很想拉张延卿的司机小郑一起披马甲上阵。可惜知情人少，一爆料就难免暴露自身，老板身边的人都签过额外的保密协议。

几个人只敢悄悄收藏帖子，怀着"世人皆醉我独醒"的心情，眼看这个帖子下面吵得不可开交。

江初礼好心地在后台技术部汇报情况的时候，让人将这个帖子标红，并打上了"热"的标签。

"并没有违反内部论坛的规则,对吧?任何问题都可以讨论,包罗万象是我们公司的文化底蕴。"

技术负责人获得尚方宝剑,飘然离去。适度吃瓜有利于拉高内网整体活跃度。

张延卿早就屏蔽了群消息,一心只顾着和周念南的二人世界。

周末的下午,两人在周家租的房子里……看资料。

张延卿看投资报表,周念南翻以往的翻译笔记。

很快,她有电话进来,屏幕上跳动着"张阿姨"三个字。周念南犹豫了一下,正要拿起电话往屋外走。张延卿眼尖,一把拉住她,替她按下接听键。

上次两人联系还是为了张斯斯。

斯斯又又又……买了个包,张阿姨多说了几句,张斯斯逆反心上来,一个礼拜没回她微信,张阿姨就一如既往地找上周念南,拜托她多劝劝张斯斯。

电话那头张阿姨的声音又温柔又亲切:"南南是吗?"

周念南有点儿心虚,她不确定这通电话的来意,斯斯这段时间因为江盟的事情安静乖巧得很,唯一的可能性在她现在的男朋友身上。

"是,张阿姨。"

"最近忙不忙?我听斯斯说你家在装修,方不方便阿姨来看看?我也正好回了老家。"张斯斯的外公这些年一直住在森安,周念南跟着张斯斯去过好几次。

她不好拒绝,两个人约好了在巷子外面的咖啡馆见面。

她原以为张阿姨知道了她和张延卿在一起,来找她说些什么。比如电视剧里演的那种给支票啊什么的。

张延卿忍住笑意摸了摸她的头:"去吧,我可什么都没说。她要是给你支票,我给你双倍。"

张斯斯就更不会暴露她,她信任她们之间的友情。

直到见到张景心,她都没有理出头绪,但毫无疑问的是,这次见面的由头,不是张斯斯,就是张延卿。

张景心从高中时认识女儿最好的朋友,见面的次数不比见自己女儿的次数少,这两年斯斯在国外,两人碰面的机会才少了很多。

今天周念南穿得简单,白T恤和绿底白波点的棉布裙子,清新得像一株还沾着露水的莲叶。

从外表上看,自己继子的年纪还是稍微大了些。

"南南坐,我给你点了鲜榨石榴果汁,你和斯斯都喜欢的。"张斯斯是两人之间联系的纽带,她一提自己的女儿,就见对面的人肉眼可见地放松了一些。

"谢谢阿姨。"

张景心不欲给小姑娘太大压力,一张养尊处优的脸带着温和笑意:"我也是听斯斯说你家在重新装修,就想来看看。我家也考虑重装,做个参考。"

这个家,说的是斯斯的外公家。

周念南没料到竟是这个目的,她顺着对方的话往下说:"那我带您去看看。不过才开始不久,离装好还差很远。"

张景心弯腰拿起放在地上的包:"那就麻烦你了。"

下午的阳光正盛,好在离得近,两人也不甚在意。

周念南一手拿着果汁瓶,一边给张景心介绍:"是我初中同学的装修公司,口碑还是不错的。"

张景心穿着低跟皮鞋,走得优雅:"我也是这个考量。从海市找装修公司过去没什么必要,斯斯外公家在老小区,阵仗也不用弄太大,实用就行。"

周念南就识相地没提她觉得斯斯外公家现在的装修挺好的……斯斯妈妈之前就重新装修过,到现在也不过七八年而已。

也许有钱人对实用的定义和她的不一样。

张景心一路走过来,眼尖地瞥到继子日常惯开的车停在路边。一众实用紧凑型轿车里,他的车的车型、颜色和车牌都格外瞩目,她只当没看到。

装修工地灰尘满天,地面粗糙,楼上和楼下都拆了不少墙面,看起来宽敞不少。

周念南伸手扶住张景心。她一边解释每个场景未来装修的样子,一边从手机里翻出设计图纸给张景心看。

张景心的目的并不是装修。

张宏安在家里等儿子的追妻大计等得脖子都长了,也没个只言片语传来,问张斯斯,她也装学业忙,在视频里瞪着无辜的眼睛说"好像还没有追到吧"。

听得张宏安脸色发青,好不容易儿子想谈恋爱了,看上的人是自己妹妹的好朋友,还追不上。于是他旁敲侧击地给自己的妻子派任务,来看看女生的想法。

毕竟女人和女人之间,更好沟通。

张景心从前就喜欢周念南,性格温和又漂亮,女儿那样想一出是一出的急躁性子,在她面前就顺毛得很。

如今从儿媳妇的角度来看,知根知底,又和女儿关系好,这样的人好过外面的其他人太多倍。

两人从楼上逛到楼下,最后在院子的树下站定。

张景心握住周念南搀住她的手:"从前我就说,你的手长得好,是要嫁个好人家的。"

张斯斯说过,一个女人过得好不好,看她手脚的保养就知道。张景心的手柔软细腻,连一点薄茧都无,张斯斯的判断标准大概来自她的母亲。

周念南只好笑一笑,不知道如何回。

好在张景心也没有期待她的回答,自顾自往下说:"斯斯的哥哥回来说,他想追你,我和斯斯的叔叔都吓了一跳。"

周念南心里一跳,借喝果汁的动作缓解紧张。张景心慈爱地看向她:"你们两个我都熟悉。延卿之前在国外的时间多,和家里没有那么亲近,但是他的人品我们还是能保证的。而且男人大一点,更会照顾人是不是?"

她含笑看着周念南微微低着的头:"我来也不是给你压力。你是斯斯最好的朋友,对阿姨来说,你就像我另外一个女儿一样。我希望你和斯斯一样过得开心。恋爱这种事情端看你的心意。"

两人又聊了聊张斯斯在伦敦的生活,总算不大冷场。

张景心看出她的紧张,主动说要回家了,周念南倍感轻松。

好朋友的妈妈和男朋友的后妈,两个身份给人的压力太不一样了。

她一回去看到张延卿,就松了一口气。

张延卿很自然地抱她进怀里,细细看她脸色:"张阿姨和你说什么了?"

他大致能猜到对方的来意,周念南将脸埋在他的胸口,闷闷的声音传来:"她……大概……是想让我考虑一下你?"

张延卿故意逗她:"支票上写了多少让你考虑我?"

周念南抬头看到眼前的喉结,想也不想就咬了一口,言不由衷:"太可惜了,阿姨没有给我支票……不予考虑。"

他缓缓退后,看怀里的人无辜的圆眼睛示威般看向他,她不知道自己的脸颊微微发红,也不知道自己身上的香味那么令人着迷。

他扶着她的后脑勺就吻了下去,吸吮、舔舐,那些年梦里被压抑的欲念和翻腾的气血,终于找到了去处。

周念南觉得自己像狂风暴雨里的一叶扁舟,只能跟着海浪的起伏游走。

"咳咳!"

杨川哲没有料到自己进门来就撞见这么香艳的一幕,他敲了院子的门,没人回应,大门又敞开着……

周念南将脸深深埋到张延卿的胸前,绝不肯露半面脸孔出来。

张延卿也没料到,自己三十多岁的人生里,还会有如此失控又尴尬的时候。

他搂住怀里的人,深呼吸调整自己。她这样全然天真地信赖他,总让他拼尽所有的自制力,才能克制心底最深处的欲望。

他眼底恢复清明,被打断的无奈夹杂着说不清道不明的庆幸,看向来人:"你找哪位?"

杨川哲的脸上全是尴尬,眼前的男人气场十足,结实的手臂占有欲十足地环住周念南的细腰……她分手、相亲、重新有了男朋友,这场年少时的暗恋,从头到尾,他都没有姓名。

他垂下眼睛:"我来找周念南,想和她说一下装修地板的事情。"

张延卿低头瞥一眼脸红得像苹果一样的女朋友:"你先进去洗脸,我来和他谈,等会儿我转达给你,好不好?"

语气温柔得像要滴水。

杨川哲眼见着周念南低着头走进内室。她从前就脸皮薄，上课被老师叫起来回答问题都会脸红。

"你好，我是张延卿，周念南的男朋友，怎么称呼你？"周念南一走，男人就往前走了几步，挡住了他的视线。

杨川哲收起心头的酸涩，说明来意："周同学之前选的那款地板涨了价，厂家那边正好有批特价的款式出来，稍微有些瑕疵但是可以切割掉的，总价算下来比她之前选的划算……我来问下她的意见。"

周同学……

张延卿不动声色地打量了下眼前的年轻人，个子高高，眼神清明。

他主动握住对方的手，温言道："不如我们去工地那边详谈？"

杨川哲来不及哀悼自己逝去的暗恋，一路还得尽职尽责地为对方介绍："特价的款式是厂家的库存款，现在清仓，所以我们能拿到很低的折扣……质量是没有任何问题的，我敢打包票，入库之前我们的工人都会仔细检查。"

他知道她的预算紧张，竭力想为她节约资金。

"之前地板的总价一共是多少？"张延卿直指问题核心。

杨川哲想了一下："地板加上工人的费用，不到四万块的样子。楼上和她外婆的房间铺的是实木的，价格会稍微高一些。店铺部分铺的是木纹瓷砖，这里造价低。"

张延卿并不知道市面上地板价格的高低，但周念南手里那本报价单显然是经常看的，起了厚厚的毛边。

他看向眼前的年轻人，替周念南做了个决定："你看能不能这么操作？你给她报现在折扣款的价格，但是实际换更好材质的实木地板装上……差价我额外付给你。家里有老人和宠物，装修的材质都要特别注意是不是？"

杨川哲一下子卡了壳，他见过装修中为了价格闹得不和的家庭，也见过为了保全自己婚前财产忽悠女方出装修费的人，第一次见这种做好事不留名的。

"我想她过得轻松一点。"身边这个男人扭过头对他说，话里的怜爱之意溢于言表。

除了点头，他还能说些什么呢？

"那谢谢你了，还请你注意保密。我到时候让我秘……"张延卿生生吞回这句话，掏出手机，"我先加你微信，到时候多出来的费用账单你发给我，我来付。"

"其他可以升级的项目你也发给我。"他加上这句话。

他从女朋友蛛丝马迹的日常里，越了解她多一点，就心疼她多一点，想将世间所有的好都搬到她的面前。

周念南毫不知情，她十分羞愧自己没能抵住男朋友的美色。每次他一强势主动，她就乖乖配合，一点儿也没有之前的矜持和瞻前顾后。

张延卿和杨川哲协商好一切回到周家，立马收到刚刚还乖顺得像只猫咪的女朋友的严肃抗议:在周家,两人得保持半米以上的安全距离。

才浅尝过甜美的人抓住对方的漏洞:"那不在你家,是不是就可以了?"

周念南脸上飞起粉霞,瞪他:"我都没脸见我同学了,都怪你。"

"是,都是我不好,我没有忍住。"张延卿顺着她的话道歉。

他对杨川哲的眼神不陌生,但现在在她身边的人是他,他也没有替潜在情敌挑破目前局面的意思,只转达他的来意:"……我觉得很划算,就先替你同意了。而且万一有问题,他们公司也要担责任。"

周念南胡乱点头,她觉得自己需要更长的时间来做心理建设,于是对近在咫尺的男友下逐客令:"……要不你先回去休息一下?"

他盯着女朋友被他吞掉了口红也红艳湿润的嘴唇笑,任她泄愤般地捏自己的手指:"那么怕被人看到?"

周念南看也不看他:"万一刚刚是外婆回来……"

张延卿看着女朋友暗自纠结的样子想,他得忍住。他已经有足够的阅历,懂得克制的重要性。

江初礼给他分享的一堆有的没的视频里,有句话说得很对:"爱情是没有技巧的,有的只有真心、忍耐和缘分。"

门外传来周外婆和邻居寒暄的声音,张延卿见证了女友马上往后退步划出楚河汉界的场面。

……她的手还在他的手里,张延卿用力拉回她,在她额头上轻轻吻了一下。

柔软得像羽毛拂过。

周外婆进来的时候,两个人两台笔记本电脑相对,谈恋爱谈出了学习的浓厚氛围。

张延卿礼貌地跟周外婆道别:"我朋友找我有事,我就先走了。"

周外婆还想留他,看一眼坐在桌子旁眼风都没有扫过来的外孙女,嗔怪道:"怎么不留人吃饭?"

周念南抬不起头:"他真的有事,工作上的事情。"

就听见张延卿轻笑了两声,带着电脑走了。

等晚上张斯斯开始给她展示去看猛男秀的战袍和妆造的时候,她的懊恼已经平复了不少。

张斯斯选了一条黑色手工钉珠刺绣长裙,细肩带,前高开衩,行动间勾勒出曼妙曲线,如同暗夜里绚丽夺目的玫瑰花。

她在镜头前转圈给好友展示,丰盈白皙,妖娆妩媚。

"我还约了一个化妆师小姐姐,她等会儿过来,帮我们做头发和化妆。你等着,我到时候一定拍照给你分享伦敦最火辣的男人!"她一边侧身戴耳环,一边跟好友说话。

周念南很喜欢她这样的坦荡直接、大大方方。她自己大概是不行，但不妨碍她表达自己的赞美："江盟知道你今晚这么好看吗？"

张斯斯笑嘻嘻地从镜头后掏出来一瓶红酒："不说扫兴的人和事，今晚是 girls' night。我有预感，这会是一个很开心的夜晚。"

同屋的锦仪和她一起去，两个人已经将网上的攻略翻了个遍，发誓要和主演有互动、有贴身热舞。

她很节制地只喝了两杯，双颊微红，无须再上腮红。酒精助她放飞自我："预热一下。等你明天起床就能看到我给你发的第一手战报。你先长点儿见识，到时候跟延卿哥坦诚相对也不至于太小学鸡……"

周念南可没有喝酒，她想起白天里的尴尬场景，打定主意这几天要冷一冷。两个人之间进展太快，节奏也全然不由她掌控。

她的前一段恋情再正常不过，确定关系一个月之后正式牵手，两个月之后才解锁了拥抱和接吻，然后……然后赶上国内的 HPV 疫苗热。

内地一苗难求，香港的倒是很好预约，三针的程序绵延半年，正好能在她二十六岁生日之前打完。

张斯斯倒是忘了这一茬，她端着酒杯给好友出谋划策："你不能太顺着他的节奏走了，你得叫他知道，你还有很多其他选择，也不是非他不可。"

刺激张延卿这样的馊主意太烂，周念南马上想到下周的会议安排，转头将去香港的机票提早了一天。

以工作的名义，无可指摘。

她以白开水代酒，隔空和张斯斯干杯："玩得开心，注意安全。"

张斯斯回她一个飞吻："等我照片。"

周念南睡前刷到张斯斯的朋友圈，两个女孩子一黑一白两条礼服裙对镜自拍，笑靥如花，配文：伦敦土特产，我们来啦！

她点了一个赞，不久后收到张斯斯统一回复的玩梗文案：V 我 50，带你解锁高清腹肌美图。

正在房间里学习的江盟在微信上收到同学的截图，疑惑：张斯斯这是拍了你的腹肌照？

他点开自己的朋友圈，很好，张斯斯这条朋友圈内容显然是屏蔽了他。

但他很确定张斯斯说的肯定不是他。

周念南第二天醒来，手机里毫不意外地，多了一堆灯光暧昧的半裸肌肉男 live 照片和视频，背景音里是女生们响彻天际的尖叫声。

这种赤裸裸的雄性身体展示让大清早本就不甚清明的她更加迷糊，没有留意到好友只发了图而无半点犀利点评。

等张斯斯从伦敦的早上醒过来，就看到周念南的留言，一堆毫无意义的哇哇赞叹声。她下意识地想转身回消息，后知后觉地发现自己腰上横着一只手臂……她惊恐地回头看，身边的男人有一张再熟悉不过的脸。

江盟。

腰间的酸痛提醒她昨晚的放纵，更多的细节涌上心头。

周念南坐机场候机室听好友的忏悔："我不该喝那两杯红酒的。没喝完的我塞包里了，现场实在氛围太好了，多巴胺爆炸那种感觉你知道吗？"

"我和锦仪出来就把剩下的酒给喝了。她男朋友来接她，我就上了江盟的车……不知怎么就滚到他的床上了。"

张斯斯心虚地看向好友。

她其实知道是怎么滚到一起的，她如何肆无忌惮地拉开对方的卫衣，伸手抚摸他坚硬的腹肌，如何吻向他的嘴唇。

半瓶红酒根本不足以灌醉她，她心知肚明。

周念南走到无人的角落："……所以你早上醒来就跑了？"

张斯斯坚定又缓慢地点了点头："难道我还留下来跟人复盘？"

信息量有点儿大，超出周念南的认知范畴。张斯斯敏锐地听到机场的广播声："你今天就去香港吗？"

周念南点头："工作提前准备，正好顺便去把疫苗第三针打了……那个，你们昨晚做安全措施了吗？"

张斯斯在有限的记忆里翻找，到底是，有？还是没有？

转念一想，她又怒气丛生，不管是有还是没有，都挺让人生气的。谁家好人随身带套？谁家好人做了不戴套？

她立刻缩小视频通话的画面，噼里啪啦给那个人发微信：昨晚你戴那个了吗？

对方回她一张照片，深灰色的地毯上两个被撕破的小包装袋：斯斯，你在宿舍吗？我过来找你。

张斯斯无法面对这种场景，她哆嗦着在对方说出更多之前果断将他拉黑。

她原意是借人类对美好身体的向往冲淡自己对他的说不清道不明的在意，结果兜兜转转自己反而把人给睡了。她无法想象，如果对方和她说"我只是犯了一个全天下男人都会犯的错误"……

她能说什么呢，主动的确实是她。

周念南还等着张斯斯的回复，她以为张斯斯的沉默是没有："那你要赶快去买药……"

张斯斯打断她："你在香港待几天？我来找你。"

两个无胆匪类一拍即合。

张斯斯立刻取了护照下楼，打车的路上，下单了最近一趟飞香港的航班，没有商务舱,她也不管了。她还不忘给教授发邮件请假,编了个好友身体不适的借口。

江盟没有收到张斯斯的回复,他再发消息过去发现自己又被拉黑了。

他直接去张斯斯的宿舍,同屋的另外一个女生说:"她刚刚走,挺着急的样子,不过去哪里她也没说。"

打电话也是忙音,毫无疑问,手机号码也被拉黑了。

他发消息给江初礼,自己堂哥是身边人里面女人缘最好的。

他措辞谨慎:哥,我有个朋友想问下,有个女生睡了他之后什么也没说,还把他拉黑了,这是什么意思?

江初礼哪有空管小男生心事,张延卿追女人,忙的倒是他和秦完时,这找谁说理去。

他无情地回复:那说明你技术太差,人家不满意。

学霸满腹委屈无人可说。他努力回想昨晚,第一次是快了些,但第二次就好很多了吧……但这种事情唯一的评判标准握在女方的手里,现在人跑了,还拉黑了他,嫌弃的态度可见一斑。

他挫败又焦虑地在她宿舍楼下执着地蹲守了一天,直到晚上也没见人回来。

张斯斯所有的社交媒体都拉黑了他,他别无他法,在微信列表里翻出蒙尘已久的"正义吃瓜联盟"群,添加头像是一只歪头微笑萨摩耶的用户,附上申请信息:周念南你好,我是江盟。斯斯和我闹了一些误会,我想当面和她说清楚。

周念南一直没有通过他的申请。

她正快乐地购物。张斯斯带着一本护照说走就走,化妆品、护肤品、衣物、鞋子,她都要提前替好友准备好。

九月份的香港闷热潮湿,行人走路的步伐都比内地要快上几分。

周念南拎着购物袋从铜锣湾的时代广场出来,七拐八拐去一家著名美食家推荐过的小店吃清炖牛腩。

张延卿给女朋友发微信,她回得慢吞吞,手和嘴都不得闲。

江初礼看他盯着手机跟望夫石一样的姿态,嘲笑他:"男人和女人之间,不是东风压倒西风,就是西风压倒东风。"

傅真在一旁吱哇乱叫:"哥,他这样的虎狼之词你都不生气?"

他做小伏低一个礼拜,才换来张延卿和缓的脸色。

傅三公子天不怕地不怕,最怕在他父亲面前说得上话的张延卿。花花公子红尘里打滚,也需要他父亲提供的金钱滋润。

江初礼扶额望天:"我就说让你多看看书,你整天在想些什么?"

傅真大大咧咧:"食色性也,这不人之常情嘛。"

张延卿忍不住替傅老先生教子:"男人,得有点儿责任感。"

他站起来扣上西装扣子，和江初礼确认时间："和鹏城艺术中心的投资签约时间是不是周二下午？"

"对。"江初礼点头，"到时候我会过去。"

"我让崔秘书和你的秘书交接一下，到时候我过去。"

江初礼莫名其妙，这个项目说大不大，说小不小，搁以前张延卿是不管这种投资额度的项目的："你要加大投资额？"

"那边离香港近，她这几天有工作在那边。"他低头给崔秘书发消息。

周念南自昨天被同学撞见两人亲热的场面后，留下一条微信就飞去了香港，美名其曰"为了工作"，他敏锐地察觉到小蜗牛有些微躲避之意。

江初礼和傅真两人飞快地交换眼色："你去几天？"

张延卿思忖："两三天吧。"她工作两天，再多留一天陪她买东西。

江盟一直没有收到周念南的回复，电脑上的英文字母跟蚯蚓一样扭来扭去，就是入不了他的眼。

他鬼使神差地打开网站，输入关键词搜索国人平均水平的研究报告。

张斯斯不知道学霸的学术思维，她在经济舱狭小的座位上缩了一晚上，下飞机的时候觉得自己的腿都是肿的。

周念南一大早去机场接她，看到她沮丧的脸和垮下来的肩膀，一边抱住她一边打强心针："那个，江盟未必不在意你，如果他只当一场艳遇就不会来加我了。"

她给张斯斯看他的申请消息，挽着张斯斯的胳膊说："我们先去吃早餐……你说我要加他吗？"

出租车里有片刻的静默，张斯斯拿不定主意，两个人一夕之间翻天覆地，有了超越情侣的亲密关系。

周念南很明白好友的安静，她点了手机上的"同意"按钮："我先看看他说什么。"

两人在中环下了车，找了一家冰室坐下。周念南替她点了一杯多奶的热奶茶、一份沙爹牛肉面，她自己要了一杯冰奶茶。

她又从包里拿了条丝巾出来，示意张斯斯戴上："脖子上的印子，挡一挡。"

张斯斯喝了一口热奶茶，才终于感觉自己活了过来，有了多余的力气骂人："他就是属狗的。"

江盟在伦敦的凌晨还没有睡意，删删减减终于发过去一条消息。

周念南念给她听：请帮我转达斯斯，昨天晚上是我的错，没有控制住自己，我向她道歉。如果可以的话，你能让斯斯通过我的好友申请吗？我当面和她说。

张斯斯的眼泪都要流下来了："男人，呵！"他的反应如此平淡，一句道歉就想掩盖所有，丝毫没有一点点往男女之情上靠的意思。

又不想被江盟看轻,赌气似的说:"他是该道歉,技术烂死了。"

周念南十分好奇:"我还以为他应该有点儿经验呢!"江盟的智商和长相成正比,怎么看都是青年才俊一个,不像缺女朋友的人。

张斯斯终于找回一点场子:"他那块木头,怎么可能有人喜欢他!"

周念南从这句话里听出一些些旖旎的嗔怪,她拿出语文课代表的认真分析江盟的话:"他要是当那是春风一度,就不会来跟你道歉了。你看他用'控制'这个词,说明他当时还是有理智在的,只是没有控制住……"

张斯斯的脸腾地热起来,又回想起自己如何借着酒意撩动挑拨对方。

狗头军师周念南给她出主意:"我就告诉他你在香港,别的都不说。"

这么做的风险很大,万一江盟不来,张斯斯的感情就终结在香江了;往好了想,有香港的购物中心在,一旦失恋还有包包来治愈,斯斯的难过也不会持续太久。

张斯斯给自己的代言人点赞,她终于有了胃口大快朵颐,只是很不理解周念南的忐忑:"你和延卿哥的感情发展得好,你不开心吗?"

不加糖的丝袜奶茶醇香浓厚,入口微苦。

周念南顿住,开心是真的,细微的不安也是真的。

两人吃完早餐,手挽手去酒店,仿佛回到了一起去洗手间的高中时代。

张斯斯躺在绵软的床垫上,望着窗外碧波荡漾的维港,发出哀号:"做完之后坐经济舱,真的要了我半条命。"

马上拎起床头电话预订酒店晚上的SPA,拉上真丝眼罩补眠。

周念南替她关上窗帘,开着房间的阅读灯继续做会议功课。

张斯斯一觉睡到下午,爱情报时鸟周念南向她汇报江盟的航班号和落地时间。

张斯斯马上生龙活虎起来,拉好友去楼下的商场大肆采买。女为悦己者容,周念南怀疑她离港的时候还得买个二十八寸的箱子带回伦敦。

第二天,周念南早早起床,换上真丝衬衫和高跟鞋去会展中心和师兄会合。

她叮嘱还在努力倒时差的张斯斯:"顺利的话我大概晚上八点多回来。江盟已经落地了,你将人从黑名单里放出来,大家坐下来谈一谈。"

张延卿怀疑自己被打入了冷宫。

一整天的时间,他只在早上收到过女朋友寥寥几句语音消息,告诉他,她要进会议室,不方便时时刻刻看手机,等会议翻译结束她再联系他。

崔凡真已经很久没跟老板出过这么迷你投资项目的差了,她扫过后视镜里老板严肃的脸,揣测是项目不如意还是其他……

"签约仪式结束之后,我要去香港两天。你们回公司也行,原地休息也行。"

不让他们跟着,那就是私人行程了。

崔凡真征询老板的意见:"要先订好酒店吗?"

张延卿眉头蹙起:"暂时不用。"他还不知道女朋友下榻的酒店是哪家,更觉得她有心事。

这个时候又想起了他的继妹,周念南事迹百晓生。他点开她的朋友圈,最新一张照片她拍了非常禅意的按摩室图片,背景里的摩天轮和维港夜色闪闪发光,配文:和我亲爱的在一起做SPA,美出天际。

张延卿直觉"亲爱的"的三个字正是指的他女朋友,他将图片转发给傅真:这是香港哪家酒店?

傅真无愧其花花公子的名号,一眼认出这里是季节酒店大名鼎鼎的水疗室,立刻献殷勤:哥,我帮你订他们的总统套间。

他没说的是,套房有个大理石的圆形浴缸正对璀璨浪漫的维港夜色,正适合有情人。

周念南晚上七点多才回张延卿的消息,她今天确实繁忙。

会议的一方是国外一家初创型医疗公司,研发老年人摔倒预警和报警软件,海市一家民营企业的老板看中其潜力,双方就产品原理和投资期限金额聊了整整一天。两边的技术和财务有一堆问题,周念南和师兄连水都不敢多喝,生怕耽误会议进程。

聊到傍晚,双方达成初步合作协议,具体的细节明天再来敲定。

周念南松了口气,黄总似乎很是欣赏她,不住地夸她脑筋灵活、英语流利,师兄趁着收拾资料的时候提醒她:"可以拿我当挡箭牌,我跟你一起走。"

周念南笑:"没事,我有朋友来接我。"冲他眨了眨眼。

三方人马在会展中心的楼下挥手告别,眼看着对方公司的人上车离开,黄总靠了过来正要开口说话,飘来一阵香风挤进他和周念南中间:"亲爱的,你终于忙完啦,人家等你好久了。"

周念南配合地伸手给来人挽住,歉然地对黄总说:"不好意思,我女朋友来接我了,她也正好来这里出差。"

在场的几个男人都盯着她们俩看,一个娇媚贵气一个温润柔和,十指紧扣的动作显然做过无数遍。

"那我们就先走了,明天会场见。"

走出去几步绕过街口,又跟上来一个沉默的高大男生。

周念南冲张斯斯使眼色,悄声问:"已经说开了?"

张斯斯倨傲地翘起小拇指将挑染的发丝别在耳后,附在她耳边说:"我还要想一想。"

周念南了然,张斯斯属于给她一分颜色就敢开染坊的性格,学霸关于女人的课程不知道还需要补考多少次。

他们在地铁口和师兄分开。

翻译工作室订的酒店是铜锣湾那边的连锁快捷酒店，她沾张斯斯的光，两人一起住五星酒店。

香港的夜色温柔，都市的繁华灯火迷人眼。

三个人的场面稍显拥挤，但张斯斯不在意，她一路精神亢奋，话题不断，丝毫不见昨天的颓色。学霸被冷落也毫无异色。

周念南有心给两人留独处空间，张斯斯不肯放她离开："他特意订了酒店楼下的米其林三星法国餐厅，我们一起去试试！"

直到她听到熟悉的声音，叫她："念南。"

三个人顺着声音看过去，一齐惊讶脸："延卿哥？"

张延卿穿着浅蓝色衬衫，臂上挽着西装外套，站在酒店大门外柔和的光影里。唯有一双黑眸，认真地看向她。

周念南开心地跑过去，在他面前站定："你怎么过来也不告诉我？"

张延卿将手里的果汁递给她："在附近出差，就来看看你。"

张斯斯很怨念，果断地拉起江盟就走："那个……我们预订了楼上的法餐，马上要迟到了，先上去了。"

她一进电梯马上给周念南发消息：亲爱的朋友，看在我刚刚帮你的份上，逃学的事情一定不能让延卿哥告诉我妈，不然我就死定了。

张阿姨对张斯斯学业的看重，周念南是知道的。

她扫一眼手机弹出来的信息，伸手想要替张延卿拿西装外套。

张延卿误会了，他握住她伸过来的手。

"你今天累不累？"张延卿的眼眸里映着她的影子。

被爱着的人是会感知到的，至少在这一刻，在湿润燥热的晚风里，在熙攘热闹的酒店门口，她的心像维港对面璀璨的灯光一样，敞亮而温柔。周念南点头："嗯，今天会议的信息密度太大了，我的脑袋现在都还嗡嗡的。"

她顿住，想起房卡还在张斯斯那边，早上走得早，斯斯还在睡觉。

张延卿扫一眼女朋友穿的尖头细高跟，拦住她："就让她安静地吃个饭吧。你先去我房间休息，我还有工作要做，到时候叫 room service 送晚餐上来，可以吗？"

这个进展有点儿太快，周念南心头眩晕。

成年男女，一个屋檐下，她不确定自己对张延卿有足够的抵抗力。

"嗯，那个……我预约了后天去打 HPV 疫苗的第三针。就是吧，那个医生说……没有那个生活之前打完，效果会好一些。所以……"

她一个字一个字往外蹦，不看旁边人的脸色。

下一秒，张延卿就拉开她的手掌，他的手指嵌进她的掌缝里，十指紧扣，在她的掌背轻轻地吻了一下。

他一声轻笑："你就对我这么没有信心吗？男女朋友之间，有更多可以做的事情。"

他晃了晃另一只手里提的电脑："比如，工作。"

周念南的脸一直红到进房间。

张延卿的套房在顶层，安静清幽。楼层更高，房间更大，风景也更佳。

只是，房间床上撒的玫瑰花瓣和修长脖颈摆成爱心图案的天鹅多少让张延卿刚刚说的话没有了公信力，周念南的脸更红，回头就瞪了他一眼。

张延卿瞬间就明白了这是谁的杰作，好家伙，心里头又给傅真记了一笔。

他慎之又慎地举起手指发誓："如果做不到，那就罚我一辈子得不到我爱⋯⋯"

房间空旷，他的声音像密林里笔直成长的高大桦树，坚定又可靠。

周念南转身用手掌捂住他的嘴，张延卿下意识地伸手接住她，两个人的呼吸像藤蔓一样纠缠在一起。

世界突然安静下来，安静到能听到彼此的心跳声。

誓言不一定成真，但这一刻，发誓人的心却是真的。

她闭上眼睛，掩住心底涌动的思绪，靠在他的胸膛说："延卿哥，我饿了。"

张延卿被女朋友跳跃的思维逗笑。许是他之前逼得太紧，她还需要更多的时间适应两个人在一起的状态。

房间里还残留着牛排的香味，白瓷盅里的燕窝也只喝了两口，周念南已经在床上睡着。

她说的累，是真的累⋯⋯以前上完翻译课，同学之间互相调侃"好像脑浆被吸干了"。

昨天晚上和张斯斯聊天太晚，白天又精神高度紧绷，几乎是躺在床上的那一瞬间，黑甜的睡眠就覆了上来，周念南只来得及跟张延卿说一句"两小时后叫醒我"。

张延卿替她关掉房间里所有的光源，只剩薄纱后窗外霓虹送进来的一点点光亮。

他看向她毫不设防的睡颜，从额角的鬓发到变尖的下巴。

他开始想象，不久之后她也会像现在这样，以他妻子的名义，躺在他的身边。

手边的电脑打开，幽幽散发着蓝光，打开的文档是公司很久之前收到的一个投资方案。

他来香港没有任何工作安排，全部的重点都只在眼前这个女孩身上。

张斯斯终于在绵软鹅肝和香甜舒芙蕾之后，想起房卡还在自己包里。

她从餐厅出来打电话给周念南，那边半天才接起来，她准备了一堆软和的道歉话还没说出口，对方"喂"了一声，她听出来是张延卿的声音。

张斯斯以为自己打扰了两人的甜蜜世界，她飞快地说："麻烦告诉南南，我回房间了，等她。"

最后两个字说得掷地有声，生怕他做坏事一样。

张延卿挑挑眉，他侧身看一眼女朋友安静的睡颜，叫住她："张阿姨知道你……"

张斯斯在电话那头咬牙切齿："她不知道。延卿哥，您有什么指示？"

大丈夫当能屈能伸，为了她的零花钱。

"她明天还要工作一天，我需要一个购物向导给她买点儿东西。"

是给周念南买，那她可以接受。这世界上不会有人比她更清楚好朋友的喜恶。

周念南睡得又深又熟，她被张延卿叫醒的时候人还是蒙的。

张延卿看她迷迷蒙蒙的眼神，手掌伸进被子里，半搂半抱地扶着她的背将人拉起来，顺便在她的嘴角偷一个香："该醒醒了。"

不然晚上就睡不着了。

睡前她换了酒店的睡袍，系在腰上的带子不知何时松掉，从床上爬起来的时候露出大半个肩膀和前胸。他眼神幽暗，面不改色单手替她将衣襟掩好。

周念南根本不理他，又要转身往旁边翻。

张延卿坏心眼地在她耳畔说："你继续睡也行，那我和张斯斯说一声，你不回去了。"

"啊！"

这句话的威力堪比小型炸弹，周念南瞬间清醒，这不是她的房间。

张延卿将床头的温开水递给她："我送你下去，张斯斯回房间了。"

心虚的张斯斯敞开房间的门迎她，看着好朋友穿着酒店睡袍被人牵着从电梯里出来，眼神像刀一样扫向她身旁的男人。

继兄的衬衫扣得整整齐齐，一脸正派君子的模样，替周念南拎着电脑和装衣服的袋子。

她好整以暇地看着他当她不存在一样，抱了一下她的好朋友，说了一句"晚安"，然后转身离。

一关上房门，张斯斯就激动起来："你们……不会……这么快的吧？"

周念南坦坦荡荡："我们没有。"她疑惑地凑近张斯斯，"……法餐这么辣吗？"

张斯斯的脸色比晚餐前更加容光焕发，一听周念南的话，欲盖弥彰地捂住嘴唇："Goodnight kiss 而已，跟你的一样啊！"

周念南不戳穿她，嘴角微微翘起："……那看来学霸的吻技还有待提高。"

张斯斯明白周念南的意思，她笑嘻嘻地跟着好友进洗手间："还有进步的空间。"

一个幼稚鬼一个闷葫芦,从单纯的学习搭子关系突然升级到了被翻红浪的男女关系,还有很多留待探索开发。

周念南睡了两个小时,已经缓了过来。

酒店的卸妆品牌不是她惯用的,她打开自己带的卸妆油小样再洗一次脸,揉脸的时候闭上眼睛提醒张斯斯:"我看江盟好像挺认真的样子,你别逗弄人家太过火了。"

张斯斯悠闲地靠在镜子前:"我有分寸的,谁让他之前那么看我。"她只是好奇对方能为她做到哪一步,情意这种东西看不见摸不着,行动倒是更能清楚地说明。

她看着好朋友乌黑的额发被水打湿,V领的睡袍掩不住她胸前的雪白山峰,生得好看的人就是哪里都好看。

周念南直起身来用毛巾小心压掉脸上的水迹,就看到张斯斯直愣愣的眼神。

"以后便宜延卿哥了。"

周念南顺着她的目光低头,脸上飞起红霞,将手里的水珠甩张斯斯脸上:"你真的,被带坏了。"

张斯斯跟牛皮糖一样黏在她身旁:"你最近是不是吃了什么?"怎么该瘦的地方瘦,该胖的地方胖,骨肉匀亭,瘦而不柴。

周念南伸手捏好友脸颊上的肉:"爱情。你不是也有吗?"

张斯斯摇头:"……我只吃了爱情的苦。"

"所以才有人千里迢迢追着你来送糖啊!"周念南替她总结。

天平山顶的霓虹绮丽,维港的水面反射着流光溢彩,夜风轻轻拂过,犹如星河倒映。

第二天早上九点,张延卿陪女朋友用过早餐,又将她送至会展中心楼下,摸摸她的头发:"你会议结束就告诉我,我来接你。"

昨天还是女朋友接,今天就换成男朋友。周念南怕黄总一行人太过震惊,拒绝:"不用,到时候我来找你,你也有工作的嘛!"

确实还有"购物工作"的张延卿说:"那好,到时候联系。"

时差倒得乱七八糟的张斯斯醒来的时候看到张延卿言简意赅的消息:我在楼下大堂等你。

发送时间是一小时前。

微信里还躺着江盟的消息。

江盟:你起床了吗?

江盟:醒来告诉我。

江盟:我去大堂等你,你出门就能看到我。

江盟:我看到延卿哥了。

....

被迫尽职尽责的商场编外导购张斯斯带着她的挂件江盟,亦步亦趋地跟在张延卿身后。

刚开始的时候还让销售打包装好拎在手上,什么丝巾、香水、口红、护肤品套装,凡是张斯斯停下脚步的,他全刷卡买了一遍。

双份,乐得张斯斯更加卖力。

她来香港散心,为了不被母亲发现,刷的是自己的卡。

美妆区逛完,三人往二楼走。奢侈品大多数在这一层。

张斯斯犹犹豫豫:"南南日常的风格……可能不……不这么高调。"

周念南的大部分真丝衬衫,都是固定的几个品牌。她为此特意注册了官网会员,每年趁着折扣季自己海淘,尺码固定多半不会出错,价格却比在国内商场划算很多。

香水、护肤品那些小件也就算了,奢侈品这种大头,张斯斯没有替好友做主的打算。

连日常开销都要和前男友轮流付款的人,她不认为周念南会接受这一层的礼物。

张延卿牢记女朋友几次和他一起出门背的牛皮小包,他指指不远处双C家门店:"她的生日不是快要到了吗?"

张斯斯于是被说服,在柜台前对着白色款金球方胖子和黑色迷你翻盖小包犹豫不定,张延卿一锤定音:"她背都好看。"

T恤牛仔裤和衬衫西裤都能搭配。

三个人不打算再拎手提袋,逛街才开了个头,于是给柜姐留了酒店的房间号,柜台到时候再安排人送过去。

同样的事情依次发生在他们接下来路过的每一个专柜门口,张延卿总能巧妙地找出来必须要进去的点。

二楼转完继续往三楼走。

东西不拿在手上,购物的感觉不明显。

张斯斯只觉得自己才给好朋友选了一点点,早将一切看在眼里的江盟在扶手梯上暗暗扯她,她以为他想趁机牵她的手,"哼"一声扭头。

张延卿留意到两个人之间的小动作,他早看出两个人之间的别扭氛围:"你想给斯斯买东西?"

有第三人在场,张斯斯决计不肯叫人看出她对江盟的不一样,他还在"取保候审"的观察期。在继兄和恋人未满的朋友之间,她果断地选择抱张延卿的大腿:"延卿哥会买给我,外面有的人心思不正的。"

心中有股大仇得报的快感。

周念南不知道她即将收到这么多的礼物。

两方人马谈拢细节,约定各自回国后准备好相关资料走具体流程。双方欢喜,黄总提议他做东,去附近一家粤菜餐厅吃饭。

周念南的高跟鞋穿了一天,饭桌上还要继续兢兢业业地服务,但对话的内容已经由专业内容转为场面寒暄和美食交流,轻松了许多。

她借着去洗手间的空当翻看手机,张斯斯的消息是一个小时前发的:我和江盟去兰桂坊嗨皮了,房卡我给了延卿哥,你到时候问他拿。

张延卿的最新一条消息则是半小时前:外面下雨了,我来接你。

给她发了会展中心的定位。

周念南也不想被黄总看见,医疗翻译这样的活儿专业度要求高,酬劳也高,她不想得罪对方。

饭局结束,周念南给师兄使眼色,示意他跟自己一起走。

外头的雨势不算小,不过是夏天,周念南也不大在意,两人顶着雨回到会展中心的楼下,果然看到路旁安静地停着一辆车。

她一跑过来,张延卿就看到她,大黑伞遮住她,身上的外套也披到她的身上。

周念南顶着一头半湿的头发给两人做介绍:"我师兄林文晋,这次会议的搭档;我的男朋友,张延卿。"

一身西装的司机先将林文晋送回铜锣湾酒店,再送两人回季节酒店。

周念南没有力气再出门活动,张延卿不放心:"你泡个热水澡再睡,不要感冒了。"

她对着视频里男朋友关切的脸点头,但实际上头发都没有吹干就昏昏沉沉陷入枕头里。

有光亮她睡不着,房间里熄了灯。张延卿看不到她,但她能看到他的脸。

"延卿哥,你明天还在香港吗?等我明天打完针,我们就去约会吧!"

这是周念南第一次主动约他。他盯着手机里黑乎乎的屏幕,声音柔情似水:"好啊,那我明天在楼下等你。"

周念南睡得不大安稳。

她好像重新回到小时候,周家的房子还是旧时模样,斑驳的墙面上挂着她各种造型的照片。

夏天的鸣蝉叫得响亮,浓密的树荫投在院子里,客厅头顶上的风扇不知疲倦地转动。

屋子里一片安静,除了她哭到嘶哑的抽泣声,周舒清脸色苍白地站在客厅的一角,手被一个男人牵着。

周念南那时候太小,只模模糊糊地记得夏天暑热还没有过去的时候,周舒清和她的新任丈夫已经飞往大洋彼岸。

外婆一边给她梳头发,一边安慰她:"等妈妈在国外买了大房子,我们就过去读书。"

那时候出国还是一件很彰显人脉和金钱的大事，周舒清离婚、再婚又出国，巷子里的人免不了背地里八卦老周家的女儿离婚后眼睛就变利了，攀了个有钱的香港佬。但当着周外婆的面还是恭维她，以后要去国外享福了，对着小小的周念南却丝毫没有顾忌，时时逗她："你妈妈什么时候来接你？是不是给你生个新弟弟了？"

她那时候已经读小学，以为周舒清真的要回来接她，悄悄打包好了自己的漂亮衣服和课本。

镜头转换。

她跟着学校春游的大巴回来，在家门口听到外婆打电话的声音。

房间门没有关好，细细一条门缝里，周念南断断续续听到"学习很好""恢复""不回来了"这些字眼。

那时候拉一根电话线很贵，周外婆做主在店里装了一部公用电话，花了好几千块钱。马上就有邻居酸溜溜地说："女儿嫁了个有钱人有什么用，人也不回来。"

她转身跑出巷口，蹲在地上看树下的蚂蚁搬家。春末夏初的风逐渐暖和起来，吹干她脸上的泪痕。

学校的老师都对她的英语成绩格外关注，以为她很快要跟着出国。她等啊等，等啊等，等母亲回国来看她，可是母亲一次都没有回来，除了整箱整箱寄回来的衣服、玩具和书本。

周念南一身大汗地从梦里睁开眼，正好对上拎着高跟鞋蹑手蹑脚进门的张斯斯。

遮光窗帘的效果太好，周念南不知道现在已经是早上，房间里只亮了过道里柔和的感应灯，她躺在鹅绒被子里开口："兰桂坊好玩吗？"

一出声，两个人都吓了一跳。

张斯斯没料到她醒着，周念南发觉自己喉咙剧痛、声音嘶哑。

张斯斯立刻扑了过来，按亮房间的灯，看向好朋友红扑扑的脸，伸手贴向她的额头："你不会是又发烧了吧？"

感冒、换季、受凉、压力过大……张斯斯已经很习惯好友时不时的这一遭。

她身上混合着酒精和香水的气味，钻进周念南的鼻子里，周念南的胃里突然就翻涌起来，掀开被子光脚跑到洗手间开始吐。

她摆手示意张斯斯退后一点，以她丰富的经验，浑身发烫、骨头酸痛、恶心反胃……大概率是病毒性感冒了。漱口之后，她才终于有力气跟张斯斯说话："离我远一点，免得传染给你了。"

明亮灯光下，她才看清张斯斯的样子，白色低胸连衣裙，一条细细的黑色腰带束着，面颊绯红，嘴上的口红晕到了唇角，脖子上的红印又添了一道。

"你这是……和江盟和好了？"

张斯斯被好友撞个正着，吞吞吐吐地解释："也不算吧，就有人跟我搭讪，他非说是我男朋友……这怎么可能,我都没有原谅他好吗?"

两个小学鸡当场就冷战了起来,一个走一个拉,不知怎么又滚到了一起。

学霸牢记着他堂哥给的批语,有心展示他的技术水平,细心观察她的反应,举一反三,很快摸索到了让对方快乐的方法。

张斯斯深刻反省:"我以后再也不喝酒了。"

如果此刻的她不是笑容羞窘、语带回味的话,一定更有说服力。

周念南摆手:"你猜我相信吗?"

江盟一觉醒来发现张斯斯又没了身影,打开微信发了个"?"过去。

很好,这次没有拉黑他。

张斯斯睡过就翻脸无情,给他发了个九十九块钱的红包过去,附言:小费。

学霸的思维异于常人,对比上次直接拉黑的待遇,这回显然大有进步。他给张斯斯回过去:昨天晚上用了三枚,一次才三十三?

张斯斯趴床上给好友算账:"魔力麦克的门票一百二十八英镑,还只能看。三十三块钱人民币而已,吃干抹净,服务精神还挺好……买不了吃亏也买不了上当。有便宜不占是王八蛋。"

发着烧的周念南同情地看着好友,套是谁准备的,谁有备而来不是一目了然的事情吗?

张延卿想象中的浪漫约会场景被打回现实,两人先去便利店买了口罩,然后去医院。

周念南被牵住的手像一个暖烘烘的小炉子,张延卿脱下自己的西装外套盖住她。

熟悉的木质香调拢住她,她从长出她手掌一截的衣袖里伸出手来给他握住:"我全身发烫,一点都不冷。"

张延卿心疼她:"公共场合开的空调温度太低了,你又还在感冒。"

疫苗是打不了了,医生考虑到她的在港停留时限,开了三天的感冒药,叮嘱她退烧后再来打最后一针。

没有退烧的话,就只能下次再来打。

周念南抱住他的手臂。她的身体感受到病毒的厉害,全身的骨头酸痛,高热让她眼前一阵阵发黑。之前在医院吃了一次药,药效还没有发挥。

她在电梯里拉住张延卿的衣袖:"那我先回房间休息。"

张延卿没有替她刷她的楼层,他低头跟她商量:"感冒传染性强,斯斯过两天还要坐长途飞机回去学习。你去我房间休息好不好?我房间大,也方便照顾你。"

"那我传染给你怎么办?"

话说完,下巴就被人抬起,男人隔着口罩轻轻吻了她一下:"治愈感冒最好的方法就是传染给别人,你不知道吗?"

周念南烧得有点儿难受,闭着眼睛靠着他:"你又不是别人。"

电梯里铺着厚厚的地毯,只有些微机器运转的声音,这样安静的环境里,喉结滚动的声音就特别明显。

她刚想要睁开眼睛,铺天盖地绵密轻柔的吻就落在她的眼睫上和额头上,他的声音里带着笑意:"不是别人,是你的男朋友。"

感冒来势汹汹。

周念南还没大感受到被子里沾染的男朋友的气息,就又吐了一场。

柔软被窝像是长了缝隙,凉风丝丝往她的骨头里吹,每一寸都酸痛不已,她像一只蚕蛹一样拱啊拱啊拱到了大床的中间。

身上一时冷一时热,无论如何都找不到舒服的入睡姿势,像在冬日里茫茫草原上的旅人,四下里冷寂又空旷。

她实在是太难受,忘记自己之前要注意形象的想法,抽抽噎噎在被窝里哭了起来。

张延卿打开了自己带的电脑,半天没有翻动,听到房间里的细碎哭声马上进来,从被窝深处翻出闭着眼睛流泪的女朋友。

生病的人意志力软弱。

周念南下意识地往热源上靠,眼泪蹭在他的衬衫上。他熟门熟路地半靠在床头,将人搂着跨坐在他身上,又捞起两层被子盖在她的身上,伸出一只手轻轻抚摸她的脊背。

怀里的人像只热情似火的小动物,拱动着汲取他身上的热量,加上两层鹅绒被,他觉得自己的身体也很快被点燃。

她大概是太难受,一直发出难耐的、隐忍的哭泣声,眼泪透过衬衫,从他的胸口冰冰凉凉地滑过。张延卿叹了口气,深呼吸调整自己,拿床头柜的毛巾过来替她擦额头的汗和眼角的湿润,然后打开手机,看邮箱里等待批复的工作文件。

周念南醒来的时候,外头的天色已经黑了。

房间的灯熄了,窗帘没有拉上,维港的霓虹影影绰绰带来斑斓的光影。她从套房宽大的落地窗玻璃里,看到一对交颈而卧的身影,她的耳畔响着沉稳的心跳声。

此刻的氛围和她的梦境重叠,似乎曾经在某时某刻某地真实地经历过。

她一动,张延卿就醒了,下意识地摸摸她的额头,又伸手替她捏一捏脖颈,声音里带着喑哑:"有没有好一点?我叫客房服务送餐上来,你再吃一次药。"

周念南点点头,头还是昏沉,但比白天已经好了一些。

张延卿打算先从床上起来去打电话,周念南抬手扯住他衬衫的下摆,这样的氛围刚刚好。

"我好像做过这样的梦……也是我生病了,你照顾我,就这样抱着我。"她嗓音嘶哑,说一句话都费力,但又实在觉得这样的场景眼熟,"……好像是梦境重现一样神奇。"

　　晦暗的光亮放大了感官感受,她抬起脸望向他:"是不是很神奇?"

　　他背对着落地窗,她看不清楚他的脸,却能结结实实感受到圈住她腰的那只胳膊的力道,越来越大,用力到仿佛要将她压进他的身体里。

　　空气稀薄,她的鼻尖碰到他的胸膛。

　　"那不是梦。几年前你在纽约的时候发烧,我就是这么照顾你的。"他胸腔微震,似乎含着一点不为人知的委屈。

　　周念南张了张嘴,惊天动地咳了起来。她的口罩在被子里皱成一团咸菜干,干脆低头用手肘挡住。

　　整个床铺都跟着抖了起来。

　　她拉起被子盖住口鼻:"我的口罩掉了,你……离我远点儿,不然你也感冒了。"瓮声瓮气,带着浓重的鼻音,和心虚。

　　口罩是他替她取下来的。感冒鼻塞,她本来就呼吸不畅。

　　他靠她更近,伸手替她拍背:"……不这样抱着你,你就睡不安稳。感冒发烧有多难受,我知道的。"

　　张延卿低头,细吻她的额角,大手却顺着她的脊背长久地抚摸她,一下又一下,呼吸平稳,不带一丝欲望。

　　这样拥抱的姿势让生病的她觉得安全,被全然保护和包围。小时候她生病,外婆就这样抱着她轻轻地摇。

　　可是她没脸抬头,窗外霓虹送进来的微光保护了她的尴尬。

　　如果你一直以为的亲昵梦境,其实是发生过的现实。现在当事的另一方在你的身下,你怎么办?

　　张延卿的另一只手摸进被子里,握住她空落落的手掌。

　　他似乎也没有要听她回答的意思,她还在生病,像柔弱的猫咪一样需要呵护。

　　床铺上有电话振动,周念南以为是自己的手机,张延卿却接起了电话。她第一次见到男朋友在公事上的一面,言简意赅,发号施令。

　　他接下来还有工作安排,要去出差。

　　她摸出自己的手机,张斯斯给她发了好多消息,问她要不要一起去吃晚餐。她小心翼翼地撑着床铺从张延卿的身上翻下来,在洗手间的镜子里看见自己憔悴的脸。

　　生病耗人精气神。

　　张延卿结束电话跟进来,从身后抱住她:"衣服都汗湿了,先拿我的衬衫给你换上?"

　　他给她买的礼物里其实有T恤和衬衫,但都没有下水洗过,先不拿出来。

　　周念南正觉得浑身黏腻,从善如流地从他的衣柜里挑出一件白衬衫,换好走出去跟他商量:"我们去楼下吃饭吧,和斯斯一起。"

　　她今天几乎昏睡一整天,把特意来散心的好友晾在一边。

张延卿抬头看她，他准确地捕捉到生病的女朋友想躲但没躲过的目光……因为错将现实当梦境，她的脸上写着歉意。

　　房间里的灯光照亮她湿漉漉的眼睫和苍白的脸色。她穿着他的衬衫，有点儿过于宽松了，细白的手指还捏着下摆。

　　他哑然失笑，任由她小心翼翼走过来牵住他："对不起啊，是我烧糊涂记错了。"

　　他的女朋友怎么能这么可爱，轻易拨动他的心跳。他想弯腰亲她，又被她眼疾手快地伸手挡住："……真的会传染的。"

　　他微微垂眸，目光落在她晶莹的圆眼睛上，拿下她体温还高的手掌亲了又亲："那等你好了再补回来。"

　　之前明明是冷冰冰，怎么现在处处蛊惑又犯规。

　　周念南回房间的时候，张斯斯大喜过望："亲爱的，你好点没？"

　　她一整天被江盟烦得要命，她去哪儿，他都要跟着；她买东西，他就站出来付钱。

　　一涉及钱，她不免又想起江盟说的那句话。那个不怀好意的人由外面的任何其他人变成他，这场游戏就变得索然无味起来。

　　气得她街也不逛了，美食也不打卡了，回酒店调了半天台选了个老片子——《天龙八部》。

　　山洞里的虚竹和尚多好，有人上赶着给安排露水情缘……颠鸾倒凤完就走，不用管那些情啊爱啊的售后服务。她觉得自己现在很有种睡了良家妇女的渣男气质。

　　周念南声音还哑着，指指门口："吃了药好一些了。我们和延卿哥一起吃晚饭吧！"

　　张斯斯出门才发现好朋友和她继兄穿了同样颜色的衬衫……他走上来牵住周念南的左手。张斯斯不甘示弱，暗戳戳搞情侣衫那一套就算了，她瞟了他一眼，拉起好友的右手。

　　电梯里的镜子照出三个人亲密的身影。

　　身边的两个人都不说话，周念南为了活跃气氛，举起手里的两只手："左牵黄，右擎苍。"

　　张斯斯得意："延卿哥，你的角色是狗哎！我就不一样了，我是雄鹰，搏击长空。"

　　好友在侧，张斯斯很知道这个食物链谁是底端。

　　周念南蜷起手指轻轻在他手心划了两下，渴求的眼神递了过来。张延卿当然不在意张斯斯这种小学鸡式的挑衅，他轻笑一声："幼稚。"

　　他当着两人的面掏出手机发语音消息："江盟，我们在楼下龙景轩吃晚餐，你下来一起。"

幼稚的到底是谁？

暖融融的灯光下，两兄妹的眼神在电梯镜子里对上，张延卿好整以暇，张斯斯……一口气差点没上来。

1V2 的场面转眼变成 2V2。

张斯斯将周念南划在自己一边，两人都选了坐她的旁边，江盟坐她的对面。从餐厅的落地窗看出去，维港的夜，熠熠生辉。

张延卿点菜，周念南给外婆打电话。她原本计划今天傍晚回去，但因为生病，得推迟回去的时间了。

电话接通，那头有着热闹的街头喧哗声，周外婆正在外头散步："佳阳和他女朋友正在帮我遛狗，猪咪可太能跑了，我都拉不住它。"

听得出来，外婆的心情还不错，周念南又问了几句装修的事情。张延卿不知何时点完餐，将手臂搭在她的椅子上，从她手里接过手机："外婆，我正好在这边出差，会照顾好念南的。"

周念南回头瞪他，孤男寡女在异地，外婆会怎么想？

张斯斯在一旁着急，等张延卿说完也抢过电话："外婆，我是斯斯。我放假，也在香港跟南南一起。"

电话那头的周外婆更是高兴，两个人一直说到开始上菜，张斯斯才意犹未尽地挂了电话："外婆让我到时候回去住你家新房子。"

她瞥了一眼张延卿，眼里的胜利意味明显。

张延卿替女朋友盛了皇丝鸡羹汤。他盯着她看："味道还可以吗？"

周念南点头，张斯斯举手："那我也要。"

旁边的江盟默不作声地伸手替她舀了一碗，又夹了一个蒸饺放她面前的碟子里。

这下换其他三个人看着他，江盟缩回筷子："……我用的公筷。"

张斯斯脸红，无视桌子底下好友在她腿上作乱的手。

餐厅环境安静，服务生轻手轻脚地上齐了菜。

张延卿一边留意女朋友的胃口，一边问桌上另外两个人："你们什么时候回去？"

张斯斯埋头苦吃不回话，她还没有买票……江盟替她回答："我们买了后天晚上的票，回去休息一下把这周的课补上。"

张斯斯踢他，谁跟你是"我们"。

张延卿泰然自若："我明天要去京市出差，后天回香港。要麻烦你们多照顾她一下。"

张斯斯又没忍住："南南是我的好朋友，我当然会照顾好她。"这句话醋味明显，她在是你的女朋友之前，可一直是我的好朋友。

周念南站出来安抚好友："这两天我们三个一起玩。"

张斯斯更夯毛:"谁要带他?"

不善言辞的学霸吭哧吭哧地憋出一句话:"是我想跟你们玩。"奇异地抚平了暴躁小狮子竖起来的刺。

张延卿第二天还要工作,他打电话让司机留下来,自己直接飞去京市。

周念南当着好朋友的面矜持得很,只克制地在房间门口拉了一下男朋友的手,倒是张延卿俯身抱住她,在她耳边低声说:"那你等我回来。"

浓浓的不舍与缱绻。

张斯斯看着这一幕回房间吐槽:"延卿哥谈个恋爱怎么这么黏糊,一点都没有高冷范儿了。"

不知道自己正在被编排的张延卿回房给周念南发消息:这个浴缸景色很漂亮,我不在的时候你可以来这里泡一下。

图片里的圆形大理石浴缸在灯光下泛着莹润光泽,维港夜色成为唯美背景。

张斯斯探头过来,说:"那我明天跟你一起去……不如我们明天先去迪士尼吧!你能去吗?"

周念南很习惯好友想一出是一出的性子。

她点头,感冒算什么,没有什么能阻挡她去梦幻乐园的脚步。

第二天两人睡到自然醒,周念南还是鼻塞头痛,但骨头酸痛的情况明显比昨天好很多,两个人在酒店里化妆换衣半天才收拾好。

一个胸前印着高飞,另一个的是那只热门粉红小狐狸琳娜贝儿。

上车之后,江盟的声音从前排传过来:"开车过去差不多半小时的样子,你们可以先看下想玩些什么项目。"

张斯斯抬眼,正对上前排来的目光,她故作镇定:"反正不能累到南南。"

两个人窝在后排看小某书查攻略,念一个项目,江盟就做一次笔记。

周念南在微信上给张斯斯发消息:这不是挺贴心的嘛!

张斯斯"哼"一声:那就是块木头。

周念南笑:中用就行。

张斯斯不打字了,扑到周念南身上:"你完了,你学坏了,是不是被延卿哥带的?"

两个人嘻嘻哈哈地闹成一团。

她们口里提到的人,张延卿,正在京市开会。

金融峰会的开幕式,场面盛大,名流云集,媒体的长枪短炮对准这群在金融市场上翻云覆雨的点金手。

有人挥手和他打招呼:"延卿,最近很忙啊?"是傅真的大哥,傅阳。

张延卿心知酒吧那一晚的胡闹没瞒过傅真的两位兄长:"和他闹着玩,压一压他。"

傅阳也是对自己小弟享乐的做派头疼不已："就该让他长长记性。"

两人边说边往前排走，都是今天的发言嘉宾。

张延卿停下脚步，对身后跟着的刘特助说："等会儿你拍几张会场照片发我。"

刘瑞的位置在后面，拍起来也不引人注目。

会议还没有开始，两人坐下多聊了几句。

傅阳难得看他有这么接地气的要求："媒体会有照片的，你到时候问他们要不就行了？"

张延卿解释："发给女朋友的。"

傅阳了然："……什么时候喝你喜酒？"

张延卿笑了笑："借你吉言，到时候给你发喜帖。"

"如果快乐有形状，那一定是迪士尼的模样。"

江盟二十六岁的人生里，第一次感受到童话世界对女生的杀伤力。张斯斯明显心情变好，对他露出床上之外的笑容。

他受到鼓舞，越发卖力鞍前马后为两人拿包拿水拍照计算排队时间。

周念南在排队的间隙收到张延卿发来的照片，他一身深灰色衬衫浅灰色西装站在演讲台后面，戴着黑色细丝边眼镜。前面是仰头认真听他演讲的听众。

张斯斯跟她分析："男人就喜欢将自己最出色的一面展示在女人面前，引女人对他心动……说不定他这张照片还特地P过。"

张斯斯将照片放大了仔细查看，P图痕迹没有找到，倒是在一众男人的背影里看到一张惹眼的女性侧脸，她"咦"了一声，放大再放大给周念南看。

墨绿色挺括西装，利落短发，从拍照人的角度看过去，她的目光和笑意都投向台上的人。

这个目光，周念南不陌生，张延卿的照片挂在学校的宣传栏里都能收获一堆。她看着对方有点儿眼熟，一时没想起来是谁。

还是江盟凑过来看了一眼，说："好像是何家三房在内地做投资的那位何小姐，很厉害。她的发型就是这样。"

何慧怡。

那天晚上商场里遇到的真大佬。

张斯斯用胳膊肘推推周念南："你的情敌来了，多么温馨的目光。"

她蹩脚的粤语发音成功逗笑周念南和江盟，连前面排队的小姐姐肩膀都在抖。

周念南不理会她的结论，笑着将手机锁上。

张斯斯急了："你不回延卿哥了？我帮你回，保证不多说一个字。"

说到做到，她接过手机，在何慧怡放大的脸附近打了一个疑问号，发过去。

江盟见识到女人的心细如发和严谨守信，果然没有一个字，叹为观止。

张延卿看手机的时候没避开傅阳,以为她回复的是表情包之类的。图片一打开,两个人都有些沉默。

张延卿笑,低声对傅阳说:"女朋友吃醋了。"

会议中场休息,张延卿和傅阳两人出去抽烟。

他才和人解释:"是我妹妹的朋友。"

傅阳的心境很微妙,吃惊,细想又觉得合情合理。张延卿这几年雷霆手腕,手上的投资公司和张家的实业集团都经营得好,早已不用通过联姻来巩固自家实力。

午餐是在会场的中庭,主办方安排了自助餐。

何慧怡端着餐盘在张延卿和傅阳旁边坐下,很自然地和两人打招呼,然后眼神就转向了张延卿:"上次在百货公司,是我失礼了。希望你和那位女士没有生气。"

他是拉着女生的手走的,"有喜欢的人"这件事原来是真。

但她不是轻易放弃的人,喜欢的人能力出色又洁身自好,她才更加上心。那天虽然只是匆匆打个照面,但对方美色动人又青春年少,张延卿喜欢也不足为怪。

她很有信心,自己的长相、能力和家世,绝对比那个女生能给他的助力要多。一个普通的貌美女生,能给他带来什么呢?

张延卿神色淡淡:"午餐菜色还可以,希望你用得习惯。"

何慧怡巧妙地换了个话题:"我父亲最近想在海市的西边投资开发一块地,打造新的金融中心,不知你们有没有兴趣一起?"

傅阳看着明显醉翁之意不在酒的何慧怡,接下话题:"可以啊!"

张延卿单手在手机上打字,随后电话振动,他示意他们继续,接了电话,人却坐着不动。

"今天感冒有没有好一点?吃药了吗?"他声音温柔,仿佛怕惊吓了电话那头的玻璃人儿。

然后,他才站起来朝身边两人颔首,一边打着电话端着餐盘走远。

何慧怡第一次见他这样不加掩饰展露的柔情,她的心往下沉了沉,餐盘里的拔丝苹果也不甜了,跟对面的傅阳说:"……连累你少了个饭搭子。"

傅阳拿起桌上的餐巾纸,暗骂张延卿这一招狗得很,脸上却是安慰的神情:"情场失意不要紧,职场得意才最紧要嘛!做人,最重要的就是要开开心心。"

得益于傅真在家庭群里发的奇奇怪怪表情包,他从中习得的TVB金句在今日派上用场。

刘特助坐得离张延卿不远,给老板的私人社交留足安全距离。

但这点距离不妨碍他完整收看老板演的出色戏码,一通电话一石二鸟,既表明自己立场，又给何总留足颜面。

周念南不知道张延卿借她的电话婉拒了一朵桃花，他在微信上说：感冒的人还能喝醋吗？让我听一听。

她的脸就红了，在电话里否认自己做过的事情："可能太阳太大了，手机屏幕看得不是很清楚，我觉得她的西装外套很好看。没有别的意思。"

她的声音还哑着，欲盖弥彰里带着浓重的鼻音。

张延卿第一次觉得这两天的出差行程也有点儿太久了。他清清嗓子："那我去问问她在哪里买的。游乐园好玩吗？"

两个人的电话切成视频通话，周念南给他展示她头上的动物发箍、主题餐厅墙上的各种动物形象、游乐园里欢乐的行人和音乐。

港岛的日光晒在她脸上，她举手挡住一半，剩下的一半映在她脸上，眉毛生动，睫毛茸茸，眼睛闪闪发光，像盛满了星光。

一点都没有那天晚上发烧小可怜的样子了。

何慧怡过来找张延卿的时候，正看到他站在窗前举着手机低眉浅笑。明亮的光线自外头照进来，镀在他锋利的侧脸上，柔和了他的距离感。

视频电话那头的人不知道有人来找他，还在努力给他介绍自己买的礼物："……这个黄色小熊是要给外婆的，这两个发箍给猪咪……"

张延卿侧身，看到何慧怡过来，对她微微颔首，却没有要中断电话的意思。

"你等我一下，有合作伙伴找我。"他轻声跟视频那头的人说。

然后，他将电话压在胸前，收起笑意："何总，有什么事情吗？"

何慧怡压下心头的酸涩，他原来也不是冰山，也可以温柔和煦，只不过是面对另外一个女人。她直奔主题："午餐时候说的那个项目，傅总也很感兴趣。我父亲下月初去海市，到时候大家可以一起坐下来谈谈。"

张延卿道谢："好，我回公司研究一下到时候再联系。"

她微笑转身，听身后的人又放软了声音说："好了……那我呢？没有我的礼物吗？"

何慧怡没忍住慢下步伐，电话里沙哑的女声传来："这只狐狸尼克是你的……我的是这只小兔子……"

再后面的话她就没听了，《疯狂动物城》里的尼克和朱迪，著名情侣CP。

港人的普通话音调带点儿奇怪的走向，周念南听出来电话那头的声音，确实是那天晚上那位何小姐。

原先就纠结过的"不一样"，现在具象到了真人身上。她看着视频那头那张熟悉的脸，陡然觉得那天在酒吧，还是不该喝那么多酒。

当何慧怡和他讨论项目的时候，她在和他说游乐园的玩偶。

196

如果不是因为他的主动强势，她看到的他，就是之前的他，严肃、冷静、拒人千里之外。然后猜想，那么多优秀的相亲对象里，他会和谁在一起。

她心里陡然就生出了一些酸、一些苦。

张延卿留意到她慢慢低下来的声音："是不是太累了？"

周念南用手覆住眼睛："……太阳太晒了。"说不清道不明的情绪。

昔日冷冰冰的张延卿马上就体会到了类似"从此君王不早朝"的心绪："那我今天开完会回来看你。"

周念南呼吸一滞："不用。"

京市到香港往返，加上候机时间实在不划算。

"……明天你开完会再来。要不然，你直接回海市也可以，后天我打完针也回去了。"

她的方案更实际。

张延卿看到她眼睛里的微微水光，一时之间不能确定是阳光猛烈还是其他原因。

他望向她，黑眸温柔，很想穿过屏幕摸摸她的头发："我想早点儿见你。"

来提醒老板会议时间快要开始的刘特助被激到起鸡皮疙瘩，老板谈起恋爱来也和常人没什么区别，甜言蜜语、柔情似水。

只恨自己不能在公司内网实况转播。

他加重自己的脚步，咳了一声，假装刚刚走近："张总，时间快到了。"

周念南微妙的不安随着通话的结束慢慢消失，游乐园毛茸茸的玩偶和精彩刺激的游玩项目让她将一切抛在脑后。

快乐的一天以城堡前的烟花收尾。

璀璨的烟火照亮了黑夜，她站在熙攘的人堆里抬头仰望，有那么一瞬间的自我和解。

像烟花一样，活在当下。

第六章

恒久咏爱

回去的路上,周念南困到眼睛都要睁不开,司机先将她送回酒店,再载另外两个人去铜锣湾吃避风塘炒蟹。

张斯斯不放心:"……要不我还是不吃了。"

周念南拒绝:"我感冒了也没有胃口,你到时候给我打包一份粥回来就行。"

江盟今天太过卖力表现,三个人的电影,总得给他留点儿发挥空间。

门童为她拉开大门,酒店特有的香氛扑面而来。刚走几步,就听到熟悉的声音叫她:"念南。"

是张延卿,他张开手臂迎她。

西装革履和红底白点蝴蝶结发箍在明亮的酒店大堂相拥。

"你怎么回来了?"是意料之外的惊喜。

"想见你。"张延接过她手里拎着的小袋子,另一只手伸过来牵住她。周念南乖巧地将手放进他的掌心,"今天有没有好一点儿?"

"好多了,按时吃了药。"

她体温还是有点儿高,还在游乐园里尽情挥洒了汗水。

等到了张延卿的酒店房间,他挂好外套去洗手,周念南就从他身后突然抱住他。

细白的胳膊像柔软的树藤一样圈在他的腰间,张延卿擦干手上的水,想要转身回抱住她。周念南不肯,侧脸贴在他的衬衫上。

张延卿喉结滚动,柔软的曲线贴在他的脊背上,她身体的热度传到他的身上就变成了渴望。

"我回来都还没有好好看看你。"张延卿哄她。待他转身过来,她又飞快地钻进他怀里。

她从来不是主动的性格,张延卿抬起她的下巴,看见一双水汪汪的兔子眼。

"是不是哪里不舒服?"他一下子就心疼起来。

周念南闷着不说话,湿润的眼眶像蓄满了水的池子,泪水顺着脸颊流下来。

张延卿不知道该如何安慰,这是全新的体验。柔软的、心疼的,以及后知后觉的庆幸,还好今天他来了。他只能紧紧地搂住她,亲她的头发,亲她的额头,亲她湿漉漉的眼睫。

还想亲她的嘴唇……未果,被她躲开:"感冒了我可不负责。"

张延卿松了口气:"只有你能负责。"

她又要往他的胸口躲,他将人抱起来放在洗手池的台子上,抽纸巾给她擦眼泪,一边擦一边轻声问:"今天怎么了?游乐园里不够开心吗?"

他严肃的眉头蹙在一起,认真地盯着她看,狭长的眼眸里映着她哭花的脸。

周念南忍住涌上来的鼻酸,搂住他的脖子,视线落在他胸口的第三颗扣子上:"……烟花太美了,可是一会儿就没了。"

Too good to be true(好得令人难以置信),烟花是这样,眼前的人是不是也会这样。

张延卿哭笑不得,想将人从大理石台子上抱下来,坐久了凉。

周念南挂在他的胸前,像一只树懒挂在树上,她的长腿环在他的腰上。这样甜蜜的姿势,让张延卿几乎是瞬间就有了反应。

爱是恒久忍耐和克制。

他一边分心默默回想今天开幕式其他嘉宾的发言,一边抬手将女朋友的身子抬高了一点点。

张延卿将她抱到沙发上,周念南不肯松手。

她从意识到生活里只有她和外婆之后就不再如此任性,要成熟,要懂事。但她从他刚刚的眼神里,看出无限的纵容。

也许之后还会有烟花易逝那样的担忧,但是在此刻,这样专注的眼神让周念南觉得,两个人在一起很美好。

张延卿不怕感冒,他用亲吻代替语言。

强势的温柔,她仰头承受来自他的掠夺和野性,两个人的气息交缠。

柔和的灯光照着房间里的一对有情人。

半晌,周念南觉得有点儿不对劲,身下硌人的感觉明显。她侧过脸,湿漉潋的目光望向张延卿："你的皮带硌到我了……"

声音软绵绵，带着动情的春潮。

张延卿喉结滚动，漆黑深邃的眼眸盯着她，再次低下头来，在她的脖子上轻轻地研磨、舔舐。

温热的呼吸划过，带来些微的痒意。

周念南没忍住缩了一下，听到一声闷哼。

两个人对视，她突然反应过来，那不是皮带而是……热气再次涌上她的脸颊。

她像是被他的眼神烫到："……那个，对不起。"

空气里都是噼里啪啦带闪电的旖旎，仿佛下一秒就要熊熊燃烧起来。她的腿甚至能感受到对方跳动了一下，张延卿"嗯"了一声，放开被压住的她。

他面色沉静，但呼吸声明显乱了一些。

周念南瞟过他西装裤下的明显，一时之间不知道说什么好。

倒是张延卿伸手将她从沙发上拉起来，看她左顾右盼假装坦然的样子又觉得好笑："不哭了？"

周念南点点头，无所适从："……我要回房间去了。"

"再陪我待会儿。"张延卿又顺势抱住她，"飞机坐太久了，有点儿累。"他原本今天可以不过来的，周念南想到这里又心不忍。

两人于是牵着手坐在沙发上看电视，谁也不提刚刚的意乱情迷。

张斯斯和江盟带回来的夜宵喂饱了两个人。

第二天早上，张延卿乘最早一班飞机飞回了京市。

张斯斯是晚上的飞机回伦敦，她对着好友抱怨："谁要他给我买机票啊，不然我还可以多玩几天。"

学校放假要在两个多月后了，她跟周念南约时间："到时候我回国，我们一起过元旦。"

周念南帮张斯斯收拾行李，短短几天，酒店房间的衣柜里挂满了她的战利品。

赤手空拳来，二十八寸行李箱走。

张斯斯从衣柜深处翻出一个白色的礼盒，递到她眼前："送给你的。"

盒子上简约几个字母，周念南不陌生。时代广场正对面有那家著名的内衣品牌店，时时刻刻挂着大幅模特诱人图片，她每次经过都要多看几眼。

抽掉蝴蝶结绑带，打开盒盖，里面是一件轻薄雅致的短款真丝睡裙，细细的双肩带，双V领口和开衩配有分量感的刺绣。下面放着一件同色的广袖真丝睡袍。

张斯斯笑嘻嘻："Enjoy！"

周念南在好朋友面前很绷得住，两个人早就在学校浴室里不知坦诚相见过多少次，她故作镇定："没有这么快。"

张斯斯耸肩："总有用得上的那一天。"

两个人忙活一上午，张斯斯的新战利品还是没能全塞进箱子里去。周念南给她出主意："你放江盟书包里去。"

江盟比张斯斯好一点儿，好歹是背了个书包装了两件T恤过来。

江盟被塞了一个衣服袋子，周念南传话："斯斯让你帮她拿一下，她箱子放不下了。"

房间门打开，张斯斯不露面，她在洗手间意有所指："南南，你找人买一下泡澡球，我们等会儿去楼上玩。"

这句话对着谁说的，不言而喻。

张延卿留了楼上的房卡给周念南。

两个女生直奔大理石浴缸而去。白天的景色和夜晚又不一样，阳光倾泻而下，不远处的维港碧波荡漾。

张斯斯一边打开水龙头放水，一边盯着旁边篮子里的玫瑰花瓣，扭头跟正在发消息的周念南说："我跟你泡澡，延卿哥会不会吃醋？"

周念南晃晃手里的手机，回敬她："江盟会不会吃醋？"

两个人相视而笑。

张斯斯脑筋一转，想到一个好主意。她把手机塞周念南手里："你帮我拍个照片。"

照片是逆光拍摄，将手机滤镜调到黑白，只露出一小半侧脸和不着寸缕的肩膀，远处是波光粼粼的水面和鳞次栉比的高楼大厦。

张斯斯将这张照片发在朋友圈，配文：想从浴缸游到维港。

在选择可见范围的时候，只勾选了一个人，江盟。

周念南不解："你又不理他，又给他看，是想他怎么做？"

张斯斯袒露心声："我跟他睡得太快了，谁知道他是只想和我睡睡啊，还是其他。"

周念南非常无语："他都追到香港来了……你也没有信心吗？"行动说明了一切。

"……那也要有个表白的过程吧！"张斯斯委屈。他不说，她怎么知道男人怎么想。绝对不能像上一段感情那样，太过主动。

门铃响起。

周念南踢了踢好友："泡澡球来了，你去拿。"

趁张斯斯转身披浴袍的工夫，她给江盟发消息：表白！她要耳朵听到！！！

三个惊叹号力透纸背。

江盟是拎着购物袋跑过来的。

张斯斯开门，皱着眉头接过袋子转身就要走，江盟一把拉住她的胳膊："我有话跟你说。"

她抬眼看他,他大约跑得急,她嗅到他身上淡淡的汗味:"说什么?"想从他手里抽出胳膊,但对面的人力气大,没抽动。

走廊那头传来吸尘器工作的声音。

江盟不自觉地咽了一下口水,将人推进房间。门"咔嗒"一声在身后关上。

"那个……我们能不能在一起?"江盟舔舔嘴唇。

张斯斯不动,低头掩饰她嘴角的笑意,拉长了语调:"我们只是睡过两次而已,大家各取所需。"

"……五次。"

躲在浴室门后偷听的周念南忍不住倒吸一口气,有没有语文老师教教他如何抓重点。

果不其然,张斯斯恼羞成怒:"那又怎么样,多喝了几杯这样的事情不是常常发生吗!"

江盟认真地反驳:"不是,我问过你,你知道我是谁我才……"

眼看场面就要由告白发展成单方面的殴打,周念南及时发声:"斯斯,你拿到了吗?"

浴室里传来"哗啦啦"的水声,圆形浴缸很大,蓄满水需要不短的时间。

张斯斯白了他一眼,转身就要走。

江盟情急之下搂住她的腰,语气急切:"是我,是我只对你有感觉。"

周念南知道好友好莽,但不知道她能莽到这种地步。

酒店的门板厚重,那一道小小的缝隙传来那头断断续续的对话。

"哪里有感觉?这里?"以周念南对好友的了解,不难猜想学霸正在遭受怎样的折磨。

江盟努力控制自己,将张斯斯的手压在自己胸膛上:"这里……"

张斯斯得意非常:"哦……"

江盟喉头滚动,耳朵、脖子忍耐得发红。

她的好朋友就在门后,"哗啦啦"的水声一直流淌,两人站在房间门口,廊灯打在眼前人的身上,她慢条斯理地折磨着他。

"我……所有的地方,很早之前到现在,都只对你有感觉。"

张斯斯扬起胜利的脸,终于听到自己想要的答案。她抬手拉下他的脖子,在他唇上亲了一下:"那我们回去的飞机上慢慢谈一下。"

很早之前,是多早?竟然还有意料之外的惊喜。

江盟有点儿小心翼翼:"……你不生气了对吗?"

这个意思是不是,两个人和好了?

浴室里的水声停止,周念南咳了一下,浴缸里的水都要溢出来了。

张斯斯心情好得很,她接收到好友的信号就不再管江盟:"出去的时候帮

202

我把门带一下。"

周念南看她脸色就知道,这一仗,她又赢了。

浴缸里的泡澡球滋滋在水里翻滚,窗外的阳光照进来,晶晶亮,热热闹。玫瑰的香气氤氲,精油在水面扩散。两个好朋友趴在浴缸边上,看向窗外海港上的点点白帆。

"有的人,学业、爱情两得意。"

张斯斯勾起唇角:"学业也没有很得意啦,爱情就还可以吧!"她有过其他感情,从来都是主动的一方,她已经迫不及待等到回程的航班听关于自己的故事。

周念南啧啧:"最强辅助都到手了!"

张斯斯轻轻撞一下好友的肩膀:"那我们元旦可以一起约会。"想到张延卿那张严肃的脸,又撤回建议,"你可以和我们一起,延卿哥还是算了。"

周念南叠了热的小方巾放在眼睛上,笑得开心:"那你和延卿哥说,我不敢说。"

张斯斯叹气:"……连张叔叔都不敢说他。对了,你们打算什么时候告诉张叔叔?他们老来问我延卿哥的感情状况,我现在多红你知道吗?"

房间的冷气开得有点儿足,周念南将身体往下沉了沉,柔滑的热水漫过她的肩头:"感情的幼苗还很脆弱,不宜过早暴露。"

张斯斯:"你要是怕张叔叔催婚的话,延卿哥一个人就能扛住,他反正之前都单身那么久了。我看他对你,很认真的。"

认真到都告诉家里了。

周念南取下小方巾:"你记得延卿哥之前相亲对象的条件吗?"

张斯斯顿住,她妈妈参详那些女生资料的时候,没少和她分析,要考虑长相、性情、家世、个人能力……而这些,都曾经是她们聊天的谈资,纯八卦心态。

她挣扎着解释:"那是张叔叔和我妈的想法,不是延卿哥的。相亲不都没成嘛。"

周念南将泡泡往她那边推:"家里的意见也不能说不影响,你看我前面那个……爱的时候也是爱的……"不爱的时候,也是水中月手中沙,消逝得飞快。

张斯斯听着觉得心里有点儿慌,事情不应该是这样的。

又听旁边的声音说:"而且,就这样谈恋爱不好吗?恋爱里没有家长掺和,永远都是最纯粹的恋爱。"

周念南捧起面前的泡泡,将它们往张斯斯那边吹。两个人幼稚地打起了泡泡仗,留下一地滑溜溜的水渍。

周念南花了五百块小费麻烦清洁阿姨来打扫一遍,张延卿收到了一张泡泡堆里眼睛笑成弯月亮的女朋友的照片,阳光那么耀眼,都不及她的笑容。

会议接近尾声，会场熙熙攘攘，傅阳作为地头蛇，热情地安排大家一起聚餐。张延卿走近他，低声说了几句，换来傅阳的大力拍肩。

何慧怡的眼风扫到他向她的方向走过来，场面诡异地安静了一秒。她若无其事地让助理后退，挂起得体的笑容。

张延卿像正常谈话那样，大大方方地对她说："何总，昨天你的那件外套，方不方便告诉我一下品牌？我女朋友很喜欢那个颜色。"

仿佛是一件很认真的事情。

何慧怡滞了一滞，什么问题？张延卿的严谨业内皆知，他从来没和她说过工作之外的事情。

身后的助理凑过来报了个品牌的名字，张延卿风度翩翩，颔首谢过，然后跟其他相熟的人致歉，他有事要缺席今晚的聚餐。

何慧怡下意识地就想起商场那个女孩。

果然吃饭的时候，觥筹交错间就有人问傅阳张延卿缺席的理由："是不是有其他大项目不带咱们几个玩啊？"

傅阳红光满面，端着酒杯大笑："确实是大项目，大得很啊。"眼神却不经意地扫过何慧怡的方向，"来，敬大家，希望在座的各位都幸福。"

刘特助跟张延卿坐在车里，往机场的方向去。他还要回海市沟通项目进程，张延卿飞香港。

看老板这几天奔波的程度，掌握第一手瓜田消息的刘特助很有眼色地闭口不言。

后排的人却不放过他，唰唰唰给他发了好几张图片，让他帮忙辨别何慧怡昨天身上那件外套到底是哪个。

一时之间难住了绩点几乎满分的刘特助，他建议："这个事情，可能女生比较擅长，她们能区分一件衣服的N个不同之处。"

于是，这个事情落在了远在海市的崔秘书身上。

崔凡真没见过何慧怡穿这套衣服的样子，但她有搜索引擎。她从官方媒体里找到集体合影，细细对比了官网图，确定了衣服的货号。

张延卿让她帮忙订一件。

崔凡真细致："那对方的身高体重是？我好确定码数……这个板型还有个粉色，如果是年轻人的话，粉色好像更合适。"顺手发过来官网的模特图。

张延卿扫一眼就下了决定："那就粉色，最小码。直接刷我的卡。"

另外给崔凡真发了个大红包。

刘特助在前排抓紧时间和崔凡真交换已知信息，这样近距离猜谜吃瓜的过程真让人着迷。

周念南将张斯斯和江盟送到了安检口，两个好朋友拥抱道别，张斯斯不忘提醒她："你记得让延卿哥别说漏嘴了。"

零花钱永远是大事。

江盟捏住她的手："阿姨要是扣你零花钱，我给你。"

张斯斯骄横地白了他一眼："我才不要。"

周念南赶紧挥手让两人进去："打情骂俏里面请。"

她看着两人手拉手过了安检才往楼下走。到达层也人来人往，张延卿的航班已经起飞有段时间了。

她找了出口处的茶餐厅坐下，点了一杯奶茶，然后刷手机打发时间。很快有年轻男生上前搭讪："请问你介意拼桌吗？"

旁边的座位明明都是空的，周念南很知道对方的来意，她举起手机笑了笑："我男朋友去买东西了，很快回来。"

说话间，人就出现在她面前，先熟稔地拿手背试她的额温，又当着男生的面拉开座椅坐下。

年轻男生讪讪离去，周念南拉他的手，带着笑意："我看航班时间还有十分钟到。"

张延卿将她面前的奶茶拿过来喝了一口："前序航班没有延误，机长飞得快，就提早了一点……斯斯他们走了？"

周念南点头。

"那两个人关系如何了？"车后座里，张延卿圈住她，下巴蹭在她的头发上，又拿她的手出来玩。柔嫩纤细，像一块软糖。

周念南感慨："我还以为你没有看出来，已经和好了。斯斯请假的事情，你不要在张阿姨面前说漏嘴了。"她转过脸来，认真地盯着他看。

张延卿低笑："那你准备怎么贿赂我？"

好在她早有准备，从兜里掏出在迪士尼买的尼克玩偶，挂在他的小拇指上，又给他看自己手机上挂的朱迪警官："我们俩一人一个。"

"为什么我们不用一样的？"他没有看过那部著名的动画电影，不知道里面最好嗑的狐兔CP。

周念南瞄了一眼前面的司机，深感说出来的话有些羞耻。她转身附到他的耳边，小声地说："……因为他们是一对。"生殖隔离什么的，在美好的CP面前不值一提。

气息清甜，扫过他的颈侧和耳旁。

周念南腰间的结实手臂揽得更紧，她的嘴唇几乎要碰到他的脸，无处安放的右手就下意识地压在了他的胸前。隔着深色的西装外套，他的心在她的手掌下沉稳地跳动。

张延卿转过脸来，在她脸颊上轻吻，语气像是叹息："你怎么这么可爱。"

周念南顾忌前头的司机，挣扎着要从他怀里出来。

"他们就是一对。"她红着脸强调。

张延卿不说话了,只含笑看着她,把玩着她的手指。下了车也不回酒店,拉着她直接往商场珠宝柜台走。

"你送了我礼物,礼尚往来,我也要回赠一下。"他说得一本正经,"我们现在是一对,得配一对情侣对戒。不然有人搭讪你,你都只能举手机给他们看。"

他说"一对"这个词的时候,还特意停顿了一下,如愿收获女朋友害羞的后脑勺一枚。

半小时后,两人从店里出来。他的手握着她的手,各自的中指上戴了一枚低调的戒指,素圈,内圈里隐秘地镶嵌了一颗钻石,爱藏在心中。

张延卿很满意对戒的名字:恒久咏爱。

护士在周念南的疫苗卡上写上今天的日期,递还给她,笑着说:"恭喜你,周小姐,您的三针疫苗已经全部打完。"

她接过卡片道谢,手臂有些酸胀,了却心头一件大事。

出门的时候,发现医院大门外的空地上一堆长枪短炮,明显是媒体。看到有穿西装的男人牵着女人出来,就要举起相机拍照。

周念南戴着口罩四处张望:"肯定有明星新闻。"

跑马地的私人医院,好多名流的新闻都在这里发生,生子住院、抢夺家产之类的,豪门里的恩怨情仇是八卦小报的最爱。

张延卿抬眼扫了一圈,大概对方也发现出来的人不是他们追踪的对象,已经将相机放下了。

他握紧她的手,心思不在这上面:"我们上午可以再逛逛,不用那么急着回去。"大到衣服、首饰、包包,小到头疼脑热的药,他觉得女朋友都需要。

周念南摇头,给家人朋友的礼物都已经买好,便利店、药店都逛过,不再需要其他。

两人回到酒店,她在看到张延卿推出四个大箱子的时候还是有些吃惊,张斯斯那样的购物狂也只带了一个箱子离港。

周念南的脑海里闪过外婆房间那一堆补品,这样的猜测在两人回到海市后被证实。

他说得轻描淡写:"正好斯斯在,我们都觉得很适合你。"

人人都爱礼物,里头包裹着送礼者的心意,比如昨天那枚亮闪闪的情侣戒指。

可是眼下的礼物太多了,负担大过甜蜜,周念南都不用计算就知道这样的心意,她短时间,不,是很长时间内没法同等回报。

翻译上赚到的钱,转头就要继续投到家里的装修上去。

张延卿看到她眼里的怔愣和纠结,他想到最开始两人重逢的时候,她留在那间屋子里的牛皮纸信封。

他赶紧将人揽到怀里，温声解释："你那天去工作了，斯斯和江盟在逛街，我想着你生日快要到了……不知不觉买多了，都是你日常用得上的。"回头还得跟张斯斯那边把谎言编圆。

他打开一个箱子："这个口红的牌子，斯斯说你很喜欢。不同的衣服你可以搭不同的口红颜色。"黑色礼盒里，整整齐齐地摆了十支细细的长管，上头的金色 Logo 透着低调的奢华。

"还有这套盲盒。斯斯说你每次经过都要去抽，我看他家出了纽约系列。你来看过我……"

他在琳琅满目的日系杂货店货架上看到整排的大眼睛纯真小娃娃，就想到了周念南，想到了她陪他度过的那个纽约的元旦。

那些回忆原来是他一个人的，现在故事的女主角终于加入进来，让回忆变得更圆满。

周念南的苦恼被他的回忆打断，他抬手揉了揉她的眉心："你不喜欢吗？"话里带着小心翼翼的意味，像是在呵护一株刚刚长出来的幼苗。

周念南赶紧摇头，又点头："是喜欢的，只是太多了……"

她长出三头六臂，也用不了这么多。

张延卿像是松了一口气："那就好，我买的时候还怕不合适，所以特意叫了斯斯做参考。衣服的尺码都是按照你的尺寸买的……"

这样的氛围，说其他话好像都有点儿浇灭他付出的心意，她咽下心头的为难，主动拉住他的手："谢谢延卿哥。"

或许她只要表现得"感知到了这份心意"就好。

果然，张延卿的面色就放松了下来，深色的眼眸盯着她："那投桃报李，你送我去一趟公司，我签个字再一起回森安好不好？"

公司有份文件，等着他签字，他没有折腾下属送文件到家里来的习惯。

周念南趁机提要求："那……这些礼物，我能不能先放在你家？太多了，外婆要说我的。"

张延卿低头，蹭了蹭她的头发，慢吞吞地开口："里面什么都有，你要是来海市的话，可以住我这边……"

话题猝不及防地从礼物进阶到了同居。

周念南吓了一跳，立刻从他怀里钻出来。恋爱才谈没多久就同居，她还没有做好这个准备。

张延卿圈住她的腰，眸色深沉："我的意思是，客卧可以收拾出来给你住。你不是打算来学咖啡吗？这样我们见面也方便一些。"

在香港的时候，他看到过她搜索的页面，有咖啡课程和甜品课程。

她赶紧摇头："那个，斯斯的房子也很方便的，离得很近。"同居这个事情进展太快，还不在她的考虑范围内，而且外婆知道了得怎么想。

张延卿很遗憾："你要是不喜欢客卧的装修风格，选主卧也……"

周念南选择手动闭麦，她捂住他的嘴："你再不去，人就要走了。"

这样的姿势，她的身体都贴在他的身上，他又承受了别样的甜蜜折磨："好吧。"

语气不是不无奈，他已经迫不及待想将人圈进他的羽翼下，想和她共享每一个晨昏。

在她察觉到他身体的异样之前，他松开了她。

周念南从礼物堆里，仅仅挑出一套护肤品和一支口红带走，其他的都没动。

然后开着他惯用的越野车往公司走，周念南拉下副驾驶座的化妆镜，试了一下新口红，低饱和的哑光红棕色，低调又显白。

她在张延卿下车的时候在他侧脸亲了一口，嗯，好像不脱色，很好。

刘特助拿着文件进办公室找他签字，敏锐地发现老板压着文件的左手中指上戴着一枚低调的素戒。

他还在愣神，张延卿签好字将资料推给他："周末还麻烦你加班，新项目适应得过来吗？"

刘特助转眼充满干劲："正在学习和适应当中，应该问题不大。"

两人一起往停车场走，讨论他手头项目可能遇到的困难和解决思路。

电梯间的灯光明亮，他隐隐约约看到老板的脸颊上有个很淡的口红印。情到浓时等不及女友卸妆，他也曾被留下这样的印记。

周念南坐在车里等张延卿的时候收到学姐转过来的翻译费用，因为她没有住宿，还额外给了她补贴。

她发消息过去道谢，又没忍住和人商量：学姐，最近家里装修缺钱，如果还有这样的单子麻烦多多考虑我……不怕出差，不怕路途遥远。

学姐大约也正在空闲当中，直接拨了电话过来："资金缺口大吗？"读书的时候她知道周念南的家庭情况，人努力、翻译质量又高，派单的时候多数都优先考虑她。

毕业之后情况好转，周念南感谢她的善意，两人还时不时在微信上联系。

周念南赶快解释："也没有很大，目前还撑得过来，就是装修嘛……你知道的，计划赶不上变化，我得多存点儿钱以备不时之需。"

那头放下心来："我知道了，有需要你开口。"迟疑了一下，还是没忍住关心她，"我看柳承志的朋友圈，好像有新的对象了。"

一张四菜一汤的图片，也没有多说什么。他们共同的校友多，她看到有人在下面评论说：哟，有人为你洗手作羹汤！

分手的原因，周念南没有瞒着学姐。女人天然更能共情同性，何况柳承志的行为根本称不上磊落，说到他的新恋情，她的语气里带着鄙夷。

时隔快两个月听到前男友的消息，周念南反而比学姐看得开："那挺好的，求仁得仁……"她宽慰还在替她鸣不平的学姐,"我也有新男朋友了。"

梁静茹的歌里说,挥别错的才能和对的相遇。她现在还不能确定这一段感情是不是对的,但快乐不假。

正说着话,就看到她的男朋友和人一起从电梯里走了出来。

"我现在很好的。"外婆健康,家里和铺子在装修,她有了新的目标和爱人。

黑色的车子发动,张延卿在刘特助的车前按了下喇叭示意。刘特助凭借他5.0的眼神,看到老板的副驾驶座上,坐了一个长头发的女生。

周末这趟加班,值了。

回到森安,最热情的莫过于猪咪。

它湿漉漉的鼻头在周念南身上蹭了又蹭,伸出粉红色的舌头舔她的脸,一条毛茸茸的尾巴晃个不停,跟着她在屋子里四处走。

周外婆拉着张延卿道谢:"我家这个,一生病就黏糊得很,给你添了不少麻烦吧?"

张延卿看着正逗弄着大白狗的周念南,眼神柔和:"没有,她很乖的。"

乖到让人心疼。

周念南分完给猪咪的狗粮礼物,开始从箱子里拿给外婆带的东西,无比滴、万金油、活络膏、止痛药、钙片、维生素、秋梨膏、陈皮梅、花旗参、鹿茸片……一整个杂货铺子的分量,零零散散全是日常用得上的。

"……是延卿哥和我一起买的。"在周到这一块,没人比得过他。

周外婆又是叹气,又是高兴:"上次送过来的东西还有一大堆,你又买这么多,太破费了。"

生活藏在这样的小细节里,一个人有没有把你挂在心上,从他对你身边人的态度上也能看出来。

张延卿不放过每一个好好表现的机会:"真的没有多少钱,您健康才最重要,这样念南也放心。"

这是周念南生活里最重要的人,以后也会是他的。

周念南晚上睡得很好。

酒店的枕头太软,她头两个晚上梦里都在背单词,仿佛回到了高考前夕;工作结束又感冒无缝衔接,短短五天,脸都瘦了一圈。

周外婆第二天早上端详着她的脸,满脸心疼。看她吃完早餐就要去工地,劝她说:"小杨很尽心,隔一两天就来看一下。我每天也都去看几趟的。"

周念南干劲满满地宽慰她:"我就是去拍个照片和视频什么的,到时候发到网上,给咱们家铺子提前做个广告。"

周外婆不懂网上什么的,但是周念南眼神亮晶晶,显然正乐在其中。

她拉外婆的手:"你照顾我,延卿哥也关心我,杨川哲帮我们出这么大的力,佳阳哥还来遛狗……家里的事情,我都没有帮什么忙,天天衣来伸手饭来张口的,这点小事不费力气的。"

周外婆闲暇下来,不用天天顾着铺子那随时令波动的生意,周围又都是老邻居老熟人,社交活动马上就多了起来。

早上起来炖一盅滋补汤水放在灶上,然后牵着明星狗猪咪去公园散步,下午跟着老姐妹们去社区参加各种活动,顺道看看装修情况,傍晚回来喝上还温热的汤水,精神头和气色马上就比开店时好多了。

她一听周念南说自己胃口变好,立刻就有了精神:"你看你和小张,一工作起来就不知道好好吃饭。你跟小张说,以后想吃什么就告诉我,外婆给你们做。"

张延卿搬来森安住,目的很明显,他大大方方地告诉周外婆,赚足了她的好感。

唯一不满意的是,这个年轻人家里条件好过她们家太多,柳承志最开始也是温柔体贴的,最后还是抵不过现实。家境差距太大,在哪头都让人担忧。

她看着太阳底下周念南的背影叹气,还是家里拖累了外孙女。

想到周舒清上次打回来的电话,心里又高兴起来,到时候女儿回来,家里条件好一些,也不用周念南这么辛苦。

周念南去工地的时候,正好碰上杨川哲。

那天的尴尬场面重新浮上心头,她只好将太阳帽的帽檐压了又压。

杨川哲不知道想起来什么,眼神也躲着她,只直愣愣地领着她看最近完工的瓷砖地面和即将安装的木地板。

他严守和她男朋友的秘密约定,又担心工地上的工人嘴上没个把门,一不小心说漏嘴,所以这两天自己一直在现场盯着。

周家的房子在巷子口,左邻右舍谁经过,都要进来参观一下进度,保不齐里面有个识货的看出来差价,他的努力就功亏一篑。

周家重新装修在珍宝巷有着不低的讨论度,没有搬走的老邻居可不少,住久了旧房子,谁不眼热新的呢!

浅色的柚木地板带着独有的香味,整整齐齐地堆在客厅里。

周念南惊喜地捏一捏闻一闻,马上就忘记了先前的尴尬:"还好有你,这些都看不出来是打折的款式。谢谢你呀!"

一句话透露出来的信息很多,装地板的工人事先得了他的吩咐,谁也不吭声,只留杨川哲目光复杂地站在旁边支支吾吾:"还行吧,那边也拿了很久的货了。"

周念南充满了感激:"外婆说让你有空来我家吃饭,真的麻烦你太多了。"

如此尽心尽力地盯现场帮她省钱,远远超过了简单的同学情谊,她不知道是不是自己多想,已经暗下决心工程尾款要多付一笔辛苦费。

杨川哲生怕露馅，他对周念南说："木地板这两天装好，衣柜厂家就会上门来安装了。你可以到时候再来看看。"

她点头说好，她和周外婆都对杨川哲一百个放心，扬了扬手里的相机便径直去屋子里拍照了。

几天不见，屋子里又是一个新样子。

她按照之前的拍照角度，又拍了一组新的照片，才出门去找赵桥吃饭。

赵桥周末又去参加了一次相亲，这次的对象更加离谱，一见面就说"我就喜欢当老师的，以后家里小孩就不愁教育了"。

气得赵桥坐下来就跟周念南念叨："小地方的男青年剩下来都是有原因的，你可千万注意。"

周念南喝一口果汁，眨着眼睛跟她说："我不打算相亲了。"

赵桥有些惊讶："那个……你是不是知道……杨川哲他……"

周念南的惊讶不亚于赵桥："他？我？"

赵桥点头："我也就之前发现的。吃夜宵那天晚上不是遇到你的相亲对象吗？他后来在微信上多问了我几句，我才猜出来的。"

杨川哲从前矮小、沉默，周念南对他的印象不深。眼下这人给她家做装修，肉眼可见地投入。

一回来就面对这样的问题，她觉得眼前的家乡菜都不香了。

赵桥安慰她："你现在没对象，真不考虑他吗？他人品和条件在森安来说都还挺不错的。"

周念南看向她："我有新的男朋友了。"

赵桥惊喜："比他如何？"

周念南于是从手机里翻出在香港时拍的照片给赵桥看："是我高中好朋友的哥哥，重组家庭里那种哥哥。"

是离港前一个晚上她偷偷拍的，两人在沙发上看电视，他大约白天的行程太累，仰头靠着沙发闭目小憩，西装规整，侧脸的线条像艺术品。

赵桥一边替老同学可惜："杨川哲这是彻底没戏了呀……"一边八卦，"有这种对象，其他人我也会看不上的。"

她对两个人的相识经过充满好奇，听到对方最近还搬来森安住更是感慨："看一个人愿意为你做到哪一步，就知道他的感情有多深。"

吃过饭，赵桥罕见地拥抱了周念南："我真羡慕你。"

爱情是比钻石更稀有的东西，而相亲是利弊反复权衡的筛选，她为朋友感到高兴。

周念南也大力回抱她："你也会遇到你的爱情的。"

晚上张延卿回来得晚，他去周念南家门口接她，猪咪跟着一起跳上车。它现在已经很聪明地理解到"上车就是兜风",一看到张延卿的车,就兴奋得不得了。

经历过上次在家里亲热被撞见的社死场面,周念南现在轻易不敢留人在家里。

两人约会的地点改成张延卿租住的房子里,不得不说,正合他的意。

张延卿很想和女朋友做一些情侣间会做的事情,比如在家看电影什么的。但周念南还带上了电脑:"我报了学做咖啡课程,这两天得在上课之前把学姐要的资料翻译好,下午才完成了一部分。"

两个人的约会活动于是就成了,工作。

张延卿一个人住,将其中一间卧室辟出来做了书房用,里面放了一张很大的智能电动升降书桌。

这是他第一次看到女朋友工作时的样子,头发扎成马尾,戴着一副防蓝光的黑框眼镜,对着电脑专注有神,手指在键盘上飞快地移动。

他时不时地看一眼,又一眼,留意到她伸手捏脖颈的动作,马上站在她的身后:"是颈椎不舒服吗?我替你按一下。"

周念南眼睛疲累,大脑发胀,抬脸闭眼"嗯"了一声:"谢谢延卿哥。"声音都低了起来。

今天翻译的文件是上次医疗投资会议的后续资料,事关投资,每一条她都看得仔细。

肌肤相触,一双干燥温热的手就落在她的肩上。

书房安静,只有冷气出风口轻微的动静,和他的呼吸声。

猪咪一个人在客厅里跑来跑去,像一只皮球发出"嘭嘭"的声音。周念南这时候才注意到它的破坏力:"会不会影响你楼下的住户?"

张延卿低头看她疲倦的脸色:"楼下没有人住,我问过物业了,没事的。"

她放下心来,这才留意到这样的空间里,他指尖的热气像力道一样,透过夏日薄薄的衣衫,无声无息地钻进她的领口,直达她的心脏。

周念南心跳如鼓,他的每一下揉捏,都泛起一阵从脖颈直达四肢百骸的酥麻,更要命的是,身后的人还在问她:"舒服一点了吗?"

她不自觉地缩了缩肩膀,睁开眼睛故作镇定:"可以了。"

他弯下腰靠近了过来:"什么?"

他的脸在她面前放大,她下意识地就闭上了眼睛,一个轻柔的吻落在她的唇角,耳边一声叹息:"你看了一晚上的电脑,都没有看我。"

声音呢喃,饱含控诉。

周念南已经完成了今日工作的既定目标,闻言心生愧疚,他为了迁就她特意搬来这边住,她却沉浸在自己的工作里。

她还能说什么,只能伸手环住他的腰,将头靠在他胸前,发誓一般说:"等我忙完这个笔译去上咖啡课,就轻松多了。到时候我们可以去约会。"

他笑起来，胸腔有力地跳动："在香港的时候你也这么说。"

周念南急了："那次是情况特殊，不算的。"

他伸手摘下她的眼镜，两个人的呼吸交缠："那约会的内容，我来安排。"

周念南报了八天的咖啡师综合课程，打算从最基础的咖啡系统认知开始学起。

周外婆没想到她给自己安排了这么多事情，出差结束又要去海市上课，上完咖啡还打算报甜点课程，间或还要盯着家里这边装修的进度，比她之前上班的时候还要忙。

她有心劝周念南放松点儿，理智又知道她做这些都是为了这个家。

刘佳阳这段时间几乎成了她家的常驻嘉宾。

猪咪生性热情，需要足够的运动量。

周外婆走不了太快，周念南又生病滞留香港，他就借看望刘奶奶的借口，每天下班过来带猪咪遛一圈，顺便拍点儿它的视频和照片回去当素材。

他送猪咪回来看到周念南在家，打开账号后台给她看，新发布的两个视频播放量都上万了，粉丝数量又翻了一倍。

周念南吃惊："这个涨粉速度……你真厉害。"

她手头没有其他同类型博主的数据做比较，但她知道刘佳阳的认真程度。

两个视频里有一个是猪咪洗澡的视频，灵感来自……她和张斯斯在酒店泡澡那次。

她当天发消息给刘佳阳，他下班后就特意去店里买了一排黄色的橡皮洗澡鸭。猪咪湿漉漉地顶着一队排队的小鸭子站在花洒下，收获了过千赞的好评。

他打开私信给周念南看特别标注的几条内容："虽然不符合咱们最开始对推广的要求，但这是个好的开始。"

周念南再回头看猪咪，就觉得这个大白狗金光闪闪，决定晚上给它多加一个肉丸子。

她将自己接下来几天的行程安排告诉刘佳阳，双手合十："这几天还要多麻烦你来看看它。我周末没有排课就可以自己照顾。"

刘佳阳对她笑："还用你来说，反正我时间充足，放心吧。"

咖啡学院的上课地点在海市的市中心。

周念南给张斯斯打微信电话，出乎意料地被掐掉。她皱眉想，也许在上课……她又换了文字发过去：朋友，我又要去借住你的房子了。

张斯斯很快回了消息过来：哎呀，不用跟我说，你随便住都可以的。

周念南还是表达了歉意：打扰你上课啦！

半天才等到她的回复：……就，也没有在上课，和他一起做作业来着。

周念南很快懂了,自己的电话打扰了好友的爱情生活。

她发了一个猫咪鼓掌的表情包过去。

张斯斯倒是直接回了个微信电话过来,先声夺人:"你真的被带坏了,都会内涵了。"她的声音里有轻轻的喘息,不难想象刚刚发生了什么。

周念南顿住:"……单纯地为你高兴,真的!"说着就要挂掉电话。

张斯斯叫住她:"我谈恋爱的事情,暂时不打算告诉我妈。你让延卿哥也别说漏了,等久点儿稳定了我再和她说。"

她去伦敦读书之前,她妈妈耳提面命"不要在国外谈恋爱",生怕她找个金发碧眼的外国人回去。

"你和延卿哥的事情我也一定保密,江盟也会保密。"

周念南点头:"好……下次张阿姨打你电话,你声音正常点儿了再接。"是个人都能听出她声音里情动的气息。

张斯斯在那头娇滴滴的:"我看是你才回过来的。"

一边说一边笑,细碎的打闹声从电话那头传来,氛围甜得都要溢出来了。

晚上散步的时候,周念南跟张延卿提起这件事情。他一手拎着猪咪的遛狗绳,一手牵着女朋友。

闻言,停了好久,直到周念南侧眸看他。

这让她想起张延卿第一次代开家长会的事情,不会又……历史重演吧!

她为自己的好朋友解释:"他们只是谈恋爱,偶尔住在一起,也还没有结婚的打算,先不和家里说很正常吧!"

张延卿握紧她的手:"是很正常。那你来上咖啡课的话,也跟我住在一起吗?"

周念南没有料到话题最终还能回旋到自己身上,她清清嗓子:"斯斯家在五栋,离你家很近的……而且,我上课的地方离你们公司很近,我下课了就来找你,一起回家。"

张延卿觉得自己的女朋友深谙欲扬先抑的手法,他考虑了一阵,然后点头,提出额外的要求:"那到时候我给你做饭。"

周念南的手藏在他的手心里,她翘起小手指在他的手掌里刮了刮:"你怎么这么好。"

张延卿看了她一眼:"那我现在能不能亲一下我的女朋友?"

一本正经的语气,属于他的清冽气息,被九月的夜风吹到了她的周围。

周念南不好意思地左右张望,路人们似乎没有往这边投射过多的关注,她"嗯"了一声,细密的吻就落了下来。

两人在香樟树浓密的树荫下,交换了一个悠长的吻。

凉风习习,吹动树上的叶子缓缓飘落,落在呆萌的大白狗身旁,它绕着相拥的男女主人转了一圈又一圈,也没有人理它。

作为忽略它的补偿，周念南往它的碗里放了两个肉丸子。

周外婆以为她为了工作连轴转，特意在灶台上给她留了花胶炖鸡汤，让她补一补。

周念南很心虚，张延卿很高兴。

回到房子里才打开振动了好多次的手机。

江初礼将公司内部论坛的帖子直接截图发在群里艾特他。

截图依旧 UC 风：男德是不是一个男人最好的嫁妆？看小 z 总就知道了！

配上他在公司食堂拿水果的照片，细节放大他伸出的左手。

素戒一出，惊起公司的民间八卦学家无数。

江初礼：我就跟你换了个出差任务，你就戴上戒指了？

这个世界变化太快，前段时间张延卿还是没有女朋友的人，现在他如同坐火箭般赶在了所有人前头。

傅真：我哥跟我说我还不信。

江初礼：@傅真，详细说说。

傅真：这个事情我哥也没跟我细说，我就听了个大概……

江初礼：这真是皇帝不急急死……太上皇！

生生转了个弯。

连秦完时都被炸了出来。

秦完时：周念南？

秦完时：@张延卿

…………

张延卿垂眸打字：是情侣对戒，婚戒我还在努力当中。

第二天，张延卿接周念南一起出发，上课的地点离他的公司不远，在市中心的一栋老旧居民楼里。

他特意让司机将车停到路边，然后陪她走到楼下，伸手抱住她："好好上课，快下课发消息给我，我来接你。"

时隔快四年重回课堂，周念南纠结紧张了一个早上的心，被这个猝不及防的拥抱轻易地打动了。

她第一次不惧周围匆匆走动的上班族人流的目光，手随心动回抱了他："那你也好好上班。"

张延卿感受到她拥抱里的依恋，抬手摸了摸她的头发。

两个背布包的女孩子艳羡着绕过她们上了楼，老旧的楼道回声特别明显："好恩爱啊！狗粮暴击。"

周念南爬了三层楼梯才到了教室。

说是教室，其实是一个三居室改建的。最外面的客厅摆了几台不同品牌的咖啡机，和各种咖啡相关的工具。里头的卧室墙壁被拆除，两间并作一间，改成了小型的课堂，布置了白板和桌椅。

看她坐下，前排两个人就围了过来："刚刚那个是你的男朋友吗？还来送你上课，好甜哦！"

赫然是刚刚经过他们的那两个女生。

八卦是破冰的有效方法，之一。

十分钟过去，周念南已经和两个人熟悉了起来。

咖啡新手们的课程从咖啡豆的起源和传播开始。

扎扎实实听了两个小时，这样密集的知识吸收让周念南有种久违的、回到了大学课堂的感受。

只是下课的时间被拖了半小时。

一下课，她就拿起包飞奔下楼，出居民楼的大门就看到张延卿的车停在路边，打着双闪。

车窗大开着，他戴着眼镜坐在驾驶位上，聚精会神地看电脑上的资料。

天色近黄昏，路灯已经亮了起来。她一路小跑过去，带着路边的桂花香一起涌到他的车旁边。

周念南有种上学时候被家长来接的妥帖感，拉开副驾驶座的车门坐好。

"今天上课开心吗？"张延卿问她。

连这句话都很像读小学时，外婆来接她的时候问的问题。

已经很久没有人问过她这样的问题了，她想了一下："还可以。班上有两个女生跟我比较合得来，老师虽然年轻但经验很丰富。"

两人边聊天，边开车往江边的一家会所去。

"都是熟人，上次吃饭你见过的。"张延卿左手扶着方向盘，右手拿起她的手亲了一下，"下次我们再自己做饭。"

自然得好像是习惯一样。

这次的见面和上次不一样。

许是张延卿提前和他们说了什么，江初礼和秦完时一如往常表现得体，连平时嘴上最没有把门的傅真也乖乖巧巧，看到她露出八颗牙齿的标准微笑。

徐梦然坐她旁边没忍住，悄悄问她："……怎么就在一起了？"冰山男的追妻剧情不得多走几集啊。

周念南挑着能说的说了，比如他搬家在她家附近，比如他去香港照顾她。

江初礼在一旁竖起耳朵听，听到纽约那一段前缘，他终于了悟。

张延卿就是那个元旦后，坚定地拒了所有的退路，跟投资人签了对赌协议，又做成了好几个以小博大的项目，扬帆资本才真正开始在资本市场里扬帆起航。

两个女生低声聊天，直到张延卿在桌下拉她的手："傅真说元旦的时候去马尔代夫潜水，你想去吗？"

她抬头，才发现桌上另外几个人都看着她。

傅真嘴快："嫂子，新年新气象，去吧，就几天。我哥刚买了台新的湾流，我们可以蹭一下。"没说出来是为了庆祝张延卿脱单。

徐梦然在一旁助攻："去吧，正好避寒。"

张延卿捏着她的手指，另一只手将她的长发别到耳后："不用勉强，你忙的话我们改时间也可以。你以前不是很喜欢水吗？"

傅真打的什么主意，他很清楚，大概是被他大哥耳提面命地教育过，现在变着法子负荆请罪来了。

"……可是我不大会换气。"高中刚学会游泳的时候，确实人菜瘾大来着，现在都多少年了。

张延卿垂眸看向她，她脸上写满了纠结，没注意到他的神色变化："还有时间，我教你。不想潜水的话，我们就游泳也行。"

坐他对面的傅真用口型对他说了三个字："不用谢。"

回去的路上，她终于回味过来："你怎么知道我喜欢水？"

给猪咪洗澡的时候，周外婆说过，以及，他单手把着方向盘，磁性的声音在车厢里回荡："我家游泳池还没有填上之前，你和张斯斯经常在那里游泳。"

张宏安后来迷上打高尔夫，嫌室内模拟器的手感不如真草地，打上了游泳池那块地方的主意。家里的管家委婉地提了一下："斯斯好像很喜欢游泳。"

张斯斯毫不在意家里改建什么的，那里本来就是张叔叔的地方："我现在不大爱游泳了，还是改高尔夫草地吧！物尽其用。"

周念南以为是管家告诉他，她和张斯斯游泳的事情，却不知道他是实实在在目睹过一次。

张延卿因此做过无数个和泳池相关的梦境。

大多数是在晚上，月光倾洒，泳池的水澄澈异常，周念南就穿着那件黑色大露背的连体泳装，像一条美人鱼一样游到他面前。

她从水里钻出来，扇子般的睫毛上沾了水，碧清的眼睛里映着岸边的灯火，圆圆的水珠顺着脖颈蜿蜒而下，落到被泳衣盖住的胸前。

她声音绵软："延卿哥。"

月光下的泳池里，只有他们两个人。

水面一层一层地漾开去，终于激烈起来……直到他在黑暗里醒来，起身换睡衣和被套然后塞进洗衣机里。

周末不用上课，两人约了早上九点钟在小区健身房的游泳馆里碰面。

张斯斯头天晚上远程指导：我收藏了好多件热辣比基尼，可以分享给你。

周念南：谢谢，我们是游泳，不是鸳鸯戏水。

张斯斯：鸳鸯游泳，就是戏水。我感觉你们在浴缸里练习换气更有利于接下来剧情的发展……

周念南将手机倒扣在桌上,手动禁言张斯斯。

像是为了证明自己一心向学,泳衣她特意选的基础款,连体双肩带设计,评论说"下面搭牛仔裤单穿出去都没问题"。

她就真的外面套了T恤和牛仔裤下了楼,直接去更衣室脱掉外面的衣服。

周末泳池的人不算少,张延卿在泳池边上看手机,只下半身穿了一条宽松的沙滩裤。

周念南顿了一下,后知后觉地怀疑起来这是不是个好主意。张延卿像是有察觉,恰到好处地转向她的方向,目光沉沉地朝她伸出手。

肩宽腰窄,明晃晃的腹肌,就这样大大方方地展露在她的眼前。

她一时不知道自己的目光应该落在哪里。等她意识到自己居然不自觉地吞了口口水的时候,已经站到了对方的面前。

她害羞地低头,入目是两条明显的人鱼线顺着腰线方向埋入黑色的沙滩裤,目光像是被烫了一般,又立刻抬起头来。

她的反应取悦了张延卿,他轻轻笑了一声,眼看着女朋友的脸颊热了起来,立马正色说:"我们先热身,然后泡水里适应一下水温,再开始换气练习。"

周念南故作镇定:"我会游泳,只是换气还不大熟练,很容易沉下去。"

热身完毕,她先下水泡了一阵,然后抬头看站在岸上的张延卿说:"我先游给你看一下。"

她深吸一口气,扎入水里,双臂舒展向后划动,两腿蹬开,抬头换气,再继续……然后就,慢慢地开始往下沉。

泳池的幕墙是玻璃的,早上的日光照耀,映得四周都是明晃晃的光。

张延卿有一瞬间的怔愣,分不清这是月光还是日光,是梦境还是现实。

周念南在泳池里站直,摘下泳镜,吐出一口气:"我也不知道为什么,前面还行,后面就往下掉。"

张延卿一句话都没有听到,他的眼里只有她在水里的样子,黑色的肩带勾勒出她纤薄的背骨和柔软的腰肢,现实和梦境重叠起来。

"问题很严重吗?我肯定有个习惯错了,但是好难改,一到水里我就忘记了。"周念南瞪大眼睛看向沉默的他,滚圆的水珠顺着她的发丝往下掉。

张延卿在岸上坐下,轻松地跳入水里。

他拉着她的手,低声指导:"你前面节奏是对的,入水之后再抬头,节奏就乱了,应该头起来以后再划手……我们先练一下水中闭气,你受不住了就捏一下我的手。"

两个人手拉着手同时沉入水底。

张延卿没有戴泳镜,他认真的眼神盯着她……周念南一时忘记两人是在水里,下意识地想开口,泳池的水就灌进了她的口鼻。

她闭上眼睛攀住了离她最近的人，一出水便咳到惊天动地。

张延卿的手臂在水里拥住她的腰，另一只手抚在她的背上，轻轻拍了又拍："还好吗？"

水呛进了气管，她搂住了他的脖子不肯松手，好半天才平静下来。

周念南被吓到，水从口鼻漫过来的感受太难受，她今天没有勇气再继续了。

张延卿觉得，或许一开始，他就不该答应搞什么海岛庆祝。

她柔软的腰肢、雪白的皮肤，甚至急促的呼吸，全萦绕在他的眼前耳畔，连带着她在水里贴在他身上的触感，都清晰得像是时刻被人按着"重放"键，一遍又一遍在他身上放火。

一向准时入眠的他，破天荒地失眠了。

周念南第二天在楼下看到张延卿的时候，他车上多了两杯咖啡。

一杯无糖热拿铁是她的，他自己喝的是冰美式。

她很少见他喝咖啡，据说是在美国创业那段时间喝太多，提神的功效对他来说不明显了。

"延卿哥，你是不是昨天晚上没睡好？"周念南今天打算去郊区那家瑞典家具大卖场逛一下，楼上房间的床和沙发现在可以先订下来，外婆的床，她计划去专门的老年人家居店看。

虽然是问句，但她却很肯定。眼睛里的红血丝骗不了人。

张延卿捏捏鼻梁："昨晚有个投资项目临时出现变动……"

她提议："那我开车，你可以在车上休息一下。"

两个人于是换了一辆车，张延卿这边家里还放着一辆白色的两门轿跑，让周念南开正合适。

周末的卖场人潮拥挤，张延卿一手推着推车，一手紧紧牵住女朋友。

他已经很多年没有来过人口如此密集的地方了，但周念南的情绪很快感染了他。

很多大小不同的样板间，不同场景搭配着不同颜色、不同款式的家具，很会营造家的氛围。

两个人原本牵着手，走着走着，就变成了她挽着他的胳膊，靠得越发近了。

周念南带了量好的尺寸过来。

她跟张延卿介绍："我的房间要放床、衣柜，还想摆一个书架……所以床不能买太大，一米五我觉得就可以了……斯斯和我两个人睡着正好。"她从前的旧床也是一米五大小。

张延卿闻言顿了顿："那我睡着也正好吗？"

身旁正好也有人来看床，以为他们是来买家具的小夫妻，出口指点："这怎么够，一米五的床施展不开的。"

周念南的脸爆红,别过脸去不接话。

张延卿倒是眉开眼笑:"谢谢你的意见,我们房间小了点,还是得多考虑一下。"

那人来了兴致:"夫妻总有磕磕绊绊的时候,床头吵架床尾和,你地方不准备大点怎么行?"

已经有只作乱的手摸索到他的上臂内侧,偷偷掐他了。

他含笑冲人点头:"我们再去那边看看。"

两个人都不说话,随着卖场的动线跟着人流往前走。

周念南只要一想到床上发生的事情,就觉……热气直冲天灵盖。她假装看两边的各色小家具,松开抱着他的手臂。

很快,有人拯救她。

"张延卿?"一个穿深蓝色Polo衫的男子迎上来,热切地和他打招呼,"你也来逛街?"

是认识张延卿的人。

周念南站在货架前不回头,假装没听到,听到他回答:"对,和女朋友一起来看看。"

话说到这里,她的后脑勺都感受到了灼热的视线,只得转过身去同人打招呼:"你好。"

来人是他的高中同学,章易。他高中毕业之后才出的国,同学几乎都是海市本地人。

章易乐呵呵道:"我老婆加班去了,我带女儿来逛逛。"说话间晃晃手里小女孩的手,"叫叔叔阿姨。"

小女孩穿着艾莎公主的蓝色薄纱裙子,眨着眼睛奶声奶气地叫人:"叔叔好,姐姐好。"

章易蹲下身跟女儿沟通:"安安叫错了哦,是叔叔和阿姨。"

周念南今天穿着简单的白色T恤和灰色百褶裙,光腿穿着运动鞋,头发绑了宽松的麻花辫,站在灰色衬衫和黑色西装裤的张延卿旁边,可能确实……稍微……显得有一点点年龄差?

张延卿握紧她的手,神色镇定:"安安爱怎么叫就怎么叫,没事的。"

周念南笑着跟抬眼看她的小女孩眨眨眼:"安安你好呀!"小女孩就咯咯笑着躲在了章易的身后。

章易站起来,一手护着身后的小女孩:"童言无忌,老同学勿怪啊!有好事记得给我发个请帖,咱们高中同学也可以顺便聚一聚。"

回到翡翠阁的车库时,已经快下午三点。

电梯镜子清晰地映出两个人亲密依偎的身影。

"你觉得我老吗?"

周念南有瞬间愣神:"你是在想安安说的话吗?"她哭笑不得,"小孩子可能看我今天穿得比较年轻,所以才这么叫的。"

镜子里的他,挺拔高大,眼眸深邃地盯紧了她的脸,生怕错过每一个细微的表情。

不知道为什么,她觉得自己的男朋友此刻好像有点儿没有安全感。

周念南扭头看了眼电梯右后方的监视器,转身朝他勾了勾手。张延卿不明所以,低下头来。她顺势环住他的脖子,在他的嘴上亲了一下:"一点也不,我们在一起刚刚好。"

她不知道这句话对他的威力,宛如春日喜雨,随着她温热的呼吸声,潜入他的心里。

然后……

然后他就反客为主地压住了她,加深了这个吻。

一梯一户的设计,两人勾勾缠缠从电梯里延续到了入户厅,再到大门后。

下午的光线被屋内的浅色纱帘拦了一拦,亮得不那么分明,却足够他看清她脸上迷蒙的表情,和鼻腔里软得像糖一样的嘤咛声。

张延卿的眸色变深,目光从她艳丽的唇色上转移到她的脖子上,他喘息着停下,气氛到了这一步,好像是非得发生点儿什么了。

周念南不知道他的纠结,她觉得自己的身体变得奇怪,没有力气,却又无比渴望贴近眼前这个人,于是她凑了上去……

昨天晚上烧到他的那把火此刻死灰复燃,他的手顺着她的腰线往上移,最终覆住了她的柔软。

手机在振动,不知道是他的还是她的,地板跟着轻微地颤抖了起来,像在他手下的她的身体一样。

手机振动停下来,又开始。

张延卿停了下来,努力让自己平息,然后捡起地上的手机看了一眼递给她,声音沙哑:"外婆打过来的。"

如果不是特别重要的事情,外婆不会反复给她打电话。

周念南接通了电话。

张延卿蹲在她身前替她整理好衣服,靠得近他听到话筒里的声音:"猪咪今天打针回来就蔫蔫的,你要不要回来再带它去看看,不会是过敏什么的吧?"

刘佳阳这周末带着猪咪去打了免疫加强针和狂犬疫苗,热情小太阳回家就趴窝里不动了,时不时哼哼两声。

挂了电话,她整个人就清醒了,看向面前的人。

空气里旖旎残存,他的身体反应还明显,她心虚的眼神飘远:"我得回去一趟,你……"她有点儿为难,"你能自己……"

张延卿闭眼"嗯"了一声:"你等我一下,我和你一起回去。"

大白狗去了一趟宠物医院，不到二十四小时又去，显然记忆还在，呜咽着很是抵触。

宠物医院的医生戴着手套检查了一下，给她吃定心丸："很正常的疫苗反应，不用太担心。如果出现呕吐、腹泻、呼吸困难那种状况，才是危险，需要及时送过来。回家还是多注意观察。"

回家的路上，它蔫头蔫脑地趴在周念南的腿上，拿脑袋蹭她，委屈巴巴的。

周念南心都跟着难受坏了，满心满眼只有她的大白宝宝。

刘佳阳的朋友要结婚，他请了假去外地参加婚礼。

周念南下周还有四天课，她不好将狗狗留给外婆一个人，张延卿看穿她的纠结："那就带去我家养几天。"

有猪咪在，就能引来它的妈妈。

回程的路上，张延卿接到他父亲的电话。

车载蓝牙连着周念南的手机在放音乐，周念南替他打开外放键，张宏安熟悉的声音在车厢里响起。

"那个，你追人追那么久，就没点儿成效？要不我让你阿姨叫周念南来家里吃个饭，给你说点儿好话。你以前那个冷脸，是个小姑娘都不会喜欢的。"

"小姑娘"此刻正安静地坐在他的副驾驶座上，朝他摇头，腿上枕着他们的狗儿子。

他看懂她的意思："我有自己的节奏，不用你插手。"

张宏安操心他的婚姻大事："你再这么个节奏下去，就要三十五岁了。精子活力都要下降了你知道吗？"

此刻应该响起阿杜的那首歌：我应该在车底，不应该在车里。

周念南心想。

咖啡培训课上到最后半天，老师按照安排带着学员们去探店。

一路上聊天讨论，还给学员们出了不少主意，比如咖啡制作相关的设备可以买二手的。

海市的咖啡消费市场日臻成熟，有人成功就有人失败，没用多久的机器就重回市场，物美价廉，正适合初创者。

去的几家店各有各的特色，有独栋花园别墅改造的颜值咖啡馆，也有居民巷弄深处的工业风咖啡店。

相同的是，每一家店的店主对自己产品的热爱和赤忱。

周念南觉得自己的思路又被拓宽，晚上的时候她带回一肚子咖啡和想法，坐在张延卿家的沙发前写写画画。

灵感稍纵即逝。

张延卿回来得比她晚，他特意去超市买了菜，要庆贺女朋友的咖啡课结业。

但是女朋友沉浸在自己的世界里，连他回来都没有抬头。他欣赏了好一阵她认真的模样，对面的人毫无察觉。

直到他忍不住走上前，抬起她的下巴缠绵地亲下去。周念南轻轻地推了他一下，没推动。

带着清淡的咖啡味，他今天下午在办公室里收到了她几十张图片的探店分享。

猪咪见两个主人凑在一起，兴奋地跑过来往周念南胸前一扑，也要亲亲抱抱。疫苗反应在它跟来海市的第二天消失，小太阳重新恢复了活力。

周念南没忍住"嘶"了一声，捂住被猪咪的爪子压到的地方。

那天差点进行到最后的亲密像是打开了张延卿的开关，他不再满足于简单的亲亲抱抱，开始往更多的地方探索。情到深处，手上的力气大一些，就在温香处留下红印。

她只好穿亲肤的法式真丝内衣，轻且薄，不料这会儿猪咪几十斤的体重热情地往她身上贴。

一想到这些，周念南脸更红，抬眼无声地控诉始作俑者。张延卿将猪咪从她身上抱下来，眼神深沉："我等会儿帮你揉一揉。"

努力学习的氛围荡然无存。

张延卿不再招惹明显害羞的女朋友，放下手里的电脑包跟她交代："我先去做饭。"

周念南呆坐原地，脑海里想起张斯斯在香港送她的礼物，还放在家里的柜子里。

好友之间多少带点儿心有灵犀。

她正想着，张斯斯就发了微信视频过来，一脸的焦躁。

"你觉得我长胖了吗？"她直奔主题。

周念南指挥她："你把手机放桌上，人站远点儿我看看。"

她仔细打量好友，张斯斯穿着日常运动的背心和瑜伽裤，是那种多长一两肉都无所遁形的贴身设计。

张斯斯严肃："江盟说的我不信，你一定要和我说实话。"

周念南老实地回答："腰上和大腿上好像确实胖了一点点，脸颊上也有些肉了。"

好友对自己的身材有多严苛的要求，她再熟悉不过，大学时代裹着保鲜膜去跑步的事情都能做得出来。

"不过，"她加上，"你这样还好看一些，脸色好多了，气血充足的样子。"

"完了。"张斯斯脸色苍白，扔下一颗重磅炸弹，"我到现在还没有一点儿要来大姨妈的感觉，而且还长胖，你觉得我会不会……"

周念南经期的最大反应是肚子疼，张斯斯则是经期前胸疼。她强调："距离上次姨妈来已经过去三十天了，我现在身体什么感觉都没有。"

周念南深吸一口气,侧头往厨房的方向看了一眼。张延卿在厨房忙,玻璃隔断门关着。

保险起见,她还是拿起手机往阳台上走。

"你确定你们每次都有做措施吗?"

"肯定!我还在读书不会那么想不开的……"张斯斯的声音低下来,看向好友,"措施也不是百分之百有用。"

周念南搜肠刮肚想她平时看过的科普:"你别慌。要不要先做个检查,买验孕棒测一下。万一,我是说万一,你要和江盟说吗?还是有其他想法?"

张斯斯肉眼可见地慌乱起来:"我不知道,我妈会骂死我的。"

周念南冷静地给她出主意:"你先去测试一下看看。如果真的有,你生下来,我当干妈;如果你不想生,我过来陪你做手术。"

她将最坏的打算说出来,兜住好朋友此刻的情绪。

这一刻,好像时间又回到大四张斯斯分手的那个时刻:"最坏也不过是这样,对不对?"

张斯斯在电话那头奇异地获得了力量,她躺回床上,像是给自己打气:"对。我下楼去买验孕棒,结果出来告诉你。"

她沉默了一阵,以自身经验告诫好友:"你如果和延卿哥……也要注意。不过延卿哥现在,可以生个小孩。"她竟然还有心情考虑其他人。

周念南扶额,打断她的话:"我们会做好措施的,放心吧。"

身后不远不近地传来一道声音:"可以吃饭了。"

她吓得一抖,不知道自己和张斯斯的对话有没有被听到,只来得及匆匆跟张斯斯说了一句"我先去吃饭"就挂掉了视频。

桌上摆了两菜一汤,鸡汤馄饨是周外婆一定要他们带过来的,张延卿做了西红柿炒蛋和清蒸多宝鱼。

味道鲜美……如果没有刚刚的不谨慎。

无论是哪件事情被他听到,都不算太妙。

饭桌安静。

周念南偷偷打量张延卿的表情,假装不经意问:"我刚刚讲电话吵到你了吗?"

他看了她一眼,舀起碗里一颗白胖透明的鲜肉馄饨吹了吹:"厨房里开着抽油烟机,我没有注意到。"

她松了一口气,没有留意到对面人眼里分明的笑意。

吃过饭,周念南还想去冰箱里拿红豆雪糕。

张延卿拦住她,往她手上塞了一盒常温的豆奶,是家里常常囤的那个牌子:"你的小日子快来了,要注意一点。"

小日子前后几天,周外婆就是这样管头又管脚地对她。

网友们常常在网上吐槽"直男"男朋友只会说"多喝热水",很不幸,她的前任也是这样。
　　眼下,她对生活有了更具象的标准。
　　实质具体的关心,比嘴巴上的甜言蜜语更让人心动。
　　她看向厨房里正在清理台面的背影,突然觉得这一刻,她不再恨前任了。
　　她拿起手机,将他的号码从黑名单里拉了出来,删掉。
　　从此山高又水远,大家各自归。

　　张延卿洗了手出来,看她垂着头盯着手机发呆,摸了摸她的发顶:"在看什么?今天是不是累到了?"
　　"前男……"脱口而出的瞬间,周念南就意识到不好,想转圜而不得,只能将话补全,"前男友,感谢他成全我的现在。"
　　张延卿失笑,眼睛里的温柔像夏夜晚风,低头亲了一下她的脸颊:"肚子疼不疼?要揉一下吗?"
　　周念南阻止他作乱的手:"还没有来,不疼的。"
　　"那,胸还疼吗?我下次注意。"
　　他从前认为君子端方,克己复礼是基本教养,现在才知道那是因为没有遇到喜欢的人。
　　——关心太具体了也不行,晚上周念南躺在床上脸红心跳地想。

第七章
Chapter VII

/

山不过来，他就过去

  课程结束，又和咖啡班的小伙伴一起逛了咖啡机二手市场，加了好几个老板的微信，周念南第二天下午就开车带着猪咪回了森安。
  地板和柜子都已经安装好，房间里充斥着一种淡淡的新木料气息。秋日的阳光自拓宽的玻璃窗洒下来，光线在浅色的哑光地板上勾勒出香樟树的影子。
  周念南很是欣喜："老同学，你这也太速度了吧！"她做好了装个四五个月的心理准备，装修途中总有太多不可控的因素。
  杨川哲的视线扫过她明亮的笑靥，挪开视线："也没有……工人都做得熟，所以速度快。"
  他没说她男朋友在背后的帮助，也不提自己担心被她发现的心虚。
  周念南牵着猪咪回到巷尾，开始愉快地编辑图片和文案。
  她这个账号申请了很久，一直没有发布任何内容。账号头像和介绍倒是很早就放了上去。
  搬家的时候，她从旧相册里翻出一张外婆以前的照片。小小店方格围巾兜住碎发，唐佑苹女士站在炒料的大锅前，捏住一块馅料试味，表情严肃又认真。这是很早之前，周外婆在旧铺子里做月饼时，来买东西的老顾客抓拍下来的。
  为此，周念南在网上找了一个评价很好的设计师，将这张照片的扫描件发过去。虽然花费的时间和金钱都不少，但出来的效果她很满意。

新的店铺用外婆的名字命名,叫"佑苹甜品铺",Logo 是她那张照片的简笔画形象,平易近人。

一块块小小的月饼,成了周舒清离婚又结婚飞走的垫脚石,也助力周念南衣食无忧地完成大学学业。

她将设计好的图片放大给周外婆看,心里乐滋滋:"等我们的店开起来了,外婆你就要变成咱们珍宝巷里的红人了。"

如果可以的话,她还希望能顺便帮杨川哲的公司做一下广告,人情债难还,除了辛苦费和帮助推广,她暂时想不出其他更好的办法。

周外婆坐在她对面,她伸手将屏幕转过去,不料胸压在餐桌的边沿上,仿佛还留有某人留下的些微痒意。

周外婆看她皱了一下眉,很是紧张:"是不是哪里不舒服?"

周念南心虚,甩锅在毫不知情的猪咪身上:"那天和猪咪闹着玩,它压了一下我这里……"她伸手在胸前比画了一下,"有点儿疼。"

周外婆的脸色很是惊慌,她不由自主地站起来:"你去看医生了吗?要看下医生,你明天就去。"

她不好意思跟外婆说真实原因,只胡乱点头:"我过两天就去看。"

向来温和的外婆却犟了起来:"不要过两天。明天,明天就去,我跟你一起。"

周念南不懂外婆突如其来的坚持和强势,她理解是为了她的身体健康,马上妥协:"好,我到时候让赵桥陪我一起去。"

情侣之间的情趣,她没有让外婆知道的打算。

于是,还在上班中的张延卿收到周念南的幽幽控诉:下次你不许再这样了。

黄特助正坐在他旁边听公司行政总监汇报工作。

刘瑞去了京市的子公司后,黄特助就升了上来。

总经办给刘瑞办了饯行宴,黄特助特意向前辈讨教在老板身边工作的注意事项。

志得意满的刘瑞拍拍他的肩膀:"工作按时按量完成,老板最注重这一点,他不喜欢拖拉以及找借口。然后记住,"刘瑞凑近他身旁,悄悄地说,"说老板娘的好话,比夸老板更让他高兴。"

张延卿是一旦投入到工作中,就两耳不闻窗外事的状态,尤其是工作会议。

手机在会议桌上振动了一下,屏幕亮了起来,黄特助下意识地看过去,正好看到这句话,连带发消息的人的名字也一眼扫到,一颗通红滚圆的爱心。

他不免有点分心,这样是哪样?

行政总监正好说到员工福利的提升问题:"根据我们做的匿名调查,公司同事养宠物的人数占比较大。公司可以考虑每周设置一个宠物日,这样既可以体现公司对员工的人文关怀，也可以促进员工之间的友好沟通交流。"

黄特助一愣，立刻就想到，这背后公司要付出的人力和物力资源支撑，比如清洁卫生问题……

就听到身旁的老板轻笑了一声，语气很是愉悦："这个提议很好，我也能把狗狗带来公司。"免得它在家里闹他的女朋友。

黄特助陷入了沉思，实在是没有想到老板这样稳重冷静的性格，还养宠物，想必也是牧羊、杜宾这类智慧型的狗狗吧！

会议结束，一行人鱼贯而出。

张延卿落在最后，拨通了一个电话。

黄特助走到一半才想起笔落在会议室，折回去正要推开门，听到里面老板温和的声音："猪咪是你的儿子，那我就是它的爸爸，到时候周五带它一起来上班。"

猪咪这个听上去就智商不太高的名字，委实和睿智沉稳的张延卿扯不上什么关系。黄特助默默松开会议室的门把手，他对老板的了解还是不够多。

周念南缩在房间的沙发里和张延卿讲电话，她消息发过去没多久，他就回了电话过来。

这样羞耻度爆表的事情，隔着电波就好说多了。

"你再这样，让外婆知道就不让你进门了。"她翻着手里的记事本，"到时候就说我做过检查了。"

社死这样的事情，不必主动舞到医生面前。

"你今年的体检做了吗？"那头的声音温和，"外婆的考量也对，做个体检，没有问题皆大欢喜，有小毛病就及早调理。"她太容易感冒发烧，是该多加注意。

周念南想了一下，公司每年的体检都安排在九月份，她今年离职正好错过："那也行，下次我去海市再预约一个。"

张延卿放下心来："我们公司有合作的体检中心，员工有优惠折扣，到时候我们一起过去。"

提到身体，周念南又想到了张斯斯。

距离昨天差不多快二十四小时了，按理来说，她也该测出来了。

她发了个"？"过去，很久没有收到回复，浑然不知道好友这头已经暴露。

两人从香港回去的飞机上，已经前嫌尽释。

回到伦敦，张斯斯就糊里糊涂地半搬进了江盟的公寓，除去上课和跟她妈妈打视频电话的时候，两个人好得几乎跟连体婴儿一样。

笨蛋美人和不开窍学霸的校园爱情故事终于翻开新的一页，周围吃瓜的群众纷纷表示剧情发展太快，他们漏掉了重要剧情。

所以当天晚上张斯斯坚持不让江盟近身，他最开始也没太在意。

张斯斯骄纵，一天有八百个想法，他也好脾气地受着，心里甘之如饴。

第二天上完课，她借口大姨妈快要来了得去买药，独自去了药房，然后坐在马桶上等待命运的宣判。

江盟没有等到女朋友回来,看到组里的小伙伴说张斯斯回了自己的房间,以为她又要和她妈妈打电话,想也没想就背着书包跟了过来。

看到她扔在床上拆开的验孕棒包装袋和摊开的说明书,洗手间里安安静静。

"所以没有怀孕是吗?"周念南顿时放下心来。

张斯斯耸肩:"暂时是这么个意思,不知道是没有,还是太浅查不出来,我这几天多试试。"她脸上的焦躁和不安已经被轻松的表情代替。

身下是格纹四件套,明显的男士风格,不是在她粉粉嫩嫩的房间。

周念南了然:"江盟知道了怎么说?"

张斯斯脸上罕见地浮现了羞赧之意:"……他给我看了他英国房产和国内房产的图片,还把他的银行卡给了我,说真有了的话,就先回国领证,他去跟我妈妈说,绝对不让我挨骂……然后等拿了毕业证,生了小孩再补办婚礼。"

至少是诚恳负责的态度。

周念南松了口气,觉得自己好朋友的生活像是开了二倍速。

谈恋爱如是,婚姻也如是。

"那你呢?你怎么想?"这件事情张斯斯没有一开始就告诉江盟,多少说明两个人的感情还差一些火候。

张斯斯迷茫:"我?我也不知道……他这个态度我还是很高兴的。结婚我是真的没有想过……"

谁能想到最开始只是想摸一下腹肌而已呢。

周念南安慰她:"那你可以慢慢想一想,先确定身体状况再考虑其他。"

两个好朋友的电话绵绵长长,在巷口等到不安的张延卿上门来找人,遇到难得没有出门的周外婆。

之前周外婆旁观外孙女谈恋爱,只想着让她开心。这次周念南不在旁边,倒是仔仔细细将人家庭情况问了一个遍,问他爸爸妈妈各自的情况,问他家里长辈对他婚姻的看法,末了还问他的公司。

张延卿多么懂老人家的意思,顺着周外婆的话告诉她,他的父亲和母亲早已各自嫁娶,谁也管不到他的头上,家里和公司他都能做主。

一席话说得周外婆心里又是高兴又是心酸,拉着张延卿的手就流下泪来。

周念南就是这个时候下楼来的,她挂上电话才看到张延卿发的微信消息:我在巷口等你。

莫名带了点儿青春期少男少女幽会的感觉。

"……念念她妈就是得了乳腺癌,要是早点儿发现就不至于遭后头那么大的罪。她说她胸疼,我的心就……你带她去医院检查,这个事情耽误不得。"

屋子里的空气都安静了起来。

周念南呆呆地站在楼梯间的台阶上,声音镇定,只是发出来的声音好像不是她自己的："她什么时候得的癌症？"

客厅里的两个人原本坐在餐桌旁，一下子转过头来。

张延卿在楼下的商场打包了去冰三分甜的红豆奶茶和栗子蛋糕过来，闻言走上前来拉住她的手，牵到周外婆旁边的椅子上让人坐下。

"外婆。"她的右手被一只有力的手掌握着，隔了很久才觉得胸口找回一点热度，"是最近的事情吗？"

"不是，是你初中的时候，初三。"

周舒清的故事很简单，概括起来就是第一代移民的海外艰难扎根史。

周舒清跟着第二任丈夫去加拿大的时候，中专毕业，语言不过关，找不到合适的工作，只能先在唐人街的洗衣房、中餐厅这样的地方打工，一边工作一边见缝插针地学英语。

等情况好一点儿了，再找了华人公司的基础行政工作来做，一点点蜜蜂筑巢似的，换工作，涨工资，和丈夫出来自己创业，存够买车买房的首付，做着有朝一日将家人接来身边的美梦。

直到一次例行体检后被医生提醒，左胸前有个小小的肿块，最好找专科医生确认一下。周舒清没太在意，以为是普通的乳腺结节，活检报告出来却被确诊为两阳一阴乳腺癌。

那时候周念南读初三，她心里铆着劲儿想考本省排名第一的高中，据说本科升学率高达99.5%，为此头悬梁锥刺股，整个巷子里她房间的灯亮最早，熄最晚。

青春期的初中生个个都在长高长胖，唯有她，只长个子不长肉，唬得周外婆还专门带她去生长发育科检查。

周舒清最开始回来得少，是因为机票价格贵，回国手续不容易办，再加上手停口停，总得先顾生活才能想其他。后来却是因为，做手术、全切、重建、化疗、术后康复。

"本来想你考上高中了告诉你，那时候你妈妈做化疗做得很辛苦，你们学校的课业又忙，你还在住校……就想等她情况再好点儿了告诉你……然后你考上大学，她结束了五年的药物治疗，每年的按时检查又都很正常，只是不能太劳累，就……"

周外婆的声音缓了下来。

周念南低着头不说话。她明白外婆的意思，一开始没说，后面的每个时候好像都不再是开口的好时机。

周舒清走的时候她还小，对妈妈只有个模糊的影子，哭了很多次妈妈没有出现，她也渐渐懂事，不再追问外婆诸如"妈妈什么时候回来看我"之类的问题。

巷子里的邻居先还爱逗她"南南什么时候出国呀"，等过了几年，周舒清都很少回来之后，大家也默契地不再提这个事情。

周念南记忆中妈妈的形象就慢慢淡去，每次接到周舒清的电话也就规规矩矩说几句"我很好""学习也还可以"的话。到了高中,她开始寄宿,母女之间的话题更是寥寥无几。

如果没有家里那一沓泛黄的老照片,她几乎都要记不清楚自己的母亲什么模样。

倒是周外婆一直兢兢业业地做着母女俩之间的润滑剂,告诉她,周舒清给她寄了裙子回来、周舒清的新家给她留了房间,甚至她大三的时候,还问她要不要去加拿大留学……

周念南竭力平静:"那她……现在还好就挺好的。"眼睛却盯着窗外的树叶微微发怔,心口像是空了一块,秋天的风从那里穿过。

"我明天就去医院检查,外婆你放心。"周外婆每年的例行体检都安排在大林哥的医院,周念南想起来很庆幸自己这个安排,"我去年的都没事,今年也不用担心的。"

她努力握了握外婆的手,觉得自己的灵魂像是飘到了半空中,脚下都是虚无。

最难过的应该是外婆,两头都要顾着,都要担心,一个人分成两半。

周外婆似是不大放心,语气里带着点儿叹息:"小张,你们年轻人去约会吧,出去走走。"

张延卿一边听一边去看周念南,眼眶红红,没有泪痕,但手心一片冰凉。他于是不再理会女朋友之前"半米间隔距离"的禁令,当着周外婆的面将她揽进怀里,语气温和:"奶茶没有加冰,现在温度正合适,你喝一口。"

将手里的奶茶插上吸管递了过来。

奶茶里带着绵软红豆的清甜,栗子蛋糕又软又香,好像能将她心头的苦配平。

到了正式的晚餐时间,她反而什么都吃不下了:"我刚刚吃太多零食了,现在没有胃口。"

周外婆也不勉强她,拿出小碗给她留出一些。

餐毕,她将张延卿送到巷口,刚想开口,就被他抱住,像是在给她力量:"外婆说现在定期检查,你妈妈没事的。明天我来接你,去医院检查一下。"

晚餐之前他查了一下,母亲有这样的疾病,女儿患同样病症的遗传概率较普通人会增高,但这也是全球治疗率最高的癌症。

太阳的余晖仍在,巷子口人来人往的视线都瞥向这一对拥抱着的男女身上。

周念南一下子湿了眼眶。

她长大之后不是没有恨过妈妈。

初中的时候上生理卫生课,一个老师负责全年级十几个班的课程,第一句话就是:"相信你们妈妈都和你们说过……"

这句话深深刺痛了周念南的心,她从那时候起开始有意无意地躲着周舒清的电话,周外婆拿她毫无办法。

真正开始长大成人是在她高一的时候,她在一节体育课上被张斯斯发现裤子上有红色血迹。张斯斯发育得比她早,好朋友带着她去超市选合适的卫生巾,告诉她哪些少女品牌的内衣好看又舒服。

两个女孩子像两棵并排成长的小树苗，你撑我，我撑你。

可是周外婆今天的话戳破她装满恨意的气球，在那么远的国度，她的妈妈独自承受了所有的这一切，身体上的，精神上的。

她这么些年隐晦的疏离和怨怼像空中阁楼一样，可笑又自私。

张斯斯的视频电话在这个时候打了过来，周念南接起，她想从身边人的怀抱里出来，张延卿不让，坚定地抱着她。

所以张斯斯看到的就是好友眼睛红红靠在一堵人墙上，这件深色衬衫的拥有者不用作他人想，正是给她发微信消息的张延卿。

他说得不甚明了：她知道了她妈妈的事情，不大开心。

张斯斯很少见好友哭，她直截了当：“阿姨那边是有什么事情吗？”

高中时两个人躲宿舍床上说悄悄话，都曾为各自母亲的事情掉过眼泪，她为母亲的强势，周念南为母亲的缺位。

周念南一开口就带了哭腔：“她得了乳腺癌，很多年了，一直没告诉我。”

所有的一切都像是有了缘由，不是不爱，是天意弄人，是命运安排。

张斯斯的电脑正在手边，马上打开搜索引擎安慰她：“治愈率很高的，这么久了，阿姨恢复得好那就应该没事。”

周念南忍到这一刻，眼泪汩汩流下来，她将头埋在人胸前，无声地抽噎。

这么久了，她都是怎么过来的呢？

张延卿感受到怀里人的抖动，和胸前冰凉的湿意。他一手替她接过手里还没有挂断的电话，一手紧紧地抱住她。

张斯斯看着那头继兄严肃的脸出现在屏幕里，还没来得及说话，那头就结束了通话。

张延卿将人放到他的副驾驶座上，她环着他的腰不肯松手，眼里水光闪闪："我就哭这一会儿就好了。"

他的心像被人攥住，不知道该如何安慰，只能又将人抱出来，打开后排的车门，抱着她一起坐进去。

怀里的人窝在他的肩颈处，炽热湿漉的泪珠穿透衬衫落在他的皮肤上，哽咽呼吸，颤抖身体，藏在他的怀里啜泣。

车玻璃贴了深色的太阳膜，傍晚的余晖正要落下。

SUV的后座宽敞，她侧身坐在他的大腿上，细密的吻轻柔地落在她的发顶，腰间被一双有力的手臂抱住："你要是想见她的话，我们去那边或者接她回来都可以。"

周念南的声音带着浓浓的鼻音："……我以前，曾经在家里翻到过我妈妈的日记，写了她和我爸爸的恋爱。我只在他们的离婚证上看到过我爸爸的样子，然后，对妈妈的印象也不大深刻。

"看到的那一瞬间，我觉得自己是爱的纽带，而不是家的转折。"她窥见了一点点自己母亲的少女时光，同时也不再对自己的出生耿耿于怀。

"在那之前，我常常想，我要是个男孩子就好了。"

张延卿无声叹了口气，强健的胳膊紧紧地搂住她，像是要将人嵌进身体里。

这样用力的姿势让周念南觉得被牢牢保护着，她于是有了更多的勇气坦诚："我名字里的'南'字，本来是男女的'男'……"

刘家寡母期盼着一个男孙。

张延卿接过话："我知道，你妈妈替你改了姓，又改成了南风的南，她想让你像南风一样自由。她爱你。"

一句话又叫她哭了起来："我既想她，有时候也恨她。"

天性里渴望母爱，又恨她把她和外婆抛在国内。

这样的话她知道外婆听了会伤心，只敢在深夜时分告诉自己最好的朋友，白天的光线一出现，她又是那个平和宁静的周念南。

他腾出一只手掌来，来回抚摸她的脊背，温柔地安抚，想尽办法转移她的注意力："……你不想知道我怎么知道的吗？"

周念南果然被问住，连哽咽声也停了："肯定不是斯斯告诉你的。"首先排除一个答案。

"外婆有没有告诉你，你发烧的时候，会说很多话。"她好像有一部分，永远留在了那个带着爱意出生却被抛下的小女孩身上，只有在意识不清醒的时候才敢表露出来。

懂事到叫人心疼。

周念南蜷在张延卿的怀里，从日暮到天黑，直到街边的路灯亮起来，饭饱的人们出来遛弯散步。

她动了一下，张延卿搂着她，呼吸从她的头顶拂过颈间的皮肤："我们明天先去做检查。"

两人在车后座窝了好久，聊到周外婆的隐瞒，再聊到手机上查到的病情征兆。

"……有一些会有肿块，淋巴结肿大，或者皮肤改变……具体还是得做检查。你之前体检都没事，这次也不会有事的。"

周念南伸手摸他的耳垂，冰冰凉，想起这一切发生的原因："难怪她这么些年，都不回来。如果不是……"

她抬头望向他，四目相对，这是一个情侣间的亲密话题。

"你……摸到我有肿块吗？"

旁边的车道有车经过，一闪而逝的灯光照亮车厢的角落，她听到他的心跳声。这真是一个折磨人的问题。

张延卿的喉头滚动，回想了一下，然后回她："……没有。"

脑海里不可避免地想到之前的触感，温热绵软，像一块豆腐。

但眼下并不是一个合适的时机。

他低头亲她柔软的黑发："等会儿回去，再好好和外婆说一会儿话。你的妈妈也是她的女儿。要我陪你一起吗？"

周念南把玩他的手指，他的手掌比她的大，厚实而有力。

现在这只手抬起她的下巴。

"每个人都有自己的不容易，你可以体谅，也可以不体谅，这都是你的权利。你想出去散散心吗？或者去找斯斯玩也可以。家里装修的事情我替你看着，外婆这边也不用担心。"

他见过她发烧后情绪崩溃的样子，表象越是安静平和的人，越让人担心她另一面的真貌，如何用力地与命运抗争。

周念南下意识地摇头："我二十六岁了，不是六岁。她如果告诉我，我觉得自己也可以接受的。"

期望变成失望，积攒起来变成心口巨大的窟窿。妈妈有自己的人生和命运，好过她不要她了。

张延卿怜爱地亲了下来，细细地描绘她的唇线，动作轻柔："任何时候你需要我，就打我电话。"

周念南回去的时候，客厅的电视机还开着，正播放着本地民生新闻，周外婆坐在椅子上等她。

她走过去紧紧握住外婆的手："她还有回来的打算吗？"

这是横在她心上最大的问题。她已经过了需要母爱的年纪，但七十多岁的外婆不会不想念她的独女。

周外婆回握住她："她恢复情况还不错，只是一直还在吃药，定期复查。之前一直没有回来，也有部分原因是她婆婆也在加拿大。"

一个女人进入婚姻里，她就不仅仅只属于她自己。

周舒清的第二任丈夫并不是巷子里大家以为的有钱人。

香港居大不易，章家老太太膝下一儿一女，三室两厅的鸽子房住了女儿一家，再塞下小儿子和他的新婚妻子更显逼仄。章容于是申请了加拿大学校的博士课程，带着新婚妻子飞了过去。

章老太太像大部分香港老人一样，到了夏天便候鸟一般飞去小儿子家避暑，等冬天来了，再回来香港的女儿家猫冬。

"你妈妈的婆婆前几年在厨房摔了一下，脑出血，身边缺不了人照顾。"命运的无常一环套住一环，好在夫妻俩事业还算成功，通过中介在香港雇了菲佣，办妥劳工签证带了过来，"这样舒清也就没那么累了，她原本也打算在你生日的时候回来的。"

周念南的生日在十一月份。

临睡前，她和张延卿打电话，喃喃自语："如果我是她，我会说出来的。

她怎么确定我一定承受不了呢，万一，她有个什么……"

张延卿还在书房看报表，戴着黑色细丝黑框眼镜沉吟片刻："她也是一个人，有血、有肉、有灵魂、有经历。她只是做出了当下她觉得可能最优的选择……你也说万一，万一她说了，影响到你没有考到一中，你就不会和斯斯认识，我也不会认识你……"

周念南承认他的话很有道理，又成功被他的说法带偏。

她认真想了想，无法接受自己和张斯斯不认识的设定，这段友情光彩热烈，照耀她那段灰暗的岁月。

张延卿在电话屏幕那头幽怨："所以在你心里，斯斯排在我前面对吗？"

周念南支支吾吾："……我们说好以后做各自孩子的干妈。"

张延卿笑了起来："那恐怕不行，我们的孩子得叫她姑姑。"

挂断电话前，他用手指点点自己的右肩，提醒她："这边掉了。"

他没法不注意到，本来她是趴在枕头上和他说话，说着说着，就撑起上半身，粉色细肩带从她肩头滑落，胸前的白嫩晃出让人心旌动摇的美好弧度。

周念南低头，"啪"地挂上电话。

第二天早上张延卿过来接她，带她去海市一家私人医院做检查。

医院人少且安静，乳腺超声的检查结果很快出来，连结节都没有，只是普通的乳腺增生。

医生安慰她："日常生活里要注意调节情绪，增生是百分之九十的女生都会有的问题。如果担心家族遗传的话，可以一年检查两次。"

她在张延卿的车上给外婆打电话，让外婆放心。她听到外婆在那头长长地吁了一口气。

张延卿还要去公司，但他不放心周念南一个人。

周念南心里很享受这种事事被人记挂的感觉。

她是在意识到妈妈不会回来之后，突然间就长大了，任性撒娇的小女儿时期生生被拔苗到了成熟懂事的阶段，好像就是一夜间的事情。

她不知道自己的语气像裹了蜜一样："我在你们公司楼下的商场逛一逛……然后等你下班。"

她一边翻手机，一边细细盘算："我打算探探店，再去做个SPA什么的……到时候你下班我们再一起回去。"

她独立已久，其实很会安排自己的时间。从昨天到今天，覆在她心头最重的阴影已经散去，她允许自己放松片刻。

周念南在张延卿一步三回头地离开之后，才找了个咖啡馆坐下来给张斯斯发微信消息。

张斯斯几乎见过她为母亲流的所有眼泪，现在这个事情有了个称得上是

Happy ending 的结局。

生活的坦途仿佛已经在眼前展开,苦尽甘来。

张斯斯在伦敦的早晨醒过来,江盟正在往吐司上抹草莓酱,提醒她:"周念南好像给你发了很多条微信消息。"

她的手机一直在振动,他想看不见都不成,每一条都是备注名为"亲爱的"发过来的。

"亲爱的"是张斯斯手机里的置顶第一名。

"妈妈"第二名。

他屈居第三。

张斯斯昨晚睡觉前还各种焦躁上网找资料,看了手机又立刻开心起来,掀开被子给周念南回消息:为了庆贺你健康的乳腺,我送你一套内衣吧!

周念南不期然想起昨晚的失误,脸上就染了绯色:你也要注意你的乳腺健康。

不过,张斯斯的话提醒了她,交往至今她好像还没有送过张延卿像样的礼物,虽然他不是在意这个的人,但显然他付出得更多。

她消灭掉盘子里的草莓巧克力,慢悠悠地端着咖啡从每家品牌店的橱窗走过去。

张延卿习惯黑色或者灰色的深色衬衫,但周念南私心以为他穿浅色的衬衫其实也好看,更能中和他气质里严肃冷峻的部分。

逛完街,周念南拎着购物袋去楼上的 SPA 会馆。

接待员略带歉意地告诉她,因为她没有预约,单人的房间已经没有了,问她介不介意和其他落单的女士共用一间美容室。

她当然不介意,美容而已,房间里是一个人还是两个人都不影响。

只是推开门的时候,还是有些惊讶。

标志性的短发造型,让她很轻易地认出对方,何慧怡,真人和照片,她都见过。

对方显然也有几分讶异,两个人很礼貌地互相打了个招呼,便趴在了 SPA 床上。

两个理疗师带着一箱瓶瓶罐罐的精油走进来,灯光变暗,暖融融的橙香笼罩住整个室内,伴随着舒缓的音乐,一种柔软宁静的氛围蒸腾开来。

"来逛街?"何慧怡先开口,眼神落在购物袋上。

她只见过周念南一次,因为张延卿,她对对方印象深刻。这让她更加好奇,对方究竟有怎样的魅力,能让一向稳重冷清的张延卿柔情毕现。

圈子里从来都不缺美丽的女孩子。资本会升值,而美貌只会贬值,她不信眼高于顶的张延卿会这么肤浅。

理疗师温柔的双手按着周念南的肩颈,她知道对方问这句话的意思:"对,顺便等男朋友下班。"

张延卿的公司就在楼上,两个人都心知肚明。

坐实了何慧怡的猜测。

她是户外运动爱好者,攀岩、滑雪、潜水、射击,越是难度高她越爱挑战。张延卿越是表现出对他女朋友的喜爱,就越是激起她的好胜心。

无限风光在险峰,越是稀有的景色,才越值得争取。

"今天工作日,不用去公司吗?"

"离职不久,在筹备一家甜品店。"

何慧怡了然,她圈子里的男性身边不乏这样年轻貌美的女生,做美梦的不少,最后的结局无一例外都是拿钱走人。她那些叔伯家的哥哥们,哪一个娶进门的不是门当户对、家人认可的名媛。

再开口,语气里就带了点儿居高临下的指导:"也是,握在手里的才是自己的。"

周念南立刻听出她的言下之意,对方这是以为甜品店是张延卿给她开的。

比起毫无意义的唇枪舌剑,她更愿意享受当下,男朋友的爱慕者之类的,还是交给他自己来解决吧。

于是工作中的张延卿,就接到了女朋友甜腻腻的撒娇电话:"你等会儿来接我好不好?何总也在,她好像工作很累,那今天的SPA就挂你账上了哦。"

金丝雀人设get,谁行走江湖不带点儿演技!

周念南从前和张斯斯出门玩,遇到各色的搭讪多,两个女生的人设一套接一套,端看对面的人下菜。

眼下她兢兢业业扮成纯真无脑小白花,语气特别真挚地跟何慧怡打听:"你知道开什么店比较赚钱吗?我没有家业可以继承,也没什么大额资金做投资,哎,就特别羡慕何总你来着……"

最后那个叹息十分传神地表达了金丝雀对财富和社会地位的渴望。

何家的产业遍布内地经济发达的城市,何慧怡的父亲几乎是全权放手她来经营管理。

她一时不知道对方是在嘲讽自己还是自怜自艾。她擅长同难缠的聪明人打交道,但眼前这朵菟丝花让她无从下手。

她的父亲循晚清旧律,娶了好几房太太,十几个子女,人均八百个心眼,没点儿心机手腕无法在一众虎视眈眈的兄弟姐妹中出头。

周念南按着按着就睡了过去,留何慧怡在旁边若有所思。

等理疗师将她推醒的时候,时间已经到了傍晚六点多。

张延卿发来短信:我在门口等你。

何慧怡落后周念南半个身位,没有错过张延卿落在眼前女生身上柔和的目光和两人牵起的手。

他依然一身正装,等周念南在身边站定才看向何慧怡,微笑颔首:"何总,晚上好。"

她看了一眼张延卿,半是开玩笑半是认真地说:"张总,可太羡慕你女朋友了，什么都不做就有人甘愿双手奉上，不像我，天生劳碌命。"

话一出口，何慧怡就有点儿后悔了，她热衷于挑战，但不包括将自己陷于被轻视的境地。

周念南配合似的侧头靠在张延卿的肩上，美目流转，巧笑倩兮。

会馆头顶的水晶灯洒在她的眼睛里，比星光更动人。

"只要我有，只要她要。"张延卿语气里全是宠溺，配合她的戏份。他喜欢她在他面前表露出来的幼稚一面。

这是何慧怡没有见过的他的模样，她甚至怀疑自己高看了张延卿，他的口味很忠于男人的本能，并不比别人好多少。

等两人坐到了车里，周念南才后知后觉地追问："会不会影响你们的商业合作？"

张延卿失笑："商人在商言商，没有人会和钱过不去。而且我的私生活，也没有向合作伙伴交代的必要。"

周念南懊恼起来，自己不该为一时的斗气做那些无谓之举。被当成金丝雀也不会少一块肉。

张延卿无比自然地拉过她的手："我说的真的，你可以试着多相信我一点，多倚靠我一点。我想要承担更多关于你的责任。"

他看向她的目光温和且包容，饱含赤诚。

司机适时将前后座的挡板升了起来。

责任这个词叫周念南突然间有点鼻酸，世人多逃避责任，少见这样爱将责任揽上身的，她将头埋进了他怀里。

张延卿伸手将她抱得更紧，然后问她："是不是何慧怡说了你什么？"她除了身体不舒服的时候，几乎不会向他撒娇。

周念南否认："没有，就是聊了几句话。"然后从他怀抱里挣脱出来，很刻意地转移话题，"……我给你买了礼物。"

她将礼盒拿出来放在他的腿上："逛街的时候正好看到，觉得很适合你。"

盒子里是一件浅蓝色的男士衬衫，细腻光滑，领口处一道精致的缩写。

"我们两个都喜欢衬衫，你穿浅色也很好看……我也有类似颜色的衬衫。"

张延卿定定地凝视她，然后，靠她越来越近，周念南被清冽的气息包围。

她以为汹涌澎湃的海浪即将打过来，谁料到只是一个吻，轻轻地落在她的额头。

车子安静地行驶，车厢里安静得仿佛能听见心跳声。

周念南有一瞬间的怔愣。

四目相对，她看到他眼里的自己，也看到他的眼神，隐忍又克制。

好像有什么一触即发，但很快消融在平静的水下。

"去我家吃饭？"

"嗯。"

周念南没什么胃口,就着张延卿盘子里的牛排吃了两口,自己跑去客厅看电影了。

选的《疯狂动物城》。

狐狸出场的时候还特意按下暂停键让张延卿来看,男人蹙起眉头:"一只骗子狐狸?我在你心里是这么个形象?"

周念南笑,她现在不像之前那样惧怕他的严肃和认真了:"是聪明狡黠。"

两人坐在沙发前的羊毛地毯上一起看兔警官朱迪勇闯动物城。

电影的尾声,狐狸在车上对兔警官说:"You know you love me(我知道你喜欢我)。"

兔警官拖长了音调:"Do I know that? Yes, yes I do.(我知道吗?我的确知道)"

周念南靠在张延卿的怀里,得意扬扬地转过脸去看他:"我说了吧,他们是一对。"

男人的黑眸里染着浓烈的颜色,她全身做了SPA,手掌柔嫩,一呼一吸间都是令人沉醉的香气。

他抬手按在她的后颈处,将人压向他:"嗯,和我们一样。"

下一秒,他亲上她的唇。

全身按摩过的周念南无比放松。

体检正常,装修有序进行,母亲也即将回来,一切都在最好的时候。

电视里还在放着夏奇羊的动感舞曲,电视前两人的吻渐渐变了味道。

周念南恍恍惚惚地听到他说了一句什么话,但被歌声压住,没有听清:"你说什么?"

张延卿按下茶几上的遥控器,电视里的光源和声音瞬间消失,餐厅里留着的氛围灯隔了些距离照过来,安安静静,似乎有什么要破壳而出。

"今晚不回去好吗?"他的嗓音里带着喑哑,气息擦过她的耳垂。

这样的气氛,这样的时刻。

周念南松开原本抓住他衬衫的手,张延卿心里一空,垂下眼眸正打算将身体往后靠,细白的手臂在他的视线里环住他的腰,她低声叫他:"延卿哥。"

一如在他梦里发生过无数次的场景。

四下里一片安静,天地间仿佛就只有他和她。

他将她抱起来往卧室走,两人抵在房间的门后拥吻,浓重的喘息声充斥着她的耳郭。

门板冰凉,她被亲得全身发烫。

房间里没有开灯,一切发生得既热烈又甜蜜。

他的气息如同他的眼神一样，强势地拢住她。
额头有忍耐的汗水流下来，滴在枕头上，很快没入不见。
周念南感官混乱，疼痛中带着欢愉。
男人的坚硬和女人的柔软，是全新的体验。

许久之后，卧室回归平静。
张延卿从身后搂着她，左手亲昵地搭在她胸前，蜻蜓点水般亲吻她的长发。
"要去洗个澡吗？"声音是从未有过的低沉和温柔。
她不敢回头看他的表情：" 要……你先转过去。"
张延卿哭笑不得："……好。"
他依言转过身去，听洗手间的门关上才无奈地回头。
等他从次卧冲澡回来，洗手间里没有了水声，但人也还没有出来。
"念南？"他敲敲门。
里面传来声音，带着嘶哑和羞赧："我没有睡衣。"
周念南进去的时候拿自己的衬衫盖住身体，洗完澡发现她忽略了重要的问题，衬衫不能再穿，她也不能只裹个浴巾就出去。
张延卿给她递来一件白色文化衫和一条灰色系带运动裤。去香港的时候给她买了很多衣物还留在他家，贴身衣物太过暧昧，他没有选。
周念南出来才发现床上换了一套新的四件套，张延卿不在房间，她松了一口气，就听到身后有声音传来："喝点儿水。"
水杯温热，她盯着杯子边沿的那道细细金边，将手里的运动裤递过去："穿了会掉。"
腰围太宽松了，不是故意要搞什么情趣诱惑之类的。
张延卿进来就看到两条长腿，怕她尴尬没主动说，好在T恤够长，堪堪到大腿根部。她光着身子穿着他的衣服，想到这里，又觉得房间里的空调温度太高了。
周念南就没好意思抬头看，亲昵的时候水乳交融，现在又有种莫名的尴尬氛围。
好在房间只开了一盏角落里的落地灯。
张延卿却仿佛丝毫没有察觉，他上前将人揽在怀里："有没有不舒服？"
周念南摇头，又想起来重要的问题："你什么时候准备了那个？"
他顺着她的视线扭头看到床头柜上被撕开的塑料袋包装，感受着怀里的软玉温香："……你那天跟斯斯讲电话，提醒了我。"
手里还没喝完的半杯水突然就觉得烫手了起来。
张延卿以为她不想再喝，接过来将剩下的水喝完，顺手放下："困了吗？"
周念南神思不属，想着要怎么解释那天那个电话，视线不自主地落到了这张 king size 的床上，想到在这上面发生的事情，从头顶到脚尖，后知后觉地红了起来。

　　他轻笑一声，低下头来吻她柔软的鬓发："今天先睡，我们明天再说。"
　　夜还很漫长。

　　天蒙蒙亮的时候，周念南醒过来。
　　睡前她以为自己会认床，谁知身体的疲累将她带入了黑甜的梦乡里。
　　房间里的窗帘留了一条手掌宽的缝隙，她借着微光看到身边的人，张延卿还睡着，两个人维持着拥抱的姿势，又亲密又黏糊。
　　她屏住呼吸去摸床头柜上的手机。打开一看，昨晚两个红色的未接来电都来自外婆。
　　她小心翼翼地将腰上的手臂挪开，踮起脚尖去客厅打电话。
　　第一遍，没人接。
　　第二遍，刚刚响了一声，身后缠上来一只手握住她的，替她挂上："我昨天用我的手机回了电话给外婆，说你太累了不回家⋯⋯忘记和你说了。"
　　怀里的人一动，张延卿就立刻醒了。他跟着走出来，就看到她低着头打电话的样子，客厅只拉了纱帘，朦胧天光透了进来，照在她单薄的侧影上。
　　"昨天晚上是不是没有睡好？"他下意识地上前抱住她。
　　"还好。"周念南不看他，但也没忍住埋怨，"你怎么能跟外婆说我太累了⋯⋯外婆会怎么想？"
　　男欢女爱这种事情是水到渠成，但叫家里人知道，还是羞赧。
　　"⋯⋯我说你在医院做检查太累了。"
　　她是光着脚出来的，家里的空调温度打得低，他从沙发上拿起毯子将人裹住，两人齐齐跌坐在沙发上："那我下次改正，说你有翻译工作在这边做。"
　　周念南低低"嗯"了一声，靠在他的胸前。
　　"你要再睡一会儿吗？"她刚刚看了时间，还不到六点钟。
　　张延卿不说话，低头含住她的唇。
　　毯子下的手顺着她光滑的脊背来回抚摸，像是在安抚，又像在点火。灰色针织毛毯从她的肩头滑落，冷气覆过来，她往他的方向靠了靠。
　　"那我们回房间，嗯？"声音里包含睡意和爱欲。

　　早上的一切发生得更缓慢，许是因为有了光线，所有的感受都更加丰富了起来。
　　张延卿记着昨晚吻到的湿漉漉的眼睫，动作越发和缓，一边观察她的表情一边亲她。
　　看她好看的眉目微蹙，半是羞怯半是愉悦。
　　这对两个人都有点儿折磨，她抬手揽住他的脖子乞求："延卿哥⋯⋯"
　　剩下的话被湮没在汹涌的吻和撞击里。

她像是风口浪尖的小船,随着海浪起伏漂荡。

外面的天色大亮,透过窗帘的缝隙洒下一道金黄的光柱,墙上的指针悄然划过九点钟。

手机振动,闹钟的铃声响起,张延卿抬手关掉。

周念南还蜷缩在被子里,眼皮抖动像是竭力挣扎着要醒过来。他靠过去轻拍她的背,在她耳边低语:"你再睡一会儿,我去上班,中午回来一起吃午餐。"

她闭着眼睛"嗯"了一声,呼吸声再度平稳了下来。

再次醒过来的时候,一室安静。

手机里多了好几条微信,来自张延卿。

张延卿:我订了粥和小笼包,在餐厅桌上。

张延卿:你的贴身衣物我走的时候放烘干机了,应该差不多干了。其他的衣物都在衣柜里。

张延卿:等我回来吃午餐。

张延卿:如果有不舒服,记得告诉我。

周念南缓了很久才从床上爬起来,先将四件套拆了塞洗衣机里,然后又洗了一遍澡。

打开衣柜的时候才发现,他的衣柜里特意空出一面,专门挂着给她买的衣服。上次没有仔细看,眼下细细一翻,款式和颜色都是她的喜好。

她掏出手机拍了张照片,从里面挑出一件条纹连衣裙,浅蓝色条纹系腰带的款式。

十一点的时候,有阿姨提着新鲜蔬菜进来。

周念南和人打过招呼,自己去了阳台听微信上的语音消息。

消息最多的是张斯斯,兴高采烈地和她分享大姨妈终于来拜访的消息。一场虚惊。

然后是刘佳阳,给她发了猪咪坐小电摩兜风的视频,开心小狗在阳光下双眼微眯,粉红舌头伸出来,憨态动人。

最后点开的是她母亲的消息。

两人之前很少在微信上说话,上一次发消息还是在外婆住院的时候,给她发过病历本。

周舒清的话也不多,只告诉她,他们已经订好了回来的机票,将在她生日前两天回来,问是否有想要的东西可以一并带回来给她。

母女之间的情分显然不是一朝一夕就能弥补回来的,她懂,周舒清显然也很懂。

张延卿婉拒掉合作商的午餐邀约,回来就看到周念南懒洋洋地趴在阳台小沙发上。

他伸手摸摸她的头,俯身在她的腰上按了按:"还好吗?"早上那一次,或许后面他太过孟浪，她的腿都有些发抖。

她抬头望进他担忧的目光里，那些从前没能在父母膝前展露的小女儿娇态，此刻暴露在亲密爱人面前："你抱我进去。"

她闻到他身上和她一样的沐浴露的气味，让人心里觉得安稳。

厨房里的阿姨正背对着他们忙活。

她将所有的重量交付在他的身上，半天才说："我妈妈要回来了……我宁愿她好好地待在加拿大，也不想知道她生病了，哪怕她不回来也没有关系。"

人越长大，越知道有些东西不能强求。她们之间并没有深刻的感情基础，连她对她的恨，都因为她的病情而显得毫无根基。

"我不知道要怎么面对一个生病的妈妈。可能没有我的话，她早就可以出去，天高海阔，哪里都是落脚点。"周念南在他怀里叹了口气，"爱是软肋这句话，没说错。"

她从口袋里摸出手机，郑重地编辑文字，删删改改半天，最终也只回了两个字：好的。

张延卿沉默了半天，在她的额头亲了又亲："爱也是铠甲。如果没有你，说不定她得病的日子更难熬……到时候，我跟你一起去见你母亲，好吗？"

他们交往有一段时间，是时候可以见各自的父母，往下一步推进了。

他拿过她手里的手机，在下面接着回：我和我男朋友到时候去机场接你们。

知道身后有了支持的力量，周念南又有了力气。眼看着阿姨打开蒸箱准备端菜出来，她立刻从张延卿身上跳下来，规规矩矩地坐在他旁边。

阿姨做完饭就走了。

桌上有一盅老母鸡炖虫草，特意放到她的面前。

张延卿的眉眼都柔和了几分："我有些没控制好力气……"

轮到周念南开始脸红："不许再说了。"

伸手抱他的人是她，最后哭哭啼啼的也是她。

吃过午饭，张延卿还得赶回公司，江初礼的电话先一步打过来："你在哪吃饭？软件银行的吴先生行程提早，大概一小时后来公司。"

"我马上回来。"他转过身问周念南，"你跟我去……"

话没说完，被周念南用手挡住，她轻快地说："我下午回家。"

张延卿现在体会到那种恨不得将恋人缩小放在口袋里的甜蜜心绪了，他抱抱她："等我下班回来。"

周念南等张延卿走后，卡着时间给张斯斯打视频电话。

张斯斯正闭着眼睛刷牙。自从和江盟住在一起之后，她的作息变得无敌健康。

周念南给她看镜头后面那一排吊牌都还未拆的女装："你别告诉我说，你哥选女装的眼光都这么好啊？"

张斯斯笑眯眯地甩锅："我只是参谋，是他非要买。"

周念南一个个吊牌翻过去："我以前不知道这样的价格可以在现实世界中卖出去……现在知道了，冤大头原来在我身边。"

张斯斯在那头嬉皮笑脸地卖乖："男人的钱在哪里，他的心就在哪里。"镜头猝不及防地转向江盟，"你说是不是？"

"工具人·江盟"在那头叼着同款不同色的牙刷，一本正经地点头。

她跟前任的相处模式显然不好再套用在这里，盖因实在没有同等的经济实力给予对方这样的付出。

周念南表示惆怅。

张斯斯耸耸肩，她最近在跟着电影练习发音，背到这段台词："我们的精神是平等的。就如同你我走过坟墓，平等地站在上帝面前。这本书两百多年前写的，学学。"

地道英腔，有模有样。

很快刷过牙的她发现华点："新衣服……昨晚没回家啊？"她对自己经手买过的衣服了如指掌。

周念南马上没空想那些有的没的了，她点头承认。

张斯斯立刻将江盟推出洗手间，把门关上："感觉好吗？"

两人什么事情都能分享，唯有这个事情……

周念南支支吾吾地解释："他是你哥，我跟你说这个好像有点怪怪的。"

张斯斯冷静下来："你的话很有道理，不然我以后看到他难免尴尬，还是算了。"少个人和她讨论有颜色的话题，寂寞如雪。

她再次开了他的车回去。

猪咪围着她又跳又闹，最后还是趴到她身上来撒娇。

周外婆拿着她的检查报告，坐在客厅门口戴着老花眼镜细细地看，末了擦擦眼泪说："没事就好，以后记得按时检查。"

周念南没由来地觉得，外婆的背似乎又佝偻了一些，那个照顾她长大的老人正一年比一年衰老。

这些年，她感受到最盛大的爱意都来自外婆。

她忍住鼻头冒上来的酸意说："妈妈说，他们买好了机票了，到时候我和延卿哥去机场接。您在家等我们。"

一场绵绵细雨后，森安一夜入秋。

周念南慢慢适应了两人更加亲密的状态。

她自觉现在的生活和之前的并无二致，只除了，成熟的张延卿好像在她面前褪去了严肃那层皮，不管干什么事情，他都要凑在她身边，抱一抱亲一亲。

周外婆乐见小情侣的亲昵，只假装没看到。

张斯斯对张延卿的约会生活很感兴趣，但不敢去正主面前问，只好在微信上敲她的好朋友：我实在好奇，冷冰冰怎么谈恋爱，是像冬天里的一把火吗？

周念南想到他身上的温度，隔着屏幕羞红了脸：也就是在家里看电影、遛狗、做饭、游泳，陪我去逛街买新家要用的东西，还有陪他上上班。

如果在海市过夜的话，第二天早上起得早，张延卿就带她去小区的游泳池练习换气。

虽然练到最后，多半是他气息不稳，后面她就听到他在书房打电话给设计师，问郊区别墅能不能将花园推掉改为泳池的设计。

然后他去上班，她去大采购；有翻译工作的时候，她会跟着他到公司楼下，在咖啡馆码字，两个人再一起吃午餐或者晚餐。

如果回森安，两人吃过晚饭去遛狗，他回家工作，她在厨房里练习咖啡拉花。

早上如果他开车特意路过她家巷子，还能得到一杯造型独特的无糖拿铁。她手感好的时候，杯子里的就是千层爱心和压纹玫瑰，手抖了大白心就歪歪扭扭，他一一笑纳，拍照留存。

普通且妥帖的日常。

张斯斯替她总结：一步迈入老夫老妻的阶段了。

周念南在聊天里省去了两人的亲吻抚摸和其他。

张延卿善于观察，更擅长对症下药，他打从纽约那次起就知道她的身体开关在脊背上，靠在他的胸前被安抚，她就乖顺得如同一只小猫一样。

这样的柔情时刻如同春风拂面，无法用漂亮的词汇描述。

江初礼也问张延卿同样的问题。

自从他开始谈恋爱之后，就减少了社交的频次，偶有的几次出门聚会，不是盯着手机，就是待一阵就走。

张延卿想了想，两人的约会也没有太多的事情，室外遛狗散步，室内的话，他工作，她也忙自己的事情，翻译、P图、编辑文案、做咖啡相关的功课、各种网上采购……他只要看到她在自己的视线范围内，就有种满足感，觉得彼此再亲密不过。

只是遗憾在森安的时候，周念南顾忌外婆，晚上一定要回家。有好多次，是张延卿背着她回去的。

明明他才是出力的一方，她双腿酸软，他却精神抖擞。

男人和女人之间的体力差异，体现得淋漓尽致。

偶尔也有意见不合的时候，大多数情况下都是他让步。他的心智和阅历都超过她许多，自觉要包容体谅她。

比如，他再一次提出同居的计划。

"我已经看好了一个新的房子，你和外婆可以搬来一起，房子更大，我做了单独的锻炼区，你工作完之后可以去跑步，再蒸个桑拿。外婆可以住在一楼，小区里绿化很好。"他的话顺着凉爽的秋风吹到她的耳朵里。

周念南伏在他的背上,刚刚结束一场激烈的情事,大脑和身体一样放空。但不妨碍她立刻清醒过来,同居比恋爱更需要理性。

她环住他的脖子,沉默了片刻:"我们现在不好吗?"各方面都很和谐。

张延卿默默叹气,他越来越贪恋早上醒来有她在身边的温暖。他的暗恋走过千山万水才将伊人拥在怀里,但在她那边,也不过才两个多月而已,他应当尊重她的节奏。

精明的商人趁机提出另外的要求:"那下周你把猪咪借给我。公司有宠物日,我要带头做好工作。"

公司的宣传部门安排了人来拍照,他想昭告天下。

一旁跟着的猪咪听到自己的名字,以为主人和它玩,前腿一抬就要往人身上扑。

周念南跷着脚尖逗它玩,两人一狗在秋天的夜色里散步回家,昏黄的路灯拉长他们的身影。

到巷子口遇到出门扔垃圾的向婆婆,周念南没来得及跳下来,只好将脸埋在他后背装睡,听两人打招呼寒暄。

张延卿隔三岔五陪着周念南在巷子里出现,左邻右舍都知道周念南的恋情已经翻篇。年轻人气度不凡,比之前那个显然更加出色,也更愿意花时间。

周家女儿嫁了香港人,人人说是山窝里飞出了金凤凰。

眼下一山更比一山高,向婆婆乐呵呵地问他:"送南南回家啊?"不等人回答,又接着说,"是不是等南南家房子装修好了就办结婚仪式了?"

不管男男女女,嫁娶之前房子是一定要装修一遍的。

周念南感受到张延卿的愉悦,他笑着回说:"明年,等海市的房子装修好了就请大家喝喜酒。"

海市,向婆婆敏锐地捕捉到这个关键词,啧啧,能买得起海市的新房,对眼前年轻人的身家又有了新的认识。

周念南偷偷掐他的腰,向婆婆知道了,意味着明天整个珍宝巷就都传遍了。

等他走到她家门口将人放下,她有些脸红:"谁说要和你结婚了。"

张延卿用嘴唇描摹她的轮廓,看她的目光比晚风更加柔和,意有所指地控诉:"你刚刚摸了我的腰……"他知道她的手有多么柔软,被她一碰就全身酥麻。

两人刚刚才在家里结束一轮亲昵,他又像毛头小子一样凑上来,她不小心说错话:"不是说三十多岁的男人需求会下……"话没说完,就被面色冷峻的男人捏着下巴亲了上来。

两人在清甜的桂花香里吻得缠绵,让周念南睡前躺在床上的时候,有些内疚。

她觉得现在很好,好到惧怕往下一步迈进。

一朝被蛇咬,十年怕井绳。再甜蜜的恋情沾染到现实,就免不了各种衡量计较,而她,永远是被计较的那一方。

张延卿不知道她的忧虑,第二天上班的时候就找了崔秘书。

"看下各大拍卖行最近有什么好点儿的钻石拍卖,再联系C家的设计师。"崔凡真再次为老板的速度折服。

这样的话,老板明年请大家喝满月酒她都不会感觉奇怪了。

不过,崔凡真尽职尽责地提醒他:"张董去年在苏富比有拍一颗蓝钻,当时说是给儿媳妇的,您还有印象吗?"

张延卿挑眉:"……当时的拍卖信息给我看一下。"去年他还和他父亲因为相亲的事情吵到日月无光,两个人王不见王。

"那剩下的拍卖会,你多关注下其他颜色的钻石。"他淡定地开口。

他在上班的间隙看婚戒攻略,被前来找他的江初礼看到,震惊:"……你就要结婚了?南南妹妹同意了?你爸知道了吗?"

西装革履的男人只是抬起眼皮扫了他一下:"他知不知道有什么关系,我先准备好。"

江初礼转头就在群里发:大家备好份子钱。

傅真第一个跳出来:你要结婚了?

江初礼微微一笑,艾特张延卿,再提点傅真:上次你酒吧开业,助力不错。

傅真立刻开始装鹌鹑。

那头周念南约了赵桥一起去海市逛街。

双十一之前,线下店的折扣力度也很大,加上积分优惠,有时候反而比线上划算。

赵桥最近的相亲对象据说人高腿长素质佳,她想买一些约会的新衣服,所谓的"女为悦己者容"。

而周念南想给外婆买一款国外的品牌智能床垫,她之前已经做过功课,但价格太高一直没有下手。

两人见面免不了互诉近况,城市这么小,不特意约也很难碰到。

赵桥抓着周念南又捏又摸,羡慕满满:"不上班的人果然气色好。"她头发又长长了一些,缎子一样披在肩头,皮肤白到发亮。

周念南心虚地眨眼:"多敷补水保湿的面膜,你也可以的。"她其实已经很久没敷面膜了,睡前运动太累,转头就能睡着。

张斯斯一直说她是因为爱情的"滋润",语气暧昧。

赵桥没有发觉她的不自在,她的目光被周念南开的车吸引。

"你的新车吗?"她的手指在橘色真皮上轻轻划过。

周念南摇头:"我男朋友的。"

赵桥夸张地吹了声口哨:"苟富贵,勿相忘。"

张延卿忙里偷闲看了眼手机,女朋友要去的商场离他公司的距离不远,他停下手头的工作给她回消息：午餐我请你和你的朋友一起吃可以吗？

周念南飞快地回过来：我们要去探店，就不和你一起了。

附赠了一个不好意思的脸红兔子表情包。

他突然意识到，除了他主动遇到的刘佳阳和杨川哲，以及自带亲属关系的张斯斯，她没有带他见过她的其他朋友，也没有被PO进过她的朋友圈。

就仿佛是公司里的试用期员工一样，处在一种薛定谔的猫的状态，在转正之前，他们既存在又随时可能离开。

他敲着手机想问个明白，又担心是自己想太多。

毕竟三个月的期限还没有到，也许是女生的骄矜，也许是他还有做得不够好的地方。

晚上周念南照样在他的书房里做翻译。

她算了下，智能床垫和床围一起，按照线下店的折扣，大概三万出头可以搞定。助眠模式和睡眠监测模式，对老年人友好，非常合适外婆。

除了贵，几乎没有毛病。

张延卿擦着湿发从主卧走过来，经过她的时候停下来从后面抱住她，也不多说话，温热的呼吸贴在她的脖子上，熟悉的沐浴香气和水汽席卷而来。

她回头看他："今天没有要做的工作吗？"

张延卿的手臂收得更紧，他的唇从她的后颈亲到柔软的耳垂，声音低沉："你。"

周念南很想应和他的热情，但是翻译稿件的deadline像紧箍咒一样困住她。

今天出去逛街已经浪费了一天，还有二十来页的资料没有翻好，加上要预留的校对时间，她叹气："……或者你也先工作一会儿？"

"也"字传神。

他泄愤似的在她耳朵后咬了一口，眼睫垂着，似乎不大高兴。

周念南有点儿愧疚："这个文件要得急，对方公司付了加急的费用，学姐特意给了我……"她转身，声音里带着软软的歉意，"对不起啊……"

他顿住，无奈地放开她："这有什么好道歉的。"

张延卿远没有他表现出来的这么镇定，他拿起放在书桌上的毛巾，继续擦头发："又要忙装修，又要忙翻译，会不会太累了？"

语气寻常，像在闲聊。

周念南沉浸在英文的海洋里，想也没想回："还好。一想到翻译的每句话，能凑起来新家的一样新家具，就不觉得累了。"

除了成就感，工作能带来的最大动力，无非就是钱。

张延卿心生凛然，突然间明白了更多。

在这段关系里，他们同样付出了感情。她在情感上依赖他，但在其他方面却又疏离至极，至少她从来没有在他面前提起过她生活里的难处。

他们共享雾霭、流岚、虹霓，她却没有要和他分担自己生活里寒潮、风雷和霹雳的想法。

他想起了她放在前男友家茶几上的牛皮纸信封。交往期间的花费都要银货两讫，绝不拖欠，随时做好了抽离的准备。

他想得入了神，没有留意到自己的手机在书桌上振动。

周念南拿起来，屏幕上赫然跳动着"张老爷"三个字。

她不确定是他的家人还是客户，但看上去……嗯，辈分挺高的。

她拿着电脑准备出去："你接吧！"

张延卿拉住她的手腕："没事，是我爸。"

他大概知道是什么事情，当着她的面按下外放键："爸，什么事？"听上去冷冷淡淡。

张宏安丝毫不在意儿子的态度，毕竟，今天收到的消息让他非常高兴。

"小崔今天找我来问那颗蓝钻的信息，怎么，替我未来儿媳讨礼物来了？"以他对儿子的了解，如果不是有七八成的把握，不会如此大张旗鼓地透露自己的动静。

周念南避开他的眼神，被他抓住的手腕开始发热，"儿媳妇"三个字给她带来的冲击力太大。

书房的灯光柔和，张延卿清清楚楚地将她的反应看在眼里，心下一沉，回："没有，正好有设计师朋友在，所以我就问问。"

张宏安难得话多："也行，你看什么时间带南南回来吃个饭，两家人也要坐下来谈一谈……"

他之前做一切事情都不问家里意见，从来只是通知自己的决定，从事业到个人婚恋情况。眼下却主动通过秘书婉转地表达想结婚的苗头，张宏安老怀甚慰。

晚上回去的路上，两人默契地跳过这个电话。

他将她送到家门口，吻得更加用力，像是要将他所有的情感通过唇舌表达出来。

末了却什么也没说，心里总归有些不安。

他安慰自己，他们恋爱的时日还短，她性格慢热，还需要更多的时间。

周外婆第二天在装修现场瞟到周念南耳后的暧昧。

她将头发扎起来，探身去检查每个柜子、每块地板的安装情况，白皙的皮肤上一点红痕很是明显。

成年男女在一起，发生点儿什么都很正常，周外婆并不古板。

她在午餐的餐桌上问外孙女关于未来的打算："在你这个年纪，你妈妈都生了你了。你和他之间谈过这个话题吗？"

结婚是个耗费时间和精力的过程，得早做准备。

最起码,酒店就得提早半年订,如果在海市办,估计得提早一年。

"小张的年纪,估计他家里也是会催的,你也要考虑他的感受。还有买房子的事情,这些不都得早早就张罗起来?"

周念南哭笑不得:"外婆,我们才谈两个多月呢!"

"我是看小张工作忙,你现在事情也多,每天这样两头跑的。"

张延卿花在周念南身上的时间和精力肉眼可见,除了年纪比她大,饶是周外婆这样眼尖的人都挑不出其他毛病来,万一以后分开了,她遇不到对她更好的怎么办。

"男人年纪大一些,会疼人。再说了,你总要考虑以后的呀。"

周念南伸筷子给外婆夹鱼脊背上的嫩肉,神色自若:"等我们感情到位了,就会谈这个的。"

站在一个女人的角度,张延卿无疑是一个非常好的对象,家世、相貌和身材都是顶级,外带成功男人的稳重自律。更何况,他现在还对她这样好。

连阅人无数的外婆都这样说,她承认,在这段恋情里她也是动心的,但,Eason 陈也在歌里唱:谁能凭爱意将富士山私有。

她对自己没有这个信心。

时光最好停留在这个时刻,她想。

扬帆资本的办公室。

崔凡真一如既往拿文件过来等张延卿批阅,准备离开时,又被他叫住,谈的却不是公事。

"我想咨询你一下,从一个女性的角度,你会在什么时候愿意花你男朋友的钱?"

崔凡真和老公结婚快十五年,有一儿一女。

她心头一震,马上明白这是老板目前的恋情困境,女朋友不愿意花他的钱。

这个问题可大可小,她委婉地表达:"觉得安全感够的时候……"

感情到了一定程度,认定这个人是自己未来生活里的一部分,才能心安理得地享受对方给予的一切,包括金钱。

晚上在卧室的时候,张延卿不免带了些力气,比平时还要放纵和猛烈。

周念南的头埋在他的颈侧,呼出的香气划过他的皮肤,他俯身在她耳旁问:"今天留在这边好不好?"

她还停留在身体的悠长余韵里,像是夏夜里被卷上来的海浪,温柔细腻地爬过她的每一寸肌肤。她摸索着将他的手拉到腰侧,意思很明显。他哭笑不得,伸手替她按了起来。

按着按着,气息又乱了,情到浓时他伏在她的身前,终于开口说:"我爱你。"

两个人的身体没有分开,幽暗的灯光里,他的眼神藏着她看不懂的情绪,但这句话像投入水里的小石子，周念南的心因为这句话而荡起层层涟漪。

她撑起身体主动去吻他，意乱情迷地回应："我也爱……"

"你"字被吞没在他更加用力的热情里。

最后到底还是在十点钟之前将人送回了家。

第二天是周五，神清气爽的张延卿带着周念南和猪咪一起去上班。

他将人在楼下商场的咖啡馆门口放下，猪咪晃着尾巴想跟着一起下车，被周念南拦住："乖，你今天跟着爸爸一起玩。"

"爸爸"这个称呼极大地取悦了张延卿，他深深看了她一眼："我会照顾好它的。"

公司里今天仿佛小型动物公园，各种猫猫狗狗穿梭其中，人人脸上泛起梦幻般的微笑。

张延卿牵着萨摩耶走进公司，正好碰到崔凡真。她没有想到老板还养狗，难怪上次行政总监的提议他同意得那么快。

江初礼昨天应酬得晚，来公司也迟，听到张延卿如此亲民之举没忍住跑来围观。

"你的狗呢？"

张延卿抬手往外头指了指："出去玩了。"

他的办公室安静又独立，猪咪显然很不适应。任谁刚刚见过那么多的同类都不愿意 solo，它先是挠门，见张延卿没反应，干脆直接过来扒拉他的裤脚。

"南南妹妹的狗啊？"张延卿的性格他知道，不是那种有耐心照顾小动物的人，只能是爱屋及乌。

果不其然，他点了点头："还挺有意思的。"

这副居家贤夫的表情居然出现在张延卿的脸上，江初礼总觉得不适应："就认定了？万一还有不合适的地方……"

剩下的话被张延卿扫过来的眼神给堵住。

外头有人敲门，是崔凡真。

"张总，风险管理部的一位同事想问下您的狗狗是公还是母，他家是只萨摩耶母狗，三岁。"

瞌睡来了正好有人送枕头。张延卿不动声色地拿起电话："我不清楚。不过我女朋友正好在楼下，我问问她。"

山不过来，他就过去。

未来的岁月绵密细长，他有的是时间和精力一步步将她拉入自己的生活。

张延卿提早五分钟去电梯口等她。周念南背着电脑包一出来，他就伸手接过，另一只手习惯性地牵住她。

整层都是扬帆资本的地盘。

他带着她从开放式的大办公室走过,大家的眼神有意无意地瞟到周念南身上,看她白皙的侧脸,也看他们紧紧相握的手,颜色款式相似的衬衫,和老板替她拎包的熟练姿态。

公司内网关于他手上情侣对戒的帖子至今还飘着红,真人已经在线下走到了他们面前。

大家表面镇定工作,私下的群消息转眼99+,已经有热心群众假装拍宠物实则拍真人,将背影照片PO到了群里,热热闹闹吃瓜的氛围不亚于过年。

宠物日已经足够让人兴奋,张延卿还这样大方示众。

既不是温婉的小提琴手,也不是声名在外的港圈千金何慧怡,而是一个漂亮又安静的女孩,看着比老板年纪小。

马君尧脸上全是尴尬的笑意,张延卿倒是识趣,说:"你们直接聊,我回办公室。"

他一走,办公室里原本紧张的氛围就放松了下来。猪咪也不理会主人,围着戴粉色蝴蝶结项圈的另一只萨摩耶团团转,左嗅嗅右嗅嗅。

"不好意思啊,我的狗狗是公狗,但它还小……我打算过段时间再带它去绝育的。"

马君尧点头:"理解理解。我是看你的狗狗养得很漂亮,配种嘛,就是想找个最好看的,这样优生优育生出来的小狗才……"

原以为就是找崔秘书问句话的事情,谁能想到这只帅气大白的主人是老板的女朋友啊!

除了狗狗,两人无话可聊,一时安静。马君尧读懂同事在对面疯狂指手机的暗示,但是不大好操作……

"那个,你有本市的萨摩耶群吗?"他摸摸鼻子。

周念南眨眨眼:"还有这样的群?"

一听就是没有,马君尧立刻话密了起来:"也就是大家在群里交流一下狗粮的选择,养萨摩耶的注意事项,最主要是线下活动……给狗狗找朋友一起玩之类的。"

周念南当机立断地掏出手机:"那麻烦你拉我进去。"

风险管理部的同事们就听到"叮"的一声,马君尧的声音响起:"我怎么备注你的名字?"

"周念南,想念的念,南风的南。"

他低头备注好,一抬头,行政部的同事站在办公室门口。

"公司准备了相机和拍立得,想给所有带了宠物来公司的同事拍个合影。麻烦大家带小可爱去前台那边。"

周念南晃晃手里的手机:"谢啦!"

马君尧被她乌黑澄澈的眼睛晃了神,视线里瞥到老板走过来的身影,赶快说:"不客气。"

猪咪绕着小母狗不肯往前走,被赶过来的张延卿轻松抱起来,眼睛看向马君尧:"说好了?"

马君尧今年才毕业参加工作,被老板扑面而来的气场给镇住,点头如捣蒜。

等张延卿带着周念南一走,一圈同事就围了上去:"看看她的朋友圈。"

谁不对老板的女朋友感兴趣,看她如何折下老板这朵高岭之花。

只是现实骨感。

周念南的朋友圈简单干净,只 PO 了一些日常,云朵、咖啡、赶翻译稿件、遛狗……老板连个影子都没在她的朋友圈出现过。

拍照的时候熙熙攘攘,称得上大型鸡飞狗跳现场。

泰迪和金毛互吠,社恐牛奶猫挣扎着往地上跑,憨憨法斗静静注视这一切……

周念南一边捂嘴笑,一边悄悄跟张延卿咬耳朵:"等会儿拍照的时候,你抱着猪咪拍。我站旁边去。"

被正竭力安排队形的行政听到,义正词严:"一起拍,一起拍。狗狗是你们两个人的!"

有人起了头,就立刻有人跟上起哄:"对啊,全家福嘛!一起一起。"

张延卿平时稳重话少,但任谁臂弯里抱着一只大白狗都看着严肃不起来,何况在这样欢乐的氛围里。有人趁机为吃瓜群众谋福利:"张总,你们怎么认识的啊?给单身狗传授点儿经验呗。"

周念南没有想到身边的人真的会回答,还一板一眼很认真:"她是我妹妹的好朋友,很早就认识。"

周围人立马来了兴趣。

传说中不是他与继母继妹不和吗?可见八卦误人。

张延卿肉眼可见的和煦,连"谁追的谁"这样私人的问题也回答:"当然我是追的她。"

世人多对女性苛刻,美貌女生如果和有钱人在一起,会被阴谋论是女方心机攀附,尤其是她和他家的关系。他不想她被人这样议论。

"追了很久,到现在试用期还没有过。"他倒是坦荡荡,语带惆怅。周念南恨不得将脸藏到猪咪的毛里。

大家吃到第一手瓜,心满意足,得出统一的结论:张总真的好爱他的女朋友。

想到有钱如张延卿私底下也要吃爱情的苦,内网的讨论再创新高。

照片定格住这一瞬间,所有人抱着自家的心头肉看向镜头。站在最边上的张延卿怀抱微笑的大白狗,眼神却温柔地看向身边的女生,自成一个小世界。

他将两人的部分截取下来,单独放进一个叫作"我们"的文件夹里。

这里面已经有很多张照片,有周念南给他 P 上表情和文字的偷拍照片,也有她的一些零碎日常、外婆做的菜、萃取失败的咖啡液、猪咪收获的可爱评论。

公司的事情很快传到张宏安的耳里。他打来电话指责:"你都带她去公司了,怎么不带回家里来?南南以前来家里的次数还少吗?"

他故意模糊其中的界限。

从前周念南只是张斯斯的好朋友,现在多了一重张延卿的女朋友的身份,上门拜访的意思截然不同。

张延卿有自己的计划,并不想给她这么大的压力。他在电话里拒绝:"等她妈妈回来再说。"

他接电话的这几分钟,周念南的视线一直在他身上打转。

看他挂掉电话,她终于开口问:"你会不会觉得,我回去上班更好?"

今天在他们公司的时候,有来撸狗的同事和她寒暄,年轻的女孩子问她:"你现在在哪里上班呀?"

她回说:"无业。家里在装修,准备开一个中式甜品和咖啡结合的店铺。"

然后她就看到对方脸上浮现出那种微妙的了然的神色:"也是,张总怎么舍得你出去工作呢。"

这件事情明明和张延卿没有关系,可是因为他的财富,人人好像默认她就该是他的附属,甜品店只是一个说出去好听的噱头。

张延卿伸手将她拉到自己的腿上,粉色拖鞋"啪嗒"一声掉在地上,她跪坐在他身上,两人四目相对。

"开店就不是工作了吗?而且,"他摸摸她的头发,"我觉得你现在的状态很好,既能如愿照顾家里人,也有自己的事业,还有兼职,已经很能干了。这不都是你想要的吗?"

周念南觉得自己可能是对何慧怡那天的话有些过敏,她点点头:"也对,我甚至觉得我皮肤状态都好了很多。"

之前的全职工作,因为要跨时区和国外的供应商开会,熬到一两点钟也是常有的事情。

张延卿被她逗笑,盯着她白瓷一样的肌肤:"……只有这一个原因吗?"

她脸红,偏偏不如他的愿:"还有前男友面膜……"

还是从他在香港买的一堆护肤品里找出来。

这三个字刺激到张延卿,他的手沿着她的腰线向上,抚住她的柔软:"嗯?"

他知道让她快乐的密码,她的身体在他的手里绽放。

两个人的关系好像什么都没变,又好像悄悄更近了一步。

连闷头谈恋爱的张斯斯都来通风报信:"张叔叔最近好像想改造老宅,说延卿哥原本的房间有点儿小了……"她问自己的好朋友,"你们要结婚了吗?"

大家似乎都很笃定这段感情的走向,和童话书里描写的一样。

"从此以后,王子和公主幸福地生活在了一起。"

第八章
我爱你，只是因为你是周念南

  日子就这样流水般过去，周念南开始跟着外婆学做中式甜品，先从最有秋天氛围感的桂花酒酿软酪开始。

  正是桂花盛开的季节，周外婆将辛苦采集的桂花洗了又晒，集了满满一罐子干净又干燥的桂花。

  她一边搅拌酒酿桂花和玉米淀粉，一边忆往昔："你小时候一吃到甜的就止哭。我那时候都不敢给你吃这个，怕刺激你的肠胃，只好撒点儿白糖在里面，也不好放多了，还担心你的牙齿。一点点甜味你也吃得津津有味。

  "……你妈妈也很爱这个。"

  周念南胸口一滞，半天才回说："毕竟是她的女儿嘛！"

  她已经长大，理解了很多事情。那些和张斯斯抱头痛哭过的深夜里，好像化成经过她的风、淋过她的雨，所有的那些都造就了今日的她。

  人的情感和羁绊多么奇妙，这些年写满失望的书页似乎已经悄然翻过去。

  周外婆的眼睛里似乎含着泪光，低低地呜咽了一声。

  周念南放下手里做记录的 iPad，抱住她干瘦的肩膀："到时候多一个人回来帮你数钱。"

  说这句话的时候没有料到，无心之言就这样一语成谶。

傍晚吃饭的时候，周外婆接到了周舒清的电话，她的婆婆过世，她和她的丈夫改签了机票回香港。

温哥华的十月正值秋季，温度宜人。老太太前天还计划着回港过冬，第二天起床时被菲佣发现已在睡梦中溘然长逝。

中国人讲究落叶归根，丧事是要回香港来办的。

周舒清在电话那头的声音飘忽："她这个年纪，无病无痛地在梦里走了，对章容来说也是安慰。"

章容是她丈夫的名字。

挂上电话，周外婆叫了她一声："念念……"

声音晦涩，含着哀求。

周念南知道外婆的意思，握紧她的手："我会过去陪她，看能不能帮上什么忙。"

电话后的第三天，周念南在酒店见到暌违已久的母亲。

香港十月份的温度要比内地高不少。

周舒清站在窗前，一袭简单黑色长裙让她看上去又单薄又孤冷。

她曾经设想过无数个和周舒清见面的场景，但没有一种是眼前这个场面。"妈妈"两个字卡在她的喉咙里，发不出声来。

周念南转开视线，盯着地上厚厚的米色钩花长绒地毯，沉默了一下，轻声说："你好，请节哀。"

外头灿烂的阳光透过宽大的落地窗照进来，将周舒清的影子拉长。

周念南看着地毯上的影子一步一步向她靠近，然后落入一个陌生又熟悉的怀抱："谢谢你能来。"

她闻到周舒清身上干净的鼠尾草与海盐的气息，仿佛清新海风里掺杂了让人安心的木本香气。等到这一刻，突然间就湿了眼眶。

两个人拥抱了片刻，分开。

周舒清望向眼前几乎同自己一模一样的双眼，叹了口气："章家那边还有很多事务，这几天我可能照顾不周……"

礼貌中带着这些年的隔阂。

海外离世的人回来香港办葬礼，除了有一系列的文件手续要办，还要通知亲属，设灵出殡。

周念南在来的飞机上稍微查了查资料，她忍住心头的酸涩说："你先忙，不用担心我。"

脚踩同一片土地，总好过温哥华和森安将近八千公里的距离。

周舒清很快离开。

等张延卿晚上十点多的飞机到酒店的时候，看到的就是一个坐在窗前的身影。

房间里没有开灯，窗外的霓虹照亮她的寂寥。

他走近了才闻到酒味，一瓶红酒已经空了一大半。

张延卿按亮房间的灯，将她抱了起来，小心翼翼得像捧着一汪水："是不是难受了？"

她将眼泪蹭在他的衬衫上，这样温暖的怀抱，让人觉得好像有了支点，突生无数软弱和委屈。

"她变老了，眼角有了细细的皱纹。和她结婚照上的相片，又像又不像……"

周舒清从来不在朋友圈PO自己的照片。她的微信头像是温哥华家里院子角落的一株枫树，红得热烈又灿烂。

周念南搬家收拾旧家具的时候，翻出来过她捧着鲜艳的塑料花，穿着蓬蓬的白纱裙子的照片。

年轻的周舒清脸颊饱满，嘴角溢着幸福，纤细的手搭在旁边男人的臂弯里，笑眼弯弯，全是对未来生活的期待。

她小时候，总有邻居逗着她说"和她妈妈长得真是一个模子里印出来的"，她在家里长久地凝视镜子，想拼凑出记忆里逐渐模糊的妈妈的模样。

"等章家老太太下葬之后，她说约我喝下午茶。"她动了动，在他怀里找了个更舒服的姿势，张延卿一身正装被她坐得皱巴巴也毫不在意。

"哪天追悼会？我和你一起去。"他抚着她的脊背，一下一下地顺着。

这么多年，对方没有主动提过见面或者其他，要么是周舒清夫妻的隐瞒，要么就是对周舒清家庭的不在意。

哪一点对怀里的女孩来说都不是好事。

周念南不知道他心里的计较，她翻了翻和周舒清的聊天记录："说是三天后。"

张延卿搂着她，摸摸她的手又摸摸她的脚，冰凉一片："要不要泡个澡？"

周念南摇头，她不想动，脑海里混混沌沌。

张延卿想将她放到沙发上，她也不肯，无尾熊一样趴在他的胸口。

他只能抱着一只醉猫去浴室里放热水，喝了酒的她格外温顺黏人。

两个人在宽大的浴缸里拥吻，她略觉松弛，四肢百骸仿佛重新注入了力气。

第二天早上醒来的时候，床头柜上留下了他龙飞凤舞的字迹：等我回来。

他每天晚上匆匆出现，又在早上很早离开。

周念南的情绪已经完全缓了过来，每日不是闷头在酒店翻译稿件，就是无所事事在维港边上散步。她给他发微信说：你不用特意过来陪我，我好多了。

张延卿没有同意，对方在他眼里脆弱过薄瓷，需要精心呵护。

章老太太追悼会那天，天气晴好。

灵堂肃穆，四周摆满了家人朋友送的花圈，一张慈眉善目的老太太巨幅照片立在正中。章家姐弟携各自的家属站在灵堂前鞠躬答谢致意。

周念南第一次见全了章家的亲属和朋友，四周或隐晦或明显的目光落在她和她身边的张延卿身上。

张延卿以两个人的名义一起送了花圈，对着她名义上的继父说："节哀顺变。如果有什么需求，请告诉我，经济上的或者生活上的都行。算是感谢你们这么多年来给我女朋友提供的经济帮助。"

站在他身旁的周舒清脸"唰"地就白了。

周念南没有料到这一出，她拉了拉他的手，被他强势地握紧。

在灵堂门口给客人递小白花的一对姐弟，姐姐斜挎着黑色鳄鱼皮小方包，弟弟手腕上戴着黑色满钻男表……他一想到自己女朋友那本摸到起毛边的装修报价表，脸上的表情就更加冷峻。

她可以因为母女的亲缘不计较过去那些年的得失，他却不能眼看她受这些委屈。知道得越多，就越是心疼她。

两个人没有去追悼会后的聚餐。

周念南松了一口气，她很怕章家亲戚那种自上而下的打量眼神，充满了审视与傲慢。

张延卿带她去一家上海餐厅吃蟹，膏肥黄满，自带丰润油香。

他拒绝了侍者要给他们拆蟹的提议，自己上手用工具一点点拆出来放到周念南的碗里。

她这几天心里装了事情，吃得很少，眼下却突然有了胃口。

"我不理解，只是参加一下追悼会而已。他们看人的眼神为什么那么怪。"膏黄和蟹肉一起拌进饭里，浓郁香气在口腔里爆开，周念南看四周没人注意，舀了一勺放在身边人的嘴里。

"好吃吧？"

张延卿看她明亮的眼神，迟缓地点了点头，有点儿不忍心告诉她自己的猜测。她自诩经历过很多，可是肯定不知道在金钱面前人性的薄弱。

单看章家姐姐那对子女的打扮，就知道章家这些年发展得还不错。周念南突然以章家后辈的身份出现，谁都要怀疑她的目的不单纯。

"我又不是他们章家的人，怎么可能要他们的钱。"周念南并不在意，她耸耸肩，抿一口手边的红糖热姜茶，"而且，我都成年这么久了，早就能养活自己了。"

她兴致勃勃地跟张延卿说她大学时候的打工生涯，如何和做家教的学生斗智斗勇，如何在二手网站上给人做签证指导。

"而且，她也给了我生活费学费的……是我不好意思用。那时候带着一点恨，想证明自己不用她的钱也能过得很好。"

张延卿的心底久违地泛起满满的心疼，这些事情他也是第一次听说。

餐厅里人多，他克制地站起身来，紧紧拥抱了她一下，有些后悔没有早些将她圈在自己的羽翼之下，好让她永远是泳池里那个快乐玩水的少女。

两个人沿着维港的咸湿海风回酒店，他的手掌暖和宽大，好像隔绝了外头一切纷扰。

经过一家便利店的时候，张延卿拉着她走了进去。周念南以为他要买什么日用品，却见他直接去收银台拿了两盒避孕套。

她耳根通红，躲在他身后不吭声。这几天他只是抱着她亲一亲，摸一摸脊背，再也没有多余的动作。

刷酒店房门的时候，周念南磨磨蹭蹭地离他三丈远。

张延卿无奈地拉她过来："我只是准备好，以备不时之需。"她这几天眼看着又瘦了一点。

关了灯之后他的吻落了下来，嘴唇从她的额头、鼻尖到脖颈，经过她最柔软的部分，继续往下……

黑暗中人的感官体验反而更加明显，温暖的口舌包裹住她，一点一点将她的理智吞噬。

张延卿从被子里探出头的时候，周念南的意识是飘浮的，身体是酥麻的，大腿根部是发抖的。他轻轻地啄她的肩和背，两个人出了一身汗，被子里她身上的香气越发浓郁。

"你开心吗？"寂静里他的音色像大提琴一般，温柔地淌过她的皮肤。

这样的体验超出周念南的认知，她无法想象他为她做到这种程度。

她将头埋进被子里，固执地不肯回答。张延卿低声笑了起来，胸腔在她的身前震动："……我知道了，不否认就是默认。"

他按亮床头的灯，看向躲在被子里的一团："要我抱你去清理吗？"

一团香风就从被子底下钻出来，伸手挡住他的视线："你闭上眼睛。"

等周念南从洗手间里出来的时候，就闻到房间里一股淡淡的香味。

张延卿叫了一盅西洋参石斛花胶汤，又营养又不撑胃，不仅如此，还非得要一口一口喂她。

她控制自己的眼神不往他的下腹瞟，忍了半天终于问："你不想的吗？"他明明买了两盒，身体也有反应，可就能生生停在此处。

房间里的遮光窗帘拉着，只亮着头顶的氛围灯，切割出一小块静谧柔和的空间。

"我只想要你开心。"他专注地看着她。

周念南鼻子微酸，她转过头去掩饰自己突如其来的泪意："……我也爱你。"

这一刻，她几乎以为他们是可以走到天长地久的。

他伸手过来捧住她的脸，两个人气息交缠接吻。

这个吻结束之后，周念南就靠在爱人的颈窝里睡了过去。

窗外碧波荡漾，维港夜色绚烂，海风依旧不停歇地吹。

明天又是新的一天。

周念南是被手机振动的声音吵醒的。

她闭眼伸手在枕头底下摸自己的手机，安安静静，不是她的。抬头找了一圈，才发现是张延卿的手机。

浴室里传来水声，他应该在洗澡。

手机静了两秒，又不依不饶地"嗡嗡"振动起来。

应该是有重要的事情，才会如此执着。她伸长手臂去够他那边床头柜上的黑色手机，想给他送过去，哪知道屏幕上跳动的名字显示是——杨川哲。

除了她家的装修，她想不出来两个人联系的必然；但如果是装修的问题，不应该来找她这个正主吗？

浴室里的水声停了下来。

她不知道为了什么，立刻将他的手机放回原处，然后钻回被窝里装睡。

身后很快贴上来一具带着湿哒哒水汽的身体，嘴唇贴在她的肩头，他头发上的水滴到她的脸颊上，冰凉中带着些微痒意。

这样周念南没法再装，她假装刚刚被吵醒："……你好吵。"

张延卿的手从她的睡裙下摆钻了进去，咬她的耳垂："我们来做点儿适合早上做的事情。"

她很快没有心思再去想那个电话的事情。

之前几天的忍耐和克制化成晨光里的放肆和失控。高质量的双人运动有助睡眠，周念南在鹅绒被里再一次迷迷糊糊睡了过去。

两个人相拥着睡了一个回笼觉。再次醒来的时候快中午，张延卿已经换好了衣服，坐在窗边看电脑。

怕阳光晒醒她，他只将窗帘拉开了一小条缝隙，侧脸严肃又认真。

周念南躲在被子里偷偷看他，被他突然扫过来的视线捕捉住。

周舒清和她约的下午茶在三点钟，张延卿就看着自己的女朋友像蝴蝶一样在房间里穿来穿去，给他比画每一套衣服的搭配效果。

充足的睡眠让她的双颊红润，眼睛里闪着亮晶晶的光，最后选了一套最简单的白色棉质长裙搭黑色马丁靴，越发显得人细致而青春。嘴唇上只轻轻扫了一层番茄色口红，长发披肩，天然的浓眉及长睫，脸上再薄涂一层散粉已经足够显气色了。

周念南知道香港的女孩子是怎么打扮的，又酷又飒又有风格，她摸不准周舒清会喜欢怎样的她。

张延卿拥住镜子前紧张的她，柔声说："你只要是你，她都会喜欢的。"
话虽如此，她还是心慌气短。
张延卿同她开玩笑："你以后见我的家长，这一身就足够了。"这句话成功地转移了她的注意力，两个人很认真地就见家长这身打扮够不够尊重的问题讨论了一路。

下午茶的地点在维港边上一家知名酒店，复古巴洛克风格式的建筑，简洁的米色外墙，别致的绿色遮阳篷，一身白色制服的印度小哥为他们拉开大门。
明亮挑高的大厅里回荡着弦乐队的演奏声，清浅的柔光洒下来，诱人的食物香气将她包裹，一瞬间像是回到了百年前的时光里。
周舒清在靠窗的位置上向他们挥手示意，她还是一袭黑色衣裙，头发优雅地盘在脑后，脸色平静。
岁月从不败美人，她依然是美的。
周念南手心里全是汗，被张延卿牵着走过去。他替她拉开椅子，颔首向对面的人打招呼："阿姨你好。"
又脱下身上的西装外套披在周念南的肩头，声音里都是关切："冷气有点儿足，注意别感冒了。我在那边餐厅等你，你们慢慢聊。有事情叫我。"
他安抚性地捏了捏她的手才走开。
被他这么一岔，母女之间的氛围轻松了一些。
桌上的茶具器皿都是纯银，在灯光下闪闪发光。周舒清拎起桌上的茶壶替她倒茶："我先来，所以就先点了。伯爵红茶你可以吗？"
周念南微笑："可以的。"
三层甜品架上的可爱甜点散发着迷人的香气，她瞥到对方手腕上戴着的白冰蛋面钻石手链，素雅又华丽，身上的衣衫透出光润的质感。
窗外是澄明似蓝天的维港，周念南小口啜饮温热的茶水。
她先开口："你会先回家看外婆，再回温哥华吗？外婆她很想你。"她有多久没有看过周舒清，外婆就有多久没有看过自己的女儿。
都说父母对子女的爱，远甚于子女对父母。以己之心度之，外婆的想念只会比她更甚。
周舒清夹一块提子司康放进她面前的餐盘里，想要开口说什么，到底没忍住，转头飞快地拿起放在腿上的餐巾压住眼角。
半晌，她才低垂着头，冒出一句"抱歉"。
这句迟来的话语也叫周念南眼眶湿润，她垂下眼眸抹上草莓酱，一口一口细细咬着司康，烤得恰到好处，酥香又松软。
末了，她才伸出手去，握住周舒清压在脸颊上的左手："妈妈……"
这两个字叫面前的人低声呜咽了起来，她的手掌有层薄薄的茧子，无名指上戴着一枚简单的铂金钻戒。

周念南如果是六岁，或者十六岁，或许会得意于母亲悔恨的泪水。但她快要二十六岁，早已过了渴求母爱的阶段。

"妈妈，我没有其他意思。你过得好，外婆和我才放心。家里最近在装修，外婆应该也和你说了，给你和叔叔留了单独的房间。你要是回去的话，正好可以看看。"

周舒清眼尾泛红，抬起头来看向对面的女儿，她眼里也含着泪，但语气却是安慰的。

"香港回去的飞机也快。外婆之前住院开刀，人衰老了一些，但精气神还是很好的。你如果回去，她一定很开心。"

旁边桌的客人频频将探究的视线扫向这一对长相相似的母女。

周念南不为所动，她给周舒清看手机里拍的装修照片，从搬家时的满地狼藉，说到巷子里邻居们的周边八卦，再到她养的小狗。

周舒清不断抽噎着点头，到最后终于平静了下来。

"我知道对不起你和你外婆。"

她的讲述比周外婆的更加详细。

最开始咬着牙离婚后，单身女子带着幼儿寡母，生活和工作上的压力让她喘不过气来，那时候大概已经有了抑郁症的苗头，但谁有这个闲情去看诊吃药呢。周舒清是直到出了国，才第一次从金发碧眼的外国医生口中听到"重度抑郁症"这个词。

Major depressive disorder，三个单词囊括了她那几年在国内遭受的所有。

努力挣扎了好几年，眼看着生活要好了点，又发现了乳腺癌，她的生活像游戏机里的背带裤小人儿一样，闯过了一关，又有一关。

她解不开自己生活的结，借口工作忙，养病，照顾婆婆……逃避国内的家里，只是每月寄钱回去，证明自己对那个家还有责任和牵挂。

偶尔夜深人静的时候，也会问自己，如果当年没有生下女儿……

然而"What if"这样的假设性命题从来不会在生活里发生。

"你当我是懦弱也好，自私也罢……我确实是对不起你们。我做人，只顾了我自己。"她低声说，泪水又从眼眶里涌了出来。

周念南看着她："我和外婆很好，你寄回来的钱让我们过得不错。你呢？这些年，除去生病的时候，其他日子你过得好吗？"

她其实是知道答案的，一个人过得好不好，她的手、她的眼神、她的笑容……都能说明很多。

周舒清的视线挪向窗外，阳光灿烂刺痛双眼，她长长地吁了一口气："温哥华的气候很好，你章叔叔对我也很好。这些年，只有他给过我最多的安慰。"

周念南心中动容，没忍住偏头看向大厅的那头。

像是感应到她的注视，张延卿转过头来，遥遥向她挥手，目光里藏着掩饰不住的关心和温柔。

她也冲那边笑一笑。

"……你要是愿意的话，现在来加拿大玩，可以去北边的黄刀看极光。我看你的朋友圈有说想去冰岛是不是？也不用跑那么远的。"周舒清的情绪平静下来，提起她曾经在朋友圈发过的内容。

那时候周念南疯狂迷恋韩国的一位综艺导演，他出了一本自传性质的游记，一半写他做综艺的思路和笑泪，一半写去冰岛追极光的内容，她才被种了草，在朋友圈里提了一句。

"嗯。"她还是点点头，"如果有时间的话。"

周舒清接上她的话："你可以带你男朋友一起来。他对你很好。"无论是那天追悼会上突然的发难，还是今天给她披衣服的细致，都能看出来这个年轻人的用心和维护之意。

女儿的眼光比她的好，她没能做到的，这个年轻人都做到了。

周念南夹起甜品架最上面一层的可露丽，一分为二，将另一半切给周舒清。巧克力外皮酥脆，里头微酸的桑子和甜腻的软心混合，交织出独特又和谐的口感。

两人静默着分食完一个小小的甜点。

周舒清侧身从小牛皮坤包里掏出一张卡，推到她面前："这里面有五十万，是给家里装修用的。原本之前你外婆说的时候我就打算给，但她说家里还有不肯要，想着她的脾气……我还是直接给你比较好。"

周念南推拒，周舒清掰开她的手掌放了进去，淡声道："家里也有我的房间，我也要出钱的，"又扔下重磅炸弹，"你章叔叔也快要退休了，我们打算以后一半的时间留在国内。"

温哥华再宜居，她也会想家，想念在那片土地上度过的少女时代。

周念南被这个消息震住，不料周舒清扔出第二个王炸："这次我晚点儿再回去看你外婆，还要在这边办一些手续。"

章老太太的遗嘱将自己的财产一分为二，章家姐弟一人一半。上个世纪八十年代以七十多万港币购下的旧宅，现在转手卖出去逾两千多万港币。

周舒清既做了回国的打算，手上的公司也打算结业。

母女俩在酒店门口轻轻地拥抱了一下，她看着周舒清瘦削的身影在人流里越走越远。

张延卿踱步过去。

周念南还穿着他的外套，宽大的西装在她身上有种莫名的和谐感，维港的海风吹乱她的发丝。

她看到他的影子覆了过来，转身投进他的怀里："我妈妈要回来啦！"

声音清透，眉梢眼角全是笑。

在香港的短短几天，漫长得好像过了一个世纪。

张延卿听到自己的女朋友打视频电话,详细描述追悼会和下午茶的场景,他就知道,对面的人是周念南的外婆。

她隐去了一些事实,既不提灵堂上章家众人的眼神,也不提周舒清的抑郁症,只告诉外婆:"她以后半年在国内,半年在国外,准备过退休日子了,真的可以回来和你一起收钱了。"

一席话说得周外婆在那头又是哭又是笑。

飞机一降落在海市,黄特助已经在接机口等待。

张延卿这两天不在,堆了很多急需他亲自处理的工作。饶是如此,他也没忘记吩咐司机将周念南送回森安。

两人在机场分开。

周念南的情况也并不比他好多少。

上次宠物日,她借张延卿的眼镜和办公椅,给猪咪拍了一张工作照,发给了刘佳阳做账号素材。

当天晚上就被有心人根据照片里的背景,指出它的所在地正是寸土寸金的CBD大楼高层,它坐的椅子是定制款的人体工学椅。

富贵耶总,认真工作。

营销号闻风而来,猪咪账号的流量再次走上新高,评论里有人说炫富,也有人赞耶总的样子可爱。

最后是张延卿公司的公关部出手,将舆论引导至公司隐形福利,再发动水军将评论里的仇富言论压了下去,才平息了风波。

刘佳阳下了班直接去周念南家,骑车骑太快,脑门上全是汗。

"这个账号到现在……快五十万粉丝了。"流量的涌入吓到他,之前做餐饮点评账号辛辛苦苦经营好久才一千多粉丝,现在看数据的增长速度已经由最开始的震惊到麻木了,"私信里的商家合作报价有人给到了五位数。"

周念南比他镇定多了:"我们要开始赚钱了,猪咪真是我的好崽崽。今晚加餐!"

她已经在微信上听他说过,回来的路上有了心理准备。

刘佳阳跟着她一起蹲下来撸狗狗的白毛:"……会不会影响到你男朋友的公司?"

周念南眨眼:"他说没事。"

机会就在眼前,怎么能放弃,而且张延卿安慰她说:"宠物日是公司的安排,是企业文化建设的一部分。一张好玩的照片而已,不用太过在意外界的声音。好好运作,将精致打造成它狗设的一部分,这样它更有记忆点。"

"……就,怎么说呢,今天也是很想魂穿猪咪的一天,它只要当一只永远快乐的小狗就好。"

晚上张延卿回来森安的住处,听到女朋友这样的玩笑话。

他沉默了几秒,问她:"你有什么不快乐的事情吗?"

周念南被这个问题难住了。她避开他的视线,临时拣最近的事情来为自己解困:"和佳阳哥为接什么样的广告推广而烦恼。"

其实他们今天已经有了初步的选择,入口的东西众口难调,还是生活用品类好挑选一些,比如尿垫、除臭液、沐浴露和宠物湿巾这些。

两个人做了分工,周念南负责和商家对接,先拿样品回来试用;刘佳阳整理后台信息,统计筛选合适的商家合作信息。

推广的事情才只开了个头,她已经计划好要送他一个贵的礼物了。

现在人就在她身边,她直接问他:"你想要什么?"

"你。"

说话间,人就亲了下来。

想要你,想要你在我视线能及的范围内,想要你和我在一个屋檐下,想要你的名字写在我的户口本上……

周念南误会了他的意思。

虽然早上才有过一遍,但她不介意晚上再来一遍。

她主动圈住他的脖子,他一边亲她一边将人拉起来坐到腿上。

在客厅,没有关灯的客厅,还是她没有试过的姿势,她想提议回卧室去,话都来不及说,就被他引导着手心一路向下,触碰到他的肿胀。

张延卿跟她对视,深潭一般的眼睛显得越发深邃,喉结轻滚:"你看着我。"

少了夜色的掩护,周念南清清楚楚看到他因为她的抚摸而动情的神色和喘息,她忘记自己原本要说什么了。

空调吹出来的凉意沾在她汗湿的脊背上,胸前贴着男人火热动情的身体,她觉得自己像案板上的一尾鱼,屏住呼吸随着对方的节奏起伏。

到最后两个人贴得严严实实,你中有我,我中有你。

汗水交融。

只是之后有些不大自然。

他的西装裤半褪,皮带扔在沙发上,而她不着寸缕,因为欢愉而全身泛着桃花粉。

理智归来,她又想伸手来挡他的眼睛。

张延卿的手原本停在她的腰上,眼下也不得不分出一只手来牵住她,从她的指尖吻到小臂,到肩头,再到他最爱的柔软,一边亲一边说:"这里,这里……这里,都很美……"

周念南昨天因为母亲要回来而饱胀的心,因为他的再次深入而觉得温暖充盈。

她在他的怀里软成一摊水,被他抱着进了卧室。

他们仿佛更加契合,每一次她睁开眼睛,都能看到他认真且专注的眼神落在她的身上。

事后她倦极，但还是强撑着洗了澡，再一次被张延卿背着回了家。
凉风习习，月色动人。两个人的影子亲密叠在一起。

周外婆替她留了门，听到响动出来，正好看到周念南从张延卿的背上滑了下来的场景，抬手就拍了拍周念南："人家小张这几天在香港替你忙前忙后多累，回来还要工作，你怎么这么不怕麻烦人。"

张延卿对着周外婆面色沉静："没有，念南又不重，她这两天更辛苦。"

周念南想到今天辛苦的原因，脸颊红扑扑，好在院子里的灯光昏暗，周外婆没有留意到。

她正跟张延卿商量："下周五念念生日，她妈妈到时候也回家了，你也一起来吃个便饭。"

张延卿对长辈向来有礼："谢谢您邀请，我到时候一定准时。"

等他走了，周外婆才伸出手指在她额头点了点："你呀你，不能看人家对你全心全意就欺负他。"

周念南扶着腰说不出话，到底是谁被欺负。

日子如流水一般过。

周念南长长呼出一口气，觉得往日里的阴霾全部散去，见人都挂着微笑。

周舒清给的五十万大大缓解了她的经济压力，之前反复考虑衡量性价比放进购物车的软装家电尽数删除，她大刀阔斧地修改购物清单：

地毯要由涤纶的换成羊毛混纺或者全羊毛的。

餐桌电视柜和茶几的材质由普通实木换成自然温润的胡桃木。

科技布的沙发换成真皮材质的。

阳台上的洗烘一体洗衣机换成两个独立功能的洗衣机和烘干机……

走在路上也觉得凉风温度适宜，是再好不过的一个秋天。

巷子里的新闻不多，周舒清这次真的要回来的消息很快传遍。

邻居们碰到周念南都要多说一句恭喜，免不了好奇周舒清这次回来多久，是不是要带她和外婆去国外了。

周念南拿出她的理智来："不出去，我们肯定还住家里的，这头还在装修，还要开店呢。"

周外婆也迈开两只脚，指挥周念南将柜子里的被子拿出来晒，新买的四件套下水洗过，再打扫一个新房间出来。

人人都说周家一老一小马上就要享福了，双喜临门。

有天张延卿下班得早，过来接她去吃晚餐，向婆婆还特意跑到车窗前问他的打算："过两天是不是就要过来见丈母娘了？"

张延卿微笑："念南还小，我们不着急。"

向婆婆毫不见外一掌拍在他的肩上："优生优育懂伐啦？这个事情要早点

考虑的。趁着她家长都在,要摆在台面上来讲的。"

张延卿只不露声色地点头。

周念南不知道这段对话,她和好友讲电话时打了个喷嚏。
张斯斯从伦敦给她寄了一份神秘生日礼物,叮嘱她收到后在僻静处再打开。
说完这个,又免不了八卦:"你跟延卿哥这样算不算,见家长了?"
周念南怔愣了片刻,然后说:"不,我们还没有到这个地步。"

周五是个好天气,天高云淡,空气里有一种宜人的清爽。
张延卿提早下班。
从走进珍宝巷的那一刻起,就有坐在门外的眼熟邻居跟他打招呼:"来给南南过生日啊?"视线扫过他手里提的礼品和蛋糕,神情里全是了然。
他笑着点点头。
周家出去了二十来年的周舒清昨天回来,今天周念南的男朋友上门,任谁看这都是一个热闹的生日。
周念南在院子门口等他。
一眼看到张延卿穿着和她同色的米白色休闲裤衬衫,两人对视几秒,周念南迎上前接过他手里的向日葵花束和蛋糕。
"生日快乐,女朋友。"他轻轻地抱了她一下。
两人一起往屋里走。
周家的餐桌第一次坐这么多人。
周外婆和周舒清一起下厨,做了七菜一汤。
这是上次追悼会之后张延卿再次同周舒清夫妻碰面,两边似乎都忘记了那些不快,只围坐一起为周念南庆生。
这个生日既平淡,又不平淡。
太阳下山,张延卿才踏出周家。
周念南送他到巷子口,她的长发在风里飘扬,脸上却是振奋。他想说点儿什么,看到她笑弯的眼睛又顿住,她只要这样开心就好。
周外婆看着周念南嘴角带笑地回来:"小张送你什么了,这么开心?"
她没有提对方衣柜里单独辟出来的一角,只给客厅里的三人看耳垂上的粉色珍珠吊坠,灯光下珍珠闪着温润的光泽。
章容寡言,周舒清看着女儿,语气里带着黯然:"时间过这么快,又长大了一岁,马上就要嫁人了。"
周念南否认:"我才不要嫁人……"
身后就响起向婆婆调侃的声音:"那小张可不容易等。"
眼见着一堆老邻居涌了进来。张延卿带过来的蛋糕尺寸不小,给熟识的邻居都送去了一块。

场面热闹了起来。

周念南趁机退了出来,她并不知道要和周舒清说什么好,可是不说,周外婆心里又会难受,手心手背都是肉。

她在楼梯间听到她和人描述温哥华的生活,在那个地方,她也在努力地生活,心里就慢慢放松了下来。

照片里的青春少女出走二十多年回来,变成文雅而时髦的中年妇女。

她们彼此都不是完美的母亲和女儿,所以,不如就安享眼前吧!

第二天,周舒清夫妻带着周外婆回乡下祭祖。

张延卿安排了司机和车过来。

周念南带着张斯斯送她的礼物,悄悄跑去张延卿的家里。大门密码是她的生日,她很轻易地进了门,怕被他发现还特意将鞋子藏进了鞋柜里。

昨天张延卿明显有话想单独和她说,但周舒清刚刚回来,她……就只好在送他上车的时候给他一个歉意的微笑。

她想到他昨天的眼神,忍不住跑过来想弥补一下。

兔女郎的两侧腰身有可爱的蝴蝶结绑带,她用完他的浴室,跑去衣帽间对着宽大的落地镜调整蝴蝶结的角度。

系好之后躲在他的卧室里,等人回来她再盛大登场。

才玩不久手机,就听到门锁的电子声提示:"已开门。"

她站起来贴着门藏好,屏息听着客厅传来的响动。

拖鞋走动,拉开了冰箱门,喝水的声音。

他一直没有进来卧室,久到周念南几乎要怀疑他是不是发现了什么,听到客厅传来一声长长的叹息。

张延卿想起在车上张宏安给他打的电话。

"迟早也是要见家长的,她妈妈要是回加拿大办手续,你还想等到什么时候……感情这种事情要趁热打铁,男方得主动。"张宏安难得苦口婆心,"难道你不想早点儿结婚?"

周念南在门后愣住,没忍住悄悄拉开一条门缝,往厨房中岛的方向张望。

张延卿背对着她的方向,身姿依旧挺拔,头却深深地垂着,似乎遇到了什么为难的事情。

这是她从来没有见过的一面,他在她面前永远游刃有余,似乎天塌下来他都会替她顶着。原来他也有解决不了的事情,他也会疲累。

她掩上门缝,不知道该如何应对他这样的情绪,是为了工作吗?还是其他?她能为他做什么?

她心虚地踮起脚尖回到他的衣帽间,将自己塞进他的衣柜里。

一整排各色的西装外套,下面都是空的,她抱腿坐了进去,有点儿后悔,自己不该搞这样的惊喜。

张延卿一推开卧室的门就发现不对劲,他惯常用的沐浴露香气里混合着熟悉的玫瑰香味,浴室里还飘着未散尽的水汽。

他转身就往衣帽间里走,一边走一边叫她:"念南?"嗓音低沉,含着愉悦,仿佛刚刚那声叹息都是错觉。

拉开衣柜门的瞬间,头顶的感应灯亮了起来,一只甜美性感的兔女郎抬眸望向他。

长发蓬松,眼神温柔,极致的黑映衬着白到发光的肌肤,贴身的设计显露出优美的曲线……

他眼里的惊艳和情动不似作伪。

"Suprise!我等你好久……外婆和妈妈不在家我才偷偷过来的。"

张延卿伸手拉她出来。

为了今天的惊喜,她还特意穿了高跟鞋和丝袜。

张延卿看着她笑:"早知道家里有这么大的惊喜,我就提早回来了。公司有个项目推进得不顺利,回来晚了。"眼神却像有侵略性,一点一点地扫过她,"寿星来给我送温暖了吗?"

周念南担心:"公司的事情难吗?"

他牵着她的手往卧室走:"不难,只是多费些时间而已。"

她刚刚升起的担忧,就像阳光下的烟尘一样消失不见。

可怜的兔子被翻来覆去地吃了好几遍,然后被困在他的怀里。

"念南?"

"嗯。"

"……念南?"

她以为他还想要,往床沿挪了挪:"……今天晚上不行了。"

她这样躺在他的怀里,他终于有了一点安定感,又揽住她的腰将人往怀里带。

"只是想叫叫你。"他将下巴搁在她的头顶,和她说话。

张宏安说的是对的,他迫不及待想将这段关系再往前推进。

"生日许了什么愿望?"

"不能说,说出来就不灵了。"

"那我说,就不算你说的了……希望家人朋友幸福健康?"

周念南不吭声,张延卿就知道自己说中了,心里柔软得一塌糊涂。

她就是这样,羞涩又诚恳,磊落又单纯。

"念南,我们结婚好吗?"黑暗里,这样比炊烟更加渺远的动情时刻让他脱口而出。

周念南的睡意跑了一大半。

张延卿马上意识到不妥,怎么会有人在床上求婚,他也没有准备好戒指和鲜花，一切都不够庄重和认真。

他为自己刹那间的考虑不周道歉："抱歉，我不该在这个时候提。"

周念南松了一口气，就着对方给的梯子下来："嗯，那我先睡了。"

她确实累到了，很快进入梦乡。

张延卿搂着她，直到她呼吸均匀很久之后，才小心翼翼地松开她，披上睡袍去阳台上抽烟。

八点多，周念南起床的时候，身边的被窝已经是凉的了。

张延卿正在厨房里煎鸡蛋做吐司，听到卧室开门的动静回头，扬了扬手上的锅铲："马上就好。你先玩下 iPad 等我。"

他的 iPad 没有设密码，一按就显示着国外网站的页面，她扫一眼，经济、恒生指数……很好，跳过，翻出来一个视频网站打算看吃播。

微信的聊天对话框跳出来一个熟悉的人名，杨川哲。

杨川哲：张总，刚刚和圆形天窗厂家确定了下周交付，到时候还需付尾款十五万元。

周念南愣了愣。

圆形天窗是汪羽最初的设计，光线透过天窗投射到店铺有肌理的墙面上，能营造出温润的情境。而且随着太阳角度的变化，投射到室内的光影也会沿着墙体移动。

周念南非常喜欢这个设计，最后听到圆形天窗逾六位数的报价放弃了。杨川哲后来告诉她，他找到便宜又质量可靠的厂家，可以将预算控制在五位数以内。

于是又用回了第一版设计稿。

她点了进去。

聊天记录里的对话不多，多半是杨川哲发过来一个 Excel 表格，告诉张延卿，他在她新家的哪些方面用了更好的材料，比如墙漆，比如三玻两腔中空玻璃，比如柚木地板……

张延卿直接将钱转给对方。

难怪在香港的时候，杨川哲直接打电话给他。

她的手指停在屏幕上，心跳得飞快。

这种状态很像七夕那天看到前男友的聊天记录，但又不大一样。

柳承志是明晃晃的嫌弃和算计，张延卿是深潜入海的体贴和思量，背地里做了这些也不叫她知道。

张延卿将吐司和果酱一起端过来的时候，周念南已经收拾好脸上的表情。

银色 iPad 还是老样子放在餐桌上。

他看到她闭着的眼睛："是不是起太早了？"

周念南点头："等会儿回去再补一觉。"

谁也没有提昨晚突如其来的求婚。

回去的路上她看到一对白发老人牵手走在一起,日光与秋色交汇,风声与车声共鸣,喧闹的周末街边,这对身影显得又有爱,又和谐。

周念南突然想起昨晚的兔女郎服装今早没见了身影。

张延卿一本正经:"我收好了,下次再穿。"

反正是穿给他看,当然要留在他家。

秋日的时间,干燥又惬意。

周念南的时间在陪周舒清看新房工地、逛街选家具和订购各种铺子开张所需的餐具厨具中度过。

兔女郎惊艳现身一晚。

之后一个星期,两个人分头忙成了陀螺。

张延卿安排了司机和车过来,自己则飞去了澳洲出差。低调的日系车型,坐感与周念南的小 Mini 完全不一样,空间宽敞又舒适。

司机开车沉稳,听到周外婆的夸奖也只是谦虚地笑了笑:"张总说您容易晕车,特意交代过我。"

坐在最后排的周念南觉得自己和家人都被他照顾得很好,一颗心在略带凉意的秋风里,暖了又暖,拿出手机给置顶的那个人发了一个"想你"的表情包。

一家四口逛了海市的进口家居店,回来的时候太累,周念南在外婆的床上睡了过去。

醒来的时候天色微暗,她闻到熟悉的板栗鸡汤的香气,一打开门,张延卿和周舒清夫妇两人正坐在客厅,三个人一齐回头看了过来。

她莫名就紧张了一下,站在门口喊人:"妈妈,叔叔,延卿哥。"最后那个称呼还带了点儿颤音。

老房子的隔音效果不是很好,隔壁邻居家里的电视声音和小孩哭闹声传来,听得一清二楚。

客厅里的三个人没有说话。

周念南借口去看外婆的炖汤,飞快地跑向了厨房。

被中断的对话继续。

周舒清客客气气的:"这几天麻烦你了,等我们下次回来,再邀请你来玩。"

张延卿浅浅啜饮杯中的花茶:"客气了,您是念南的妈妈。我应该做的。"

"念南这段时间,应该也麻烦了你不少。我这个做母亲的不够称职,让她这些年受了苦。"像是回应他在追悼会上的那句问责。

张延卿神色自若:"我甘之如饴。"

周念南端了外婆炖的汤过来,正好听到最后面这句。她越过张延卿,将手里两碗鸡汤递过去:"妈妈,章叔叔,你们先喝。"

张延卿跟着一起站起来,顺手挽起袖子:"我跟你一起去盛,小心烫。"

他从澳洲飞了十几个小时回来，丝毫不见倦色，只是看向她的眼神透露着不为人知的热切和思念。

在他们的身后，周舒清眼里划过一丝黯然。

周念南这样下意识的顺序，固然有尊重的意思，但也说明，在她的心里，张延卿的分量比他们更重，划在了自己人的范围内。

章容看了她一眼，将自己手上吹凉了一些的碗跟她对掉："时间还很多，我们回来慢慢弥补。"

周念南压根没注意到自己的这个举动让人心生波澜。她现在觉得自己有点儿贪心，亲情和爱情都想要牢牢握在手里。

现在，爱情的另一方在厨房门口悄悄跟她说："……我也想你。"

像秋天的桂花香一样，轻轻撩动她的心弦。

一顿晚饭吃得宾主尽欢。

板栗炖得软糯绵密，鸡肉鲜嫩入味，汤里加了红枣和虫草，更添清甜。

张延卿大大方方地将剔了骨头的鸡肉拨进周念南碗里，看得周外婆直勾嘴角，却也没有多说什么。

周舒清无备，对两个人的感情又有了新的认识。

第二天一早，司机载着张延卿一起过来。他今天还要去一趟公司。

周舒清夫妇今天从海市启程，取道香港再回温哥华。

香港的房子虽然已经和买家商量好了价格，但后续还有一堆烦琐手续；温哥华也时值秋季，夫妻俩计划只留下房子，店铺、股份等都要处理掉再回来。

森安的冬季最低不过零下一二摄氏度，好过温哥华动不动零下十几摄氏度的气温。

张延卿单手插兜，看着院子里的人道别。

章容拎着箱子站在一旁，周舒清依次与她的母亲和女儿拥抱，然后对着周念南说了些什么——她背对着张延卿，他只能看到自己女朋友略显惊讶的脸。

汽车尾气很快消散在清晨的空气里，热闹了一个星期的家也归于平静。

周念南吸了口气："外婆，你听到她刚刚说什么了吗？"

周外婆比她镇定多了："你妈妈昨天和我说过了，你章叔叔也同意的。"

她开始觉得，这个世界有点儿玄幻了。张延卿在香港和她说的话，又浮上心头，自己当时的出现，可不就有了利益关系吗？

周舒清的原话是："我和你章叔叔决定了，事情处理好之后，我们夫妻共同的财产里，先给你三百万。"

她刚刚二十六岁，母亲回来已经是一重惊喜，现在平地又添一道雷，震得整个人都有点儿恍惚，视线不自觉地就转向了章容。

这个沉默寡言的中年男人像是看懂她眼里的困惑，了然地冲她笑了一下。

两人回到客厅，周外婆一边收拾桌上的碗筷一边开口："她还说，你要是想出去读书也可以，去海市买个小房子的话，她也还能再给你添点儿。家里有她在，也不用担心我。铺子到时候开起来，再雇一个人，绰绰有余的。"

　　她拍拍周念南的手，之前以为周念南不肯用钱是因为体谅她，周舒清一回来才知道还有更深层的原因。

　　青春期女孩的自尊心，和以为被抛弃生出的反抗之意。

　　隔阂已经生成，消弭不易。

　　两夫妻在临走前的夜里清点手头的积蓄，加上章老太太留下的遗产，一致同意给她这笔钱。担心她抵触，先找周外婆露了口风。

　　"你当你妈妈的弥补也好，悔恨也罢。这笔钱你收着，小张家很好，咱们家也不差。"

　　周念南恍惚："我再想一想。"

　　没有人告诉她遇到这种情况应该怎么做，她感觉到前所未有的寂寞。

　　偏偏下午张斯斯打来电话找她，兴致勃勃地问她元旦的安排计划。

　　从十一月份开始，伦敦街头的圣诞气氛慢慢浓厚起来。张斯斯跟着同学去围观了斯隆广场的点灯仪式，她对这个节日不感冒，但重视接下来的元旦。

　　"我们可以约着去个暖和的海岛玩。"她已经计划好了，伦敦湿雨绵绵，乌云沉沉，她急需一些阳光振作起来。

　　周念南神思不属地和她说话，想起之前江初礼约他们一起去潜水的事情，也是安排在元旦，越发觉得头疼。

　　张斯斯留意到她脸上的细微波动："你和延卿哥是不是吵架了？"

　　周念南否认："没有。"除了她生日后那天无意窥见的一声叹息，他们之间连寻常情侣间的拌嘴都没有发生过。他似乎永远包容、永远耐心。

　　"你和江盟会吵架吗？"她反问。

　　张斯斯毫不客气："怎么会不吵，做个作业都能吵八百回。"两个人对作业的标准不一样，张斯斯抱怨，"我们教授都没有他这么严格。"

　　对此，周念南评价："你看看你的课程得分再来说这个话。"对面的人就不好意思地笑了起来。

　　话题重新回到元旦的度假安排上。

　　张斯斯替她设想好："到时候你妈妈肯定回来了，你也不用担心外婆一个人在家里。"

　　周念南低声将早上发生的对话告诉张斯斯，没料到她更兴奋："资金也有了，还在等什么？想买的，想吃的，想做的，都可以做起来了。"

　　这句话像一束光，打在了她的脑海里。她想起那天看到的 iPad 里的对话，心里有了主意。

　　张斯斯盯住她："……所以，你有钱了就想把装修的钱还给延卿哥？"

　　这确实是周念南能做得出来的事情。

张斯斯反对:"延卿哥不缺这点钱,他只是想减轻你的负担。不然完全可以拿到你面前来邀功。"感情里和钱有关的事情太过敏感,一个不慎就影响两人的关系。

周念南笑:"我不能得了好处还假装不知道……而且我马上就要有钱了。"

"我知道你的性格,但是或许,你们可以先开诚布公地来谈一谈这个事情。"

周念南应下:"这是当然。"

又问张斯斯要不要跟她一起加入江初礼他们的元旦海岛游计划,张斯斯赶忙摆手:"婉拒了哈!我哥和他哥都在……要命之旅啊这是……"

周念南挂上电话就直奔杨川哲的公司。

幸好他在办公室,她推开门的时候,杨川哲正在吃泡面。大概没料到她突然出现,他还有些手忙脚乱:"刚从客户家回来,还没来得及吃午饭。"

周念南很是不好意思:"我应该先和你说一声的。"

说话间,杨川哲已经将一桶泡面三下五除二干掉,用纸巾擦了擦嘴角:"没事,正好吃完了。是你家装修还有什么问题吗?"

周家楼上住宅的部分已经全部完成,楼下的店铺也只待收尾工作了,他想不出对方上门的原因。

周念南犹豫了一下,还是开了口:"我看到你和我男朋友的聊天记录了。"她紧盯着他的脸,自然没有错过他突然间的惊讶以及随之而来的愧意,"我知道他是好意,你也是好意。但毕竟是我家的装修,我觉得我也有资格知道真正的用材和价格。"

杨川哲难得地结巴了:"是是……是我考虑不周。"

他打开客户资料袋,从里面找出新的报价表:"变动的项目和收费都在最后面几页,你可以看一下。张总那边已经全部付清了。"

周念南打开微微扫了一眼,向他点头致谢:"这个事情太麻烦你了,还增加了你们工作量,谢谢你。"

空气里还飘着泡面的味道,杨川哲没忍住:"你们不要为了这个吵架,他也是好意。"

语气真诚又肯定。

周念南笑了笑:"我知道。"

这样的感情可贵,她何德何能叫人为她这样两肋插刀。如此,就更应该摆上台面来说清楚。

周念南为了两个人的晚餐,特意订了市中心的旋转餐厅。

每周五的晚上八点,这个城市会在江上的岛屿放烟花,餐厅因此一到周五便一座难求。

原本是需要提前至少一个月预约的,但她在朋友圈看徐梦然晒过一次照片,徐梦然又找了傅真。论城中吃喝玩乐相关的热门风向标,没有人比他更熟悉。

徐梦然还好奇:"你直接找张延卿订不就好了吗?"餐厅的老板是傅真的朋友,自然也熟识张延卿。

周念南笑了笑:"找他去订餐厅,再带他去吃饭,就不叫惊喜了呀!"

餐厅宽敞,客桌之间保持着恰到好处的距离,既不叫人听到旁桌的对话,也保证了服务的及时与周到。

巨幅的落地玻璃窗正对着波光粼粼的江岸,落日余晖还未散去,江上岛屿的路灯已经亮起,映衬着深蓝色幕布一般的天空,寂寥又悠远。

服务生将她带到一处临窗的位置,替她拉开座椅。

张延卿赶过来大约也还需要一段时间,她点了一杯"曼哈顿"啜饮起来。

无论是眼前的美景,还是等会儿要说的话,都需要一点点酒精的助力。

直到一道黑影覆在了她的桌前,她才将视线从江上收了回来,正想开口叫人,话到嘴边却在看到来人后顿住。

她愣了一下,才想起来他的名字,柳承志。

她的前男友。

"看到你在这里,过来打个招呼。"海市不小,他知道她回了老家,除去之前在红绿灯前遇过她,他们之间再无偶遇的缘分。

柳承志也是在那边的桌上忍了又忍,犹豫了再犹豫,对面的秦思文顺着他频频走神的视线看过去,是一个女生,柔顺长发白皙侧脸。她颇为贴心地问:"认识的人?"

他苦笑:"……前女友。"

他和秦思文从相亲走到交往,花了两个月的时间,各自的家庭背景、恋爱史都交代了一遍,他将和前女友分手的原因归结为:性格不合。

周念南皱眉,她可没忘记那并不大愉快的分手过程,但眼下在公众场合,她还是笑笑:"好久不见,和朋友来吃饭吗?"

柳承志指了指她斜对面的位置:"和女朋友。"

周念南很想用"得偿所愿"四个字恭喜对方,又怕显得太刻薄,最终只笑了笑说了句:"那很好。"

两个人的重逢并没有出现柳承志设想中的任何一种。打完招呼场面安静了一瞬,他礼貌退后,视线又从她白瓷一般的脸上扫过:"用餐愉快,我就不打扰了。再见。"

这让她想起他们还在一起时,有次在他的车上听到陈奕迅的《十年》,里面有句歌词唱:"如果那两个字没有颤抖,我不会发现我难受……"

当时两个人为"那两个字"究竟是哪两个字而争论了一路。

柳承志说是"再见",周念南坚持是"你好"。

分了手的情侣重逢,说什么才会让对方难受呢?直到讨论到下车也没有定论,这个话题像是日常生活里溅起的小水花,很快不被提及。

现在的周念南想到他刚刚说的"再见"两个字,心如止水。
她现在有了新的生活和新的爱人,正将过去远远甩在身后。

张延卿到的时候,周念南已经从度数不算太高的鸡尾酒中获得了一丝丝勇气。

他依然一身西装,先探身过来抱了她一下:"这几天堆积的事情有点儿多,下班的时候稍微晚了些。"

周念南摇头:"我也不赶时间。"

服务生很快将两人点的牛排端上来,她又额外加了一杯酒,酝酿了足够的勇气。

"我那天无意中看到了你和杨川哲的聊天记录,知道了你替我付差价的事情,谢谢延卿哥。"她扫过他一如既往淡定的表情,拿不准他平静态度里的深意,干脆一鼓作气提出自己的解决方案,"我妈妈说会给我一笔钱,到时候我转回你的账户里,谢谢。"

终于说完,心里的一块大石头落了地。

周念南的余光瞟到对面的人慢条斯理地拿起一旁的餐巾,压了压嘴角,抬眼看向她:"你妈妈的钱可以接受,我的为什么不行?"

张延卿的声线平稳,她却生生听出了里面的压迫感。

"她是我妈妈,房子她也要住的。"她字斟句酌地措辞,"你已经为我付出很多了。这是我家里的事情,不该是你的责任。"

"那你觉得在这段感情里,我的责任是什么?"他直视她,"只负责口头说爱,却不帮助女朋友解决任何生活难处吗?"

周念南觉得自己此刻还需要第三杯酒,她不敢和他对视。

"那我换一个问法。如果付钱的人是张斯斯,你会像今天这样对她吗?"

周念南不知道该如何回答,但她知道张延卿一定不满意她的答案。

她很想说,友情和爱情是不一样的。

但事实就是,如果是张斯斯,她会更自如,可能骂她两句,也可能抱着她哭一阵,而不会出现愧疚和类似自卑的心情。

张斯斯和她是彼此可以交换后背的存在,而她和他之间的差距客观存在,她不能因为爱情就将属于自己的责任转嫁到他的头上。

张延卿盯着她似乎下一秒就要哭出来的表情,暗暗叹了一口气:"你想好了这个问题的答案,我们再来讨论这笔钱谁来付。"

周念南张口想要拒绝,看到他垂下的眼眸,这是他心情不佳的表现,她只好改口:"对不起,我本意不是这样……"

八点整,一道绚烂的烟花将夜空点亮,餐厅里的人不多,也能听到压低了声音的惊呼。

餐厅的主灯熄灭，只留桌上的小灯拓下一小片昏黄，比星光更加耀眼的漫天流星像瀑布一样倾泻而下，照亮整个天际。

浪漫的餐厅和烟花也挽救不了桌上凝滞的气氛，周念南莫名红了眼眶。

张延卿在落地窗反射的影子里看到她的眼泪，心里的郁气就泄了个口子。

他生气，但又不舍得她伤心。她一哭，他就恨不得把全世界捧到她眼前好叫她开心。

他坐到她的身旁，将她抱进怀里，小声哄她："我没有其他意思，只是希望你不要那么累。所有的付出，都出自我的真心。"

周念南的眼泪一颗一颗地往他胸口砸，洇湿了他的衬衫。

两个人在璀璨的烟花里提早离开，没有留意到身后有人目光复杂地看着他们。

似惆怅，似自嘲。

周念南喝了酒，她将车留在商场，坐张延卿的车回到森安，借口眼睛红肿不肯回家。

他将人带回家里，又从冰箱翻出冰袋给她敷上，她不肯接，眼巴巴地看着他："你还在生气吗？"

张延卿将冰袋贴到她的眼皮上，语气平淡："你猜。"

周念南看不到他的脸，只能伸手过去抱住他的腰，眼泪又要掉下来："对不起……"

她听到一声叹气。

"我想要的不是你的对不起。钱很紧张，为什么不告诉我？"

眼睛闭着，感官就更加明显，她的脸贴在他起伏的胸膛上。

两个人的感情到现在，她何曾见过他这一面，生气的、压抑着怒火的。

"我算好了的，手里的积蓄加上外婆那边可以动用的钱，还有兼职……我可以搞定，而且斯斯也说……"她敏感地意识到她抱着的人身躯更加紧绷了起来，立刻停住往其他方向说，"这是之前就决定的事情。我们的感情刚刚开始，牵涉到金钱不大好。我那时候也没有从我妈那里拿钱……"

张延卿简直要气笑了，将他和周舒清放在同一个位置上，可真不是什么夸奖。

"我自己能够解决，我计算好了的，再不济，我的旧车也能卖个几万块钱。"

想到了张斯斯，想到了卖车，唯独没有想到他身上。

张延卿板着脸将她的手掰开，将冰袋放到她的手上："自己拿着，你对你男朋友就这么点儿要求吗？"

周念南张了张嘴，话都说不出来。

她识趣地将冰袋放在桌上："我先回去了，改天等大家情绪更加稳定，我们再来讨论这个问题。"

张延卿拉住她的手腕，镜片后的目光格外深邃："周念南，你知道我的意思，我愿意承担所有关于你的责任。你有没有想过，将我纳入你未来生活的考量范围，所有的甘苦都同我分享？"

如果男朋友的身份不够让她有安全感，那就做她的爱人，成为她的家人。

周念南泪水迷蒙，脑袋嗡嗡作响，怎么会在这个时候出现求婚。

凌晨两点，她翻来覆去地睡不着，甚至觉得被窝里很热。

张延卿的话一遍又一遍在她耳边回响，她悄悄将一只腿伸到被子外面，沁凉的空气缠上来，稍稍平息了一些她心上的躁动。

棉布窗帘并不足够遮光，缝隙里漏出一丝月亮的清辉，不至于叫人迷失在被爱的热情里。

他的呵护和柔情，像是一张密密的网。

就这样在这棵叫作"张延卿"的树上安稳地栖息，筑起属于他们的巢。她可以在他的身边安然睡去，这个世界随机派发给她的难题，他都会替她解决掉。

几乎甘愿就这样沉溺进去。

周念南迷迷糊糊地睡过去。

午夜梦回，仍旧感觉自己在老房子里奔跑。

……掉漆的窗框，粉色的棉质床单，墙上贴着男明星的海报，作文里没有出现的妈妈，接送她上下学的外婆，还有她做的板栗红豆沙，梦里的香气都格外真实。

第二天早上，她捂着肚子醒过来，熟悉的小腹坠胀感。跑去洗手间一看，果然。

昨天晚上还不知深浅地喝了加冰的酒，难受的感觉来得格外快。

周念南惨白着一张脸下了楼，才发现香气不来自梦里，而是在餐桌上。外婆又算着日子给她煮了红豆沙，热热糯糯里点缀着金灿灿的板栗，散发着袅袅香气。

她吃过早餐，又吞了两粒布洛芬，重新趴回床上。

张延卿在楼下给她打电话。

"我给你带了红糖姜茶。好些了吗？"

电话里，她听到外婆的声音："你直接上去吧，她今天要受罪了。"

少顷，楼梯间就响起了脚步声。

他推开门进来，带来户外的丝丝凉意。

"还疼吗？"一身休闲感的深蓝色西装，里头搭的是她送他的那件浅蓝色衬衫，这么冷冽气质的一个人，手里拎着一杯和他极为不衬的饮料。

他脱了西装外套，又将吸管插进姜茶里递到她面前。

杯壁还热着。

药效没那么快发挥，周念南的小腹还隐隐作痛，她抬起手臂："抱。"

声音里都有气无力的。

张延卿在她小木床上的床沿坐下来，熟练地将人搂在怀里："有没有想吃什么?"

周念南闻着熟悉的气味,摇头,视线从他的宽肩延伸到她的床尾,他的西装外套随意地搭在她浅紫色的被子上。

"外婆说你早上没吃什……"

话没说完,怀里的人推开他,光脚跳下床,捂着嘴冲进洗手间。

张延卿知道她生理期难受,但不知道能难受成这个样子,他跟着冲过去,替她拍背,连"好些了吗"这样的话都问不出来。

不好,肉眼可见的不好,胆汁都要吐出来的样子。

她伸手推他:"你先出去……"

这个样子太难看,她不想被他看到。

张延卿置若罔闻,替她端了热水过来漱口,又将人抱回床上。

周念南闭上眼睛,不再看他:"没事,我睡一觉就好了。"俨然有种破罐子破摔的感觉。

巷子里的周末早上,热闹喧哗。

你去早市买了什么菜,我在昨天的牌桌上输了多少钱,熙攘红尘里的声音顺着没有关严的窗户飘了进来。

她听到窸窣的声音,有人在她身边躺了下来,胳膊从她的脖子下穿过,另一只手探进被子里,覆在她微凉的小腹上:"暖和一些了吗?"

周念南眼睛都没力气睁开,也不忘提醒他:"外婆会看到的。"

"你这个样子,难道我还能做什么坏事吗?"他轻轻叹息一声,侧头亲了亲她的发顶,"你先睡会儿,等会儿还疼我们就去医院。"

她原本昨晚就没睡好,加上肚子上暖融融的热意,呼吸声很快就平稳了下来。

他侧身将台灯调暗,房间的窗帘还拉着,浅浅的光打在她的脸上。只是显然她在睡梦中也不安稳,蹙着眉头,睫毛上还沾着泪痕,看着又可怜又让人心疼。

这是张延卿第一次进她的房间。

房子虽然是租的,但格局和周家的差不多,住多了几个月也不免带着周念南的特色。

床边的书桌上摆着电脑和书,一整排的光屁股小娃娃笑容可掬地站在书堆上面。

另一侧的衣柜门被推开了一半,大概拿衣服忘记关上,各种浅色系衣物塞得满满当当。他想了想自己的衣帽间,空间还是不够,得把相邻的房间改造一下,这样以后他和她两个人可以共用一个。

床头的手机振动了一下,打乱张延卿的思绪。

他想起来自己的手机还在车上,不过,他低头看了下正依偎着自己的周念南,也不急着用手机……干脆从床头柜上拿起一本书。

浅黄色的封页,是一位波兰籍诗人的诗歌册子,他翻开,不期然从里面掉出来一张折起来的A4纸。

周念南醒来的时候，房间里安安静静，被子里卧着一个用毛巾包起来的热水袋，不远不近地放在她的后腰处。

最难受的时刻已经熬过去，手机显示已经快要中午，她披上外套下楼去。

听到张延卿和外婆两个人的对话。

"她这个是老毛病了。以前高中住宿，冬天用冷水洗衣服，痛得更厉害。她怕我担心，也不跟我说，还好斯斯跟她一个宿舍，帮忙照顾她。"

她听到外婆叹了一口气："报喜不报忧，跟她妈妈一样。"

"我以后会照顾好她的，您放心。"这是张延卿的声音。

两个她最亲近的人，在讨论如何照顾她。

午饭之后，外婆午睡，张延卿带周念南出去兜风。

十几摄氏度的天气里，他连座椅加热的功能都给她打开了，还将西装外套盖在她的腿上。

秋日的森安其实很美，天高云淡，路旁的银杏树黄了一大半，金灿灿地在风里簌簌抖动。

周念南睡足了、吃好了，精神很是松弛，窝在副驾驶座上挑软件上的歌单。

"这次怎么痛得这么严重？"他的语气像是在闲聊。

"以前提早吃止痛药……昨天一时忘形，喝了加冰块的酒。"周念南迟疑了一下，还是老实说了原因，不免又将昨天因为她的眼泪而被中止的话题带了出来。

张延卿将车停在路边，拉上手刹，盯着她看了好久。

"昨天的问题，你还没有回答我。我以为我和你，比张斯斯更亲近。"她已经是他生活里的一部分，他无法忍受自己在她的世界里没有同等的位置。

周念南解释："我如果用她的钱，到时候也是会还的。感情珍贵，我不想彼此有心理负担。"

"那就是用我的钱有心理负担……"张延卿精准地抓住她话里的漏洞，面容严肃，"我以为我们之间已经足够坦诚……周念南，你想要的究竟是什么？"

周念南移开视线，有种读书时候被老师点名批评的紧张感，她想起那天深夜听到的那声叹息。

"延卿哥，我很喜欢很喜欢很喜欢你。"像木棉喜欢高大的橡树，像鸟儿喜欢清凉的绿荫，这样一个男人站在你的面前，他的深情全部为你，怎么会不喜欢呢？

也许在他的眼里，她漂亮可爱，她乐观向上，她努力在他面前表现得完美，让他觉得两个人好像很相衬。

但她心里知道，事实并不是这样，他的垂青来得太过梦幻，她借酒盖脸得到了他的爱。

"你出差回来的那天,我听到你在客厅里的叹气……我们在一起这么些天,没有吵架,也没有冷战过,你承受了我一切的好和不好,不抱怨,也不表露。那你的呢?你工作上遇到了谁?客户难缠吗?张叔叔和你的关系变好了吗?这一切,我都不知道。"

没有人有义务承担对方的一切。

她渴望温馨,渴望毫无保留的爱,得到后想依赖,却又因为自身的经历而警惕依赖。

警惕对方会像她的母亲一样,抽离这居高临下的宠爱,然后以爱的名义逃离千里。而她什么选择也没有,只能被动地接受这一切。

达摩克利斯之剑在她的头顶悬挂了快三个月,终于要落下。

午夜十二点的钟声响起,灰姑娘的南瓜马车即将打回原形。

小时候受过的内伤,到现在还没有痊愈,终于在这个秋日的阳光下,惨烈地反噬。

"所以,延卿哥,是我的问题。"她转过头看向他,面容里有种沉静的哀伤。

张延卿沉默了几秒,他从口袋里摸出一个方形的小盒子,黑色的绒面里嵌着一颗水滴形的钻戒:"你不用怀疑我对你的爱,是我做得不够好。我们可以去领证,你看我的表现……好不好?"

钻石在车里折射出美妙的光彩。

他伸手过来拉住她的手,套在她的无名指上:"这是我外婆给我母亲的,她又给了我,交代我送给她的儿媳妇。"

周念南想将手抽回,刚动了一下,就被他强势地分开指缝,以十指紧扣的姿势互握。

"让我做你的家人,以婚姻之名。"

晚上吃多了,周念南拉着外婆,带着猪咪一起去散步,不免又说到张延卿。

"小张这几天是不是都很忙?"张延卿给她戴上戒指的第二天,就去出差了,剩周念南日日对着那颗大钻戒神思不属。

她挽着外婆的手臂:"嗯,去美国了。"

"吵架了?"

周念南发现姜还是老的辣,但嘴上还是否认:"哪有?"

周外婆看着她:"你之前谈恋爱的时候,天天盯着手机笑……"不像这几天心事重重的样子。

老人家现在一心当他准女婿看待。她解释:"纽约那边和国内时差十二个小时,我们这边晚上八点钟,延卿哥那边是早上八点钟。

"不是吵架,是他跟我求婚了……"

婚姻这么诚恳的允诺,她相信他的真心和诚意,但对方越是磊落,越显得她的犹豫不够合衬。

两个人这两天的视频聊天都小心翼翼地避开这个话题，他知道她还没有想好。

周外婆"哎呀"一声，拍了她的手臂："你知道你赵奶奶家后面有一棵柿子树吗？"她们现在租的是赵家的房子。

周念南满头雾水："嗯？"

"今年还有几个柿子没有摘，留在树上的，刘佳阳说，寓意'好事（柿）发生'……"

真是没有料到的神之谐音梗。

"我很喜欢延卿哥，但是又觉得，太快了……我有自己的家。"

"我在这里，又不会走。"周外婆的手虽然干枯但依然有力，"你会有自己的丈夫，自己的家。小张是不错的人选。"

周念南点头承认："是，延卿哥很好。"恋爱也很好，所以难免叫人惧怕踏入婚姻，据说那是爱情的坟墓。

周外婆给她举例："你看你妈妈……她和你章叔叔就很好。"

睡前她和张延卿视频，他正在去见他母亲江安安女士的路上。

周念南把外婆的谐音梗告诉他，自己在那头笑得打滚。

张延卿温柔地看着她："真应该邀请外婆来看 Marc 的脱口秀表演。"

江安安女士的第二任丈夫 Marc 是个犹太裔画廊经理和职业艺术家，身材高大，顶着一头极富艺术性的长发，业余爱好讲脱口秀。

周念南趴在枕头上："真的吗？"别说外婆了，她都很感兴趣。

"你下次来纽约的话，我带你见他们。"

周念南抿嘴笑，不敢接这个话。大钻戒还在床头摆着，她应的话才有这个机会去见对方。

张延卿一看她四处乱转的眼神就明白她的意思，他给足她时间，主动转移话题："咖啡机那些设备都发过来了吗？"

说到这个，周念南就放松了。

咖啡机二手商库房里满坑满谷的九成新设备，她和小伙伴们仿佛掉进了米缸里的老鼠，大到商用咖啡机磨豆机，小到电子秤压粉套装清洁套装……一站式搞定。

这两天刚刚安装调试好。

"从明天起就去试试，顺便再招一个咖啡师，有个替换。新店铺散散气味，再选个好日子，年后差不多可以重新开业了。"

生活有种即将踏入正轨的感觉，她心满意足，觉得命运此刻待她再好不过。

挂上视频，张延卿点开自己的微信，视频的时候手机连着振动了好几次。

是张宏安的消息：你有女朋友的事情告诉你母亲一下，到时候双方家长见面，她得回国来。

张宏安：不要又一时兴起跑去哪里看狮子、看冰川半个月没消息。
张宏安：你蒋叔叔今天晚上到纽约。
张延卿：好。
一个字打发所有。
张宏安看上去比他还着急。

江安安在美国这些年事业、爱情双双得意，一身简单的米色针织长裙也掩不住整个人的容光四射。见到自己的儿子，她上前来抱住他，又退后一步仔细端详："怎么年纪轻轻穿这么老气？"
似乎很不满意他西装革履的打扮。
张延卿毫不在意："下午还约了客户见面，得正式点儿。"说完，越过她跟 Marc 握手打招呼。
"Yan，今天沾你的光，你妈妈说要亲自下厨。"Marc 一身黑色，普通话的发音显然又精进了不少。
"希望她今天不会把厨房给点着了。"张延卿笑笑，又回头看向江安安，"要不还是我来吧？"
江安安也不推辞："那你来厨房帮我。"
江安安的理论是，艺术家的手，可不是用来做饭炒菜的。家里有专门做饭的阿姨，但今天为了张延卿的到来，特意没让阿姨过来。
母子俩在开放式厨房一边聊天，一边洗洗切切。
"工作累不累？"
"还行，习惯了。"
"这次在纽约待多久？"
"差不多一周，有个项目在这边要去谈。"
江安安笑眯眯地看着他："那后天晚上的时间你空出来。"
张延卿冲洗手里的西兰花，头也不抬："您有何贵干？"
江安安跟个小孩一样凑到他身边："我认识个不错的女孩子，后天在卡耐基音乐厅开独奏音乐会，她给了我两张票。Marc 有演出，你跟我去。"
再随性她也是母亲，忍不住关心儿子的婚恋情况。看到合眼缘的女生就忍不住要为他留意，跟张宏安两个人比赛似的，看儿媳妇出自谁的介绍。
张延卿关上水龙头，甩了甩手上的水，将手举到她面前："要让你失望了，你儿子已经有女朋友了，江女士。"
一句话堪比原子弹爆炸。
江安安尖叫完又怀疑："……这不会是你的托词吧？"
眼看着张延卿的脸色黑了下去，她立刻补救："主要是太突然了。"
张延卿点开手机相册："是斯斯的好朋友，很早之前就认识。"
江安安放下一颗心，兴致勃勃欣赏儿子的女朋友，一边好奇："认识了那么久,最近才擦出火花?"

在自己母亲面前没什么好隐瞒,张延卿笑着承认:"……喜欢了很久,最近才追到。"

相册里的女孩漂亮又温柔,一双笑眼弯弯,江安安越看越喜欢:"你身边也是该有个人陪着了。你外婆留给我的那些首饰,终于能送出去了。"

江安安艺术家风范,自在随性,日常和颜料打交道,叮叮当当的首饰全束之高阁,只有宴会的时候才取出来戴一戴。

成熟稳重的张延卿终于笑了起来:"您先别吓到她,等她接受了我的求婚戒指再说。"

厨房的顶灯照亮他的半边侧脸,轮廓分明又英挺。

晚上,张延卿在肯尼迪机场接到他爸爸的好友、蒋家现在的掌门人蒋向逸,也是当初为他奠定事业基础的人。

蒋向逸六十七岁,鬓间已经有了白发,十几个小时的长途飞行稍有倦色,但精神看着还不错。看到张延卿迎上来,他爽朗地大笑:"家里人会来接的,何苦劳烦你。"

张延卿毕恭毕敬:"正好我在这边出差,也方便。"

一行人上了车。

张延卿先开口:"蒋伯伯,之前的事情,我一直想当面向您道歉。"

蒋向逸大半时间在美国,两人的时间一直没有碰上,他似笑非笑:"哦?"大概也知道他要说哪件事情。

"余小姐的事情,是我辜负您的好意了。我一直有喜欢的人,因为没告诉家里,我爸也不知道,所以……"

"何家三房那位?"海市的圈子说大不大,说小也不小,大家的业务多多少少有些联系,何慧怡对张延卿青睐有加的事情他也听说过。

张延卿否认:"是我妹妹的朋友,认识很多年了。"

蒋向逸还恍惚了一下,他的妹妹?

"哪家的?"

"周家,普通人家。我下次带来见您。"

前头副驾驶坐的是蒋向逸的三儿子蒋东成,闻言也没忍住插嘴:"张叔叔同意?"

张延卿低头掸了掸膝盖上不存在的灰:"他不反对,我爸爸也见过她很多次的……到时候事情成了,再请您和家里人过来喝一杯薄酒。"

后面这句话说出来,蒋东成可震惊了,这就定下来了?自动忽略了"事情成了"这个前提,抓心挠肝地想知道对方是何许人也。

于是,他在群里发消息问:你们谁见过延卿哥女朋友?是哪位?

群里全是一群别人看来不务正业的富家子。

纽约的晚上,是国内的凌晨,这也不妨碍这条消息立刻惊起一群夜夜笙歌的鸥鹭。

富家子A:他带一个女生去过傅真酒吧的开业。

富家子B:当时说不是女朋友,孙皓翔上去搭讪还被张延卿给怼了……

富家子C:@孙皓翔,当事人快来说说。

孙皓翔:隔那么久谁记得,长得还行吧……

蒋东成:你可放尊重点儿,下次见到人记得叫嫂子。

群里沸腾了起来。

富家子C:是哪家的千金啊?

蒋东成:哪家千金你都放尊重点儿!

傅真姗姗来迟:我见过真人,但是不给你们看。[得意的笑.jpg]

……

八卦消息如同燎原之火一夜之间传遍海市豪门。

张斯斯震惊:"你要结婚了都不告诉我?"语气比被戴了绿帽子还委屈。

周念南给她看床头柜的戒指:"……我还在考虑当中。"

"你不是爱延卿哥吗?"

这句话像一台重型坦克,轰隆隆地从周念南的心头驶过。

张延卿在美国待了大半个月,从美东飞到美西。国外的项目上了正轨,他才回来。

先去的公司。

跟两个合伙人交代了一下项目的进展,未了加上一句:"以后这么久的行程,再加个你们谁跟我一起去,能快点儿解决。"

江初礼口快:"你以前也没这么龟毛啊?怎么现在要求这么多?"

张延卿松了松领带:"快要有家室了,我得多顾着点……"

江初礼从未有过的危机感浮上心头:"南南妹妹也同意了?"

他们三个中,秦完时是断情绝爱,他自己是游戏花丛短暂停留,张延卿谈个恋爱不满三个月竟然就要结婚了?他可以预计家里的催婚浪潮如何铺天盖地地涌来,拜他的好兄弟所赐……

张延卿笑了一下,没回答他的问题,直接站起来将西装外套搭在手上:"我先回去了,倒一下时差。"

秋季的森安,雨意绵绵。

周念南盯着玻璃上的小水珠淌下来,蜿蜒汇聚成一条条细小的水流,冲刷了下来。

远处的屋顶和街道,都蒙上一层淡白的水汽。

屋子里开着暖气。

张延卿洗了澡出来，见到的就是美人旖旎伏在窗前。浅粉色的真丝睡裙贴在她的身上，纤腰细细一把。他压抑了许久的欲念上来，一边搂住她的腰问："在看什么？"一边将肩带从她嫩白的肩头剥落。

窗外的车，霓虹，打伞的行人，淋湿的景观树，湿漉漉的城市……

森安的房子是老房子，隔音什么的都不如张延卿在海市的大平层，屋外的车声雨声，遥遥传来一些恍惚的声音。

他的吻顺着她的脊背往下，细微的痒意和情动几乎同时到来。

房间里只开了一盏落地灯，灯光调得很暗，只照亮方寸之间。

想到自己要说的话，周念南轻轻叹了口气，回头正要开口："延……"话没说完就被身后的男人以吻堵住唇舌。

她身上有和他一样的沐浴露的香气，轻易撩动他身上蛰伏已久的名叫"周念南"的情蛊。

大半个月的视频通话，抚不平他心中涌动的思念，浅粉色的真丝长裙被揉得皱巴巴丢在飘窗上。

这场折磨来势汹汹，他看向她的眼神带着无可言说的直白，吻来得又重又急切。周念南瞬间忘记自己原本想说的话，眼神纠缠，然后相抵厮磨。

身上的人一遍又一遍地亲她，听她破碎的声音。

窗外，雨越下越大。

房间里的响动慢慢平息下来，周念南从极致的欢愉里清醒过来，想到自己放在包里的丝绒盒子，抬头看向他。

男人餍足，在她汗湿的脊背上轻轻拍动，全然的安抚姿态。

"延卿哥……"她轻声唤他。

张延卿闭着眼睛，声音含混："嗯？"

"戒指……我觉得还太早了，先还给你。"身前的人没有说话，周念南在他周身熟悉的气息里继续说，"现在就很好。"

他没有回应，不知道此刻是什么表情。

"我们还继续吗？还是分开？"

这段关系，他想推进向前，她还想留在原地，两个人有了分歧。她不确定他是否愿意退回来一步。

她听到他平稳的呼吸声，不像在生气，但她也不敢看他的表情，只好抬手轻轻戳一下他的胸肌。

硬邦邦的，底下有力的心脏跳动着。

张延卿低低"嗯"了一声，没有再说话，脊背上的那只手也早已停止安抚。

周念南心下一空。

他们刚刚这么亲密，她转眼拒绝了他的求婚，那他不想留在原地……也情有可原。

晚上的雨很凉,她打着伞自己走回去。
这段路似乎格外漫长、格外清冷。
洗澡的时候没有绷住,就着淋下来的热水,哭了一阵。
关于婚姻的承诺的答案,如果她的回答不是 Yes,那就是 No。
没有中间的缓冲地带,是她要求太多。

张延卿第二天醒来的时候,身边已经没有了人。
时针指向早上十点。
有时差的原因,也有昨晚高质量睡前运动的原因,更大的原因是,他洗澡出来之后吃了两颗褪黑素。
何家要在海市建新的金融中心。何慧怡的父亲,港城大佬何闵中亲自来主持这个项目,今天下午即将抵达。他得快速调整自己的身体机能。
手机里十几条微信,有张宏安的,有崔秘书的,也有江初礼的,唯独没有周念南的。
他以为她还在睡,昨天晚上可能累到她了。
想到这里,又退出她的微信页面,先回工作消息。
司机小郑在楼下车库等他。
上车的时候张延卿习惯性问了一句:"早上几点送她回去的?"
小郑一愣,从后视镜里看到老板严肃的表情:"早上没有看到周小姐出门。"
张延卿隐隐觉得有点不对劲,想到周外婆在家的时候,周念南从来不肯留在他那里过夜。他昨晚沉沉睡去,没有送她,于是打开微信给她发消息:我昨晚睡太熟了。醒来回我消息,先去公司了。

昨夜一场大雨,今天却开始天晴。
到了公司,张延卿先通知开会。
千亿级别的项目,公司高层都绷紧了皮。
江初礼在会议后跑来他办公室:"你昨天说的话是真的?"他回去想了又想,张延卿不像是会闪婚的人,除非是……闹出了人命。
张延卿知道他会不信,毕竟谈恋爱满打满算都还不到三个月,就要结婚了?
"我之前还以为圈子里说你要结婚的事情是假的……是南南妹妹有了?"
张延卿抬眼瞪了过去,打开抽屉想抽根烟,又发现因为周念南不喜欢烟味,他已经很久没有在办公室放烟了。
"不是……"张延卿思考,"她没有安全感。既然我以后的太太也只会是她,为什么不早点儿定下来呢?"
江初礼目瞪口呆。
男人的聚会不习惯剖心剖肺互诉衷肠,张延卿这老房子着火的态势前所未见。

张延卿瞟了他一眼:"出去的时候帮我把门带上。还有,我比你大三个月,以后记得叫她嫂子。"

江初礼:"……那你什么时候公布?我到时候好出去躲一躲催婚风潮。"

张延卿想起外婆那枚戒指:"快了。"

下午两点半,何闵中的私人飞机抵达海市机场。

傅阳提前一天飞了过来,和张延卿两人一起接机。海市的领导也在旁边站了一排。

何闵中八十四岁,一身浅灰色唐装,何慧怡陪在他的身侧,一副乖巧女儿的姿态。

一行人从下机开始握手寒暄,终于走到张延卿面前。

他恭谨地伸出双手:"何世伯。"

何闵中含笑回握,侧身和身边接待的副市长说话:"我女儿经常提起他,现在的年轻人了不得,长江后浪推前浪。"

何慧怡在他面前不止一次表露对张延卿的欣赏,港城那么多出类拔萃的富二代、富三代,她都看不上,唯独对张延卿念念不忘。

这句话富含深意,身边站着的人都笑了起来。

张延卿笑容不变:"世伯您谦虚了,这个项目还需要您来指导。过段时间我结婚,再请您赏光喝杯薄酒。"

何闵中不着痕迹地扫了下女儿的脸色,何慧怡没有说过张延卿有女朋友的事情,他才想着助女儿一臂之力。毕竟是见惯了风雨的人,闻言,笑声更爽朗:"那就等着你的喜帖了。"

场面上的信息量太大,身边的人不着痕迹地转移话题:"机场外面有大批媒体,我们安排您走其他通道。今晚设宴……"

待各色人等上了车,傅阳才有空给张延卿发消息:够猛啊!真这么快定下来要结婚了?

张延卿简单回了句:嗯,早决定好了。

忙到现在他才想起,周念南到现在,还没有给他发消息。

他打电话过去,电话里提示:"您所拨打的电话已关机……"

晚上的宴会结束,司机看着后座低头按压眉眼的张延卿,小心翼翼地问:"张总,您今天回森安还是……"

想到一直没有拨通的电话,和毫无音信的微信消息,他说:"森安,去周家。"

周外婆还没有睡,打开门看到张延卿站在门外,有些意外,还是让他进来了。

"你这是喝了多少酒?我去给你煮碗醒酒汤……你们年轻人也真是。不过身体是你自己的,还是要爱护好。"周外婆絮絮叨叨,眼前这个年轻人差点儿做了她的孙女婿。

宴会上他喝的酒不少,都是长辈,他无法拒绝,但这也不妨碍他心里的焦灼。

"外婆,念南在家吗?我能不能当面和她说?"

周外婆拿着碗的手顿住:"她昨晚回来收拾了行李,说约了同学散心……今天上午的飞机已经走了。"

大约是他眼里的错愕太明显,周外婆也有点儿慌了。

周念南早上起床的时候眼睛是红的,明显哭过,问她也不说具体的,只说:"我和延卿哥分手了。"

何闵中让他当女婿的话没震惊到他,眼下周外婆这句话让他半天回不过神。

有什么东西脱离了他的掌控。

他站在周外婆面前摘下细边眼镜:"我们昨天都还好好的……"

一切在他回家之后有了线索。

装钻戒的黑色丝绒盒子,静静地摆在他的茶几上。

底下压着一张纸条,写着"抱歉"。

周念南从一个雨天,飞到另一个国度的雨天。

飞机落地的时候,伦敦也在下雨。细细的雨丝落在玻璃上,倒映出她失神的脸。

张斯斯和江盟在机场出口迎她,一人捧着一束浅紫色的小雏菊,一人抱着长羽绒服,很是瞩目。

张斯斯给她披上衣服,让江盟先拖着她的箱子去发车,两个人手挽手走在后头。

"飞机餐是不是很难吃?"顺手从随身带的包里掏出一瓶热牛奶给她。

周念南举起两根手指:"没吃。两杯红酒,从头睡到尾。"

其实睡得不大好,经济舱位置狭小,机舱内的人声和发动机的声音,都干扰着她的睡眠。

梦境杂乱,一时是在夜晚的院子门口,一时是在张延卿的家,温柔小意,历历在目。

上了车,两个女生窝在后排座椅上,头靠头说悄悄话。

张斯斯给周念南看她的手机:"延卿哥让我接到你之后,给他发一个消息。"她一边说一边看身边人的脸色。

周念南鼻酸,但她马上忍住,假装云淡风轻:"你发吧。"

分手还不到四十八小时,她已经开始想他了。

雨水冲刷着车窗玻璃,陌生的国度影影绰绰,周念南咬着吸管往好朋友身上靠:"伤筋动骨的,好疼。"

上飞机前,她将斯斯、外婆、周舒清、刘佳阳等人的微信全部置顶,凑满一个页面,将张延卿的聊天框设置了"消息免打扰"。

既怕看到他说什么,更怕看到他什么也不说。

江盟将两人带到他的公寓。

屋子里暖烘烘,特别干净整齐,连书架上的书都按厚度高矮排列整齐,张斯斯大言不惭:"为了迎接你,我特意打扫了一遍。"

周念南趁着江盟去烧水,悄声和她商量:"我还是去酒店吧,住这里感觉太打扰你们了。"

张斯斯瞪她:"你来肯定和我住一起啊!他去找我们同学住,不住这儿。"

生动演绎了什么叫"鸠占鹊巢"。

江盟话少,倒好水之后就体贴地将空间留给两个女生。

张斯斯将微波炉里加热好的三明治端出来放在茶几上,又去冰箱里拿了酸奶碗:"你先垫一垫。这家的三明治你肯定会喜欢。我下课特意去买的。"

周念南将小雏菊插在空花瓶里,摆在空旷的中岛台上。

屋子里的花香和食物香气就顺着暖意飘了出来。

就好像从前她们无数次的聊天开头一样,两人在沙发前的地毯上坐下来。

"明天我可以请假带你去玩,你想去哪里,伦敦眼?大本钟?还是哪里?"三明治的壳又香又脆,张斯斯吃到陶醉。

周念南被她感染,咬了一口手上长得像饼干的食物,面包的香味裹挟着辣辣的金枪鱼和绵软的牛油果口感,奇异地打开她的味蕾。

胃得到安抚,终于有了心情开玩笑:"哪里适合凭吊逝去的爱情,我就去哪里。"

张斯斯可不信这句话:"我看延卿哥给我发的消息,你们可不像分手的样子啊!"

从前她和张延卿的消息往来仅限于群发短信。从知道周念南来找她开始,她的微信消息里有一半来自张延卿。

"不结婚就不结,还可以继续谈恋爱的嘛!"

周念南搅着酸奶碗里的水果,迟疑了一下:"我问了延卿哥,他说分开的。"

张斯斯震惊:"他这么想结婚?"

周念南点头。

"……可是之前张叔叔给他的压力,他不都顶住了吗?谁还能催得动他?"张斯斯不理解,"而且你们才谈多久……脑子瓦特了才想这么快结婚吧!我支持你,我们女生就是要谈一辈子快快乐乐的恋爱。"

到了这一步,周念南终于和自己最好的朋友坦诚:"其实谈恋爱还是很快乐的。延卿哥很好。"

张斯斯翻白眼:"不结婚就分手还很好,我看你脑子也瓦特了。"

周念南眼眶湿润:"只有这一点不好。"她终于找到名正言顺的落泪借口。

张斯斯第二天上午还有课。

周念南洗完澡从洗手间里出来的时候,只听到她嘟嘟囔囔说:"……延卿哥让你看微信消息。"转头就睡了过去。

侧卧里静悄悄,只有张斯斯平稳的呼吸声。

周念南捏着手机去客厅。她鼓足勇气点开张延卿的微信页面,下飞机时除了给外婆和周舒清报平安,她还没有往下翻过。

十几条信息蹦了出来。

看时间,是从他早上醒来之后,到下午,到晚上,到凌晨,到现在。

他的语气从日常的亲昵,到疑惑,到不安,到怀疑,到质询,最后落脚到最新一条消息:周念南,我们谈一谈。

发消息的时间是在她洗澡的时候,这个语气莫名让她想到他当时表白的那条消息。

严肃、认真。

国内和伦敦有八个小时的时差,现在应该是他那边的下午四点多。

还是上班时间。

周念南拨了一个语音电话过去。

国内,会议室的张延卿看了下振动的手机,按掉,低声跟身旁的秦完时说:"你帮我主持一下会议,我出去打个电话。"

好在只是公司内部的项目评估会议,暂时缺席一下不影响评定结果。

张延卿回到自己的办公室,回了一个视频电话过去。

满腔的怒火在看到对面的兔子眼睛又于心不忍了起来。

"周念南,一觉起来被分手,你不需要给我一个解释吗?"

"啊?"她的委屈比他更甚,在浴室里没有流干的眼泪,又源源不绝地冒了出来,"……明明是你选分手的。"

客厅里只亮了一小盏壁灯,周念南缩在沙发的一角,无声地流眼泪。

张延卿一贯持重,眼下额角的青筋都要冒出来了。

周念南才不惧他,灯光昏黄,手机屏幕又小,她含着眼泪根本看不清对方因生气而越发凌厉的眉眼。

"我还没有想好要结婚,对不起。可是……"可是你选了不结婚就分手,这是我感情不诚恳的报应,我也认了。不过是分手而已,谁还没有分过手,美好世界游览完,将失恋的心情抛在风里,我又是好汉一条。

张延卿抬手取下眼镜,视线挪到她的眉眼上:"我什么时候说的分手?"

周念南根本不看他,她将头埋在沙发上的毯子里,只留一个乌鸦鸦的发顶给他看,不过这并不妨碍他从她哭得断断续续的讲述里,拼凑出事情的真相。

听完火气消了大半,正要解释。

手机里的红眼兔子突然抬起眼睛,自嘲式地笑了笑:"分了也好,免得我总担心我们要分手。"

张延卿盯紧眼前一方小小屏幕里的人,她总有这样的能量调动他全部的情绪:"你对我的感情就这么没有信心吗?我求婚戒指都拿出来了,你……"

有人敲门。

崔秘书的声音在门后响起:"张总,何闵中先生和张董路过公司,正在上来的电梯里。秦总在开会,让我知会您一声。"

张延卿抬眸,提高声音回了一句:"我马上过来。"

他转头对着视频里的女孩说:"我还有工作,忙完我们再找时间聊清楚。你好好玩几天,微信上要回消息,免得我担心。"

挂掉视频,他还觉得不放心,编辑信息发了过去:我从来没有分手的意思。我爱你。

这三个字叫周念南一颗在凉水里泡过的心又瞬间热了起来。

情动时候,他也这样跟她告白过。

但周念南跟张斯斯追偶像剧的时候,张斯斯就点评过了:男人在床上说的话你也信?也就得亏是女主角,自带光环,不然信这样的话是没好下场的。

周念南睡得很晚。

来的飞机上已经借助酒精的力量睡了一路,现下更是睡不着,在伦敦开着暖气的房子里左右翻转。想他在巷子口樟树下的表白,想他去香港给她撑腰,又想到他在厨房给她做饭……

最后不得不爬起来,打开张斯斯借阅的大部头英文书读了起来。

第二天张斯斯闹钟响的时候,她立刻就醒了,推了推身旁的人。

张斯斯打着哈欠爬起来:"真的不要我陪吗?我都不用请假,直接逃……"被好朋友的眼神堵住了剩下的话。

Fine,学校里那个盯着她做作业的周念南又回来了。

"我下午没课,到时候来找你。"磨磨叽叽的张斯斯被赶去了学校。

周念南推开窗户。

外头还是雨天,铅色的乌云压在天边,路人们竖着衣领在细雨里疾走。湿漉漉的马路上时不时驶过各色形状复古的老爷车,红色的电话亭在这样灰蒙蒙的天气里很是抢眼。

张斯斯上着课分心给她发消息:楼下转角处那家咖啡店不错,这样的天气适合来一杯热拿铁。还有早午餐可以选择。

周念南:好好上课。

周舒清给她发的语音消息言简意赅,表明他们下周三回国的机票已经预订好,她可以好好玩,不用担心外婆。顺便看看英国的学校,如果感兴趣的话。

最后看张延卿的消息。

张延卿:伦敦这几天天气都不好,雨加上风,出门记得穿防水的衣服。

张延卿：出门打车，不要像以前一样傻乎乎地等巴士，这样的天气会感冒的。
…………

昨天很晚才睡着的她，没有错过张延卿发过来的小作文，关于两颗褪黑素是如何造成乌龙分手事件的全部解释。末了，他加了一句：念南，"我总担心我们要分手"这句话，我也需要你的解释，是我哪里做得不够好？我们彼此坦诚一些，好吗？

隔着九千多公里的距离，周念南也能想象到他说这句话的表情。

像那天晚上在停车场的车里，无奈的、直白的、强势的。

咖啡馆里灯光明亮，暖意融融，咖啡的香气隐隐浮动，周念南点了一杯热拿铁和班尼迪克蛋在窗边坐下来。

雨水沿着大块的拱形玻璃滚下来，为窗外的风景增添几分秋意。

伦敦的巴士其实极美，周念南喝着咖啡给张延卿发她拍的照片，正红色的车身在灰扑扑的雨天里夺目耀眼。

算是对他"不要坐巴士"的回应。

有穿西装三件套的精英男士披着深色呢子大衣从商务车上下来，发型打理得一丝不苟，眼神淡漠，气度不俗。

周念南假装拍街景，将这样的型男录入镜头里。

如果张延卿在伦敦，他是不是也是这个样子？想着想着，她就笑了起来，低头在手机上查去大英博物馆的路线。

雨天还是适合室内活动。

周念南在博物馆里待了一个下午，手机里装满了眼睛盛不够的馆藏文物。

出门的时候才发现外面天色已经黑透，张斯斯在门口接她。

"江盟不来吗？"

张斯斯瞅她，"我们两个女生出来玩叫他做什么？他负责来接就行。"

周念南担忧："我一来，霸占了他的屋子和他的女友，说不定他已悄悄将我列为黑名单。"

张斯斯挽上她的手臂，语气轻松："你在我这里排第一，他，勉强够得着前三吧！"

伦敦市中心藏着很多有趣的酒吧，张斯斯带她来的这间尤为瑰丽和梦幻。从高处看下去，市中心的美景尽收眼底，雨后的塔桥和伦敦眼立在深色幕布般的天空下。

室内大片的绿植欣欣向荣，顺着楼梯的坡度绵延大半空间。

抬头是大片的玻璃幕墙，铅云沉重，也在暖黄灯光的映衬下仿若布景。

张斯斯点好酒坐下来，开口就是王炸："延卿哥说你这是找着机会想甩了他。"

"咳咳咳！"周念南被入口的酒呛到，对面的人探身过来替她拍背。

"我只是消息的搬运工，"她笑嘻嘻的，显然很乐于看到张延卿吃瘪，"女朋友要分手，男人当然得从自身找原因啊！怎么能怪你。"

周念南摩挲着手里加了冰块的酒杯："延卿哥很好的。有个这样的人追你，很难不心动。"决定在一起的那天也是因为酒精的助力，欲念被催化，但不能否认她在那时候的心动。

张斯斯笑着调侃："再好也有瑕疵。潘驴邓小闲，哪一条不达标你……"

话没说完，后面桌子上的一个人转身喷了一地的酒，动静大到周念南和张斯斯都回头看了过去。

是一个黑头发的亚裔。

张斯斯先发制人："你是不是在偷听我们说话？"伦敦华人不少，她今天贴身短裙及膝长靴加大波浪卷，两手往胸前一搭，就先从气势上压倒了对方。

男人一身休闲装扮也难掩浑身的锋芒感，他站直了身体，比鞋跟九厘米的张斯斯还要高。

"你好，我是蒋明奇。你哥哥的朋友。"

"你哥哥"三个字的出现不啻于洪水猛兽，让张斯斯瞬间气势矮了半截，饶是如此她口头也不认输。

"是朋友就能背后偷听了？"

蒋明奇手指微屈，扫了一眼安静站在张斯斯身旁的女生："对不住。实在我们的座位太近，我先前没有留意，听到你说他的名字我才……"

还有什么比背后八卦被当事人的朋友听到更为尴尬的事情。

周念南将气鼓鼓的张斯斯拉到身后："不好意思，是我们误会了，你们继续。"她浅笑朝对方颔首，拉着张斯斯要走。

蒋明奇拦住她们："我和朋友事情谈完了，正要走。两位女士，希望你们没有被这件事情影响心情，祝你们今晚过得愉快。"

他弯腰拿走桌上的手机，跟对面两个金发白男说了句什么，三个人就真的走了。

张斯斯颔首："下次我们用森安的方言，华人太多，普通话已经不算加密语言了。而且，"她捧住自己的脸，"这个男的不会跟延卿哥告状吧！"

周念南安慰她："我们只是闲聊……而已。"不好说是前男友，还是现男友，糊里糊涂干脆跳过。

从酒吧的电梯里出来，蒋明奇等司机开车过来，顺手发了段语音过去："你分手了？还以为很快就能喝到你的喜酒呢！"

张斯斯和周念南两个人去买单的时候才知道，有人已经替她们签过单。

张斯斯不服气，在回去的车上问江盟："蒋明奇你认识吗？"

江盟一边开车一边回："蒋家三房的二儿子，也是做投资的，你哥和我哥

294

都认识。"

张斯斯叹气:"这个世界这么小的吗?!"

睡前周念南左思右想,还是在微信上解释:"我和斯斯聊天一向比较放飞自我,如果你听到什么,请不要放在心上。"

在东八区早上七点准时醒来的张延卿,看到这一前一后两条微信,还有什么不明白的。

他先回蒋明奇的消息:在伦敦出差?红包还是先准备好,反正比你快。

然后才慢条斯理回复周念南:被朋友嘲笑了,不开心。你说我什么坏话了?

所谓兵不厌诈。两个人除了她到的那天晚上的视频,她连微信消息都懒得打字,只发一两张照片给他。

果然对面很快回了过来:就是闲聊而已。

张延卿擦干净下巴上的剃须泡沫,直接拨了个视频电话过去。

伦敦正是下午三点,乌云沉沉,寒风猎猎,周念南一张素白的脸裹在针织的帽子里。

很像她去纽约看他时戴过的那种,瞬间前尘往事纷至沓来。

"延卿哥。"她显然正在走路,视频里一晃一晃的。

"冷不冷?"

"不冷。我正在斯斯的学校里,你看。"她举着手机原地转了一圈,维多利亚风格的大理石英式建筑,深沉又庄重,学子背着书包在校园里匆匆行走。

"好玩吗?"

"没有去过的地方都好玩。"周念南出差去过十几个国家,独独没有来过英国。她跟着人流走进一栋建筑里,在柱子后站定,"你……生气了吗?"

张延卿走进衣帽间,将手机竖在收纳手表的中岛台上。

"一觉起来被分手,还说我坏话……你觉得呢?"他没有看她,解了睡衣的扣子正要换衬衫。

周念南不吭声。他们亲热过那么多次,她第一次从这个角度看他,宽肩窄腰,肌肉线条流畅,转身的瞬间,脊柱沟深深地延入西装裤下,像电影画报里的模特图,健康、蓬勃且诱人。

美中不足的是,背阔肌上有一条长长的红痕。

"你背上……"

他转身过来:"嗯?"

周念南突然反应过来,他出差回来的那天晚上要得很凶,到最后她受不住,在他背上胡乱地抓了几次,许是那时候抓伤了他。

欢愉纠缠,近在眼前。她狼狈移开视线:"你还是涂点儿药吧!"

张延卿喉结动了动,表情淡定:"没事,那里自己不好上药……你上次咬锁骨下面就比较方便。"

周念南脑子"嗡"了一声,热气往脸上奔涌。

张斯斯下课过来找她的时候，就看到好友红通通的脸。
"不会是又受凉了吧？"
周念南挡住她的手："刚刚走太快了，有点儿热。"
十一月的伦敦天黑得早，快四点的时候暮色已然笼罩下来。
张斯斯带她去看摄政街的天使灯。天使张开巨大的翅膀俯瞰街头，灯光闪闪，光彩熠熠，寒风也显得温柔浪漫了许多。
她掏出手机来拍照，看到张延卿发过来的微信消息：我说错了，你咬哪里我都方便。
张延卿：每天的行程都告诉我一下好吗？图文并茂那种，不然我会担心。
....
周念南若无其事地收了手机，凑近张斯斯："用你的手机拍，这个软件拍得好看一些。"

始作俑者一脸镇定地赶去公司。
刚到办公室坐下，电话就响起来，是张宏安。
父子俩的对话一如往常般言简意赅。
"晚上何董和他女儿来家里吃个便饭，你早点儿回来。"
"嗯。我还叫了傅阳，傅家也是项目参与者之一；公司这边江初礼和我一起，秦完时在出差，就不过来了。"
张宏安轻轻"哼"了一声："回个家跟闯龙潭虎穴一样。以前也没见你话这么多。什么时候带南南回来？"他这时候倒亲亲热热叫人"南南"了。
张延卿往工作椅上一倒："看我高兴的时候。"

张景心从厨房端了水果过来放在茶几上，双手抚上他的太阳穴："你认可了南南，又在延卿面前提这茬干什么？他这么大的人了，有自己的想法。"
张宏安心有不悦，在妻子面前也不隐藏："他就是喜欢跟我唱反调，越不让他干什么，就偏要干什么。我激一激他，也能早点催个儿媳妇回来。"
话说太早，几分钟后他就以另一种方式见到了周念南。
伦敦三人组正在火锅店热烈商讨周末走《哈利·波特》取景地的路线，张斯斯兴奋得当场就下单了去牛津大学的火车票。
张景心收到短信通知，顺手打了个电话过来。
热气氤氲的店里，张斯斯神神秘秘："妈，你猜我现在和谁在一起？"
周念南笑着的脸就出现在手机屏幕里："阿姨好！我和斯斯在吃火锅呢！"
张景心又惊又喜："南南，你去英国玩了呀？"
熟悉的人名吸引了沙发另一端的张宏安，他抬手轻咳了一声。
张景心就拿着手机坐了过去："正好你张叔叔也在家。"
周念南的手在桌子底下抓住张斯斯，两个人规规矩矩地跟电话那头的严肃老人打招呼:"张叔叔好。"

张宏安只做笑眯眯状:"两个好朋友感情真不错。南南什么时候再来我家玩?"

张斯斯紧紧握住好朋友的手,替她回答:"等我放假了,南南就来。"

声音里带着不谙世事的愉快。

伦敦凌晨时分,海市张家老宅的家宴才刚刚拉开帷幕。

何闵中和何慧怡到的时候,张家的雕花铁门大开,张宏安领着一众小辈在门口迎接,屋内的圆桌上已经布满精致菜肴,银质餐具在水晶灯下闪闪发光。

张宏安坐主位,招呼身旁的何闵中父女用餐。

张何两家在生意上早有往来,两家主事人熟识已久,真正老友聚会般闲聊。

何慧怡笑靥如花,江初礼口齿伶俐,傅阳沉稳耐心,气氛从头到尾没有冷过场,聊的话题也发散得五花八门,小辈们留学时代的趣事、两地风土人情的区别、同辈朋友的发展、业余的兴趣爱好等等。

大家兴致勃勃,宾主尽欢。

吃过饭大家移步客厅,阿姨将切好的水果端上来,何闵中似是感慨:"看到年轻人的魄力,才深刻觉得自己可以退居二线了,这是他们的天下。"

张宏安红光满面:"慧怡在内地事业做得这么成功,虎父无犬子,还是你教导得好。"

何闵中看向身旁的女儿,眼角眉梢全是慈父心意:"我现在就怕她太成功,有勇气的后生仔不多。"

何慧怡无奈:"爸……"

张宏安好似找到知己:"现在年轻人都事业为重……你看我家这个……"

何闵中打断他的话:"我可听延卿说了,过段时间请我喝喜酒。"

张宏安一愣,本来要借这个话题内涵一下逆子,结果被这神来一笔搞到结巴:"是……是吗?"

今天早上那个视频电话里周念南都还没有要来他家的意思,晚上就听到自家儿子要结婚的消息了?

一时之间搞不清楚这是儿子成全何家面子的权宜之计,还是自己被蒙在鼓里。

何慧怡坐在她父亲边上,笑笑不说话,眼神似有若无地瞟过斜对面坐着的人。

张延卿一身黑色长衣长裤,挽起的袖子露出线条流畅的小臂,闻言,放下手机:"我还在努力当中,有好消息当然会告诉世伯您。"

搁在茶几上的深空黑色手机,挂了一个与他气质极为不搭的毛茸茸玩偶。

何慧怡不用细看都知道,那是狐狸尼克。

一行人待到晚上九点多才离开。

门口的保镖过来提醒,发现有狗仔的身影,已经没收了对方相机的SIM卡。

何家这次来海市投资金额不菲,何闵中本人又久未露面,各路八卦小报闻风而动,如嗜血鲨鱼。

张宏安让保镖联系律师过来和对方交涉,回头看到自家儿子一手插兜一手玩手机,一副事不关己的样子。

老父亲一肚子气,经过他的时候重重"哼"了一声。任谁家父亲要从别处听来儿子结婚的消息,都不能给他好脸色。

张延卿收起手机跟上,到客厅拿起自己的西装外套就要走。

张宏安气急嘲讽他:"做事情没个交代,难怪南南出去玩都不带你。"

客厅里针落可闻,张景心正要上来打圆场,就见继子慢吞吞地举起手里的手机:"我正在跟她交代呢!"

周念南睡前想起来自己的小车要被放置起码十几天,担心电瓶亏电,让他如果回森安的话帮忙启动一下车子,末了在自己的伦敦见闻汇报录下加了一句:谢谢延卿哥。

张延卿在餐桌上分神想到她说这句话的神情,双手合十举在胸前,眼神恳切,栩栩如生到好像她人就在他的怀里。

他将手机拿在手上捏了又捏,回复她:用人朝前,不用人朝后。回来怎么谢我?

消息回复过去,想到时差,人多半早已经睡着了。

回到家,想起保镖的汇报,还是给傅阳和江初礼分别打了个电话。

"律师已经跟狗仔那边在交涉了,应该不会乱写。但接下来的时间,估计也不会太安生,港媒最爱拿男女关系捕风捉影。"

傅阳那头还有小孩的笑闹声:"我都有家室了,不至于写到我头上。不过谢谢你提醒,我会注意。"

花花公子江初礼也不置可否:"明眼人都知道她看上的是谁,你还是先担心下你自己吧。我就不信狗仔这么不敬业!"

张延卿忽地一笑:"我也是有女朋友的人了。"

江初礼冷哼一声:"求婚戒指都没送出去,女朋友连夜跑路。啧啧,我都想去匿名供稿了,狗仔能写一个星期不重样吧!"

江盟的朋友圈里明明白白放着两个女孩子头并头的笑脸,他一问,江盟就老老实实说了。

第二天早上,张延卿上班第一件事,就是通知公关部注意网络动向。主流媒体职责所在,倾向于报道项目本身,小报和自媒体那些难于控制,才要特别注意。

"那公司内网那些……"负责人有点儿为难,"也一并先删掉吗?"

张延卿顿了顿,有些分析和偷拍还挺可爱:"员工自由,就留着吧。"

何闵中的海市之行热热闹闹，金融中心投资项目引发市场热议和关注。作为港城商界的领头羊，他的投资举动连续上了好几天的头版头条，连带着傅阳和张延卿也一并进入大众视野。

连刘佳阳这样不大看新闻的人，都给周念南发截图：……这是你男朋友吧？

周念南看着新闻图片里一身深色西装、不苟言笑的人，内心有种奇异的违和感，这个人，天天给她的微信发小作文，从她落在他家的睡衣，到他下班路上看到的咖啡店，话多得不像一个日程繁忙的公司老板。

他们在一起的时间，他话少，做得多。现在他说：如果你觉得我的爱还不够，多希望你知道，我曾经这样想念过你，很多很多遍。

他的对话框她没有再设置微信置顶，但他总有办法停留在最前面。每一个醒来的早上，她的期待已经变成了他的微信消息。

张斯斯一边用炸薯条沾番茄酱，一边观察她看手机的笑容，开始犯愁："你不是来失恋的，你是来炫耀甜蜜爱情的。说吧，你打算什么时候回国戴大钻戒？"

十一月的伦敦天气一直不算好，泰晤士河上的风像要将人冻僵。

周末走完《哈利·波特》路线之后，周念南每天的行程就是打卡各个博物馆和美术馆。

"明天去诺丁山的书店看一看，然后再决定要不要去冰岛看极光。"她将手机倒扣在桌上。

旅游不是手段，也不是目的。风物长宜放眼量，她还没有想清楚，那就再走远一点，直到确定自己的锚点。

张斯斯眼神一亮："你办了申根签？"

周念南点头，还是在上家公司的时候申请的。那时候以为要去德国出差，结果后面行程变更没有用上。出发之前看了下，还在有效期内。

"我也想去。"她期期艾艾地凑过来，"我身边其他同学都去过了，没人和我一起去。"

周念南毫不留情地拒绝："你还要上课。"

张斯斯绞尽脑汁："江盟回头可以给我补上。"一边偷偷在桌子底下踢对面的男生。

江盟放下手中的笔，"嗯"了一声。

周念南犹豫了，旅途有好朋友在肯定会不一样的。

张斯斯再接再厉："住宿租车什么的，肯定两个人一起安全得多。冰岛那么冷，风那么大……没有我你怎么办？"像一只大型金毛，极尽撒娇之能。

周念南扶额："我怕张阿姨从国内杀过来。"

话音刚落，门铃声响起。

张斯斯忙不迭起身："肯定是我点的奶茶送来了。"江盟不爱吃甜，单杯奶茶送来配送费远高于奶茶本身,她点起来有负罪感。好友陪她一起喝,就没有这个心理负担了。

门口等待的不是外卖小哥,而是一对中年夫妻。

两拨人马都有点疑惑,张斯斯先开口:"请问你们找哪位?"

拎着鳄鱼皮手袋的中年妇女抬头确认了下门牌号,似乎更疑惑:"是不是我们走错了楼层?姑娘,这里是五楼吗?"

张斯斯点头,身后传来江盟的声音:"爸,妈,你们怎么来了?"

这个称呼吓得张斯斯一抖,脊背不由自主地就挺直了:"叔叔阿姨请进。"

江盟走过来,从鞋柜里拿出拖鞋,转头就看到自己的女朋友紧紧贴在周念南身边,低着头一言不发。

还是周念南拉着她迎上去:"叔叔阿姨好,我们是江盟的……"身侧的人紧紧捏了一下她的手,"……朋友。"

一时之间,三道视线落到她们身上。

张斯斯手心冒汗,死死贴在周念南身边,听江盟将人引到客厅,抱怨地说:"你们怎么来也不打声招呼?"

还是他母亲嗔怪的声音:"正好陪你外公来伦敦疗养,就顺路来看看你……"

张斯斯默念"天欲亡我",一边手脚僵硬地转身跟去客厅。

江盟的电脑和书本还摆在桌子上,沙发上放着她白天穿的外套,周念南拉着张斯斯往沙发上坐,背地里悄悄拍了拍她的手背:"叔叔阿姨你们先聊,我去烧水。"

两对男女坐在沙发上。

江盟像是没有感觉到空气里的沉闷,先开了口:"爸妈,这是我的女朋友,张斯斯。刚刚那位是周念南,是斯斯的好朋友,来伦敦玩。下次来你们应该先打个招呼,不然太打扰我的生活了。"

张斯斯一口气被吊在了半空中,眼神都不知道落在哪里好。

想象当中的阴阳怪气并没有到来,江母先伸手握住张斯斯:"斯斯,不好意思啊。江盟没有和我们说清楚他的情况,我们贸然上门打扰你们了。下次一定先打个电话,没耽误你们学习吧?"

握住她的那只手,柔滑、轻巧,给予她温暖。

这是一个良善且温和的母亲。

张斯斯难得地细声细气:"没有,我们的小组作业已经讨论完毕了。"

睡前,天不怕地不怕的张斯斯将自己埋在被子里。

"完蛋了完蛋了,人家妈妈怎么看我?我明天一定要跟你去冰岛,我还有什么脸面留在这里?"

随着新金融中心项目的推进,何闵中代表的港府资本频频见诸各大媒体,连带着何家负责内地投资方向的何慧怡再次走进大众视线。

不统计不知道，何家近年来在内地的投资，或多或少都有张家的参与。

签约仪式后的媒体采访，有财经小报的记者问何闵中："何董，看何家和张家在商业上的紧密联系，是否寓意着两家好事将近？"

好像油锅里滴入一滴水，全场笑了起来，瞬间缓解了之前严肃的会场氛围。

何慧怡笑容不变，握着话筒的手却不自觉地用了力。

何闵中见惯了大场面，笑意盎然举起话筒："海市人才济济，我们不单单只看重张总这个人才。事实上，我们今天台上，傅总、江总、秦总，包括海市负责招商引资的郑部长……都是我们港区年轻人的榜样。何氏企业在内地的拓展，以后还会和更多的公司有商业上的合作。"

一招四两拨千斤，轻松消弭一场可能的八卦。

会议后还有冗长的酒会助兴。

张延卿不耐觥筹交错的人际往来，和熟识的人打了个招呼就先走了。

这样热闹的、熙攘的场合，鸡尾酒在灯光下绚丽的色彩，总让他无故想起某个连夜跑路的人。

"回森安，先去周家那边。"想到周念南，就想起她给他的交代。

司机在珍宝巷的巷口等了半个小时，才看到张延卿开着那辆和他气质极为不符的黄色小 Mini 从马路另一头过来。

"回翡翠阁那边吧。"好像他过来就专门为了给人热一下车。

张延卿看小郑欲言又止的口型，以为刚刚有工作电话进来。

"有话直说。"

小郑看了眼后视镜里的人，诚恳地表忠心："张总，以后开车这样的事情，您吩咐我就行。"不然他一个司机干坐着休息，老板自己去开车，多不像话。

张延卿瞥了他一眼："她交代的事情，不用麻烦别人。"

深秋的夜色凉如水，汽车疾驰在高速路上。

后座的人松了松领带，手机在膝头振动，是张斯斯发来的照片。

穿着浅灰色毛衣的女生坐在教学楼的落地窗前，明亮的光线从她的身后照过来，笑容如春风般温暖。

——附赠一条价值百万的消息，我们昨天参观了冰岛大学，今天来雷克雅未克大学玩……大学真好！我也想来冰岛留学呢！

张延卿面无表情地切了聊天页面，给微笑萨摩耶头像的用户发消息：有人偷了一件我的西装外套，挂在自己的衣柜里。

配上一张今晚新鲜出炉的照片，浅灰色的男士外套，在女生颜色柔和的秋装堆里格外显眼。

周念南反应过来：只让你帮我发动一下车子，没让你翻我衣柜。

那天晚上以为两个人走到尽头，外套她私心当作两人爱过的证明带走，岂料现在被当事人发现。

张延卿心知肚明：外婆以为我落在你家的，特意提醒我拿回家。

他一直觉得对方的心意飘忽不定，在打开衣柜的那一瞬间，他对她终于有了一种尘埃落定的确定。

爱有了实绩，就不再拘泥于形式。她如果还没有想好结婚，那就先不结，人在身边重要过一切。一旦下定决心，他心里立刻有了决断。

手上却不停歇地发了一张大白狗趴在窝里的照片过去：猪咪也很想你。

张斯斯发给张延卿的"也"字，被他原封不动地回赠给周念南。

当事人眼里涌上莫可名状的湿意，她抬起头看向张斯斯："怎么办，我也很想他。"

张斯斯犹豫："……那我们还看极光吗？"

两个女生的极光之旅并不大顺畅。

来雷克雅未克的第一天，她们报名参加了一个小巴团，在导游的指导下学会了看当天的云图和极光指数。导游不无遗憾地说："你们要是早两天来就好了，极光大爆发，市区都可以看到。"

张斯斯正好想躲江盟来伦敦的父母亲，闻言立刻接话："不急，我们不急，慢慢等可以的。"

周念南看她一眼："你是不确定以后所以不想接触，还是单纯怕同居被他的父母诟病？"

张斯斯叹了口气："都有。"

两个好朋友同是天涯沦落人，在市中心订了间酒店住下来。

市区很小，两个人也没有其他行程，白天在市里各处晃荡，晚上根据极光指数坐小巴车去郊区追极光。同行还有不少过来旅游的同胞。

一连三天，连身边追极光的旅伴都换了一批了，她们还是没有摸到极光的影子。

张斯斯小心翼翼地嘀咕："……我是不是不该说我们不急。"

周念南想到她回学校还有课，郑重地决定："我们再追今天晚上，没有看到就算了。缘分强求不来。"

一车人凌晨两点多从酒店出发，直奔郊区而去。导游很兴奋："今天的云层不厚，一定能看到的。"

小巴在一块平地上停住，凌晨零下十几摄氏度的天气里，寂静暮色，只有风声在耳边呼啸。

隔了不久，极光如同雾气一样，从遥远的天际垂下，像柔软的祖母绿绸缎，丝滑流畅，一泻千里。

天幕上嵌着的星星，格外闪亮。

极光在其间跳跃、飘荡、缥缈、翩跹。在天边悄然出现，又转瞬即逝于另一头。

穿得鼓鼓囊囊的导游双手拢在一起,吸了吸鼻子,为这一幕添加浪漫旁白:"恒星穿过亿万光年与极光相遇,就像我们从万里之遥而来在这里遇到彼此……"

每个人都安静得出奇,大家默默欣赏天空,导游也不以为意:"大家要是有其他亲戚朋友来冰岛看极光,还可以推荐咱小黄导游哈,追极光咱是专业的。"

导游的声音混合着呼呼的大风,从周念南耳旁吹过。

这样的壮阔一辈子难得一见。

浩瀚天地间,漫天飘浮的绿色精灵,如同神祇降临。这一刻的美丽和平静,叫她眼前忽然浮现出张延卿的影子。

张斯斯站在她面前半个身位,满脸虔诚。

谁也没有留意后面一个越走越近的高大身影。

周念南觉得自己出现了幻觉,竟然感受到熟悉的气味。

一只胳膊揽住了她的腰,寒冷冻住人的知觉,她慢半拍回过头,想念的人就在身旁,灼热的呼吸声贴着耳畔响起:"……遇到了之后用完就扔?"

带着点儿咬牙切齿的味道。

她转身扑进来人的怀里:"……延卿哥。"

无法形容是因为天气太冷,还是她也一直在期待这样一个瞬间。

张斯斯回头一望,又赶快转过身去,耳朵却竖了起来。

"你怎么来了?"周念南在呼啸的寒风里抬头。

他的眼神依旧凌厉,下巴带着些微胡茬。

"刚刚下飞机吗?"有时候两个人在一起醒来,他的下巴就是这个样子。

张延卿绷着脸,嘴唇微抿,一声不吭。

"你生气了吗?"异国相见的惊喜压过其他情绪,她再接再厉地踮脚去亲他。

嘴唇停留在他光洁的脖子上,才惊觉对方滚烫的肌肤和沉重的呼吸声。

周念南稍稍拉开两人的距离打量对方。这样的天气里,张延卿里头还是熟悉的西装三件套,外面套着一件大衣。

"你穿成这样就来了?我们赶快回酒店,你疯了吗穿这么少。"白天的温度已经很低了,何况凌晨的郊外。

张延卿应了一声,由着她将自己的围巾和手套戴在他身上,再被她牵着回到车上。

他的酒店离她们的不远。

张斯斯坐前排:"你们继续,当我不存在就行。"

值班的酒店经理送来感冒药,不无担忧地对周念南说:"他穿得太少了。室内有暖气不怕,但现在外面这样的温度,冷起来要人命的。"

门被掩上,房间里安静下来。

张延卿躺在床上,被喂着吃了两颗感冒药,合上的眼睛加上紧皱的眉头,像是在做着一个不得安生的梦。

周念南轻轻凑过去,将手背覆在他的额头上,触手发烫。

张延卿突然睁开眼睛,声音嘶哑:"你跟张斯斯去隔壁开个房间,挂在我账上。"

周念南眨眼:"你好浪费,明明床这么大。司机已经送斯斯回去了。"

他的眼睛直愣愣地盯着她,生病的人好似锐利也打了折扣:"……免得传染你了。"

窗帘拉着,张延卿眼看着床沿上坐着的人起身走出他的视线。

酒店房间铺着的厚地毯隔绝了走路的声音,门被锁上的声音也始终没有听到。

顶灯没开,另一边的床头灯暖黄似秋天落日。

不知道过了多久,床尾砸下一堆重物。

周念南去而复返,抱了一床新的鹅绒被过来。她将被子平平整整地铺在他的床上,然后脱掉自己的外套……

回头撞上他深黑色的眼眸,轻声说:"我当然会照顾你的。你睡吧。"

眼睛闭上,听觉就更加明显,有人掀开他的被子躺了进来,温软的身体、熟悉的香气,紧紧贴在他的身侧,一只胳膊在被子底下轻轻挽住了他的。

肩头一沉,她的脑袋也凑在他的耳旁。

"延卿哥哥,你还觉得冷吗?"

张延卿觉得身体里有两种气流在冲撞,冷的、热的,连带着他的思绪都混沌起来。他意味不明地"嗯"了一声,带了重重的鼻音,身边的人又往他的方向凑了凑,还伸手将他另一边的被子掖了掖。

张延卿终于在身体的疲累和感冒药的双重作用下,合上了眼睛,陷入冰火两重天的梦境里。

窗外寒风呼啸,洁白的雪花从天空飘落,覆盖大地。

张延卿睡得并不算太好,时冷时热。

恍惚间总有一双手,轻轻换掉他额头的湿毛巾。一团小小的太阳卧在他身侧,提供源源不断的热意。

第二天醒来的时候,还有点儿迷糊。

房间里没有开灯,窗帘拉得严严实实。

他久未遭遇如此强烈的身体反应,加上旅途疲惫,睁开眼睛的瞬间有种不知今夕是何年的惘然。

一动就碰到身旁的人。

一双柔软的手摸上他的额头,声音里带着浓重的睡意:"……好像退烧了。"

延卿哥哥你要喝水吗？"

灯光亮起的一瞬，张延卿被晃到眯了一下眼睛。

周念南肉眼可见的疲累，将保温杯里的水递给他。

热水入喉，如同甘泉流经干涸土地。

张延卿对上她关切的眼神，声音干哑："昨晚是不是没有睡好？"

周念南没有回答他的话，接过杯子放回床头柜。

她第一次见他如此疲累脆弱的一面，手指轻轻抚上他的下巴，青色的胡茬越发明显，带点儿微刺的手感。却并未在下巴处停留太久，顺着脖子很自然地落到他的脖颈后方："……出过汗了，身体舒服一些了吗？"

张延卿这才后知后觉地反应过来身体的潮湿，睡衣黏在皮肤上的感觉并不好受。他掀开被子径直走进洗手间，背后伸过来一只手抵住他要关门的举动。

"你还没有完全好，万一等下晕倒怎么办？"

张延卿顿了一下，给了对方可乘之机："……反正你的睡衣也是我换的。"

累得她出了一身汗。

再推拒倒显得别扭，他极少有被人忤逆却还不反感的时候。

连洗澡的水温她都先过来试了试，替他打高了一点点，然后设置了一个五分钟的闹钟："冲一下就出来，好吗？"

周念南替他吹干头发，再盯着他吃了一次药，让酒店工作人员过来换了新的床单被套。

两人重新躺回被窝里。

张延卿习惯性揽住她的腰，将人带进怀里，却没有了睡意。

怀里的人香香软软，以全然信赖的姿势贴在他的身上。他的手指穿过她乌黑的长发："你今天叫我什么？"

周念南的心如同他的体温一样，暖融温热。在这寒风凛冽的北国城市，两个人毫无缝隙地躺在一起。

她在他的耳旁低语："延卿哥哥。"

她的发丝是凉的，他的心却因为这四个字而酥麻如电流窜过。一时之间身体又热了起来，血液朝着一个方向奔涌而去。

张延卿不动声色地握紧她的指尖："那我们现在是什么关系？"

周念南心里一跳，她将自己的脚放在他的脚背上："哦，所以你会千里迢迢来找一个普通朋友？"

张延卿翻身过来，压在她的身上，他的反应明显，隔着薄薄的睡裤也挡不住热意："嗯？"

周念南觉得还是昨晚的张延卿比较可爱，羸弱好欺，予取予求。

她伸手搂住他的脖子，在他沉沉的视线里亲了上去："男朋友。"

温热的唇舌，如同窗外飘雪，转瞬即逝。

张延卿松开一只手,将她的下巴抬起来,强迫她看向自己:"不够……"

这是她上次离开的原因。

事情再次回到起点。

周念南眨眼。

他说的"不够"是指什么,这个吻,还是,这个身份?

两个人交叠着对视,久到他的滚烫在她的大腿内侧跳了一下。

被窝里的热气好似下一秒就要燃烧起来,暧昧发酵。

周念南被蛊惑着,伸手探了下去,覆住他的脆弱。

手机突然响了起来,是张斯斯的专属来电铃声。

周念南刚想抬手,就被按了回去。他直起身来,跪坐在她的身前,另一只手替她按了接听,甚至还贴心地开了免提。

"南南,你跟延卿哥说一声,我让他司机送我去机场了。我不能再缺课了。你的行李我也一并收拾了放在前台,到时候司机给你带过去。"

周念南抬眼看张延卿,他在她的手里,喉结微动,神情严肃。

她"嗯"了一声。

张斯斯听出她声音里的异样,开始口无遮拦:"延卿哥真是身残志坚……"

电话切断。

他俯下身来,最开始是由着她不得章法地乱抚,然后他受不了这样的折磨,手把手教学。

周念南耳旁的呼吸灼热,一时之间分不清对方的高烧是退了,还是没有退。

释放完毕,张延卿秒切回成熟稳重状态,带她去洗手间洗手。胸膛的睡衣扣子松了,露出结实的肌肉。

"那我什么时候能升级?"水龙头的水哗啦啦地响,他不屈不挠。

周念南故技重施,侧头想去亲他,被人转头躲开。

他在洗手台上铺上柔软的大毛巾,将人抱在上面,双臂搭在她的身侧。

"我怕你下次又逃走……周念南,你还骗张斯斯说暂时不想谈恋爱,结果转眼就交了男朋友。这次我一觉醒来,人就跑了。我的心脏经不起这样的打击了。"

他拿起她的手,压在自己的心脏处。

这句话的信息量太大,周念南觉得自己的心跳也跟着对方的节奏一起跳动。

每年她的生日,张斯斯都在朋友圈准点送祝福。底下的评论不乏求介绍的人,张斯斯一句话回绝所有:请继续排队,仙女暂时还不想谈恋爱。

她不知道他竟然会信这个。

经历过无数次波谲云诡的资本市场的人很知道如何给自己争取最大权益。

"你们学校每年元旦的文艺会演都不错……"他起初以为自己是见色起意。自己对她的喜欢,可能源于泳池里的惊鸿一瞥,也可能源于张斯斯口头三句话离不开的好友。"我看了三年。"

缺席的那一年,他从张斯斯例行公事的打卡问候里,知道她为了好友的嘱托特意飞来纽约。

那年元旦,他没有去看继妹 PO 在家庭群里的录像,而是在公寓里守了她一晚上,无数次克制自己叫嚣的渴望。

爱是克制,他头一次体会这样复杂而隐忍的心境,不叫自己的眼神被人看出端倪。

那场纷扬的大雪里,她从泳池边露背的蝴蝶骨少女,成长为生动且具体的心上人。

越旁观,越心动。

最开始是迫于重组家庭的亲情压力点开继妹每年的演出视频,后来视线就不自觉地落在了她身旁的少女身上。有张斯斯在的地方,周念南始终在旁边。

她们坚定的友情,让他产生她在自己的掌控范围内的错觉,只待他在父亲面前挣得做主的机会,将事业重心转回国内,就能伺机开始和她的爱情。

两个人有过那么多亲密的时刻,都没有此刻的坦诚来得更惊心动魄。她原本的怀疑,要问的那句"为什么是我"好像都有了回答。

而他,似乎也没有期待她的回应。

他将自己赤裸裸地展开来,给她看他的真心,一颗藏了很多很多年的真心。

"爱情的发生也许有一百个理由,比如你聪明、你漂亮、你可爱。但是我爱你,"他的声音低了下来,目光诚恳,"是因为你是周念南,这个世界独一无二的周念南。"

这样庞大的爱意让人喉间酸涩,同时又罪意深重。

张延卿低下眼睛看她,目光深邃到让人不敢直视:"我想要承担更多的责任,是为了让这段关系维系得更好。我们通过对一种关系清晰的确认,会让我们更加认真和投入地对待这段关系——无论这段关系是友情、爱情还是婚姻。是不是?"——他以为这样能让对方更有安全感。

"我不能永远只站在被给予的位置……"她的双眸沾着泪,视线从他的肩头转到天花板上,像在看很久远之前的故事,"我妈妈经历那么多,却一个字也不告诉我,说是为了我好。开关都在她的掌控之中,我只能等待命运的降临。延卿哥哥,我不喜欢这样,我怕。"

怕命运的重复,也怕亏欠的反噬。

张延卿眼眸温柔得似乎要滴水,拨开重重云雾终于见到胜利之光:"对不起……我习惯了做决定,是我没做好。不过,"他挤进她的腿间,抚上她的背,"我们互相体谅一下对方……我改,以后凡事和你商量,你同意了我再做。"

周念南破涕而笑:"……谁有资格批准你做事?"

下一秒,熟悉的气息强势侵入她的唇舌,他抱紧她,压住她的脊背往自己的身上靠。仿佛唯有如此,才能让人明了他的心意。

半晌,他才松开禁锢她的双臂,语气餍足:"你,只有你。"

周念南换了一口气,轻笑:"刚刚还说凡事和我商量,这个吻,我好像还没有同意……"

张延卿再次搬起石头砸自己的脚。

她好整以暇地看向面前的男人,额发下垂,反而少了几分凌厉的气息,他的眼里清清楚楚地映着她的身影。

周念南的手抬起,从他的胸膛往下,又再轻轻扫了上来,反反复复,几乎又在他的身上烧起一把火。

关于她和他的未来,她好像有了答案。

"延卿哥哥,这次换我来追你。"她抬头,轻轻咬住他的唇,极尽温柔。

"……但是,你的感冒还没好。所以,不行……"

飞机抵达的时间,依然是早晨。

海市的纬度比冰岛低。回国赶上难得的晴天,空气干燥又清冷。

周念南的乘机睡觉大法依然是两杯红酒。

张延卿为她订了头等舱,可以完全舒展身体。可惜这次失策,莫名亢奋的精神打败了酒精,她只得瞪眼将媒体库里的超人电影看了又看。

"让司机先送你回去?"追人和生病这件事花了张延卿五天的时间,回国还有一堆工作等着他。

"我去你家休息一会儿可以吗?"说话的时候她还靠在他的肩头,像是睡意来袭。

张延卿巴不得:"那我中午让人送餐过去。你要是去哪里的话,给我打电话,我安排司机。"其实可以让她直接打司机电话,但经了他的手,两个人的连接好像就更紧密一些。

于是小郑先将人送往翡翠阁,再送张延卿去公司。

深秋的海市和平常的每一天都差不多,但许是换了心境,周念南觉得市政提前挂在树上的小彩灯可爱,商家为圣诞预热做的招牌也颜色丰富。

她捏了捏牵着他的手:"不用送,我到时候自己点外卖吧。等你回来。"

张延卿正在手机上看部门的工作汇报邮件,闻言故作镇定:"好。"他以为她是想等他下班后一起回森安,虽然离他的想法差了一些,但两个人一起回她的家,意义还是不一样的。

黄特助在电梯口接张延卿的时候,没忍住悄悄扫了一下老板的手指。

还是之前那枚情侣素戒,不好判断他此行是失败还是成功。

很快,得知消息的江初礼过来,直奔重点:"我就想知道,份子钱我是再存会儿呢,还是?"

张延卿胸闷:"……你要是袋里实在装不住钱,可以先给我。"

江初礼由此判定他追妻尚未成功,转头就在小群里内涵:大家的份子钱可以存个定期，比活期利息高。

"那下了班去喝一杯？"

张延卿恋爱谈得低调，但步步推进的速度拿捏到位，一众发小望尘莫及。难得他吃瘪，此时不嘲笑更待何时。

面容中带着疲色的男人将手机放一边，始终平静："你不用陪女朋友？念南在家里等我，我得回去陪她吃饭。"

结婚的心愿暂未达成，但她说换她来追他。只要人在身边，他总有得偿所愿的一天。

江初礼提取关键词："所以，还是男女朋友？你加油，南南妹妹这么年轻，想必不会想那么快进入婚姻。"

傍晚。

张延卿准时下班，到了专属停车位才发现本该停着的黑色劳斯莱斯换成了白色双门轿跑小车。

车窗打开，周念南冲他笑："今天的司机是我。"

张延卿心里有种意料之外的喜悦，面上却不显，上了车系好安全带才开口："怎么不多睡一会儿？"

一边不动声色地打量她，换了一身雾霾蓝的薄开衫和牛仔裤，眼神明亮。

周念南偏头看了他一眼："老板本人都这么勤勉了，我总不好意思太懒。说要来追你，就要做到。先从接你下班开始。"

他被她这样浅白直接的话语逗笑："那我的司机该下岗了。"

周念南认真地解释："⋯⋯那也不行，我起不了早床。"

张延卿难得卡壳，神色间带了难以言喻的隐忍，"早床"两个字叫人浮想联翩。除非有翻译工作在海市，她几乎不在他的住处过夜。

好在周念南认真开车，并未注意到他的失态。

车里，应景的粤语歌响起，歌词在中控屏幕上显示。

"游客是你，风景是我⋯⋯"周念南不自觉地小声跟唱，副驾驶座的人也平静了乱掉的思绪。

张延卿有电话进来，她伸手调小了音量。

电话是张宏安打来的。

自己的儿子追妻追到国外去了，他竟然是在他回国之后才知道的，语气里就带了点儿隔岸观火的调侃："人追回来了？"

张延卿淡定地回："嗯。"

张宏安叹气："南南脾气那么好的女孩子，你在商场上那一套收着点。"儿子这样势在必得的强硬作风，也不知道随了谁。"斯斯和她关系好，你也可以考虑让斯斯帮你说说好话。她家里亲人不多，日常你也要多去关心一下长辈，礼多人不怪……"

周念南不知道这通电话是谁打来的,只听到他时不时"嗯"一下,她想干脆将歌曲音量关掉。

手抬到半空,被他捉住,一边听电话一边摩挲她的手背。

这通电话史无前例地讲了二十分钟。

张宏安挂上电话老怀安慰,觉得与儿子的关系有了长足的进步。男人开始顾念感情,就开始体谅做父亲的难处了。

张延卿收线时,才发现车子已经快到翡翠阁门口。

他以为她特意来接他,是一起回森安去。

周念南下车,挽上他的手臂:"我跟外婆说了,明天你和我一起回去。"

张延卿本能地顺着她的手臂往下滑,十指交扣:"今天的惊喜太多了,我得缓一缓。"她这个举动意味着什么,他的心里更清楚。

他停下来抱了她一下:"谢谢你。"

周念南总觉得他有些小题大做,情感更外露的事情他都为她做过,比较起来她做的这些,实在不算什么。她抬手回抱:"那今天晚上的牛排你做。"

这样寻常的、家常的讨论,叫他心里柔软得无以复加。

两个人在车库里交换回国后的第一个亲吻。

张延卿不仅做了晚饭,还洗了碗,整理了厨房的卫生,切好了水果放在茶几上。

周念南嫌他挡住了自己看年轻时候的吴彦祖,不满地抬脚踩了他一下。

张延卿靠着她在沙发上坐了下来,将人往自己怀里带:"在看什么?"

"《新扎师妹》,我最爱的男女主角。"

他认真坐着陪她看了一阵电影,偏头问她:"你喜欢这种?"

周念南点头:"对啊,多可爱。"

张延卿强行将她的脸转向他,话里有话:"你就是这么追人的?"

她后知后觉地反应过来:"一起看爱情喜剧也是培养感情的一部分。"

他的吻顺着她的脖颈往下,眼底明暗交汇:"那我们不如来做点儿被追的人喜欢的事情……"

周念南伸手抵在他的胸口,提醒他:"我还没有同意。"尚方宝剑就在手上,不多用几次怎么行。

被人拒绝分明不是件让人愉快的事情,张延卿却甘之如饴。她恃宠而骄的前提,是终于相信了这份宠爱。

荷尔蒙屈服于强大的自控力,他将她的愉悦排在他的前头。

"那这样可以吗?"他的吻继续向下,薄唇停留在最爱的柔软上。

周念南的呼吸乱了,觉得自己像处在冰火两重天里,不知道自己该抱紧他的头,还是推开……最后声音都变了形:"我要去洗澡了……"

下一秒，张延卿就从她的身上起来，将人抱着进了主卧的洗手间。

花洒的热水落下，他再次从身后贴过来："现在可以吗？"

浴室的灯光明亮，她回头，他直白的眼神和分明的轮廓近在眼前。两个人目光相接，周念南转身去吻他的下巴，抬手勾住他的后颈。

热水从他的发梢掉落，再滴在她的身上，他紧紧盯着她。

两个人和好之后的第一次，他的眼神停留在她的身上，动作却分明缓慢。

周念南不得其法，像小动物一样往他身上蹭："延卿哥……"一着急她就恢复了之前的称呼。

张延卿的自控力在这一刻达到顶峰，他顿住："叫我什么？"

亲戚朋友家太多小辈这样称呼，他唯独不想听她这样叫他。他对她怀揣着的近乎饱和的爱意，自这个称呼开始变味。

"延卿哥哥……"

这一刻，眼前的人和他多年梦境里的身影重合，周念南被高高地抛到浪潮的最顶端，又迅速落下。

这样过了很久，她记不清自己叫了他多少次。他似乎格外爱这样的她，不知餍足的缱绻。

周念南第二天早上果然践行了自己"起不了早床"的预言。

张延卿在上班的路上给她发微信：今天下午我跟你一起回去，给家里的礼物放在我车里。到时候司机开车，你在家里等我。

下车的时候，小郑没忍住还是提醒了一下："张总您领带好像有点儿没系好……"

其实是委婉提醒他喉结下面露出来的一小块深红色印子，因为今天穿的白衬衫，有点儿过于明显。

张延卿早上去衣帽间换衣服，周念南睡得香甜，怕灯光刺眼所以没开顶灯，就着昏黄的氛围灯换了衣衫。

到底从善如流到办公室换了件备用的黑色衬衫。

张延卿再次提着礼盒走进珍宝巷，周外婆和周舒清夫妻都不大意外。

回来的路上，他跟周念南解释："无论我是哪种身份，你的男朋友还是……老公，都不妨碍我对你的感情。但是站在外婆和你妈妈的角度，我都需要一个正式介绍自己的契机，表明我的真心和负责的态度。"

司机和后排之间的挡板没有升起来，最后一句话他凑在她的耳边说的："你可以不用负责，看我的表现。等你想好了，我们再讨论其他。"

语气里包含的情感，跟他昨晚的给予一样，强势、坦诚。

张延卿回国三周之后，再次出差去了香港。临走前一晚他频频追问："香港那边比家里暖和很多，两天一夜，一起去散散心？"

"正好有个你喜欢的作家开新书发布会,不想去看看吗?"

周念南正在做一版托福考试的阅读理解真题,很是嫌弃他打乱了自己的思路:"我还有很多事情要做的。"

"比如?"他一边说,一边将人往沙发上压,目的很明显。

她扬了扬手里的书:"离考试只有两个多月了。家里店铺还得招人,装修好的房子要开窗通风,店铺设备和新品都要试,猪咪账号要做广告选品,还有拍照……"林林总总,十个手指头都快不够用。

张延卿抬手取下她的眼镜:"了解了。这么多事情,没有一件和我有关。这样显得你男朋友我好像很没用……"

事实上,周家的事情也确实不用他帮什么忙。

周外婆人逢喜事精神爽,周舒清夫妻回来也意欲为老房子的装修工作添砖加瓦,加上周念南事事不假人手的习惯,张延卿再也没能获得悄悄做好事的机会。

周念南听出他话语里的幽怨之意,放下书安抚他:"很有用的,比如,你又帅又会做饭还会赚钱……"眼见着他还不错眼地盯着她等后续溢美之词,她不得不绞尽脑汁,"……白天会指导我学习,晚上还会暖被窝。"

初冬的天气一天比一天冷,屋子里的暖气早就开了起来,也不妨碍她手脚容易冰冷。因此,睡觉的时候她最喜欢贴着他,人形暖手宝。

自从周念南搬了过来之后,两个人都不大习惯休息时间有其他人在,家政阿姨就每个星期只过来两次了。

张延卿:"……行吧,好歹也是有用处。"

用过之后,周念南窝在他怀里继续看真题。张延卿陪她一起看,顺便传授自己考托福的经验,说着说着又开始有小动作。

周念南觉得眼前的男人这两天有种不知餍足的沉迷,家里的避孕套消耗得格外快。

她压住他作乱的手:"延卿哥哥,你明天还要出差……"

张延卿眸色深沉:"毕竟有人有逃跑的先例。"

周念南先气短了三分。丸子头的碎发被蹭乱,挡住她的侧颜。

他抬手替她别在耳后,看向她的眼底:"……我偶尔也会没有安全感。"

强势的人突然在你面前示弱,效果就如同大狗狗把它的肚皮亮给你,完完全全的信任。

"我做些什么,你会觉得安心一点?"她不再同他打闹,安安静静地伏在他的胸口。

张延卿伸手扣住她的手,摩挲她手指上的对戒:"等我出差回来,你跟我一起回家吃个饭?"

周念南松了一口气:"只有这一个要求?"

张延卿笑:"你以为是什么呢?"她说不出口,两个人身体的契合给了她误导,绝对不能叫他看出来。

张延卿不肯放过她,不依不饶地追问她的想法,唬得周念南以身饲虎。

当男人的嘴忙着亲你,他就没空来问其他的话了。这句经验之谈还是张斯斯教她的。

他第二天早上很早飞走,周念南开了他的车回去。

周舒清夫妻回来之后,家里的小 Mini 就显得很不够用。刘佳阳交游广阔,在他朋友的朋友圈挂了半天就转手卖出去了。

周家换了一辆紧凑型的家用 SUV。

她同周舒清的关系还是客气有礼,两个人错过彼此人生中的很多大事,像本缺了页的历史书,有前因,以后也会有后果,唯独缺了中间的经历。

巷子里无论谁经过,都要往周家的院子里看一眼。

一家老中青三代,加上学者气质突出的章容,对着周念南做的 Excel 表格研究要搬去新家的一些旧家具。

气氛和谐,周外婆已经不奢求比现在更好的时光了。

下午有人来按门铃。

如果是邻居或者朋友,都更习惯用圆环敲门。周念南走出去,门外站着四个穿统一制服的男人,见人出来主动做自我介绍:"我们是专业除甲醛的机构,您的朋友张先生为您家新房预订了专业除甲醛服务。"

跟着一起出来的周外婆笑眯眯:"小张这孩子,也不提前说一声。"

周念南一边领人去巷子口,一边拨电话。

那头很快接起,似乎已经预判了她要说的话,抢先开了口:"我能做的不多。甲醛无色无味,不确定这个服务是否真的有效……但你家里有老人有宠物,到时候还要开店,少点儿气味也是好的。"

周念南只来得及回了两个字:"谢谢。"

那头声音嘈杂,大约是在会场。他主动交代行程:"开完这个会,晚上和这边的朋友一起吃个饭。明天上午是一对一的小会形式,下午回来。"

两个人都开始为另一个人调整自己的生活习惯和节奏,其中一项就包括交代各自的安排和计划。

旁边的江初礼听到他的电话内容还嘲笑:"查岗的女人可不大可爱。"

两人在会议中场休息时间出来,张延卿打电话,江初礼抽烟。香港还是暖的秋天,室外天蓝风轻,将袅袅烟味吹到张延卿身上。

他嫌弃地避了避,出声提醒:"以后来我家只能去阳台抽烟。"

江初礼弹了弹烟灰:"不至于吧,你们开始……备孕了?"

张延卿一句"南南不喜欢闻烟味"还没来得及说出口,就被一道女声打断。

两个人同时回头看,对上何慧怡的盈盈笑容。

"正好江总也在,我就一并请了。这次在我家的地方,我父亲想邀请您二位去我家吃个便饭。蒋家和傅家也已经邀请了。"

江初礼摁灭手中的香烟，先开了口："一定准时到达，这是我们的荣幸。"

何慧怡微笑点头，眼神还是看向张延卿："那秦总那边，您二位也顺带叫一下？会场人太多了，我找了很久没看到他。"

张延卿公事公办："没问题。"

这次会议的最大赞助商就是何家，大佬在他的地盘上主动抛橄榄枝，于情于理都得去。

何家晚上的家宴在浅水湾的别墅，两地精英齐聚。

何闵中精神矍铄，港城大佬的风范尽显。

天色已暮，从何家的落地窗望出去，面前的海似一块深蓝色的宝石。

张延卿不时关注手机上的信息，引来身旁蒋明奇的关注："女朋友？"

张延卿摇头又点头，还是解释了一下："托人帮我拍一下佳士得秋拍展上那颗粉钻。"

蒋明奇轻笑，抬手和他碰了一下酒杯："还是之前那个女孩子？"

伦敦的一面之缘，无论是他的女朋友，还是他的妹妹，都叫人印象深刻。

张延卿仰头喝了一口，酒不醉人人自醉，嘴角不由自主地泛起微笑。

"是她。"

周念南不知风雨将至，她在家忙着筑巢。

头一天忙得晚，加上张延卿出差在外，她歇在自己家里，辗转了半天才睡着。

第二天，外头的日光已经挂得老高，她还在自己的小世界里睡得天昏地暗。

饶是周外婆和周舒清夫妻并不大关心娱乐新闻，也挡不住巷子里的热心邻居拿手机过来给她们看。

"这是不是你家女婿啊？南南的男朋友，怎么和别人在一起啦？"老年机的字体设置巨大，配上花里胡哨的花字和狗仔解说，周家三口人看半天才理清楚事情的缘由。

狗仔踢爆说两地豪门联姻，张家不日将求娶何家三房最能干的女儿，特意拍了一颗后面跟着九个"0"的粉钻。两家门当户对，男帅女美，再天作之合不过。

图文并茂放出了两家的投资合作关系图，两人在不同会场的同框图，加上何张两家家宴的互请，更是做实了两家乐于促进这段关系的发展。

巷子里人人都认识张延卿那张英挺的脸，他三不五时就出现在这里。

邻居们义愤填膺："这个媒体乱说，你们告它。"

周外婆和周舒清对望一眼。

周外婆往屋里走："我去叫念念起床。"

周念南是被外婆从被子里挖出来的，听完外婆说的话还很蒙："小张去香港是怎么回事？有没有和你说？"

她点头:"出差,说今天回来的。"
周外婆将她床头的手机拿过来,催她:"你快看看说了什么?"
脸部解锁,就看到几十个未接来电和几百个微信消息。
还没来得及细看,刘佳阳的电话进来,火急火燎:"你终于接电话了!热搜了没?是你男朋友吧?"
周念南切了外放,然后点进去大眼仔的软件,看完了她男朋友的新恋情。
又点进去微信,张斯斯的妈妈都发了微信消息来:南南,娱乐新闻报道有误会。延卿爸爸已经让公司的法务和对方联系了。他让我和你说,张家没有这个联姻的打算,延卿也没有。
而当事人本人的最后一条微信消息是在一个半小时前发的:飞机要起飞了。不晚点的话,大约两个小时到。晚上见。
赵桥、杨川哲这些认识张延卿的人,也发了新闻链接过来。
同一个中心思想:你还好吗?
刘佳阳半天没听到电话那头的反应,他小心翼翼地问:"我没有认错吧?"生怕戳中她的伤心事。
周外婆接过她手里的电话,替她回答:"佳阳,你别搭理她,我们家这个啊,变傻了。"

窗帘拉开,如水银般的明亮倾洒而下。
鹅黄色的被子中间,坐着一个眉眼松快的女孩。初冬的空气里,好像藏着不为人知的甜蜜气息。
张延卿很快打来视频。
周念南调整了脸上的严肃神情,将大半张脸埋在被子里。
对面的人微微绷紧了神色:"今天起这么早?"他今早收到对方的微信消息,显示发送时间凌晨两点半。
周念南忍住笑意:"全世界都在给我推送你的新闻……不想起床都不行。"
安静行驶的劳斯莱斯里,司机小郑和黄特助在后视镜里对视了一眼。
只听到后排的老板笑了一声:"你有没有什么想问我的?我都可以解释。"
周念南调整视频的角度,整张粉黛未施的脸庞出现在对话框里。
"我相信你。"她举着手机掀开被子起床,"你们如果有什么,就不会有我什么事儿了。这点基本的信任我还是有的……不过,"她笑了起来,"那颗钻石,不会是你说的惊喜吧?怎么办,现在已经不惊喜了。"
上次周念南洗完澡在沙发上涂指甲油,左手不如右手灵活,还是张延卿过来仔仔细细替她涂好,拿美甲灯过来照着。
她的甲床圆润,浅粉色的指甲油涂上虽然低调,但确实越发凸显她手指的修长和健康色泽。她晃着手指在他面前炫耀说:"你看,粉色很衬我吧!"
张延卿当时伸手握住这样一双柔嫩白皙的手,心里想的就是佳士得秋季拍卖手册上的这颗粉钻,没有比她更适合的主人。

营销号闻风而动,从各个角度分析两大世家联姻的利弊,有人脉的请财经专家分析两家投资方向,有八卦嗅觉的从两个人朋友的社交账号条分缕析各自的朋友圈……

最轰动的要数那颗粉到不似凡品的粉钻,从切割造型,到克重,到色泽评级,人人发文都要带着它的图。

"钻石恒久远,一颗永流传"的广告词深入人心。

普通吃瓜群众中的一员周念南,就这样被迫安利了好多遍它的稀有和奢贵。

她在家穿得简单,还是大学时代留在家里的白色小熊睡裙。洗的次数太多,领口松松垮垮露出漂亮的锁骨,已经能想象身体的其他部分,一定也如这般泛着迷人的光泽。

张延卿抬手升起车子的挡板,后座越发安静。

心里好像有什么安定了下来,他好整以暇地看向小小的手机对话框:"那我只能身体力行来送个惊喜了……我们选个你喜欢的姿势。"

周念南正将手机搁在洗手台前,闻言牙膏都挤歪了:"延卿哥哥,你以前不是这个样子的。"

张延卿挑眉:"哦,我以前是什么样子的?"

"冷冰冰的,看着像没有那种世俗欲望的……"她压下舌头下"工作机器"四个字,艰难转换口风,"优秀青年。"

"我有没有……"他似笑非笑,"你不是最清楚吗?看来我做的还不够,让你对我产生了误会。"

周念南不知道话题缘何又转到这个上面来,她索性假装刷牙,不理会电话那头的人。

张延卿见好就收:"何家那边会先出声明做澄清,女方先开口的话,舆论环境会友好一些。我等她的声明出了再跟上。"

"虽然没料到是以这种方式曝光了我想给你的惊喜,但你说得对,粉色真的很衬你,我一看到它,就想起你。"

一段普通的路途,电话线两头的两个人,无视外头谣言满天飞的世界,在只属于两个人的一隅里,轻松自在地聊天。

好像他们彼此的心也曾经悬过,现在却可以放下来了。

窗外的阳光亮闪闪烘托气氛,爱意轻轻流经四肢百骸。

事情的发展好像游戏一样轻快,又眩晕。

周念南刷了牙,洗了脸,换好衣服,对面的人还是没有挂断电话的意思。

她好奇:"你今天不用回公司吗?……我等会儿去老房子那边整理一下,一整天都会在家,不会被这个事情影响的。我们晚上见。"

张延卿抬手看了下手表:"五分钟后你下楼,我快到你家巷子门口了。"

女朋友再懂事再通情达理,这个时候他也应该在她的身边。

我们比单独的我,更重要。

这下她是真的肉眼可见惊喜了,又带着点儿不好意思:"会不会耽误你工作?"

"要是没我这一会儿公司就不行的话,还不如早倒闭了。"

周念南挂了电话,如春临大地回巢的燕子般,换了鞋就往巷口跑。

一屋子热心邻居眼看着新闻男主角的正牌女友转瞬没了身影,面面相觑。

她没留意他的车就停在巷子口的停车位上,只看到熟悉的身影站在树下。

司机和特助都没有下车,眼睁睁地看着老板的女朋友以一个起跳的姿势熟练地蹦进他的怀里。

张延卿从机场下了飞机直接过来,一身薄料纯黑色西装,初冬天气里,身上还散发着汩汩热意。

两个人旁若无人地抱在一起,然后说着说着,周念南抬头咬了一下张延卿的下巴……他不生气,反而将另外一边也凑过去。

又笑又闹的,看上去没有受绯闻的影响。

小郑和黄特助观察了一阵,都不好意思继续围观老板谈恋爱,只能低头玩手机,错过了正从旁边开过的宾利。

张宏安只曾见过儿子跟他横眉冷对的样子,未料到他还有如此柔情的一面。画面少儿不宜,老年人也不想多看,他加重了咳嗽声,总算将两人的视线转移了过来。

周念南没想到张宏安会直接来她家,下意识地想要从张延卿的怀里挣脱出来,他却不肯松手,蹙眉问眼前的人:"你怎么来了?"

张宏安内心嗤笑,面上却严肃:"还不是担心你的新闻给南南造成不好的影响。怎么,事情还没处理好?"

这时候他要还看不懂,就枉费他几十年的商场历练了。打电话发微信全不理会,下机到现在不至于这点儿时间都没有,摆明要他亲自上门增加成功砝码。

但现在不是追究的时候,张宏安笑容可掬地看向儿子紧紧护着的女孩:"南南什么时候来我家玩?我和你张阿姨都盼望得很。"

一种大灰狼引诱小红帽去森林的语气。

周念南一时拘谨:"张叔叔,张阿姨。"

又熟悉,又陌生的感觉。

张延卿牵着她的手一起往巷子里走,还不忘悄悄在她耳边安抚她:"我爸更担心你看不上他儿子。"

满屋子客人在看到男方家上门后也散了个干干净净。

张延卿姿态放很低,又带了家中父母亲过来表明自己的认真态度。说话间,黄特助递上来平板电脑:"何家刚刚发了声明。公司层面会跟进转发,然后撤销网上的不实报道。"

八卦新闻的发酵到高潮还不到三个小时,他从下飞机到现在雷霆手段摆平一切,顺便推动了两家家长的第一次碰面。

回去的路上张宏安越想越不是滋味,冷不丁地问张景心:"这八卦不会是他一手策划的吧?"

目的就是促成双方父母见面。

张景心正在翻手机,闻言抬起头:"他要是有这个能力,起码策划一下他和南南的新闻吧?这样倒逼一下不是更快达成结婚心愿?"

张宏安怔愣数秒,恼怒到不行:"也是,我真是被这个小子算计得明明白白。"

张景心的手搭上他的,微微一笑:"我看距离他的心愿达成也不远了。"

第九章

今天晚上吹的一定是南风

张斯斯在伦敦的早上醒过来时,已经是国内的下午时间了。

何家张家的澄清声明一出来,两边公司法务同时发力,热搜上的爆料和相关讨论已经毫无踪影。

她痛心疾首自己没赶上吃瓜的大好时机,甚至畅想:"我可以主动给狗仔爆料延卿哥的真正女朋友,同框图一大堆。卖出去了咱五五分,不,你七我三,不给外人赚差价。"

张延卿在一边冷冷发声:"我看你选错专业了,应该学新闻与传播……"

张斯斯仗着自己是周念南指定第一好友,声音也慢悠悠:"我还能爆料你的人设都是假的,实际上你冷冰冰毫无情味,以前对我和南南爱搭不理,呵,现在南南纡尊降贵才让你攀一下……"

张延卿哑然。

他在张斯斯挂了电话之后看向自己的女朋友,试图解释一下:"我从前是因为……"

周念南打断他:"现在你爱我就行。"她也很怕从对方嘴里知道他有个什么白月光之类的,最紧要的是眼下,他们是深爱彼此的。

过去经历的人和事,才塑造了现在的他们。

一天的混乱过去,屋里亮起温馨的灯光。

张延卿在厨房做晚餐，周念南捧着iPad做白天落下的阅读理解课程。

张斯斯又打电话过来，这次吃瓜人的声音不淡定了："……有人在网上PO了你的照片，说是延卿哥的正牌女友。网站的楼已经好高了，你快告诉延卿哥去处理。

"连我跟你高中时的合影都有。我不知道是别人从我这里偷的，还是从哪个高中同学那里拿的。总之就是，很恐怖。"

张延卿公司的舆情监测比张斯斯更早发现网上的八卦，奈何当事人的手机静音放在中岛。

他摘了围裙出来，淡定地拿起手机回电话。

就这么短短一瞬，事情的走向又升级了。

有狗仔趁机开了直播，连线香港的记者，连主角本人都没忍住点开来看对方能编出什么来。

直播间的人数直逼百万大关。

一鱼两吃这样的做法，吃瓜群众喜闻乐见。前脚澄清和何家的联姻绯闻，后脚传出情定灰姑娘的剧情，就好比鱼身炖汤，奶白鲜香；鱼头剁椒蒸熟，爽辣开胃，端看屏幕前的观众喜欢哪种故事。

直播间两人被涌入的吃瓜群众赶着，终于掏出来几张周念南和张延卿从香港私人医院大门口牵手出来的照片。

原以为是误入的路人，没料到几个月后还能派上用场。

专业相机的威力不容小觑，放大的照片能看出她胸口贴的科室名称和医生名字，还有她自己的名字。

妇产科：尹卓萱医生；患者：周念南。

私人医院当然不会透露病人的隐私，那是挂号之后医院前台给就诊人士的身份证明。

狗仔的想象没有边界。

直播间里的两人已经为了那小小一方不干胶的贴纸，发散到了一夜情闹出人命的剧情。

毕竟"妇产科"这样的字眼，总叫人浮想联翩。

身后的人结束通话走过来，用力搂住她的腰，像在给她力量。

"抱歉，是我太低估网络的力量，让你陷入如此境地。公司的法务和公关已经商量好了对策，会尽快处理。"

周念南还是蒙的："这不是我上次去打针时候的事情吗？"

她经期一向难熬，想着既然都去医院打疫苗了，不如趁机看看医生开药调理一下。

"那段时间刚好首富家的儿媳妇在那家医院生小孩……"张延卿低头亲了亲她的脸颊，"我们出来的时候不是门口有好多狗仔守着吗？"

他的手牵起她的，手指精准地扣入她的指缝。

当事人并没有慌乱或者不安的表情，事实上，她的手机都比她要慌张得多，振动个没完没了。

各路人马的消息纷至沓来，比过年时候的拜年群发短信还要热闹。

连久未有人说话的小学同学群，都有人发了新闻链接。

周念南给亲近的人发了报平安的消息，干脆关了机。张延卿的手机还要处理这场闹剧，两个人就着iPad看直播。

外头谣言纷扰，室内仍然安宁。

周念南是无知者无畏，张延卿内心焦灼却不敢表现出来，眼看着狗仔猜测的剧情离谱了起来……

大概从何家来内地投资金融中心开始，就有嗅觉灵敏的狗仔开始偷摸跟两个主角了——那段时间周念南刚好在国外，张延卿在国内接待何家以及与一众政府官员打交道。

何闵中否定两人关系的那段话，财经记者信了，娱乐八卦记者没信。

张延卿的日子寻常得很。

上班，下班，应酬，回家，周而复始。

何慧怡的生活同样繁忙，各种会议饭局，陪坐的不乏城中大佬和名流明星。想要在内地大展拳脚的事业心展露无遗。

两个人没有任何单独接触。

倒是张延卿下班之后去了两趟森安，每次都是拜访一户老旧巷子里的人家。

狗仔从这个举动里咂摸出了不一样的气息。

强强联合固然让人心生向往，但离大众太遥远，灰姑娘才是时下钟爱的童话故事版本。

金融中心的项目敲定之后，张延卿飞去了国外，目的地不明。

狗仔留在海市深入挖掘，从巷子里不设防的老人家们，到张延卿公司内部论坛的截图，再到两人一起回来之后周念南种种举动，接下班、看电影、约会、遛狗……一个积极主动追求幸福的新版灰姑娘跃然纸上。

直播间里戴着帽子和口罩的两个大男人调侃："对方要是这么有钱又帅，换我，我比她还积极主动……"

十几年前，张宏安二婚娶了一个离异带小孩的女人，已经引起足够的热议；十几年后，他的儿子又恋上了意料之外的普通姑娘。

豪门家庭的八卦总是格外适合反刍，常看常新。

张延卿抬起手腕看时间，神色间似乎带了些焦躁。

而直播间的两个人，说着说着，突然断了线，留评论区的吃瓜群众纷纷骂他们收了钱。

周念南偏头看身边的人:"狗仔真的可以买通吗?"她也好奇。

张延卿收了桌上的碗筷往厨房去,语焉不详:"我找了行业内的朋友。"

她不甘心这样模糊的回答,紧紧跟在他的身后:"……就告诉我一点点。"发丝拂过他挽起袖子的手臂,冰冰凉。

"那么,贿赂我一下?我考虑看看。"张延卿将碗碟放在水槽里冲洗。

周念南抓住他的手腕:"我来洗碗。"

张延卿拒绝:"……贿赂轻了。"她的手不适合来做这些。

她连提了好几个建议都被否决,心里有些泄气,嘟嘟囔囔:"你就是不想告诉我。"

几个碗碟很快洗好,张延卿将手冲洗干净,然后贴在她的耳边说了一句话。

周念南的脸爆红,他的眼眸像黑曜石一样紧紧盯着她:"看来你也不是很想知道。没关系,过了今晚十二点事情一定可以完美解决,你到时候再上网看也可以。"

她咬咬嘴唇,好奇心占了上风:"……你保证没有隐瞒?"

张延卿身姿挺拔站在她面前,掷地有声:"君子一言,驷马难追。手机随便你看。"

光线昏黄的卧室里。

她背对着他,薄背上的蝴蝶骨极美。

是张延卿曾经梦到过无数次的画面,美人鱼拨开水浪向他游来。

他虔诚地低头,将吻珍重地印下。

"念南……"他轻轻地叫她,顺着她光滑的脊背向下游走。

周念南没有回他。

他终于覆下来,右手扣住她的手,温热,又有力量。

"你高二那年暑假,和斯斯一起在我家泳池里玩水是不是?以后我们的家,也给你建了一个泳池。前些天我去看,已经改造得差不多了。

"高三的成人礼,你代表你们班站在最前面。那个时候你剪短了头发,长高了几厘米来着?张斯斯那年因为学校加餐都长胖了,你反而瘦了……"

他的声音里带了怜惜,动作也缓慢。这样的姿势带着说不清道不明的归属感,和亲密。

她无端端想起高中毕业那年学校放的烟花,一颗灿烂如星的火种在万众瞩目间遥遥飞向天空,炸成一朵朵五彩斑斓的巨大光球。

叫人目眩神迷,心跳剧烈。

一如此刻。

"大二冬天,你去京市参加全国大学生外语能力比赛拿了金奖,照片挂在你们学校的官网上,学校论坛多了好多讨论你的帖子……"

后背的人贴得越发密不透风。

她的身体发热,额角渗出细密的汗珠,不知怎么就叫了他:"延卿哥哥……"

声音支离破碎，带着娇弱的恳求。

他慢下来，闻着她身上熟悉的香味："要不要我继续？"

也没说是刚刚说的话，还是身下的动作。

周念南能抓住的，只有身下的床单，和他横在她腰间的手臂。

"要……"她嘶哑着开了口，"延卿哥哥，我能不能转……"她想看看此刻他说话的表情，在说以前的事情的时候，他是不是像以往那么自持、那么冷静。

背后的人却不给她说完话的机会，他用手丈量她的腰，然后抱紧。

空气里都是他的强势气息。

她的温柔包裹住他。

"你那时候每次和斯斯见到我，脸上的表情很紧张。明明我也看到你跟其他人都笑过，偏偏见到我，你们就如临大敌……"

周念南被他的力度撞到话都说不出来，巨大的快感堆叠在身体里。

好在张延卿好像也没有期待她回答，他时轻时重的呼吸落在她的耳后，身体却始终紧绷。

"大三的元旦，我本来订了票回去，斯斯说你要过来，让我好好招待你。那天晚上你又吐又出汗，我找了楼下的女生帮你换衣服，没过多久又汗湿了，只好将干毛巾当汗巾放在你背上。你不知道那天晚上的你有多么磨人。"

两个人中间只隔着两层薄薄的棉T恤，她尽管清醒的时候怕他，但又因着好友的身份全然相信他，浑然忘记对方是个正值壮年的青年人。

一切纠结犹豫在零点钟声后那个热烫的拥抱里绷断了弦。

他终于后知后觉地发现自己对她那些莫名其妙的在意和关注，最终的落脚点在，爱。

情不知所起，一往而深。

因为她，他在被家庭期待和规训的沉闷日常里，终于也觉出了一些生活的可爱之处。

她这样的鲜活、温柔，又可爱。努力在贫瘠苦闷的生活里，开出满墙的热烈蔷薇，叫人看着也觉得前路充满无数可能。

"……我那时候开始想，以后你一辈子，一生一世就磨我一个人好了。"

两个人重新归于狂热，他像是要将那段时间里的遗憾，都留在她的身体内。

"你毕业之前，我本打算将公司的重心移往国内……"但那时候国内的投资环境确实不如外国，他们又在美国多待了一年多。等他回来的时候，就看到她在公司楼下被另一个人牵起了手。

那天晚上突然就温柔起来的心思，像开在计划外的昙花，似乎是为了被错过而到来的。

"……还好上天垂怜，又给了我一次机会。"

在这样浓稠火热的夜晚，周念南很没出息地哭了。

不仅仅因为身体上获得的欢愉和快乐。

张延卿最怕她哭，立刻心疼地将人抱在怀里哄。

"是不是力气太大了？"

周念南摇头。

"那现在给你看手机？"

周念南迟疑了一下，手里立刻被人塞了他那部挂了狐狸尼克的手机。

他抚摸她如绸缎般的长发："……密码是你的生日。"

打开才知道，对方如此有恃无恐的原因。

没有大眼仔、小某书、某瓣等她用惯的社交媒体，下排任务栏只孤零零放着微信和通讯录，未查阅消息和未接电话还不少。

张延卿握着她的手点开微信："我也看看大家说了什么。"

另一只手顺着发尾向下，替她揉捏腰间。

周念南没有看他的聊天记录，她的视线被他朋友圈罕见99+的评论和点赞数吸引。

最新一条朋友圈内容，是一张旧照片。

周念南穿着从校门口租来的黑色学士服，抱着一束鲜花，歪头看向镜头。

她没有留意到，她的左前方有个西装革履的身影，站在熙攘的人群里，目光柔和地看向她，留给镜头一个温柔的侧脸。

他看着她。

而她毫无察觉看着班级摄影师的身后，外婆和斯斯挽着手臂，一起看向她，两个她生命里最重要的人。

这张照片是张家特意请的摄影师取景时无意拍到，混在花絮照片中一起交到了张家管家手上。

张家上下以为张延卿特意从国外飞回来，是为了参加张斯斯的毕业典礼。两兄妹始终不大亲近，但他此举还是大大宽慰了张宏安和张景心的心。

管家挑出来这张照片，单独发给了张延卿。

他保存了下来。

终于在今日将这份隐秘心思发在了朋友圈，他的朋友圈没有设置任何权限。

家人、朋友、客户、下属，都能看到。

配文只有两个字：终于。

第二天，周念南重新打开自己的手机，这个世界好像又重回了从前。

自然有有心人截图去社交媒体上发文，公关公司适时下场引导舆论，从个人隐私保护的角度说起。

故事于是有了新的走向，心机总裁为爱蛰伏多年，天选灰姑娘一朝飞上枝头。

周念南的前一段恋情在网上留下过痕迹，更为这个暗恋故事增添几分可信注脚。

看热闹不嫌事大的媒体甚至拦住去上班的何慧怡，不怀好意问她如何看待张延卿的恋情。

何慧怡拿得起放得下，微微一笑："当然是用手机看。"

不过，她随后收起调侃的表情，认真地回应："我同周小姐见过面，她都将自己的兼职工作和生活都打理得好好。女性的成就不用靠她身边的男人来定义，她本身足够优秀，是张生的福气。"

周念南心知肚明，她同何慧怡的交情并没有深到这个地步，是谁在中间出力不言而喻。

她给张延卿发微信：请帮我转达对何慧怡小姐的谢意。

女人对女人的善意，她很感激。

前有张延卿的主动认爱，后有何慧怡的背书，加上网络上她的同学、前同事，甚至是咖啡班的老师和朋友都站出来为她正名。

舆论悄然发生变化，心机灰姑娘的帽子在她的头顶扣了没多久，就变成了自强不息的陋室明娟。

隔着大洋和时差的张斯斯幽幽替她总结："延卿哥总算在世人面前有了正式的名分。万一分手的话，你后面的男朋友压力很大啊！"

周念南笑着反问她："咦，你这么不想叫我嫂子吗？"

张斯斯目瞪口呆："那婚礼上我要给你改口红包吗？还是你给我？"

嫂子，小姑子。

两个好朋友面面相觑。

提早下班的张延卿端着温水站在主卧门口，听到里面的对话仿似饮了蜜。

顿了顿，到底还是没有敲门进去，转身去了厨房。

两段八卦新闻接连爆发，这几天连带公司的股价都顺势上涨了不少，他现在很有点话题人物的意思，上至高管下至普通员工在公司里碰到他，都要多看他两眼。

张延卿于是顺理成章迟到早退，一如既往严肃的脸。

可惜小报的报道多少影响到了他的威慑力。"终于"两个字由他亲自盖章，公司的同事和生意场上的伙伴看他仿佛带了滤镜。那张冷脸被解读出了隐忍和真挚的内在含义。

两个人吃过晚餐窝在沙发上腻歪。

周念南这几天都没有出门，倒是将刷题的进度拉快了一倍。

张延卿从身后抱住她，然后在她的颈间轻嗅。

周念南怕痒，回回不耐细碎触感缩进他的怀里，正如了他的意。

"要不要将托福考试的地点改去美国那边？"他轻声问。

狗仔虽然给周念南的照片等信息打了码，但早有网友将她的个人信息散播到了网上。虽然事后删除，但张延卿仍然不放心。他因此重新用回了保镖，周念南身边也安排了一个。

网上从来不缺新闻,很快有其他明星八卦消息出来,覆盖掉旧闻。

但留下来的影响力犹在。

两个人都不大习惯被人关注着的恋爱,为此取消了很多情侣间的室外活动。

"对不起,我早该做好准备的。"他将下巴搁在她的肩头。

握了一个下午的笔,中指指腹压出一个小小的凹印。张延卿伸手替她轻轻揉了起来。

按照两个人原来的计划,周念南明年上半年在国内考完托福,下半年有足够的时间筛选学校、准备申请资料。她还可以趁着这段空档,安排好家里和店里的事情,调试机器、准备甜品、研发饮料、新家的装饰,甚至是和周舒清的相处……

"你可以先去纽约,正好我母亲在那边,语言环境更好,就当是提前适应。等这段时间过去,你再回来……当然,如果你想读英国的学校也可以。只是斯斯到时候应该已经毕业。"

这是目前他能想到的最好安排。八卦的辐射距离有限,吃瓜群众的热情也不持久,离开这里,可以将对她的影响减少到最小。

"那你呢?"

张延卿捏着她的手指把玩:"我觊觎你已久,这件事情是真的,给大众讨论一下也没有什么。"只是之前上的是财经新闻,现在换了个版面而已。

他不能忍受舆论对她的不实猜测和报道。

周念南低头玩手机,另一只手回握住他:"你知道海市和纽约有多远吗?"她举起手里的手机,给他看搜索结果。

一万一千公里。

"那你的 dream university(梦想学府)里面,还有更远的冰岛……"

她夹在那本诗集里的清单,印着她想申请的几所大学。自从周舒清和她说了那些话之后,她重回校园的心又蠢蠢欲动了起来。

语言专业的毕业生,没有不怀揣着出国梦想的,周念南也不例外。她的同学很多大三的时候已经开始着手准备考试,为出国做准备。她那时候也考托福和雅思,却是为了考出好成绩去课外做辅导兼职。

回想起当时看到那页 A4 纸的情绪,张延卿依旧心头酸涩。

那段时间两个人的感情好得如胶似漆,即便这样,他也没有从她的口中听到一句关于出国读书的计划。她的人在他的怀里,心又仿佛隔得很远。

她侧身抬眼看他,男人的面容沉郁,长睫在眼下投下微暗的影子。

周念南一时动容,倾身过去主动吻他,舌头顶开他的唇,温柔地进入。

良久,两人才分开来。

周念南缓了缓,平息了胸口的气息,才再次开口:"……我也会想要变得更厉害,做一个配得上你的人。虽然我也不知道,做到什么样的程度才叫配得上。"

两个人在灯光下对视,暖色晕染,照得她的眼神澄澈动人。

爱情叫人如此患得患失,在自我肯定和自我怀疑间反复摇摆。

"你还担心什么?"

周念南在他怀里找了个舒服的姿势靠过去,一只手在他的胸口无意识地画圆圈。

"很多的……比如,我们成长背景带来的眼界差异、看书看剧的喜好、接触的人和事的不同,以及这么远的异地恋……"

张延卿搂着她的手臂不自觉用力,一时摸不清她说这些的意思,干脆保持了沉默。八卦媒体这几天总结了很多灰姑娘嫁入豪门之后"be"的活生生案例。

"……所以,接下来几天我们来做一下《纽约时报》的婚前十五问吧!"

"婚前"两个字震得张延卿仿佛心脏停跳了一秒,他猛地低头看向怀里的人,有几分怔然。

不知道该顺着她的话往下说,还是……

说出这句话也用尽了她全部的勇气,说完了发现,其实也还好。于是她更加有勇气地打开手机,将自己截图下来的问题发到张延卿的手机上。

"我们每天做一个题?还是你觉得两天回答一个比较好,更严谨、更周全?"

张延卿虽然在纽约待了那么多年,但确实对鼎鼎大名的《纽约时报》婚前十五问不大了解。他就着周念南的手机扫了一下题目,心里安定了下来,有了更重要的问题:"……是为了迁就我吗?"

周念南靠在他的胸前,听他的心跳声:"因为这个人是你,而不仅仅因为你。"

我们的三观必然因为成长背景的不一样而有不同,而婚姻的经营,是在这些不同里求同存异。世间千万种价值,我们敞开一切,深刻了解彼此,共同抵御即将到来的生活里的迷茫。

张延卿压住心头涌上来的眩晕感,用最后一丝清明的理智问:"你现在不会觉得太快了吗?"

"虽然恋爱的时间不长,但是我们认识的时间很久了……斯斯也说……"

张斯斯说了什么不再重要,剩下的话湮没在汹涌的亲吻里。

一种尘埃落定的安稳感觉。

腿上坐着的人很轻,却是他整个世界的重量。

灯灭之后,两个人罕见地没有进一步的动作。

张延卿担心自己情绪太过激烈,会伤到她,只是搂着她贴在胸口,温柔地、一遍又一遍地亲她。

满室柔情。

周念南在这样的亲昵里几乎要睡了过去，主动提结婚这个话题耗费的心血不比刷题少。

半梦半醒间，身边的人突然开了口："我觉得那些问题不是很难回答。我们可以每天回答五个，三天做完，效率更高，你觉得呢？"

她在黑暗中轻轻笑了起来，手掌向下抓住他的："延卿哥哥，我们未来的时间还很长。"

张延卿将她搂得更紧，坦然地承认："我太高兴了。"

静了一静。

他的声音又响了起来："你刷完题，我们过几天去家里吃个晚餐……今天张阿姨问了一下，要是过去的话，厨房要提早准备食材的……"

周念南"嗯"了一声，到了这个地步，于情于理都该去一趟了。

"我到时候下班来接你。"

……

寒冬深夜，有人默默许下了地老天荒的心愿。

第二天早上，周念南醒来对上张延卿稍显青色的眼下，讶异道："延卿哥哥，你是不是昨晚没睡好？"

张延卿含糊点头，没告诉人他其实是一夜未眠。

美梦成真的滋味他独自反刍，连将来小孩读哪个幼儿园都已经考虑好了。

上班第一件事，是让崔凡真通知他的私人律师整理要转给周念南的资产清单。继公开认爱之后，此举分明是宣告两人即将步入下一个阶段。

"……先准备好纸质文件，后续还有些要加上的。"

崔凡真已经练就面对一连串"0"面不改色的能力，她沉稳地应好，在退出总裁办公室时加了一句"张总，恭喜您"。

向来不喜形于色的人，也破天荒地浮现柔和神色，低声道谢。

十二月的海市，圣诞气氛浓厚，元旦近在眼前，老板的恋爱谈到尽人皆知，公司不自觉地被粉色泡泡包围。人人见到张延卿时都要道一句"恭喜"。

周五的晚上，司机小郑在接到周念南时，忍不住脱口而出"张太太"，坐在车里的张延卿和正要上车的周念南同时愣住。

她坐张延卿旁边脸红告状："是不是叫太早了一点？"

张延卿低了头将她的手举到唇边，虔诚吻下去："对我来说，还晚了一些。"

这不免又引发另外一个问题。

"如果……我早一点表白，比如，在你大学毕业之后？你会喜欢我吗？"

周念南倚靠在他的肩上，忍不住偷笑："你要听真话还是情话？"

张延卿沉吟片刻，直觉答案不会是他所想的那个，但问题已出口，只得继续："……我经受得住打击。"

"我那时和你一样,心里只有工作。"学习和打工几乎耗尽她所有心力,"能赚钱获得对自己生活的全部掌控,这样的感觉,你一定懂的。恋爱不是必选项,而且,"她笑着抬眼看他,"你那时候估计和我差不多忙,你会有时间来谈恋爱吗?"

周念南聪明地将问题抛了回来。

张延卿沉默了许久,侧身过去亲她的额头:"我们会开着视频见面,你做作业,我工作;你还可以申请交换项目来我这边,我们一起去中央公园跑步,去各种博物馆打卡,还有不同的美食店,我们可以每周安排去两三家……"

可以牵牵手,散散步。

可以开着窗看日出日落。

可以是你任性放纵的底气,也可以是你琐碎日常的细节。

他没有再说下去。

周念南知道他的意思。世界粗糙,岁月也不大温柔,沿途你鼻酸的时候我可否提前牵你的手,护你周全。如果有如果,就该叫人心满意足,喜悦忘我。

此刻百分之一千的爱意直抵人心,叫她眼眶湿润。

她钻进张延卿的怀里。

张家老宅。

周念南和张延卿进门的时候,院子里的灯都亮了起来。

周念南对别墅的熟悉程度远甚于张延卿,却头一次产生了紧张情绪。

张延卿握紧她的手,指着院子的一角分散她的注意力:"我们新家在那个位置有个大的泳池,到时候你去看看,有什么想改的……"

张家上下对她的态度一如之前。

只是从前她在餐桌上的位置在张斯斯旁边,今天换到了张延卿的身旁。

张宏安笑得如同一尊弥勒佛,态度和善、笑容可掬。张景心挑着张斯斯的相关话题和她聊天,饭桌上一片祥和。

张斯斯远程酸溜溜:"女大不中留。以后回张家住的话,你是不是就跟延卿哥住三楼了?"张斯斯的房间在二楼小客厅旁边,从前周念南都和她一起住。

洗完澡出来的张延卿听到周念南安抚她:"当然会和你一起睡啊!我们都睡那么久了……"

亲近之情溢于言表。

回头对上他控诉的眼神,她还很镇定:"在家里我都和你一起。"

一副雨露均沾的姿态。

回头在深夜里又是亲又是哄,也没能抚平男人因此而产生的类似吃醋的情绪。

窗帘拉得严实,只留一盏小小夜灯散发萤萤光线,照亮方寸之间。

怀柔政策行不通,周念南翻身起来,半坐在他的腰腹间,手指搭在睡衣第

329

一颗扣子上。

"我和斯斯在一起的时候,可不会这样……"

张延卿微微眯了眼,没有说话,只有起伏的胸膛泄露了他的心情。

第一颗扣子解开,精致锁骨露了出来。

"我也不会这样叫她……老公……"

刹那间天旋地转,两个人的位置转眼掉了个个儿,他上她下,他的脸上有着掩饰不住的动容。

"你再叫一遍。"他轻声哄她,声音里带着一丝颤抖。

四目相对,周念南坦白:"暂时只有这一遍。等我持证上岗了再……"

这么明显的暗示,再听不懂就有点儿浪费这样旖旎的氛围了。

张延卿的身体还在热情的状态,他从床尾拿毯子简单裹住,人却拉开床头柜拿着戒指在床下单膝跪下。

"念南,你愿意嫁给我吗?"

周念南拉被子盖住胸口,坐起身来。

张延卿逆着昏暗光线,眼神甚至比手里的粉色钻石还要亮。她伸出手搭在他的手上,千言万语幻化成三个字:"……我愿意。"

心情激荡,两个人裹着同一块毛毯去窗边看夜景。

张延卿低声:"今天晚上吹的一定是南风。"

周念南不解:"嗯?"

家里没有开窗,楼层高,也看不清楼下树叶在风中起舞的方向。

他解释:"每一个吹南风的晚上,我的心情就像现在这样,感觉自己站在一朵云下面,抱着你。谢谢你愿意做我的妻子,我爱你。"

她踩在他的脚背上,踮脚去亲吻他的唇。

深夜的时间好像停滞,在一起的每一帧都黏稠流动,心爱的人更加迷人。

而南风不停歇,从很多年前的夏天吹到冬夜,吹来了她的爱人,也翻开了幸福的新扉页。

番外 一
Extra 1

我的幸福

　　周念南在海市当了两周的宅家蘑菇,收到了周舒清的电话,让她带身份证来市中心一趟。
　　"我们给你看了一套小房子,一居室。前房主改造得很好,地理位置也不错,买下来可以立刻租出去,做你的婚前财产。"周舒清说得一清二楚。
　　周念南拒绝:"您和章叔叔已经给过我钱了,这个不能再收了。"一居室再小,也是在寸土寸金的海市市中心,一挥手就是大几百万。
　　周舒清很冷静:"和你外婆商量过的,是家里的心意。到时候收租金了,就当零花钱拿着,心里也有底气些。之前给你的那笔钱,是你出去读书的学费。不过,"她声音里有小小的担忧,"不能像以前那么任性了,出去读书的地点选择也要考虑一下小张的想法,两个人太长时间不见面很影响感情的……"
　　张延卿不想谈异地恋专门在她家附近租了个房子的事情,之前也一并被狗仔曝光了。一小时的车距他都不想忍,何况十几个小时的飞行距离。
　　周念南不是没有考虑过香港。
　　张延卿在书房看到她打印出来的资料,瞬间参透她的考量。
　　两个人专门为了她留学的国度讨论了一次。
　　"大学的时候,你去旧金山游学那次,不是已经选好了?"他抱着她在沙发上坐下,"不用考虑距离这些虚无缥缈的……一切以你的学业为重。"

他还记得她来看他时,眼睛里雀跃的光。

张斯斯的朋友圈还特意PO了她在斯坦福大学拍的照片,配文都是希冀:斯坦福大学未来杰出校友,我最好的朋友南南。

周念南失笑:"延卿哥哥,你太看得起我了,我不一定能申请上。"

张延卿亲她一下:"你在我眼里是最厉害的。加州大学伯克利分校也在旧金山……或者,你考虑纽约的大学?我有充足的经验。"

甚至纽约的公寓都还是现成的。

周念南不是不心动,最后决定等托福考完,再根据成绩来申请。但好歹留学的地点已经敲定了,美国。

晚上,她和张延卿说起周舒清给她买房子这件事情:"很奇怪,母女之间的喜好大约是一脉相承的。她看的那套房子不大,但装修得很精致,风格和家具是我想象中独居的自己会中意的样子。"

张延卿听后,扬了扬眉:"你想象中,什么情况你会独居?"

周念南举起手里的书挡住脸,慢吞吞地回答:"……大概是我们结婚后吵架的时候?"

张延卿垂眸看她,说:"那吵架之前,我们是不是要先践行一下结婚这个主题?"他补充,"我查了下,明年是'寡年',结婚这样重大的事情,还是放在今年好。老祖宗的说法还是很有可信度的,你觉得呢?"

周念南笑出了声,她从善如流:"好呀!"

12月24日,皇历上说,宜合婚订婚结婚。

两个人去领证。

红色带钢印的本本拿到手,周念南仔细端详两个人的照片,点评:"我笑得有点儿傻……"

小小的证件照里,她和张延卿头并头靠在一起,一贯严肃的人脸上都带了明显的笑意,仿佛冬日融雪。

正替她拉开车门的人闻言亲了过来:"张太太,你最美。"

露天停车场的寒风在今天也温柔了起来,像他的吻一样轻轻拂过脸颊,好像是不敢用力触碰的珍惜。

周念南听话地承接这甜到刚刚好的吻:"张先生,禁止王婆卖瓜自卖自夸。"

上了车,周念南拍照、P图一气呵成。

张延卿开车的间隙看她低头打字,写了删,删了写,他开玩笑:"终于拥有在你朋友圈出场的资格了。"

她的前一段恋情还PO过朋友圈,轮到他了,反而像巨鲸深潜入海,悄无声息。

周念南转头看他,说:"延卿哥哥,你的出场资格是国家盖章认证的。如无意外,出场时间大概率是一辈子了。"

张延卿笑着回："是我的荣幸。"

早或者晚其实都不重要，重要的是出场的时机。

最终配的文字简简单单：以后，共度日月长。

几乎是发布的下一秒，张斯斯的点赞就出现了。

随后她的微信显示，"SS"邀请您加入群聊"一家四张"，进入可查看详情。

周念南点了进去，群主张斯斯一人上演全武行，各种庆贺的表情包不要钱一样往群里发，末了一个乖巧表情：坐等延卿哥发大红包。

"SS"修改群名为"五福临门"。

张宏安：欢迎南南。

张景心：南南回家来吃晚饭。

周念南：谢谢斯斯，谢谢叔叔阿姨。

张斯斯私下敲她：怎么回事？你们领证我兴奋得跟自己领证一样……高中时候我们聊心事的深夜，好像还近在眼前。不骗你，我曾经想过，要是你是我亲姐妹就好了……

张斯斯：……这句话不要告诉延卿哥，我怕他骄傲。姐妹和红包，我都要。

张斯斯：我后天晚上的票回家来替你们庆祝哦！

张斯斯：延卿哥怎么还不发朋友圈和红包？

周念南：他在开车，我们回家吃饭去。

领证的日子，周外婆在庙里替他们问过卦，得到菩萨的认可。

两个人领证的地点也选在森安民政局，离珍宝巷近。

巷子里的老邻居们见惯了张延卿，今天再次在陋巷里见到他牵着周念南往里走，还是没忍住纷纷侧目。原因无他，两个人都打扮得非常正式。

马上就有人打趣："南南今天去办大事了呀？"

周念南羞赧地点头，邻居就笑了起来："那婚礼在森安办还是海市？"

张延卿紧紧握着她的手适时插话："森安和海市各办一场，到时候还请您赏脸参加。"

回到家，周外婆和周舒清夫妻正在厨房准备。

张延卿很自然地脱了外套去帮忙，周外婆将人往外推，嗔怪："哪里用得着你，你们去客厅看看电视，等会儿就好了。"

张延卿一边挽袖子，一边笑着说："没事，外婆，我就做一个菜。昨天答应了她的。"

周外婆嘴上说着"这孩子，结婚了也没有长大"，到底拗不过他，找了围裙递过来。

周念南趁着给他系绑带的时候耳语："好好表现，没做好今天晚上不准上床。"

她知道他表现的意思，世人只看到高嫁的好，唯有家人会真正担心她的幸福。

这样的周全照顾，他给，她就坦然接着，两个人日后的生活就将由无数这样的小细节组成。

　　张延卿做的油焖大虾在餐桌上获得一致认可。
　　周念南的手全程没有沾油，自有人给她剥好放进碗里。两个人配合熟练，一人剥一人吃，一看就是常常这么做的。
　　餐毕，周舒清去洗碗，章容收拾桌子打扫卫生。
　　周外婆说什么也不让两人做事，只叫他们去二楼休息。
　　周念南的房间换了新的四件套，鹅黄色的小鸭子和阳光一起铺了满床。
　　两个人和好之后住在一起，再回来竟然有恍如隔世之感。
　　合上门，张延卿的怀抱等着她。
　　"张太太，我今天的表现可以上床吗？"
　　周念南弯了弯唇："其实你给他们看你送我的结婚礼物的价值，效果说不定差不多。"
　　现在她是手握一颗粉钻、一颗蓝钻，外加若干不动产的人了。律师带了一堆文件过来给她签，她头一次觉得，有钱人也不好当。
　　张延卿微顿："外婆和你妈妈，肯定更愿意看到我的行动。东西是死的，人是活的……"
　　真心蜜语叫人微醺，周念南主动凑上去亲他，直到两个人倒在她一米五的小床上气喘吁吁。
　　张延卿清清喉咙："不能再继续了，不然我的印象分就得清零了。"
　　周念南细心替他抚平衬衫上的褶皱，又打开衣柜，想再带几件衣服走。斯斯送给她的那条睡裙，一直深藏在柜子里。
　　张延卿眼尖，一眼看到自己那件西装外套还挂在老地方，前尘往事浮上心头。他伸手拿出来，事后追责的意味明显："嗯？"
　　"你想看我穿你的西装？"周念南凑近他，压低声音，"是我想的那个意思吗？延卿哥哥，你喜欢这种？"
　　张延卿觉得她的联想每次都朝他想象不到的地方奔去，但想到那样的场面，颇为美妙，他看着她，高深地点点头。
　　"没想到，你是这样的人。"周念南意有所指，七夕那天重逢的时候，斯斯还嘲笑他来着，谁能想到命运的齿轮在那一刻开始转动。

　　两个人提了一袋衣服下楼。
　　周家三个人将他们送到巷子口。装修好的老房子安静地沐浴在阳光里，窗户开着通风换气。
　　张延卿牵着周念南在房子门口站定，转身跟身后的人商量："外婆、妈妈、章叔叔，我在新城区那边买了一套别墅。过两天律师来办手续，写在妈妈和章叔叔的名下。"

周家三口齐齐惊讶,第一反应就是拒绝。

"房子我本来是买了跟念南一起住的。"那时候他对这桩感情走向做的预测,是她继续留在森安照顾外婆,而他跟她一起,两地跑也不是不行,"现在我们生活的计划已经变了,短时间内都不会住过来。我打听过了,那块别墅区,这边巷子里搬过去的人家就有好几户,外婆住过去也不会无聊,再说妈妈和章叔叔在加拿大肯定也住惯了独栋……

"老房子已经装修完成,念南到时候还是从这边出嫁。别墅装修也还要时间……到时候我和念南有了宝宝,回来住也需要更大的空间。"

两家已经商量好,婚礼在明年五月份的时候举行,那时气温回暖,周念南的考试也已经结束,有充足时间准备婚礼事宜。

方方面面都考虑到了,周念南拉着外婆的手摇啊摇,一脸希冀。两人显然早已商量好。

周家三口回到家平静了好一会儿,周舒清才反应过来。

前脚家里给周念南买了个小房子,后脚这个新女婿就给她补贴了回来,还是升级版补贴。

凡此种种,无非是爱屋及乌。

今天这样的大日子,晚饭是要去张家老宅的。

过去的路上,周念南想到一个问题:"延卿哥哥,万一我们没有在一起的话,你的别墅就白买了。"

已经持证上岗的人从前不屑回答这样"what if"的假设性命题,但这样的可能性被她不经意地说出来,他单手握着方向盘,隔了很久,才回答:"别墅不重要。没有和我在一起,说明我做的还不够。你找到更好的幸福,我一样为你高兴。"

明明是有阳光的好天气,他的爱却丰沛得可以拧出水,沾湿周念南的眼角。她开玩笑般活跃气氛:"此刻霸总的标准台词不应该是,你的幸福只能和我有关?"

张延卿专注地看着前方,右手伸了过来:"念南,无论你有没有我,你都会幸福;但是我确信我以后的幸福都和你有关,我尽力做到最好,不让你后悔和我在一起。"

他的女孩,温柔、舒展、扎实做事、侠心为人,时间之美,在她的身上放出细碎光朵。

周念南抬手握紧他的手。

应了她发在朋友圈里的那句话。

余生有你,同量天地宽,共度日月长。

再回头打开朋友圈，已经被赞和评论淹没。

最搞笑的要数马君尧，当初那位看上猪咪想配种的狗主人，他评论说：恭喜恭喜。我有一个同事，想知道老板结婚这样的大喜事，公司会不会放假一天同庆贺呢？

周念南将这条显眼包评论念给张延卿听，被人困在副驾驶上："……所以给老板放了一天假啊！"

她顺势搂住他的脖子："我也想要放假一天。"

张延卿扫了一眼后排座位上的袋子，故意曲解她："想放假好赖床？那我努力。"

....

第二天中午，周念南起床才刷到张延卿的朋友圈。

他用了她拍的照片，配文是：我的幸福。

番外二
专属编号

周念南是一个任何事情都酷爱做进度表的人。

从确定去美国读研开始,客厅里就专门腾出一个小角落放她做得花枝招展的 Excel 表格,日期精确到了天。张延卿这样自律的人,看了都有些恍惚。

但是他的老婆显然很乐在其中。

"ddl 是最佳生产力,"周念南和他解释,"Die Luft der Freiheit weht,自由的风吹过,斯坦福的校训。一想到 ddl 的尽头是加州的太阳,我就有了无穷动力。"

同样泡在学海里的张斯斯感同身受,毕业如同吊在她面前的那根巨大胡萝卜,支撑她每一个靠咖啡提神的深夜。

她扫过镜头里好友的计划表,露出了张延卿同款震惊脸,甚至替她哥担忧:"不会以后生小孩,也要做这么细致的计划吧?"

说者无心,听者有意。

临睡前的双人运动,张延卿拉开抽屉才发现计生用品的盒子空了。

他放开她:"我下去买。"

周念南脸上发烫,忍了忍,还是起身:"我和你一起去。"

深冬的夜里,小区里静谧安静,唯有风声簌簌。她将脸埋进帽子里:"延卿哥哥,你想不想当爸爸?"

张延卿心脏几乎骤停:"你有了?"两个人的每一次,他都有做好措施。两人世界刚刚开始,生孩子这件事离他还遥远。

周念南摇头:"没有。"她凑近看向他的眼睛,"你不想有一个小宝宝叫你爸爸吗?我今天计算了一下,顺利的话,今年年尾可以拿到学校 offer。在这之前的时间,我们……是不是……可以计划一下这个事情?"

张延卿顿足:"我们家里现在不是正有一个宝宝吗?"

周念南以为他说的是猪咪,小白狗长成大白狗,已经成熟了很多。她替它解释:"猪咪现在更加温和听话了……是青少年,不算小宝宝。"

他干脆地明示:"我是说,念南宝宝。"他多少记得她的前男友称呼她"宝宝",是以这样的昵称从未从他的口里说出来过。

好在周念南并不知道他这样百转千回的心思,她捏他的手:"我说认真的,不是情话。"两边的家庭不是没有旁敲侧击地提起过这个话题,优生优育是年龄差面前避不开的存在。

连疼爱她的外婆,也在她面前念叨过这件事情。日子始终是两个人在过,互相体谅、互相考虑才是相处的长远之道。

眼看周围没有其他人经过,他干脆侧身抱住她:"我还没有准备好我们中间有第三个人。孩子不是任务,你不用有压力。等你毕业了,我们再来考虑这个。"

他抱紧怀里的人,这是他未来孩子的妈妈,但此刻,他还想象不出她怀孕的样子。而且现在正是她的关键时间,怀孕给母体带来的影响太大,多少会分散她的精力。

周念南贴在他的胸口,趁机撒娇:"那你现在起开始戒烟,老公。"他有一次回去身上带着没有吹散的烟味,被她闻出来了。

张延卿失笑:"那这个备孕的周期可有点儿长,老婆。"

领证到现在,两个人还没有适应这个称呼。

但眼下,这样的称呼让他们的心靠得更近。

等第二天早上起床,张延卿去公司,周念南还将自己埋在被子里,迷迷糊糊叫出来的还是"延卿哥哥,拜拜"。

张延卿低头亲她:"老婆,晚上见。"

周念南闭着眼睛笑,改口:"老公,晚上见。"

忙碌的时间总是如水般迅速流逝。

周家的铺子在农历新年后重新开业,周舒清夫妻和周外婆完全不让周念南插手,将她的研究生准备过程看得比什么都重要。

周外婆谨慎到连猪咪都想接回去,被周念南制止:"延卿哥哥提前试岗当爸爸呢!"

八卦的唯一好处,大概是给周家铺子带来了热度。甜品铺子重开之后,生意一直不错。猪咪又是见人就亲的性子,她既担心它的毛毛飘去操作间,又担心它吓到怕狗的客人。

两人一狗的婚后生活过得和其他三口之家并无太大差别。

爸爸严肃,妈妈温柔,狗儿子调皮到无法无天——张延卿怀疑连猪咪都摸清楚了这个家里谁最好说话。他自问对大白狗再好不过,科学喂养,充分放电,鼓励它为了妈妈的学费出一份力。

唯一一次严厉训斥,是它兴奋起来扑到周念南身上,她的腰撞到桌角,以致第二天回老宅吃饭的时候,他伸手给她按摩后腰被张宏安看到——临走时他父亲提醒他:"南南现在学习压力大,你也要注意一下。"

周念南不知道这个小插曲,她的大部分精力都花在备考和准备申请材料上,连自己的婚礼都是打卡式参加。张延卿多少有些遗憾自己没有在她读书时代表白,没承想意外在婚后得到了弥补。

故事的女主人公得知后笑得不行:"延卿哥哥,我读书的时候一心只想着学习和兼职……"

张延卿避重就轻:"那是因为表白的人不是我。"

张斯斯哼哼两声,吐槽自己的继兄不遗余力:"也就是看在你的面子上,我不当面打击他。现在的他,都不一定能遇到比你更好的人了,你却有无数的可能邂逅比他厉害得多的人。"

念南的托福成绩和 GRE 分数出来,她离梦想中的情校越发靠近。

五月份的海市,阳光温热,微风不燥。

市中心顶级的酒店大厅热闹非凡,城中名流尽数出动。

张延卿在婚礼上给周念南准备的惊喜,是关于两个人的 3D 全息投影视频。

从她幼儿园时期的白纱蓬蓬裙照片,到两人在一起之后,她的每一个重大人生节点的影像,都有同年时期的他相伴左右,不知情的宾客还以为两人是从青梅竹马走到现在。

"I wish I was there. 以后你的人生,我会一直都在。"

周念南在台上看到泪眼婆娑,仿佛自己真的和眼前的人有过那样一起成长的过去。

后面几十秒影像,她认出来是两人和好后同居时期的照片。

两个人站在主持人后面说悄悄话,张延卿解释:"这些是从狗仔手里买过来的,拍得还挺有氛围感的。"

——视频素材的来源,包括但不限于,周外婆、张斯斯、狗仔、她的同学、学校论坛……

周念南第一次在万众瞩目的时候看到别人视角下的,她和他的相处。爱意流转,自有亲昵氛围笼罩。

跟着照片,将两个人认识前恋爱后的历程回顾了一遍。

难怪张延卿回来抱怨说,他在公司的威信有下降趋势,任谁看到他那温柔又深情的眼神，都不会相信这和公司里一贯严肃的张总是同一个人。

台下那么多人看着，发出阵阵善意的笑声。

周念南忽然转头看向他："延卿哥哥，我知道大家为什么要办婚礼了。我好像……现在终于有了一些踏实的感觉。"

婚礼拆出来的惊喜盲盒，远远超过她的期待。

而这句感悟，让她在婚礼的晚上付出了惨痛的代价。

从沙发到卧室到浴缸，他极为强势地攻城掠地。即便如此，周念南还是在结束后搂着他的脖子主动告白："谢谢你的爱，我也好爱你。"

婚礼后的第二天，张延卿在她的朋友圈看到发布时间为凌晨三点半的照片，两个人的手，交握着放在深色被套上。

配文：#老公以后不用从狗仔那里买照片了，编号00001。

权限设置为"仅老公可见"。

周念南在婚礼后半年远赴斯坦福大学攻读研究生学位，他收到越来越多的朋友圈照片。

编号00357，是一张碧蓝如洗的天空的照片。

——老公，这是我在想你的加州的天空。

编号002020，是一张满头编织辫的黑人小哥踩着滑板车的背影照片。

——老公，今天偷得浮生半日闲，在校园里散步。记得你来送我时，我立下的豪言壮语"用脚步丈量学校"。现在我不得不食言，学校实在太大了，从艺术宫到教堂，从教学楼到图书馆，这里的每一栋建筑都有各自的历史。

我已加入学校的自行车队伍，下次你来时，我将提供车接车送的贴心服务。

编号007954，是她站在硅谷地标Logo前的单人照片。

——老公，今天教授的朋友带我们去参观了他的公司，顺带在有着巨大玻璃幕墙的餐厅吃员工餐。想到你上次说来硅谷开会，是否也尝试过他们食堂里的金枪鱼沙拉？

编号013451，是古朴大树下坐在椅子上做作业的学子的照片。

——老公，这一刻我想到学校的校训，自由的风吹过。美好的意境。

编号020007，是一部老电影的海报。

——老公，这学期的选修课之一是"电影的语言"。在这堂课上，我们学习了电影的一些传统拍摄技术和专业术语，还知道了如何设计镜头语言和内在用意，猜中导演的故事线实在是一件非常有意思的事情。如果你的公司投资拍电影的话，或许我可以作为旁听，给你一些小小建议。

编号031023，是一张夜色中模糊背影的跑步图。

——老公，临近期末，校友们为了缓解高压，深夜在校园内裸跑……真遗憾快要毕业的我现在才旁观到一点点现场。Miss u.

…………

照片解不了相思之苦，张延卿为此大半时间坐镇美国的分公司，是圈子里出了名的"陪读丈夫"。

跟着老板国内国外飞的黄特助却知道，周念南比张延卿还要忙，课业、实践、课外活动……老板要见自己的老婆一面，也要先查她的日程安排表。

两个人共用同一个账号，信息同步。

婚后第三年，周念南终于换上黑色毕业服，接过张延卿递过来的鲜花。

加州的阳光热烈，向日葵灿烂盛开，都不及他投过来的视线。

自由的风穿过礼堂，天时对上地利，都抵不过此刻的"人和"。

番外三
天生一对

两个人的蜜月是在周念南的毕业典礼之后才补上。

加州直飞太平洋上的一个私人小岛。

除了每两天送新鲜食材和饮用水过来的飞机,岛上空无一人,只有他们两个。

张斯斯以己之心度之,觉得自己的好朋友很快会腻了那样的环境。天天对着同样的景色和同样的人,有什么乐趣可言。

她在上班的间隙嗖嗖往周念南的微信上发各种纪录片和小说文本,并贴心留言:你想看其他的也可以告诉我哦,我还有很多私藏好物。

迟迟没等来好友的回复。

事实上,周念南的蜜月过得很开心。

两个人的婚后生活以她出国读书开始,因为张延卿的身份和知名度,她的桩桩件件事情都自带放大镜特效,时不时被人拉出来讨论一番。

从她参加的活动,到她的期末考试成绩——灰姑娘的豪门生活自带话题热度,公关公司严防死守也挡不住吃瓜群众的天生好奇心。

岛上没有这样的眼光,只有她和张延卿。

因为无人打扰,两个人说了很多很多的话。

牵手去沙滩散步的时候说,在厨房做饭的时候说,看电影的时候说。

毫无保留地、彻底地、完全地向对方袒露自己。

只有彼此的世界里,依偎和信任,好像蓝天白云和海浪那么自然。

自然也不可避免地讨论到孩子的问题。

张延卿的同龄人里,多数已经做了爸爸,剩下的小部分,也在升级做爸爸的路上。

生育的压力,他不说,她也知道一直是他拦着不让人传到她的面前。斯坦福的牛人实在太多,她必须全力以赴才能跟上大家的步伐,自然没法分心去做其他事情。

现在她毕业了,不可避免地又多了一重焦虑:"万一我生不出来怎么办?"

婚姻里有权利自然也有义务。

张延卿不仅仅是她的丈夫,他身后还有张家整个事业版图。

张延卿失笑:"还有斯斯……以她的精力,似乎很容易折腾出点儿什么出来。"

这些年,光他不小心听到的通话里,张斯斯就担心了好几次她怀孕的事情。虽然每次的最后都证明是虚惊一场,但周念南还是佩服好友每次都不长记性的做法。

"有时候感觉太好,就觉得毫无阻隔地接触也不是不行……"

张斯斯回国之后和江盟订了婚,越发有恃无恐。但张延卿不一样,再情动的时刻,如果没有避孕套……他都能在最后一步忍住。

眼下只有两个人,周念南终于问了出来:"你不想要一个宝宝吗?"

张延卿搂住她,眸色深沉:"也想。但是我觉得,你更重要。孩子会分散你大部分精力,你还在求学,可能很难将自己一分为二,既兼顾妈妈的身份又承担学生的身份。而我们还有那么多时间,一次做一件事情,每件事情都做好了再继续其他也是很好的选择……我飞来飞去的,也没将身体状态调整到最好,这件事情的压力不应该只在你一个人身上。"

这些时候,周念南又觉得他真的很像哥哥,沉稳又可靠。

"延卿哥……"婚后几年,她还是更习惯这么叫他,而不是称呼他"老公"。

周念南吸吸鼻子,又往他的怀里靠了靠,声音低低:"……我有时候想到,我们的宝宝,有你的眉毛、我的眼睛、你的鼻子、我的嘴巴,就觉得Ta会很可爱。外婆说,我小时候就长得很可爱的,巷子里的大人都喜欢我。"

张延卿倏忽笑了,低头亲她:"我知道。所有的人里面,最喜欢你的人是我……"

他自周外婆处捧出来一大箱老婆的相册。

年幼的周念南实在可爱,大大的眼睛、肉肉的脸蛋、白嫩的手指头,笑得懵懂又天真。如果他们的女儿像她……

缱绻的话语,温柔的语调。

两个人在海浪声里相拥,将彼此毫无阻碍地纳入自己的身体里。

蜜月结束,两个人顺理成章地进入备孕期。

不过，谁也没有对外说，只是不再动床头柜里的计生用品。

外人不知道，免不了旁敲侧击地追问两人的造人计划。周念南没有将卧室里的事情说出去的想法，她含含糊糊：“我们还在考虑当中。”

传出去不免又有八卦小报暗暗猜测，两人的婚姻大概走不长久了，爱情它一直没有结晶。

两人都不再理会这样的闲言闲语，生活始终是他们自己的。

身边的朋友看着两人如胶似漆的热恋状态，就更说不出催促的话来。

回国后的婚后生活似乎没有什么变化，但又真真切切地生动了起来。

两人搬去了郊区的别墅里，猪咪有了每天可以撒欢的大草坪，周念南有了可以独自练习换气的大泳池，又接手了张家企业里的慈善和公益工作，张斯斯也跟着过来打下手。

两个好朋友在毕业很多年后，重新黏在一起。

海市在她们出国读书的这几年里有了翻天覆地的大变化，也有了一些复古怀旧的举动。

张延卿在书房里听周念南回家之后还在跟张斯斯讲电话。

"公园的人工湖重新开放了吗？那我们要不要一起去约会，double date（两对情侣或朋友一同参与约会活动，这是一种比较常见的社交形式）？"

"《泰坦尼克》也要重新上映了吗？"

"如果桥头市场卖年糕的奶奶还开着门的话，差不多就是我们的Yesterday once more（昨日重现）啦！"

只是计划还没来得及成形，张延卿就飞去了巴黎出差。临走前他耳提面命，一定要等他回来再去约会。

周念南不解，但她点头：“好的，一定等你回来再去。”

对此张斯斯的猜测是，哦，他可能没经历过我们普通人的约会程序？想下凡体验一番？

周念南没有在这一点上深究。

比起他对约会的执念，她发现自己好像……比在国外的时候更加想念他。

原本之前两个人隔着太平洋视频，她做作业他忙工作，互不打扰，她也觉得甜蜜；可是眼下他才走了一个星期，她心里就如蚂蚁啃咬一般，心痒难耐，非得要立刻见到他不可。

电话打过去是黄特助接的，那头声音压得很低："老板正在开会，太太您有事情吗？"

周念南说不出具体的事情，只好随意掰扯："没有，我电话刚刚摔了下，就试一下声音。"

黄特助知道两人的感情好，在那头固执承诺："等老板会议结束，我一定让他回您电话。"

周念南这才觉得不好意思起来，因为太想念他而做出这样可怜巴巴的事情，难免惹人议论。

三个小时后,张延卿回了电话过来,见到的却是周念南满脸困倦的样子。

她半闭着眼睛躺在枕头上,没控制住眼泪:"……我好想你。"说着说着,声音弱了下去。

张延卿忍不住莞尔,人已经睡着了,手机也逐渐倾斜,随后栽倒在被褥里。镜头里一片漆黑。

张延卿压缩了在巴黎的行程,提早了一天回去。

她看着他推开家门,然后又委屈又高兴地跑上前抱住他,也不说想念,只步步黏着他。

深夜,周念南反思,最近自己有点儿过于腻歪了——大概因为他们两个的婚姻,没有过这样长时间的正常相处?以至于她控制不了自己的情绪?

想着想着,又理直气壮起来,是自己的丈夫,那她怎么想他也是不过分的吧!

不过她显然多虑了,张延卿明显非常享受她黏他的状态,予取予求的。

张斯斯对这两人婚后几年了还能保持这么热恋的状态叹为观止,私底下问周念南:"怎么做到的?"

周念南迷茫:"好像也不用做什么,就……这样了……"

张斯斯替她总结:"天生一对,我懂了。"

四人约会在那个周末提上议程。

张斯斯和周念南从前去得多,熟门熟路,买奶茶,买票,分配平衡船。

初秋天气里,张延卿肖想过无数遍的事情,终于成真。

他爱的人,穿着白色的裙子,被他牵在手里。和他年少时候的想象,一样的美好。

风从湖面刮过,岸边的水杉簌簌抖动金黄的叶子。

周念南将自己的奶茶捧到张延卿的嘴边,他凑上去吸一口,蹙眉:"冰的?"

周念南点头,偶尔温度还能飙升至三十摄氏度以上,很热的。

张延卿没忍住:"你的生理期是不是这两天……不对……应该是我出差巴黎期间?生理期过了?"

周念南摇头,有点儿恍惚:"没有……一直没有来……"

看着他的眼神里,似是凝了水珠。

周遭是安静的。

两人对视良久。

张延卿朝她伸出手,她立刻将掌心放了进去。

平衡船很小,两人靠在一起,任由风吹水流将船带往未知的方向。

过了一会儿,他才轻声问她:"……是我们的女儿吗?"

周念南忍住眼间热意:"我不知道。"
"肯定会是个像你一样漂亮的女儿。"
"嗯。"
情人喁喁私语间,有小天使飞临人间。